Stefan Cordes

BILLIE
»Ich fliege Himmel an mit ungezähmten Pferden«

STEFAN CORDES

BILLIE

»Ich fliege
Himmel an mit
ungezähmten
Pferden«

ROMAN

C.Bertelsmann

FSC
www.fsc.org
MIX
Papier | Fördert gute Waldnutzung
FSC® C014496

Penguin Random House Verlagsgruppe FSC® N001967

1. Auflage

Neumarkter Straße 28, 81673 München
Dieses Buch wurde vermittelt durch:
Copywrite, Literatur- und Filmagentur, Frankfurt am Main
Umschlaggestaltung: Favoritbüro, München
Umschlagabbildung: Edward John Poynter,
»Erato« (1870), © Bridgeman Images
Satz: GGP Media GmbH, Pößneck
Druck und Bindung: GGP Media GmbH, Pößneck
Printed in Germany
ISBN 978-3-570-10545-0
www.cbertelsmann.de

Für Gabriela

1

Wir hatten ein ruhiges Leben geführt. Die Jahreszeiten hatten einander abgelöst, wir waren gewachsen, waren älter geworden, ohne es zu bemerken. Ich war kein Kind mehr, sonst hatte sich nicht viel geändert. Ich hatte mir das Lesen beigebracht, liebte es, durch die Bibliothek zu streifen, die Buchrücken mit den Fingerspitzen zu berühren. Ich suchte mir ein Buch im Regal, stellte mir vor, wovon es handeln mochte, dachte mir Geschichten aus über Königinnen und Ritter, Liebe und Verrat, bis ich das Buch herauszog, es aufschlug, manchmal war es bloß ein ödes Werk über die Juristerei, manchmal aber auch das: Es wuchs im Burgundenland eine Prinzessin auf, so schön, dass es auf der ganzen Welt nichts Schöneres geben konnte, Kriemhild war ihr Name. Keinen Mann wollte sie zum Gemahl, weil die Liebe doch so viel Leid bringt, bis Siegfried um sie warb, dieser hochmütige Held, Siegfried, der Brünhild um ihre Macht gebracht hatte, die stolze Königin des Eislandes, die mit magischen Kräften über die weiße Kälte geherrscht hatte, bis er gekommen war, Siegfried, der so reich besungene Lump.

Ich lernte, Latein zu lesen, mein Bruder Christian riet mir dazu, half mir, so entdeckte ich die Heldenepen Homers, die Oden Horaz', den klugen Vergil und natürlich Ovid, immer wieder Ovids Bücher der Verwandlungen. Sehnsüchtig wartete ich darauf, mich selbst zu verwandeln, ohne sagen zu können, in was. So gerne hätte ich geschrieben wie Ovid, doch was ich wusste, wusste ich aus Büchern, was ich erlebte, waren keine Heldentaten, keine Abenteuer, ein Gott ließ sich in unserer Küche nicht blicken, nicht mal ein Halbgott. Ich schnippelte Bohnen, verdrückte mich in die Bibliothek, wenn niemand nach mir schaute. Die Stunden zogen vorbei wie Wolken, Tage zogen vorbei wie Schiffe am Horizont. Ein Fohlen wurde geboren, Gänse wurden geschlachtet, Rüben gab es im Überfluss, Rüben wurden knapp, Möhren waren nicht zu bekommen, ein Pferd lahmte, eine Nachbarin starb. Regina würde eines Tages heiraten, Emerentia eines Tages nach ihr, zuletzt ich, eines Tages würde auch ich heiraten, erst dann, behauptete Emerentia, werde sich unser Leben ändern, weil wir in ein anderes Haus zögen, die Frau eines Mannes würden, Kinder bekämen, alles so unvorstellbar, wie dass mir ein Bart wachsen mochte. Die Dinge veränderten sich so langsam, dass ich es kaum bemerkte, nie dachte ich zurück, nach vorne nur, wenn jemand sagte: Wenn du selbst Mutter bist, wirst du es besser verstehen, Billie, wenn du deine Haare nicht mit hundert Strichen am Tag kämmst, wird kein Mann dir nachschauen, und ich stellte mir vor, wie ich mit verknotetem Haar durch die Straßen von Greifswald lief und erwachsene Männer die Nase rümpften, doch es brachte mich bloß zum Lachen, nicht zum Kämmen.

So waren die Jahre dahingegangen, gemächlich wie eine sehr alte Frau. Nie hätte ich vermutet, die Welt könnte schneller sein, so viele Dinge könnten zugleich geschehen, dass es mir den Atem nehmen würde. Doch so geschah es an jenem Tag, als ich vom Donnern der Kanonen erwachte.

Alles flog in Stücke.

2

Im November 1618, drei Jahre vor meiner Geburt, war ein gewaltiger Komet am Himmel erschienen. Mit seinem glühenden Schweif fraß er sich lautlos durch den sternenklaren Nachthimmel, und die Menschen in Pommern traten vor ihre Häuser und sahen entsetzt hinauf.

Manche bekreuzigten sich, andere wandten verängstigt den Blick ab, und ein Junge aus dem Dorf Dargelin, so stellte ich es mir viele Jahre später vor, trat mit nackten Füßen aus einem kleinen Haus, erstarrte beim Anblick des leuchtenden Drachen und vergaß die beißende Kälte der Nacht.

»Was bedeutet das?«, fragte er seine Mutter, die hinter ihn getreten war.

Er hörte die Angst in ihrer Stimme, eine Angst, die größer war als die Furcht vor dem Hunger, das Erschrecken vor dem Donner, eine Angst, die sich über sie legte wie ein großes Tier, und sie schien still zu werden wie der Schnee auf den kahlen Feldern vor den Hütten Dargelins: »Gott wird uns strafen.«

Ein Mädchen trat hinter ihnen aus dem Haus, schwankte verschlafen, fünf Jahre alt mochte sie gewesen sein, nicht älter, so stellte ich es mir vor, und dass sie Anna gerufen wurde. Weil sie schon so tief geschlafen hatte, bemerkte sie die Angst nicht, die wie ein schwerer Nebel über den Häusern von Dargelin hing, sie drückte sich gegen den Hüftknochen ihrer Mutter, fragte gähnend: »Wofür strafen?«, und erst als die Mutter ihre eiskalte Hand über Annas müde Augen legte, wurde das Mädchen von der Angst so schlimm erschreckt, dass die Luft in ihrem Hals gefror.

Der Komet loderte hell wie eine Fackel, so hell, dass man ihn selbst bei Tage sah: Etwas Großes und Böses lag in der Luft!

Dieser Komet, so sagte man, kündige Blut und Entsetzen an, einen schrecklichen Krieg. Und es kam ein Krieg. Ein Krieg, so groß und blutig, wie ihn die Welt noch nicht gesehen hatte. Ein Krieg, so erbarmungslos, als habe die Hölle ihren gierigen Schlund aufgerissen, um uns zu verschlingen. Ich träumte von blutrünstigen Kürassieren, die in den Rauchschwaden der Kanonenschüsse stumm gegen seelenlose Pikeniere kämpften, ihre Bewegungen so langsam, dass ihre Münder sich wie die Blüten der Nachtkerzen zu lautlosen Schreien öffneten. Ich sah rauchende Pistolen, die Kugeln in die Schädel junger Soldaten spuckten, glühende Spieße, die in die Leiber wütender Kämpfer, dampfender Rösser gestoßen wurden. Ich träumte von Reitern, die in ihren scheppernden Rüstungen zu Boden stürzten, um für immer im Dreck einzuschlafen, weit weg von ihren Müttern, ihren Schwestern. Doch hören konnte ich das Scheppern nicht, ich spürte es, weil ich zitterte, zitternd erwachte, und es dauerte, bis ich endlich bemerkte, dass es ein Traum war, denn ich lag in meiner Dachkammer im Bett.

Dass es kein Traum war, erfuhr ich erst später: Von Süden drängte ein riesiges Heer heran, um uns zu unterwerfen.

Ich drückte das Fenster auf, und während die Morgenluft mich kalt umhüllte, entdeckte ich jenseits der Dächer der Bürgerhäuser von Greifswald schwarzen Rauch am Himmel. Der Wind trug Schreckensrufe an mein Fenster, dumpfes Donnern.

Am Horizont, so stellte ich mir später vor, erschien ein leuchtend rotbraunes Pferd, trat aus dem Nebel auf den frostharten Hügel vor dem Dorf Dargelin, und der Mann, der das Pferd ritt, in Rüstung, aber ohne Helm, trug den Namen Bernstein. Oberst Vratislav Bernstein. Die Kälte verwandelte seinen Atem in weißen Dampf, eine riesige Wolke war der Atem seines schnaubenden Pferdes. Und hinter ihm, den grauen Nebel wie ein riesiges Totenschiff durchschneidend, das schwarze Heer der Unterwelt, bebende Reiter, hungrige Fußsoldaten, aus deren Mäulern Feuer schlug und Schwefel, und sie alle gierten nach unserem Fleisch und unserem Blut.

3

Ich hatte den Rauch gesehen, das Donnern gehört und wieder vergessen, hatte keine Ahnung von dem, was in Dargelin geschah, nicht weit weg von unserem Haus in Greifswald. Ich lief die Treppen hinunter in die Küche, wo Els mit dem Hackbeil ein gerupftes Huhn in Stücke schlug und Ide Zwiebeln schnitt, Tränen rannen über ihre Wangen.

Ich mopste einen Apfel, aber Els, unsere alte Köchin, rief: »Das hab ich gesehen, Billie!«

»Nichts hast du gesehen, Els!«, rief ich. »Weinst du aus Liebeskummer, Ide?«

Doch Ide war fröhlich wie immer, nie habe ich sie anders erlebt. Wie ich sie bewunderte, ihre weizengelben Haare, meine waren braun wie alte Haselnüsse.

»Ein Mann bringt mich ganz bestimmt nicht zum Weinen«, rief Ide lachend und weinend, »das schaffen nur die Zwiebeln.«

Ich biss in den Apfel, er war saftig und süß, lief aus der Küche, wo Koks mir den Weg versperrte, unser Hund, der so schwarz war wie die mondlose Nacht, so schwarz und schön wie ein schönes Pferd. Aus der Halle drangen die erregten Stimmen meines Vaters und meiner großen Brüder Christian und Joachim zu mir.

»Wie konnte uns unser Herzog an die Katholiken verraten?«, rief Joachim.

»Wir haben weder genug Geld noch Soldaten, um uns Wallenstein entgegenzustellen«, sagte mein Vater. »Er führt ein riesiges Heer von vierzigtausend Mann nach Pommern!«

Plötzlich war der Rauch am Morgenhimmel wieder da, das Donnern grollte in meinen Ohren, ich stellte mir ein riesiges Heer vor, vierzigtausend Mann! Wie viele Menschen lebten in Greifswald, fünftausend, sechstausend?

»Unser Herzog hat den Katholiken erlaubt, unsere Stadt zu besetzen!«, rief Joachim. »Wie konnte er uns das antun? Wir sind Protestanten!«

»Du musst mich bestimmt nicht an meinen Glauben erinnern«, sagte mein Vater. »Unser Herzog hatte keine Wahl!«

Ich versuchte mir unseren Herzog vorzustellen, mir fiel sein Name nicht ein, wie er sich ganz allein diesem riesigen Heer entgegenstellte, klein, dick, mit erhobener Hand, um die Soldaten aufzuhalten.

»In Stralsund widersetzen sich die Menschen seiner Anordnung«, sagte Joachim.

Bogislaw, da fiel es mir wieder ein, er meinte unseren Herzog Bogislaw den Vierzehnten, das war sein Name, von den dreizehn anderen Bogislaws hatte ich nie was gehört.

Unser Vater lief die Stufen herab, rief: »In Stralsund stehen schwedische Truppen zu ihrer Unterstützung. Hier nicht!«

»Rufen wir die Schweden!«, rief Joachim. »Sie sind Protestanten wie wir! Sie werden uns vor den Katholiken schützen!«

»Vater«, sagte ich. »Im Süden habe ich Rauch gesehen!«

Er ging an mir vorbei. Christian folgte ihm.

»Reite nach Süden, Christian«, befahl mein Vater, »schau, ob sie Dargelin schon erreicht haben, denn dann werden sie morgen hier einfallen!«

4

Die Menschen, die in Dargelin lebten, liefen entsetzt durcheinander, versuchten erst ihre Kinder, dann das Vieh zu verstecken, manche auch erst das Vieh. Andere wussten, dass es sinnlos war, das Vieh zu verstecken, nicht aber die Kinder, nicht sich selbst.

Ich dachte an Melchior, den kleinen Jungen aus Dargelin, den ich kannte, stellte mir vor, wie er durch das Dorf rannte, atemlos, bis er die Glocke erreichte und sie schlug, so fest schlug, wie niemand zuvor die Dorfglocke je geschlagen hatte. Er starrte auf die Armee, die sich wie ein böser Zauberwald auf sie zu bewegte, um sie zu verschlingen.

»Der Teufel kommt uns holen!«, schrie er. »Der Teufel kommt!«

Erst als Melchior seine Mutter entdeckte in dem Durcheinander aus Männern, Kühen, Frauen, Kindern, Ziegen, Hunden, seine Mutter, die seine Schwester hinter sich herzog wie ein störrisches kleines Schaf, Frodi, die erst vier war, da hörte Melchior auf, die Glocke zu schlagen, sprang hinunter, um ihnen nachzulaufen, seiner Mutter, die einen kleinen Sack trug, Frodi hinter sich herzerrte, so schnell, dass Frodi hinfiel. Sie zog Frodi auf die Beine, zog sie in den Stall, wo sie den kleinen Sack unter das Stroh grub, und als Melchior in den Stall kam, ihr zurief, sie müsse den Soldaten das Geld geben, damit sie am Leben blieben, da hörte sie mit dem Graben auf, wandte sich zu ihm um und sagte ganz ruhig, als ob sie ein Gebet spräche: »Melchior, hör mir zu! Nimm deine Schwester fest bei der Hand! Geh mit ihr nach Norden, so weit du kannst! Schau nicht zurück! Schau niemals zurück!«

Aber Melchior schüttelte den Kopf.

»Nein, Mama«, rief er erschrocken, »wir müssen bei dir bleiben!«

Da begann Frodi zu weinen, so stellte ich es mir vor, später, als Christian halb tot zurückgekommen war und mir alles erzählte, und als ich begriff, dass es nicht bloß Worte waren, dass all das wahrhaftig geschehen war, schämte ich mich, weil ich es vorher nicht begriffen hatte, verstanden, aber nicht begriffen, und dass ich alles vergessen hatte, als Christian und unser Vater das Haus verlassen hatten und ich an Joachim vorbei die Treppe hinaufgelaufen war.

5

Als ich die Bibliothek betrat, hob mein Bruder Georg verärgert den Kopf, blickte mich ernst an, wie er immer sehr ernst tat, wenn der Hauslehrer ihn unterrichtete.

»Geh raus, Billie!«, fuhr Georg mich an, obwohl er ein Jahr jünger war als ich. »Mädchen haben beim Studieren nichts zu suchen!«

Wie kleine Jungs beim Spielen kamen mir die beiden vor, wie zwei überraschte Jungs, die mit ihren Soldatenpüppchen Krieg spielten, Georg und sein linkischer Lehrer Christoph Hagen, der schon alt war, dreißig, schätzte ich.

»Ach ja? Sagt wer?«, erwiderte ich.

Das war eine neue Antwort: »Ach ja, sagt wer?«, hatte ich noch nie gesagt, wenn Georg behauptete, Mädchen hätten beim Studieren nichts zu suchen.

»Wer?« Mein Bruder schaute seinen Lehrer an, der Lehrer senkte den Blick, der Arme, wollte mit unserem Streit nichts zu tun haben. »Gott natürlich!«, rief Georg.

Der Lehrer sah ihn zweifelnd an. Georgs Antwort war nicht schlecht, aber siegreich würde sie nicht sein.

»Glaubst du wirklich, Georg Schwarz«, sagte ich, »dass Gott so etwas Dummes sagen würde?«

Ich sagte das, obwohl ich wusste, dass es dem Lehrer nicht gefallen würde, und weil er mich mahnend ansah, ansehen musste, das war das wenigste, was seine Anstellung verlangte, schaute ich ihn gar nicht erst an.

»Die Professoren lassen die Mädchen nur nicht in ihre Universitäten, weil sie Angst haben, dass sie die Jungs überflügeln könnten«, erklärte ich, »und das würden sie!«

Georg lachte abschätzig: »Oh, sicher! Aber wenn ihr Mädchen so schlau seid, warum hat euch Gott dann uns Männern unterstellt? ›Der Mann ist des Weibes Haupt!‹ Paulus' Brief an die Epheser.«

»Vielleicht hatte Paulus auch mal einen schlechten Tag!«

Da musste der Lehrer natürlich einschreiten, sagte aber bloß: »Billie! Hüte deine Lästerzunge!«, und erschrak, weil er Billie zu mir gesagt hatte, nicht Sibylla. Billie nannten mich nur die, die in unserem Haus lebten, das tat er nicht, Gott bewahre! Ide behauptete, dass er in mich verliebt war, schon deshalb mochte ich ihn nicht gerne ansehen.

Ich nahm das Buch, das aufgeschlagen vor Georg lag, las den Titel: »Ovid. *Metamorphoseon libri*«, sagte: »Na, lies schon, und beweis mir, dass nur ihr Jungs fürs Studieren geschaffen seid!«

So hochmütig, wie er nur schauen konnte, und er konnte wahrlich hochmütig schauen, nahm er mir das Buch aus der Hand, schlug es auf: *»Pronaque cum spectent animalia cetera terram, os homini sublime dedit caelumque videre.«*

Froh darüber, schon ein wenig größer zu sein als ich, hob er stolz die Augenbrauen, wie der Hauslehrer es immer tat.

Ich sagte: »Ja, dass du lesen kannst, weiß wohl jeder Esel, aber hast du auch nur eine Ahnung, was die Worte bedeuten?«

Georg zischte, zögerte, ich wusste, dass er wütend war, weil ich ihn in eine Falle gelockt hatte. Er starrte in das Buch, kniff die Augen zusammen, wie Els, wenn sie Ide das Geld für den Markt in die Hand zählte, schüttelte leicht den Kopf: »Ähm, die Tiere beugen sich … also, wenn, äh, wenn die Tiere die übrige Erde sehen … oder die übrigen Tiere beugen sich und sehen die Erde … so in etwa. Und der Mann gab zu sehen … was? *Dedit caelumque* … ähm, den Keller?«

Er schaute den Lehrer an, der hielt den Blick gesenkt, als gäbe es uns nicht, sein Kopf aber war rot wie ein reifer Apfel.

»Der Mann soll in den Keller gehen?«, rief ich. »Nicht schlecht, dieser Ovid!«

»Caelum«, rief jetzt der Lehrer. *»Caelum*: der Himmel!«

Ich nahm Georg das Buch aus der Hand, las, als Emerentia in die Bibliothek trat, Emi, meine strahlend schöne Schwester, die vier Jahre älter als ich war und noch gar nichts lesen konnte. Mühelos strömten die Worte aus mir heraus, ich hatte Ovid ja schon dreimal gelesen, liebte seine Bücher der Verwandlungen.

»Und während die übrigen Geschöpfe gebückt zur Erde schauten«, übersetzte ich, *»gab der Schöpfer den Menschen ein erhobenes Haupt und ließ sie so den Himmel erblicken, ihre Gesichter hinauf zu den Sternen gewandt!«*

Emerentia lachte anerkennend, das machte Georg noch wütender: »Es heißt nicht: die Menschen! *Homini*: die Männer. Das hast du mit Absicht falsch gelesen!«

»Der Mann heißt *vir*«, rief ich, da erklang zögerlich die Stimme des Lehrers: »Woher kannst du aus dem Lateinischen übersetzen, Sibylla?«

»Hab ich mir vielleicht selbst beigebracht?«

Dass Christian mir geholfen hatte, verriet ich ihm nicht.

Ich zwinkerte Emi zu, sie lächelte verschwörerisch zurück. Georg hatte allerdings noch nicht genug: »Meinst du, der Schöpfer wollte, dass die Mädchen zu den Sternen aufblicken? Wenn das seine Absicht gewesen wäre, gäbe es unter den Astronomen wohl auch Frauen, aber die gibt es nicht. Nicht eine einzige! Die Mädchen sollen den Blick senken und wie die Tiere die Erde anschauen, denn da ist der Boden, den sie zu schrubben haben!«

»Ja, du Frosch!«, rief ich.

Da trat meine älteste Schwester Regina in die Bibliothek, mit verweinten Augen, sagte, unsere Mutter habe gesagt, ich solle in die Küche gehen, Els helfen. Georg grinste hämisch, und so hochmütig, wie er nur konnte, rief er: »Na also! Wie ich gesagt habe!«

Triumphierend zog er mir das Buch aus der Hand. Ich stapfte wütend hinaus, an Regina vorbei, ihre Wangen waren rot und feucht, sie roch wie ein Schrank, den niemand lüften wollte.

6

Regina war schon zwanzig, aber sie weinte oft, vielleicht werden die Dinge schwer, wenn man zwanzig ist. Erst gestern hatte ich sie in ihrem Zimmer weinen hören, unsere Mutter war bei ihr, Regina lag auf dem Bett.

»Warum weinst du schon wieder, Regina?«, fragte Mutter.

Regina schnaufte, schniefte, wischte sich Tränen weg.

Sie weine, erklärte sie, weil Julius Riems, der nach Stettin gereist sei, jetzt vielleicht nicht mehr nach Greifswald zurückkommen könne.

Ich wusste nicht, warum Julius Riems nun nicht mehr nach Greifswald zurückkommen konnte, wusste nicht einmal, wer Julius Riems war, meine Mutter natürlich sehr genau: »Julius Riems' Geschäfte laufen schlecht, sagt Vater, außerdem hat er auf dem Ball nicht ein einziges Mal mit dir getanzt, worauf wartest du also?«

Regina protestierte, er habe sie angeschaut, angeschaut, doch, doch! Mutter zischte verächtlich, wirklich verächtlich und verärgert, bevor sie das Zimmer verließ: »Du bist keine sechzehn mehr, Regina, wenn du so weitermachst, schaut dich bald niemand mehr an. Wo ist Billie? Sie muss in der Küche helfen, es kommen schwere Zeiten!«

Ich hatte nichts von schweren Zeiten gewusst, jetzt allerdings, als ich an Regina vorbei aus der Bibliothek stapfte, fiel es mir wieder ein: der Rauch, der Donner, vierzigtausend Soldaten, Dargelin, und als ich hinunter in die Küche kam, wo Els in dem großen Topf rührte, Ide den Korb mit den Einkäufen vom Markt abstellte, da sollte es nicht mehr lange dauern, bis ich mit eigenen Augen sah, was geschehen war, bis ich sah, verstand und begriff.

»Auf dem Markt kaufen sie, als gäb's kein Morgen!«, sagte Ide.

»Was ist denn passiert?«, fragte ich.

Ob mir noch keiner was gesagt hätte, wirklich nicht?

»Nein, nein, was denn? Oh, Koks, du diebischer Höllenhund«, rief ich, denn Koks hatte ein Ei aus dem Korb gestohlen. Ich lief ihm lachend in den Hof nach, da sah ich meinen Bruder. Gebeugt und blutüberströmt wankte er auf mich zu, sackte auf die Knie.

»Wir müssen die Tore schließen!«, flüsterte er.

7

Mein Bruder Christian kannte ein Mädchen in Dargelin, Anna, nun kein Mädchen mehr, eine junge Frau, aber er hatte sie schon gekannt, als er noch ein Junge war und ich noch ganz klein. Er nahm mich mit zum Markt, wo sie das Gemüse ihres Vaters verkaufte, ein mürrischer Bauer, dem die Leute misstrauten. Anna, mit Augen, die schimmerten wie Kiesel in einem Frühlingsbach, zwei Grübchen umrahmten ihren Mund wie ein geteiltes Herz, wenn sie lächelte, das hatte ihn verzaubert.

Beide hatten sie den Kometen gesehen, als sie Kinder waren, sie in Dargelin, Christian zu Hause in Greifswald. In der ersten Nacht, als er erschienen war, hatte Annas Mutter ihr die Hand über die Augen gehalten, dasselbe hatte unsere Mutter bei Christian getan, er glaubte, sein Schicksal sei dadurch mit Annas verbunden, vielleicht war es das.

Er gab Jonion die Sporen, seinem schönen schwarzen Pferd, galoppierte über die Landstraße nach Süden, nach Dargelin, von wo ich den Rauch gesehen, das Donnern gehört hatte, wo sie lebte, Anna, mit dem geteilten Herzen und zwei Kindern, denen sie schon jung das Leben geschenkt hatte. Ob eines von Christian war, beide vielleicht, niemand wusste es.

Ich stellte mir Anna vor, nicht nur sie, alle Landmädchen aus Dargelin, ihre goldene Haut im Herbst, bevor die Kälte kam, die Schwielen an ihren dunklen Händen, die Erde, die wie schwarze Mondsicheln unter ihren Nägeln zurückgeblieben war vom Kartoffelgraben, der Staub in ihren zusammengebundenen Haaren, der Staub in den Nasenlöchern, in ihren Ohrschnecken, der kalte Lehm zwischen ihren Zehen, der trockene Lehm auf ihren tanzenden Füßen, der bröckelnde Lehm an ihren hübschen Knöcheln, der Lehm im Fell ihrer Ziegen, im Fell ihrer Hunde, der Lehm ihrer Hütten, der Lehm auf den Gräbern ihrer Vorfahren, alles würde schon bald Erde sein.

Christian zügelte sein Pferd, erblickte die Hütten von Dargelin, die wie aus einem Würfelbecher auf die Erde gefallen waren, und davor das riesige Heer. Still, wie erfroren, so flüsterte es ihm die Hoffnung ins Ohr, erfroren in den weiten Ebenen Pommerns, doch über ihnen stiegen Qualmwolken auf, stiegen auf vom Höllenfeuer in ihren Leibern. Kalt jagte der Wind vom Meer über das Land, blies in ihre seelenlosen Gesichter, doch sie froren nicht, niemals würden sie frieren, solange der Krieg die Glut in ihnen anfachte.

Dann fegte ein erbarmungsloser Sturm über das Dorf Dargelin. Im Pulverdunst sah Christian das Mädchen, ihre Augen zwei Kiesel, die im Wasser versanken. Er gab seinem Pferd die Sporen, sprang herunter, versuchte sie zu retten. Ein Säbel schlitzte seine Schulter auf. Christian taumelte gegen ein Pferd, und der Mann, der darauf saß und ihn mit einem Tritt fortstieß, war Oberstleutnant Guitzardo. Christian wankte auf Guitzardo zu, rief: »Herr, es sind friedliche Bauern, sie bestellen das Land, hüten das Vieh. Befehlen Sie Ihren Soldaten, diese Menschen zu verschonen!«

Melchior lief aus dem brennenden Stall, zog Frodi hinter sich her, da erkannte er ihn: »Christian! Christian, wir kommen!«

Pulverdampf hüllte ihn ein, Melchior fiel auf die Erde. Über ihm auf seinem Pferd, die rauchende Pistole in der Hand, wandte Guitzardo sich Christian zu, hob die Augenbrauen. Christian stürzte sich auf ihn, spürte keine Angst, wollte ihn vom Pferd reißen. Guitzardo hob seine Pistole und schoss.

8

Endlich schlug es unten gegen die Haustür. Ich lief die Treppe hinunter in die Halle, wo Ide die silbernen Kerzenhalter einsammelte, um sie zu verstecken, falls wir geplündert würden. Els kam aus der Küche: »Nicht alle, Ide! Das bemerken die Katholiken. Lass zwei, drei stehen, die können die Ketzer sich holen.«

Noch einmal schlug es gegen die Tür.

»Ich komme!«, rief ich.

Schnell schob ich den Riegel auf, öffnete die Tür einen Spalt, erschrak: Draußen stand ein Mann mit braunem Bart, das Gesicht übersät mit Warzen, groß wie dicke Bohnen, die Haut darunter wie alter Blumenkohl.

»Julius van den Spiegel, Sie haben nach mir rufen lassen.«

Ich zog die Tür auf, ließ ihn ein, starrte auf seine uralte Tasche aus Rindslederflicken, nicht in sein Gesicht. Er erriet meine Gedanken: »Sie werden sich daran gewöhnen müssen. Wo ist er?«

»Oben.«

»Worauf warten wir?«

»Kommen Sie!«

Ich lief die Treppe hinauf, van den Spiegel folgte.

Christians Augen waren geschlossen, kalter Schweiß lag auf seinem bleichen Gesicht, die Laken waren blutig, das Hemd aufgeknöpft: Die Kugel hatte seine Bauchdecke zerfetzt.

Van den Spiegel blickte ihn verwirrt an: »Man sagte mir: ein tückischer Zahn!«

»Kein Zahn«, sagte ich, »eine Pistolenkugel, sie wird ihn töten.«

Van den Spiegel schüttelte den Kopf, drehte sich zur Tür: »Rufen Sie mich, wenn Sie Zahnschmerzen haben. Zähne, Aderlass, Schröpfen, Klistiere, das ist mein Geschäft. Auf Wiedersehen!«

»Ich zahle das Doppelte«, rief ich.

»Das Doppelte von was?«

Er war schon auf dem Flur.

»Das Doppelte von einem Zahn.«

»Eine Kugel im Bauch ist kein Zahn, den man mit der Zange rauszieht.«

»Das Dreifache.«

»Beten Sie lieber für Ihren Bruder, wenn Sie so am Geld hängen.«

»Fünf Zähne!«

»Einverstanden!«

Van den Spiegel stellte seine Tasche neben das Bett, legte die Hand auf Christians Stirn.

»Haben Sie schon einmal einem Menschen eine Kugel aus dem Leib geschnitten?«

»Lange her. Ein Mann hatte auf seinen eigenen Jungen geschossen. Ich habe die Kugel aus seiner Lunge gezogen, der Junge ist trotzdem gestorben.«

9

Mit zitternden Händen legte van den Spiegel Wundhaken auf den Tisch, Scheren, Skalpelle, Messer, Sägen. Er tunkte die Finger in die Schüssel mit Wasser, zog sie heraus: »Ist nicht heiß!«

Regina sah ihn unsicher an: »Bis ich es hier oben habe, ist es abgekühlt.«

»Wein?«, brummte van den Spiegel, sie hielt ihm den

Krug und ein Glas entgegen. Er nahm den Krug, trank daraus.

»Eine von euch beiden sollte hierbleiben!«

Ausdruckslos betrachtete er Christians Wunde, dann unsere Gesichter. Regina senkte den Blick.

»Ich bleibe«, sagte ich.

»Bring mehr Wasser!«, sagte er zu Regina. »Heißes Wasser!«

Sie nickte, ging hinaus, schloss die Tür. Van den Spiegel hielt mir den Krug hin. Ich zögerte, nahm ihn, trank den Wein, gab ihm den Krug zurück.

»Macht die Hände ruhiger«, sagte er und hielt mir einen hölzernen Beißkeil hin, in den tiefe Zahnspuren gegraben waren.

»Wird er überleben?«, flüsterte ich.

»Vielleicht. Wenn er leben will.«

»Ja, das will er, sonst wäre er nicht zurückgekommen.«

»Werden wir sehen.«

Ich strich Christian über die Stirn, er öffnete die Augen, kniff sie zusammen, stöhnte, konnte das Licht nicht ertragen. Van den Spiegel trank einen Schluck Wein, griff nach einem Skalpell, seine Hände zitterten noch immer: »Bereit?«

Ich hielt Christian den Beißkeil an die Lippen, er öffnete den Mund, ich legte den Keil hinein, er biss darauf.

»Denk an die schönen Dinge des Lebens, Junge!«, sagte van den Spiegel.

Er legte die Wunde frei, schob eine Zange hinein. Christian bäumte sich auf, er biss auf den Keil, blickte mir in die Augen, hielt still, schnaubte nur wild durch die Nasenlöcher. Sein Gesicht war schneeweiß. Schweiß stand darauf wie Ebbewasser, er begann darin zu ertrinken. Ich betete lautlos, van den Spiegel grub in Christians Bauch, immer mehr

Blut quoll hervor. Van den Spiegel schüttelte den Kopf, zog die kleine Zange heraus. Christian stöhnte.

»Es geht nicht, ich kann es nicht«, sagte van den Spiegel.

»Warum nicht?«

»Ich kann es nicht.«

Ich starrte ihn an: »Sie haben es damals versucht, auch wenn Sie den Jungen nicht retten konnten.«

Van den Spiegel schüttelte den Kopf: »Er war mein Sohn.«

Er griff nach dem Krug, stand eine Weile verloren im Zimmer.

»Bitte«, sagte ich, »versuchen Sie es.«

Er trank, setzte sich neben Christian aufs Bett, nahm schließlich die blutige kleine Zange wieder in die Hand, schob sie ihm in den Bauch. Schließlich zog er die Zange sehr langsam aus Christians Bauch.

»Da ist das Biest«, sagte er erschöpft.

Er irrte sich. Er hatte die Kugel, die meinen Bruder töten sollte, herausgezogen. Doch das Biest hatte er nicht besiegt.

10

Ich war müde, wünschte mir, tief zu schlafen, tief und lang, dann aufzuwachen, um festzustellen, dass nichts geschehen war, in die Küche hinunterzulaufen, einen Apfel zu stehlen, Ide zu sehen, die lachend über den Zwiebeln weinte, Koks, der ein Ei mopste, Christian, der ein Lied pfiff, Emi mit bunten Bändern im geflochtenen Haar, dampfende Hühnerbrühe, Petersilie, das einfältige Gackern der Hühner im Hof wie an jedem Morgen.

Ich schlief nicht. Ich lauschte in die Nacht.

Im Morgengrauen fielen sie über uns her.

Bernstein ließ seine Männer durch alle Stadttore zugleich eindringen, beschämt traten die Torwachen zur Seite. Unser Herzog, Bogislaw der Vierzehnte, hatte den Katholiken unsere protestantische Stadt überlassen, niemand leistete Widerstand, und so hallten ihre Kriegstrommeln durch menschenleere Gassen, das Schlagen eiserner Hufe, das Scheppern der Rüstungen.

Vom Zimmer der Jungs aus beobachtete ich die Männer. Christian stöhnte im Schlaf. Ich ging hinunter, um ihm Suppe zu holen, aus dem Schafzimmer der Eltern hörte ich meinen Vater.

»Ich muss zum Rathaus«, sagte er ausdruckslos.

Der große Wandspiegel war wie eine Tür geöffnet, dahinter versteckt lag eine kleine Kammer mit Schränken, in denen wertvolle Silberschalen glänzten, niederländisches Porzellan, Schmuckkästchen, Bernstein, spanisches Glas. Mutter stellte das große Schachspiel aus Elfenbein hinein, sagte dann: »Ich habe Angst. Was werden sie uns antun?«

Vater sah sie stumm an. Ich schlich davon, die Treppe hinunter in die Küche, dachte darüber nach, was sie uns antun würden.

In der Küche sammelte Els die Goldlöffel zusammen, legte sie in ein Kästchen, verschloss es.

»Christian braucht Suppe«, sagte ich.

Els sah nicht auf: »Sofort, Billie!«

Christian war wach, als ich mit der Suppe zu ihm kam, er lauschte auf den Lärm von der Straße, Trommeln, Hufschlag, Gebrüll.

»Es sind so viele!«, sagte ich.

»Es werden noch mehr kommen, Billie.«

»Aber wo werden all die Männer schlafen?«

»In unseren Betten, was denkst du? Sie sind jetzt die Herren dieser Stadt!«

Sie würden also in unseren Häusern wohnen, in unseren Betten schlafen, an unseren Tischen sitzen, nach unseren Büchern greifen, unsere Vorräte verschlingen, unsere Tiere schlachten, unser Geld stehlen. Aber wenn sie nun die Herren unserer Stadt waren, was waren wir dann? Konnten sie mit uns tun, was sie wollten? Würde niemand kommen, um uns vor ihnen zu beschützen? Um uns zu retten? So einfach war das alles, so schrecklich einfach?

11

Als ich zehn wurde, machte Christian mir ein Geschenk, ein unbegreifliches Geschenk, ein Büchlein, keines, wie sie in der Bibliothek zu finden waren, sondern ein magisches Buch, nichts stand darin, der Deckel hellbraun, jede Seite unberührt, wie der Strand nach dem Winter, über den noch niemand gegangen war.

Zuerst glaubte ich, dass sich das Buch eines Nachts von unsichtbarer Hand mit Worten füllen sollte. So war es nicht, es blieb leer. Ruhig schlug ich Seite für Seite um, einhundertvierundvierzig einsame Strände, einer so schön wie der andere. Die Einhundertvierundvierzig, hatte Christian gesagt, sei eine magische Zahl, sie bedeute, dass man in die verborgensten Winkel der Seele blicken könne und dabei von den Engeln beschützt werde. Nur Christian konnte so unglaubliche Dinge sagen, und als er sah, dass ich das magische Buch noch immer nicht begriff, gebannt war, aber nicht begriff, da sagte er, ich selbst könne es mit meinen Worten füllen, es sei mein Buch, da verschlug es mir den Atem, und mein Herz pochte in der Brust, solch einen

Schrecken bekam ich, als würde ein finsterer Bote in tiefster Nacht gegen die Türe schlagen, während ich bang im Bett lag, zu ängstlich, um zu öffnen.

Mit dem hellbraunen Buch im Gepäck und einem roten Bart war Christian von einer großen Reise nach Stockholm heimgesegelt, den Bart schnitt er ab, das Buch blieb leer, lange versteckte ich es tief unten im Schrank, in Wahrheit versteckte ich mich vor dem Buch, so groß war meine Furcht, ein Wort, nur einen Buchstaben auf die erste Seite, einen Fuß auf den Sand zu setzen, seine stille Unberührtheit für immer zu zerstören. Versteckt in der Dunkelheit, blieb es, wie es war, verwandelte sich nicht, ich verwandelte mich nicht, blieb, was ich war, bis der Krieg kam, da wusste ich, dass es an der Zeit war.

Ich hob das Buch ans Licht, nahm eine Feder, tauchte sie in die Tinte und begann mein Buch der Verwandlungen.

12

»Dieses Haus wird ab jetzt von Oberstleutnant Guitzardo bewohnt. Schafft außerdem im Stall Platz für zwölf Pferde!«

So begann es, als sie unser Haus in Besitz nahmen. Sie raubten uns nicht aus, sie erklärten einfach, es sei nun ihr Haus.

»Als Ratsherr von Greifswald bin ich durch den Kapitulationsvertrag von Einquartierungen ausgenommen«, erwiderte mein Vater. »Ihr wisst das!«

Der Quartiermeister wandte sich von Vater ab, ließ den Blick durch die Halle schweifen, über den Teppich, den Joachim und Christian anstelle eines niederländischen Gemäldes aufgehängt hatten, die Treppe hinauf, wo er mich bemerkte: »Dieser Vertrag, von dem Ihr da sprecht, ist bloß … Papier!«

»Unser Herzog hat sich an die Abmachung gehalten und Euch Pommern kampflos überlassen, haltet Ihr Euch nun an Euren Teil!«

Der Mann drehte sich auf dem Absatz um, blickte Vater an: »So ist der Krieg. Ihr solltet dankbar sein, dass ich Euch nicht einen Trupp verlauster Fußsoldaten ins Haus schicke, stattdessen lässt sich Oberstleutnant Guitzardo von Strasoldo herab, Euch mit seiner Anwesenheit zu beehren, Freiherr auf Hoscheune Kradawietz, Ihrer Römisch Kaiserlichen Majestät Kämmerer.«

»Ihr redet von Ehre?«, rief mein Vater.

Der Mann gab ihm eine Ohrfeige: »Und jetzt, Hanswurst, geh mir aus den Augen!«

13

Papiere vom Schreibtisch meines Vaters flatterten auf die Straße, landeten unter den Stiefeln vorbeiziehender Soldaten, achtlos traten sie die Bogen mit Vaters Handschrift in den Dreck. Offenbar machten sich die Katholiken nicht viel aus Papier. Das Kästchen mit Vaters Siegelstempel flog hinterher, der Huf eines mächtigen Pferdes trampelte darauf, zerbrach das Kästchen, stampfte Stempel, Löffel, Wachs in den Schlamm. Auf dem Pferd saß Oberstleutnant Guitzardo, blickte zum offenen Fenster hinauf.

»Das ist jetzt Euer Haus, Herr Oberstleutnant!«, rief ein Einäugiger auf einem gelben Pferd, Guitzardos Diener Ebert Gräul, wie ich später erfuhr.

»Wem gehörte es?«

Gräul zog einen Zettel aus der Tasche, las: »Christian Schwarz. Ratsherr. Jurist. Sechs Kinder. Drei Jungen. Drei Mädchen.«

»Sehr hübsch. Wir bleiben.«

Vom Fenster der Bibliothek aus schaute ich auf die Straße hinunter, Christian trat neben mich, drehte sich weg, als er Guitzardo erkannte: »Das ist der Mann, der Melchior erschossen hat! Wenn er mich findet, wird er mich töten, vielleicht uns alle! Ich muss sofort verschwinden!«

Christian schleppte sich zur Tür, um den Bauch einen blutigen Verband.

»War Melchior dein Sohn?«

Er blieb stehen, blickte zu mir zurück: »Ja, er war mein Sohn, Frodi meine Tochter.«

14

Wir durften das Wohnzimmer nicht mehr betreten, nicht mehr die Bibliothek. Wir mussten zusammenrücken. Mutter zog in das Zimmer meiner Schwestern, Vater zu den Jungs, wo Christian sich versteckt hielt, auf die Dunkelheit wartete, auf eine Gelegenheit zu fliehen.

Ich fragte mich, wie lange die Katholiken in unserer Stadt bleiben wollten, hatten sie doch eigene Städte, herrliche Städte, so hörte man, Wien, Würzburg, München, hatten eigene Häuser, sicherlich ebenso schön wie unsere, prächtiger sogar, hörte man, und so begriff ich nicht, warum sie überhaupt zu uns gekommen waren, warum sie ihre Frauen verlassen hatten, ihre Kinder, um sich hier, weit weg von zu Hause, in unsere Betten zu legen.

»Wir sind nicht mehr Herr im eigenen Haus«, hatte Mutter gleichmütig gesagt. Regina war kraftlos aufs Bett gesunken, hatte verzweifelt geweint. Mutter hatte ihr übers Haar gestrichen, das tat sie nicht oft.

»So ist der Krieg, mein Kind. Er ist ein gieriger Räuber.«

Joachim streifte durchs Haus, unruhig wie ein ausgehungerter Hund am Ende des Winters, versteckte sich an der Tür zum großen Wohnzimmer, starrte Guitzardo hasserfüllt an, der zufrieden in Vaters Sessel saß. Kerzen erhellten den Raum, ein kräftiges Feuer loderte im Kamin, davor kniete Gräul vor einer großen Kiste, die vier Männer heraufgeschleppt hatten, hob kleinere Schachteln heraus.

»Hier sind einige Pfund Konfekt vom Apotheker Jakob Schmieden, Herr Oberstleutnant!«

Guitzardo stemmte sich neugierig hoch, streckte die Hände aus, öffnete jede Schachtel, schob sich Konfekt in den Mund: »Eingemachte Quitten! Weinkapern, Korinthen, feinstes Marzipan!«

Er leckte sich die Finger: »Lange kein so vortreffliches Marzipan mehr gekostet.«

Er hielt Gräul die Schachtel hin: »Greif zu, Gräul!«

»Oh, danke!«, sagte Gräul mit leuchtenden Augen, da zog Guitzardo die Schachtel zurück: »Spaß!«

Guitzardo fischte eine bauchige Flasche aus der Kiste: »Bester Rheinwein? Gute Arbeit, Gräul!«

»Und ein süßer spanischer Wein, den nennen sie Peter Simens.«

»Pedro Ximénez, du Esel!«, sagte Guitzardo.

»Der Weinhändler verspricht sich gute Geschäfte mit Euch.«

»Soll seine Rechnung gleich ins Rathaus bringen, damit seine Ratsherren alles brav bezahlen können!«

»So habe ich es ihm gesagt, Herr Oberstleutnant! Und ein Tuchhändler namens Arendt von Stetten würde Ihnen gerne seine edlen Stoffe vorführen.«

»Soll kommen! Soll kommen!«

Guitzardo schob sich heiter ein Stück Marzipan in den Mund, drehte sich um. In der Tür stand mit finsterer Miene Joachim.

»Das ist das Wohnzimmer meiner Familie!«, rief Joachim.

Guitzardo kniff die Augen zusammen, hob das Kinn. Einen Moment blickten sie sich wortlos an, Joachim bebend, Guitzardo interessiert.

»Oh, ja! Es ist sehr geschmackvoll«, sagte der Oberstleutnant, lächelte. »Bist du gekommen, es zurückzufordern?«

»Das bin ich!«, erwiderte Joachim entschlossen, funkelte Guitzardo angriffslustig an.

»Bist ein tapferer Junge!«, sagte der Oberstleutnant anerkennend. »Schließ dich unserem Regiment an, und du kannst viel erleben!«

Tapfer sein, viel erleben, wie schnell dieser Mann meinen Bruder durchschaut hatte!

»Überleg es dir, die Welt steht dir offen!«

Als wäre er um ein Haar in die Falle des Feindes getappt, verzog Joachim schließlich das Gesicht, schüttelte den Kopf.

»Niemals!«, rief er, lief davon.

15

Drei Hühner drehten sich über den heißen Flammen knisternd am Spieß, Els schüttete dunklen Rotwein in einen Topf, gab Zucker und eingekochte Beeren dazu: »Drei Hühner auf einmal frisst dieser Guitzardo!«

Die Sonne war untergegangen, Ide knetete eine große Menge Teig. Ich saß auf einem Stuhl, anstatt zu helfen, starrte in die Flamme einer Kerze, als eine Gestalt in der Tür zum Hof erschien.

»Und so dick ist er, dass er sein eigenes Geschütz nicht mehr sehen kann!«, rief Ide, lachte.

Es war ein junger Mann, Els bemerkte ihn ebenfalls.

»Ide!«, rief sie. »Reiß dich zusammen!«

Ide stand mit dem Rücken zu ihm, sah ihn nicht, schlug mit der Hand auf den Teighaufen: »Aber was denn? Ich übertreibe nicht: Er ist ein blinder Kanonier!«

»Entschuldigung!«, sagte der Mann in der Tür, Ide drehte sich um, prustete los.

Er war schön wie ein schönes Mädchen.

»Oh, mein Gott!«, rief sie, die Hände schon wieder im Teig vergraben.

»Mein Name ist Samuel Gerlach«, sagte er unsicher, »ich suche Herrn Christian Schwarz.«

Er blickte zu mir, nickte schüchtern.

»Den Vater oder den Sohn?«, fragte Els, hob den Spieß mit den drei Hühnern vom Feuer.

»Den Sohn. Ich bin ein Freund von Christian, dem Sohn.«

Alle drei starrten wir ihn nun an, seine hübschen Taubenaugen glühten wie Bernstein im Kerzenlicht.

»Kannst du den jungen Mann raufbringen, Ide?«, fragte Els.

»Aber ja!« Ide zog die Hände aus dem Teig, der an ihrer Haut kleben blieb, lachte begeistert. »Sie müssen sich bloß ein wenig gedulden!«

Wenn er ein Freund meines Bruders war, kam es mir in den Sinn, warum hatte ich ihn vorher nie gesehen?

»Ich bringe Sie hoch«, sagte ich, stand auf.

Mit einer knappen Verbeugung nickte er: »Vielen Dank!«

Ich betrachtete ihn einen Moment, Ide schaute empört, er gefiel ihr, das wusste ich, sie mochte Männer mit feinen Gesichtern. Ich nahm eine Kerze, ging voran, spürte ihn dicht hinter mir.

»Woher kennen Sie meinen Bruder?«, fragte ich, ohne mich zu ihm umzudrehen, als wir durch die Halle gingen.

»Von der Universität. Du musst Billie sein.«

»Das bin ich.«

»Dein Bruder hat mir viel von dir erzählt. Er schwärmt von dir! Dass du klug bist, voller Ideen, dass du fließend Latein sprichst und dass du …«

Ich blieb stehen, drehte mich zu ihm um. Er war wohl wirklich ein Freund meines großen Bruders, wenn er so viel über mich wusste, doch ich war erschöpft und mochte nicht, dass er über mich sprach.

»Entschuldigen Sie, es war ein schrecklicher Tag«, sagte ich, und mit einem Mal musste ich meine Tränen zurückhalten. Ich verzog das Gesicht, betreten senkte er den Blick.

»Tut mir leid. Das war unpassend.«

Stumm wandte ich mich von ihm ab, stieg die Stufen hinauf, wischte die Tränen von meinem Kinn. Er folgte mit ein wenig Abstand. Die Stufen knarrten unter unseren Schritten, er setzte den Fuß auf, wenn ich es tat. Im Wohnzimmer knackte das Holz im Feuer, Kerzen brannten, ich sah nicht hinein, schlich weiter mit ihm hinauf, spürte seinen Blick auf mir. Vor dem Zimmer der Jungs blieb ich stehen, wandte mich zu ihm um, sein Gesicht leuchtete im Schein der Kerze, er duftete nach Zedernholz.

»Entschuldigung, wie war noch Ihr Name?«

Ich hatte ihn nicht vergessen, ich wollte bloß seine Stimme noch einmal hören.

»Samuel. Samuel Gerlach.«

Ich nickte, klopfte. Schritte näherten sich der Tür, gedämpft erklang Vaters Stimme: »Wer ist da?«

»Ich bin es, Billie.«

Vater öffnete die Tür einen Spalt.

»Was gibt es, Billie?«, flüsterte er.

»Ein Besucher für Christian, sein Name ist Samuel Gerlach.«

Vater öffnete die Tür weiter, Christian saß auf dem Bett, lächelte, als er ihn erkannte: »Samuel!«

»Danke, Billie«, flüsterte Samuel, ging an mir vorbei, streifte meinen Arm.

Vater schloss die Tür.

»Danke, dass du so schnell gekommen bist!«, hörte ich Christian.

Sie sprachen leise, trotzdem konnte ich sie verstehen.

»An den Stadttoren herrscht ein gefährliches Durcheinander«, sagte Samuel, »aber sie schließen sie nicht in der Nacht, weil noch immer Truppen nachrücken.«

»Dann brechen wir gleich auf!«, sagte Christian.

Mein Herz zog sich zusammen. Konnte er so schwer verletzt denn schon reisen? Aber vielleicht hatte er keine andere Wahl.

Vater sagte: »In Frätow haben wir ein Landgut. Dort gibt es einen Fischer namens Hinnerk Borst. Er soll versuchen, Christian nach Rostock zu bringen, dort ist er erst einmal in Sicherheit.«

Wir flüsterten in unserem eigenen Haus, Christian musste aus seiner Heimatstadt fliehen, ein mächtiges Kaminfeuer wärmte einen Fremden in unserem Wohnzimmer, das wir nicht mehr betreten durften, hier oben war es kalt, wir durften kein Holz nehmen.

»Wer bist du?«, rief jemand herauf.

Erschrocken fuhr ich herum, die Stimmen im Zimmer hinter mir verstummten. Unten an der Treppe stand Guitzardo mit einer Kerze, blickte zu mir.

»Klettere herab von den Felsen, kleine Gazelle!«, rief er lächelnd.

Ich stieg hinunter, starrte auf die Spitzen meiner grauen Hausschuhe, seine Stiefel glänzten im Schein der Kerze, seine Hand berührte mein Kinn, sie roch nach Marzipan. Er hob mein Gesicht, sah mich an, seine Augen blickten heiter.

»Bei den Töchtern Jerusalems!«, rief er.

Mit seinem Daumen aus Marzipan strich er mir langsam über die Lippen, Kerzenwachs tropfte auf meine Hand, er sagte: »Sehr, sehr schön!«

Mutter kam die Treppe herauf, erstarrte, flüsterte: »Billie, komm her!«

Guitzardo sah mich lächelnd an, als ob Mutter gar nicht da wäre.

»Billie!«, rief sie noch einmal, ihre Stimme zitterte.

Erst nach einer Weile ließ er mich los.

16

Niemand, so schien es, schlief in dieser eisigen Novembernacht. Wolken verhüllten den Mond, Hunde bellten wütend. Ich hörte Hufgeklapper, schlich aus der Küche in den Hof. Joachim führte zwei gesattelte Pferde aus dem Stall, Bekka und Achill. Samuel schnürte einen Reisesack an Achills Sattel, ein Jagdsäbel hing an seinem Gürtel.

»Was habt ihr vor?«, rief ich leise in die Dunkelheit.

Samuel kam zu mir, flüsterte: »Dein Bruder kann nicht länger im Haus bleiben, Guitzardo würde ihn töten, und die Katholiken werden Pommern so bald nicht verlassen. Christian will versuchen, in die Niederlande zu gelangen, nach Amsterdam, dort kann er weiterstudieren.«

»Nach Amsterdam?«

Samuel blickte kurz zum Haus, Christian kam noch nicht: »Ja! Es ist eine so wunderbare Stadt, Billie! Voller Dichter und Maler! Die prächtigsten Schiffe, die die Meere der ganzen Welt befahren, ankern im Hafen von Amsterdam! Und in den Lagerhäusern findest du alle Kostbarkeiten, die du dir nur denken kannst: Gewürze aus Indien, Pfeffer von den Molukken-Inseln, edle Seide aus China. Und stell dir vor,

Billie: Überall duften die herrlichsten Tulpen, und die Menschen in Amsterdam sind heiter, stolz und frei!«

Da standen wir inmitten des Unglücks, das die Katholiken über uns gebracht hatten, flüsterten, voller Furcht, entdeckt zu werden, und doch steckte er mich mit seiner Schwärmerei an, ich wollte davonlaufen, frei sein.

»Dort wäre ich auch gern«, sagte ich, »in Amsterdam!«

»Wer weiß, Billie, wohin uns das Leben führt!«

Er lächelte, senkte den Blick, ging zurück zu den Pferden.

Wer wusste es schon?

17

Im dunklen Haus stieg Christian auf Vater gestützt die knarrenden Stufen hinunter. Licht flammte hinter ihnen auf, ein Schatten legte sich über sie, sie erstarrten, so erzählte es mir mein Vater später.

»Wollt Ihr Euch etwa davonschleichen, Schwarz?«, rief Guitzardo.

Christian verbarg sein Gesicht im Schatten.

»Mein Sohn ist krank. Ich bringe ihn in die Küche, damit er einen Teller Suppe bekommt.«

Misstrauisch trat Guitzardo näher, hob den Kerzenleuchter, hielt ihn vor Christians Gesicht, sah ihn eindringlich an.

»Hab ich dich nicht schon irgendwo gesehen?«

»Mein Sohn lag die ganze Woche hustend im Bett«, sagte Vater. »Vielleicht eine Seuche.«

Guitzardo wich angewidert zurück: »Dann weg mit ihm!«

Vater zog Christian mit sich die Stufen hinab, in der Küche gab Els ihm einen Proviantbeutel, umarmte ihn mit feuchten Augen.

Guitzardo war, so stellte ich es mir vor, in die Wärme des Wohnzimmers zurückgekehrt, saß am Esstisch, trank Wein, biss in ein Stück Marzipan, hielt mit einem Mal inne, kniff die Augen zusammen und sah jetzt wieder das Dorf vor sich, Dargelin, das sie am Vortag überfallen hatten, sah den Jungen vor sich, das kleine Mädchen an der Hand des Jungen, sah, wie der Junge zu Boden stürzte, das Mädchen im Fallen mit sich zog. Er blickte in das wütende Gesicht eines jungen Mannes, sah, wie der Mann auf ihn zustürzte, ihn vom Pferd reißen wollte: Es war Christian.

Im Hof lief ich auf Christian zu, umarmte ihn vorsichtig.

»Wir werden uns wiedersehen, Billie«, flüsterte er. »Ich komme zurück, wenn der Krieg vorbei ist.«

»Aber wann wird das sein?«, fragte ich.

Er schüttelte den Kopf, versuchte zu lächeln.

Ich nickte, lächelte mit Tränen in den Augen: »Pass auf dich auf, großer Bruder!«

»Und du auf dich, kleine Schwester!«

Die Küchentür flog auf, mit gezogener Pistole stieß Guitzardo Els zur Seite, ihr Schrei drang in den Hof. Als er aus dem Haus stürmte, saßen Christian und Samuel bereits im Sattel.

»Runter vom Pferd!«, rief Guitzardo, hob die Pistole.

Christian und Samuel rissen die Pferde herum, gaben ihnen die Sporen, ein Schuss krachte durch die Nacht.

Als der Pulverdampf sich verzogen hatte, waren Christian und Samuel in der Dunkelheit verschwunden.

»Es ist mein Sohn, den Ihr töten wolltet, Oberstleutnant Guitzardo!«, sagte Vater.

Guitzardo ließ die Pistole sinken, blickte Vater an: »Ich bin ein kultivierter Mann, Schwarz. Ich habe eine brave Frau, sie heißt Mechthild, ich habe drei Kinder: Adam, Balthasar und Carolina. Ich habe sie seit fast drei Jahren nicht gesehen, und wenn ich auf dem Schlachtfeld kämpfe, dürfen mir ihre Gesichter nicht in den Sinn kommen, versteht Ihr? Aber ich bin Soldat, Schwarz, das hier ist ein Krieg, und Krieg bedeutet, Menschen zu töten, nichts sonst.«

Sein Blick fiel auf mich, ich stand hinter Vater, schaute zu Boden. Guitzardo drehte sich um, ging zurück zur Küche, wo Koks, unser Hund, stand. Als sich zum zweiten Mal in dieser Nacht ein Schuss aus Guitzardos Pistole löste, heulte Koks auf und fiel um.

18

Böses Gebell hallte von den Mauern wider, schauriges Pferdewiehern. Zerlumpte Kreaturen taumelten im wütenden Schein blutroter Fackeln umher, einäugige Männer, zahnlose Frauen, Beinlose auf rollenden Brettern, in Kleidern, die wie Fleischfetzen von ihren entstellten Leibern hingen. Es war der Tross der Elenden, die dem katholischen Heer nachzogen.

»Glaubst du, Christian wird es bis nach Amsterdam schaffen, Mutter?«, fragte Emi.

Wir saßen auf Emis Bett, die Kleider am Leib, niemand wusste, was geschehen würde in dieser Nacht, vielleicht blieb uns nicht die Zeit, uns anzuziehen, wer wusste das schon.

»Der Herr wird Seine Hand über Christian halten«, sagte Mutter, sie saß bleich auf Reginas Bett.

»Die Katholiken«, fragte Emi, »beten die nicht zu demselben Gott wie wir?«

Mutter blickte zu ihrer Tochter, die alt genug war zu wissen, dass sie zu demselben Gott beteten, schwieg.

»Sie sind nicht wie die Türken, oder?«, fragte Emi, die nicht lesen konnte, auch wenn sie das Alphabet zu singen gelernt hatte. »Oder ist der Papst Türke?«

»Schlaf jetzt, Emerentia!«, sagte Mutter. »Der Herr wird uns schützen.«

Emi stöhnte, Regina seufzte: »Wird es nie wieder ein Fest in unserem Haus geben, Mutter?«

Mutter antwortete nicht.

»Wie soll ich je einen Mann kennenlernen, der mich heiratet, wenn wir in einer Stadt voll katholischer Soldaten leben?«

»Hast vorher auch keinen kennengelernt, der dich heiraten wollte, Regina«, sagte sie bitter in die Dunkelheit.

Ich ging hinauf, legte mich in meinem Kleid ins Bett, betete, dass Christians Flucht gelingen möge, dass wir bald eine Nachricht von ihm bekommen würden, einen Brief aus Amsterdam, wo Maler und Dichter lebten, wie es mir Samuel Gerlach erzählt hatte, wo die Menschen heiter waren, stolz und frei. Doch vielleicht hatten sie es nicht einmal aus der Stadt geschafft, er und Samuel, vielleicht hatte die Meute sie von den Pferden gezogen. Vielleicht würde ich ihn nicht mehr wiedersehen, meinen großen Bruder. So viel von dem, was ich wusste, wusste ich von ihm, er hatte meinen Kopf gefüllt und mein Herz.

Die Holzstufen der Stiege knarrten. Jemand schlich umher. Guitzardo war nun der Herr dieses Hauses, er konnte nachts in jedes Zimmer eindringen, wenn er wollte, er konnte unseren Hund erschießen, nichts und niemand würde ihn aufhalten. Die Katholiken konnten mit uns tun und lassen, was sie wollten, kein Gesetz galt mehr. Wir hatten ihnen nichts entgegenzusetzen, wir waren ihnen ausgeliefert, und sie würden so bald nicht mehr fortgehen.

Alles war in mir, die Angst, die Wut, der glühende Wunsch zu kämpfen. Nicht mit Säbeln und Pistolen, aber mit meiner Stimme, die ich lernte wie ein Schwert zu führen, und wie ein Herz, das nicht erkaltete im Winter des Krieges, das pochte, bebte wie der Frühling, sang wie ein Sperling, weinte wie die unzertrennlichen Graugänse, wenn sie einander verloren, denn nur meine Stimme blieb mir, als der Krieg uns überfallen hatte im bittersten November meines Lebens.

19

Ich hatte wach bleiben wollen, falls uns in der Nacht eine Nachricht von Christian oder Samuel Gerlach erreichte, war aber eingeschlafen.

Als ich erwachte, erschrak ich, die Sonne, die hinter den grauen Wolken den Himmel erhellte, ließ erkennen, dass es schon Vormittag sein musste.

Die Zimmer meiner Geschwister fand ich leer, die Betten gemacht, im nächsten Stockwerk schlich ich vorsichtig an den Räumen vorbei, die unser Wohnzimmer, unsere Bibliothek, Vaters Arbeitszimmer und das Schlafzimmer meiner Eltern gewesen waren.

In der Küche kochte Els Brotsuppe, Ide richtete auf einem Tablett ein Frühstück an, Grütze, Hering, Brot.

»Guten Morgen, Billie!«, rief Els. »Guitzardo ist aus dem Haus, wir haben ein bisschen Ruhe vor ihm. Willst du einen Apfel?«

Ich schüttelte den Kopf.

»Für wen ist das Frühstück?«

Ide grinste: »Für Samuel Gerlach! Er hat ein Pferd zurückgebracht, Bekka. Achill ist tot.«

Ich erschrak: »Und was ist mit Christian? Hat er es nicht nach Frätow geschafft?«

»Doch, Billie, keine Sorge! Sie sind aus der Stadt herausgekommen«, sagte Els. »Knapp, aber sie haben es geschafft.«

»Gott sei Dank!«

Ich fiel Els um den Hals, drückte sie.

»Glaubst du wirklich, wir würden in aller Seelenruhe Frühstück bereiten, wenn Christian etwas zugestoßen wäre?«

»Tut mir leid«, sagte ich. »Wo ist Samuel Gerlach jetzt?«

»Er wartet in der Bibliothek auf deinen Vater«, sagte Els.

»Kann ich ihm das Essen hochbringen?«, fragte ich.

Ide blickte mich mit hochgezogenen Augenbrauen an: »Schnapp ihn mir ja nicht weg, Billie!«

Ich trug das Tablett hinauf in die Bibliothek. Samuel saß auf der gepolsterten Bank, in ein Buch vertieft. Ich sah ihn einen Moment an, sah, wie schön er war – und wie schön es war, dass er Bücher liebte. Ich räusperte mich, er bemerkte mich, stand auf.

»Oh, guten Morgen, Billie!«, sagte er unsicher lächelnd.

»Es ist verboten, die Bibliothek zu betreten«, sagte ich.

»Das hat Els mir gesagt, aber wie könnte man nicht hineingehen, bei diesen wundervollen Büchern?«

Er strahlte. Ich stellte das Tablett vor ihn auf den Tisch.

»Wie geht es meinem Bruder?«

»Das Reiten war schmerzhaft, um ehrlich zu sein.«

Erst viel später sollte ich erfahren, was in der Nacht geschehen war. Vielleicht wollte er nicht damit prahlen, dass er Christian das Leben gerettet hatte, doch das hatte er.

»Christian ist auf einem Fischerboot unterwegs nach Rostock. Von dort will er mit einem Handelsschiff nach Amsterdam.«

»Ich danke Ihnen, dass Sie meinen Bruder begleitet haben!«

Samuel senkte den Blick.

»Was für ein Buch lesen Sie?«, fragte ich.

Samuel hob das Buch hoch, es war in dunkelrotes Leder gebunden.

»Francesco Petrarca. Ein italienischer Dichter. Es heißt *Canzoniere,* das bedeutet Liederbuch. Es stand im obersten Regal, vielleicht wollte es jemand verstecken.«

»Warum sollte jemand ein Buch verstecken?«, fragte ich.

Samuel lächelte: »Petrarca besingt darin seine Liebe zu einem Mädchen namens Laura. Sie war sechzehn, als er sie das erste Mal erblickte, Petrarca zweiundzwanzig.«

»Hat er das Mädchen geheiratet?«

Samuel schüttelte den Kopf: »Das Unglück wollte, dass Laura gerade erst verheiratet worden war, so konnte er sie nicht mehr für sich gewinnen, aber er liebte sie trotzdem sein Leben lang.«

»Oh«, sagte ich verlegen, zögerte. »Würden Sie mir ein Gedicht von ihm vorlesen?«

Da wurde auch er verlegen.

»Warum nicht?«, antwortete er. »Willst du dich vielleicht setzen?«

Ich setzte mich auf die Bank, ohne ihn anzusehen, er setzte sich neben mich, schaute mich einen Moment lang an, öffnete das Buch, blätterte eine Seite um, dann noch eine und noch eine, atmete tief ein, atmete aus, begann leise zu lesen: »*Mir fallen stille Tränen von den Wangen, in mir woll'n dunkle Seufzerwinde wehen, wann immer meine Augen dich erspähen, bin ich für dich doch aus der Welt gegangen.*«

Er warf mir einen unsicheren Blick zu, ich saß reglos da, hörte bloß den Klang seiner Stimme, die Worte Petrarcas, wünschte, es würde ein nie endendes Gedicht sein, zumindest ein sehr langes.

Schüchtern las er weiter: »*Gestillt sein wird mein quälendes Verlangen nur von dei'm Lächeln und bloß kurz vergehen. Gerettet muss ich aus der Glut aufstehen, wenn meine Blicke heimlich an dir hangen. Seh ich, wie du am Horizont entschwindest, packt mich sogleich die bitt're Todeskälte, und fort mit dir zieh'n meine Schicksalssterne. Da sich zu dir schon meine Seel' gesellte, entfloh'n meinem Herzen, weil du sie bindest, folgt treu sie dir nach nun in weite Ferne.*«

Schweigend saßen wir nebeneinander.

»Ende«, flüsterte er.

Ich wagte nicht, aufzublicken, er wagte nicht, mich anzusehen. Ich hörte seinen leisen Atem, sonst war es vollkommen still, nicht einmal von der Straße drang ein Laut zu uns herauf.

»Darf ich?«, fragte ich.

Er reichte mir das Buch, ich legte es auf meinen Schoß, spürte das Leder an den Fingerspitzen, las das Gedicht für mich.

Ich blickte Samuel an, lächelte: »Danke.«

20

Wie eine weiche Decke, die meinen ganzen Körper wärmte, hatte sich an diesem kalten Morgen Petrarcas Gedicht um mich gelegt.

Aus dem Fenster meiner Kammer blickte ich über die Dächer von Greifswald, als gegenüber im Haus eine Kommode durch ein Fenster schlug. Ich schreckte auf, schaute hinunter, Scherben regneten auf die Straße, ich sah ein Mädchen zur Seite springen, dicht neben ihr zersplitterte die

Kommode, Holz flog auf, nur knapp war das Mädchen dem Aufschlag entkommen. Sie blickte auf, nie hatte ich ein schöneres Mädchen gesehen, Glasscherben in den lockigen Haaren, kreidebleich vor Schreck.

Ein Mann, den ich bloß als Schatten wahrnahm, zog sie in unser Haus. Mit klopfendem Herzen stürzte ich die Treppe hinunter, wollte das Mädchen aus der Nähe sehen, wollte wissen, wer sie war, wie sie hieß, wollte ihr die Glasscherben aus den Haaren zupfen.

Mutter trat aus dem Zimmer meiner Schwestern, hatte wohl mein wildes Trampeln gehört, rief streng: »Was rennst du, Kind!«

»Nichts, Mutter«, antwortete ich, »ich wollte bloß nach unten, bevor die Katholiken in unser Haus zurückkehren.«

Mutter hasste alles Schnelle so sehr wie alles Langsame, erzog uns zu gleichmäßigen Bewegungen, ermahnte uns zum rechten Takt, doch sosehr sie sich bei mir mühte, mahnte, maulte, noch immer, fand sie, ging es bei mir in allem zu schnell oder nur schrecklich langsam.

»Geh wieder hinauf, Billie«, befahl sie, »nimm dein Stickzeug, übe dich in Leinenstickerei, übe, denn du bist weit zurück für ein Mädchen deines Alters!«

Mutter sah aus, als hätte sie geschlafen, obwohl ich sie noch nie bei Tag hatte schlafen sehen. Nie ruhte sie aus, nie saß sie untätig in einem Sessel, nie starrte sie verträumt aus dem Fenster, nie sah sie den Vögeln zu oder lauschte ihrem Gesang. Mutter verabscheute Untätigkeit, doch jetzt schien sie niedergeschlagen zu sein, blass sah sie aus, erschöpft.

»Ja, Mutter«, antwortete ich, »natürlich, ich werde aufholen, was ich versäumt habe in der Leinenstickerei.«

Ich hasste die Stickerei, sie machte mich verrückt, wütend. Niemand zwang Jungs zu etwas so Schrecklichem wie die Leinenstickerei. Joachim hätte den Stoff zerfetzt, und niemand hätte es ihm übel genommen. Warum durften Jungs auf dem Rücken eines Pferdes über eine Brache jagen und gegen den Herbstwind schreien, während Mädchen Muster um Muster in ein Taschentuch sticken sollten?

»Geh schon hinauf, renne nicht, springe nicht!«

Mit gleichmäßigen Schritten stieg ich die Treppe hinauf, hörte, wie sich die Tür zum Zimmer meiner Schwestern schloss, hörte ein Bett quietschen, vielleicht war Mutter krank.

Ich zog meine Hausschuhe aus, auf nackten Füßen schlich ich wieder hinunter, keine Stufe knarrte. Ein Stockwerk tiefer erschreckte mich eine Männerstimme, die ich nie zuvor gehört hatte, ich versteckte mich. Mein Vater kam mit einem Mann herauf, leise redeten sie miteinander.

»Es ist gefährlich, sich nach Stralsund abzusetzen«, sagte Vater, »noch dazu mit Euren Töchtern. Außerdem wird Wallenstein schon bald Stralsund belagern.«

»Ich kann Gott nicht verleugnen, nur weil die Ketzer mehr Soldaten haben«, sagte der Mann.

Ich schlich wieder zur Treppe. Unten auf der Bank in der Halle entdeckte ich sie. Ihre Haare glänzten wie frisch aufgeplatzte Kastanien in der Herbstsonne. Sie sah zu mir herauf und nahm mir das Herz mit einem einzigen Blick.

»Ich bin Billie«, sagte ich.

»Ich bin Judith, Judith Tanck.«

Ihre Stimme war sanft, süß wie Honig. Sie war die einzige Judith, die ich kannte, abgesehen von der Heiligen Judith, von der man sagte, sie sei schön gewesen wie ein Lustgarten voller Granatäpfel. Sie blickte zu dem anderen Mädchen, das älter war als sie, siebzehn, achtzehn vielleicht, die Kapuze ihres braunen Mantels noch immer auf dem Kopf, ausdruckslos ins Nichts starrend.

»Das ist meine Schwester«, sagte Judith, »ihr Name ist Dorothea.«

Ich lief zu ihr hinunter, wie gerne hätte ich sie umarmt, doch wir kannten uns nicht, hatten uns nie zuvor gesehen.

»Was ist passiert?«, fragte ich.

»Die Katholiken haben uns aus unserem Haus vertrieben. Mein Vater will, dass wir Greifswald sofort verlassen und nach Stralsund gehen.«

»Es ist sehr gefährlich, aus der Stadt zu fliehen«, sagte ich, »mein Bruder wäre heute Nacht fast dabei umgekommen.«

»Wir haben kein Dach über dem Kopf«, sagte sie, »in Stralsund lebt ein Onkel meines Vaters, wir haben wohl keine Wahl.«

Sie waren in Gefahr, das verstand ich, und doch sträubte ich mich gegen den Gedanken, sie würde nach Stralsund gehen, da wir uns doch eben erst begegnet waren.

»Seid ihr hungrig?«, fragte ich.

»Ja«, sagte Judith und blickte zu ihrer Schwester, fast unmerklich schüttelte Dorothea den Kopf, ihre Lippen waren schmale Striche.

»Dann komm du mit mir, Judith!«, rief ich.

Wir liefen in die Küche, wo Els den Kessel vom Feuer hob.

»Ihr kommt gerade recht, ihr Mädchen!«, rief sie, obwohl sie Judith nie gesehen hatte. »Ich habe einen leckeren Eintopf aus Lamm und herrlichem Rosenkohl!«

»Magst du?«, fragte ich.

»So gerne!«, rief sie, ihre Zähne waren schöner als die Elfenbeintasten eines Cembalos.

»Dann zu Tisch, ihr zwei Hübschen!«, sagte Els. »Solange wir noch einen Tisch und Essen darauf haben!«

Über unsere dampfenden Schüsseln hinweg blickten wir uns an, der Eintopf duftete herrlich, schmeckte herrlich, wärmte uns, färbte unsere Gesichter rot. Ich wunderte mich, dass wir uns vorher nie begegnet waren, wo sie doch auch in Greifswald lebte, und sie erzählte mir, dass sie am anderen Ende der Stadt wohnte, in der Nähe des Mühlentores, und dass ihr Vater sie nicht mehr aus dem Haus gelassen hatte, seitdem sie kein Kind mehr war, abgesehen vom Gottesdienst natürlich, doch Judith ging nach St. Marien, wo ihr Vater predigte, und wir in die Nikolaikirche.

Wir aßen, als hätten wir seit Tagen nichts gegessen, doch ich konnte nicht vergessen, dass Judith wieder aus meinem Leben verschwinden sollte, fort aus Greifswald, weit weg nach Stralsund. Zu Fuß brauchte man mindestens einen ganzen Tag dorthin, und überall in Pommern lauerten nun die Soldaten des katholischen Kaisers, raubten, mordeten, niemand konnte sicher sein, Stralsund lebend zu erreichen.

»Warum haben sie euch aus eurem Haus vertrieben?«, fragte ich.

»Mein Vater ist Pastor«, sagte sie, »er hat seine Überzeugungen. Er sagt, der Papst sei der Teufel.«

»Und du glaubst das nicht?«

»Ich denke, man kann sein Leben schon aufs Spiel setzen, wenn man seine Überzeugungen nicht verraten will«, sagte sie, »aber ich will nicht sterben für den blöden Papst.«

»Ich will auch nicht, dass du stirbst«, sagte ich. »Vielleicht erlaubt dein Vater dir, bei uns zu bleiben.«

»Ja, das wäre schön«, sagte sie, und ich stellte mir vor, wie wir oben zusammen in meiner Kammer leben würden.

»Hast du schon einmal von einem Dichter namens Petrarca gehört?«, fragte ich.

»Noch nie.«

»Er schreibt wundervolle Gedichte, ein bisschen traurig sind sie auch, aber ich glaube, er ist auf der Welt mein allerliebster Dichter. Bis jetzt kenne ich allerdings nur ein einziges Gedicht von ihm.«

»Na und?«, rief sie und lachte. »Man erkennt doch die Liebe auf den ersten Blick!«

Wie schön sie war, wie sie mir gefehlt hatte. Bei allem, was über uns gekommen war, tat der heiße Eintopf gut, ihr goldenes Lachen noch viel mehr, und wie recht sie mit der Liebe hatte.

»Willst du es mir nicht sagen?«

»Was?«

»Na, das Gedicht?«

»Doch«, rief ich. »Doch, das will ich!«

Ich blickte zu Els, gerade ging sie in den Hof, wir waren allein in der Küche, Judith und ich. Ich schob die Schüsseln beiseite, nahm ihre Hände in meine, wie schön sich ihre Hände anfühlten, wie die Gräser am Morgen. Wie schön ihre Augen waren, ihre Lippen, schön war sie wie eine junge Königin!

»Mir fallen stille Tränen von den Wangen, in mir woll'n dunkle Seufzerwinde wehen, wann immer meine Augen dich erspähen, bin ich für dich doch aus der Welt gegangen. Gestillt sein wird mein quälendes Verlangen nur von dei'm Lächeln und bloß kurz vergehen. Gerettet muss ich aus der Glut aufstehen, wenn meine Blicke heimlich an dir hangen.«

Als die Tür aufflog, zog sie ihre Hände aus meinen.

»Wir brechen auf!«, rief ihr Vater.

»Schon jetzt?«, rief sie enttäuscht, mein Herz pochte, denn wie gern hätte ich sie zur Freundin gehabt.

»Judith!«, ermahnte er sie.

»Ja, natürlich, Vater.«

Sie stand auf, wandte sich zu mir, flüsterte: »Wir werden uns wiedersehen, Billie!«

»Ich glaube, ich habe schon lange auf dich gewartet, Judith!«, flüsterte ich.

»Komm jetzt!«, rief ihr Vater, stapfte zurück in die Halle.

Judith löste eine Kette von ihrem Hals, ein Rosenblütenamulett hing daran, ganz nah kam sie zu mir, legte mir die Kette um, ihre Hände berührten meinen Hals, und wie ein Rosengarten nach dem Regen duftete ihre Haut. Ihr Gesicht war so nah, ich wollte sie küssen, küsste sie nicht.

»Damit du immer an mich denkst, Billie!«

»Das werde ich.«

Dann riss sie sich los, lief davon. Ich sah ihr nach, wandte den Blick nicht von ihr, bis sich die Tür hinter ihr schloss.

21

Guitzardo konnte jeden Moment zurückkommen, mich in der Bibliothek auf einem Stuhl stehend finden, auf Zehenspitzen, die Arme hochgereckt. Hastig durchsuchte ich die obere Regalreihe, entdeckte das Buch jedoch nicht. Hatte sich Samuel Gerlach einen Scherz mit mir erlaubt? Gehörte das dunkelrote Buch ihm, hatte er es mitgebracht, um bei Petrarcas Gedichten Ruhe zu finden nach den Schrecken der Nacht, dann aus Scham behauptet, es bloß zufällig hier gefunden zu haben? Nur zu gut wusste ich, auf welche Abwege uns die Scham zu führen vermochte. Doch ich lag falsch, das Buch verbarg sich zwischen zwei dicken juristischen Bänden. Wie hatte Samuel Gerlach es hier entdecken können? Witterte er wie ein Trüffelhund, wo die schönsten Dinge verborgen lagen? Behutsam zog ich das Buch heraus, starrte es an, las: Francesco Petrarca, *Canzoniere*, stieg hinunter, und da erst bemerkte ich ihn: Ebert Gräul, Guitzardos Diener, starrte mich mit seinem einen Auge an.

»Du widersetzt dich den Anweisungen von Oberstleutnant Guitzardo«, sagte er.

»Ach was«, erwiderte ich, »welchen denn?«

»Die Bibliothek darf ausschließlich von ihm selbst betreten und genutzt werden.«

Ich sah ihm an, wie gemein er war, wie hinterhältig.

»Hat mir niemand gesagt«, log ich, »jetzt weiß ich es.«

Gräul schnaubte, so recht wusste er nicht, was er mit mir anfangen sollte.

»Das Buch da«, er zeigte auf den *Canzoniere*, »das kannst du nicht mitnehmen, Oberstleutnant Guitzardo …«

»Liebesgedichte«, sagte ich, »es sind bloß Liebesgedichte aus Italien, eine unglückliche Liebe noch dazu! Sollte der ehrenwerte Oberstleutnant die traurigen Liebesgedichte vermissen, versprochen, ich bringe sie ihm auf der Stelle!«

Gräul zögerte, deutete schließlich mit dem Kopf zum Flur. Ich ging hinaus, stieg ohne Hast die Treppe hinauf.

»Vielen Dank auch«, rief ich von oben und drückte das Buch an mich.

22

Für eine Weile vergaß ich den Krieg.

Ich lag auf meinem Bett, las, dachte nach, las, träumte, weinte manchmal: *Wo ist, die in den Händen hielt mein Leben? Wie sehr sie fehlt der Welt, der elendigen, fehlt meinen Augen, die nie mehr versiegen!*

Oft hatte ich in der Bibel König Salomos *Lied der Lieder* gelesen, hatte es geliebt, aber nie ganz verstanden, es schien mir völlig durcheinandergewürfelt zu sein, dennoch schön: *Flieh, meine Freundin, sei wie eine Gazelle auf den Balsambergen, lege mich wie ein Siegel auf dein Herz!*

Aber diese Gedichte waren nicht wie Salomos Lied, an keiner Stelle stolperte man vor Unverständnis, alles war voll überraschender Schönheit, wie ein Schachspiel der Liebe, bei dem die Königin schließlich entschwindet, der König auf leerem Feld einsam zurückbleibt. Wie kleine Boote waren Petrarcas Gedichte, Boote, auf denen man über einen nebelverhangenen Fluss glitt, voller Sehnsucht auf der Suche nach der einen, die man nie einholen konnte.

Ich war sicher, Mutter würde Petrarca vollkommen nutzlos finden, ungeeignet für gute Protestanten, vor allem natürlich für gute protestantische Töchter, abstoßend sogar hier und da, sie rümpfte schon die Nase, wenn ich in der Bibel Salomos Lied las, das sei nichts für Mädchen, ich solle in den Evangelien lesen oder besser gar nicht. Vermutlich würde sie mir sogar verbieten, Petrarcas Gedichte zu lesen, zu viel Liebe, zu viel Leid. Schwermut mache bloß dumm und träge, wusste Mutter, von der Liebe habe sich noch keine Vorratskammer gefüllt. Wie recht sie hatte. Wie gleichgültig es mir war!

Leichter als Hirsche flohen meine Tage, sah'n Schönes nur als Wimpernschlag, wie Schatten.

Ich würde so lange lesen, bis sie mich suchte, nach mir rief, ich solle in die Küche gehen, die Treppe fegen, die Wäsche waschen, nicht untätig herumsitzen, nicht lesen, um Himmels willen!

So zieh ich suchend nach ihr durch die Straßen, wo ich sie sah. Nur der, der mich stets quälte, Amor, begleitet mich, zeigt mir die Wege!

Da plötzlich kam mir ein Gedanke: Musste nicht jemand Petrarcas *Canzoniere* bei einem Drucker gekauft haben, bevor er ihn in der oberen Regalreihe zwischen zwei sterbenslangweiligen Büchern versteckt hatte? Undenkbar, dass es Christian oder Joachim gewesen waren, ein Buch kostete viel Geld, der *Canzoniere* hatte sogar einen prächtigen Einband mit goldener Prägung. Undenkbar schien es mir jedoch, dass Vater und Mutter Geld für Petrarcas Gedichte ausgegeben haben könnten. Oder hatte es eine Zeit gegeben, in der sie nebeneinandergesessen, sich gegenseitig Gedichte über die Liebe vorgelesen hatten?

So süß und betörend, wie ihre Blicke, die meine jugendliche Sehnsucht weckten.

Konnte es möglich sein, dass sie Petrarcas Gedichte vor uns versteckten, weil sie eine süß betörende Erinnerung an eine Zeit waren, in der sie selbst jung und voller Gefühle gewesen waren? Schlichen sie heute noch manchmal nachts in die Bibliothek, zogen das Buch aus seinem Versteck, setzten sich auf die Bank und lasen sich leise daraus vor?

Ich hörte Mutter unten auf der Treppe, sie schimpfte mit Emerentia, nach mir rief sie nicht.

Ich las weiter, las vor und zurück, dachte an Judith, verfing mich in Gedichten der Liebe, strich über ihre Kette an meinem Hals, verwob die Verse mit ihrem Gesicht, ihrem Lächeln.

Amor und ich, wir sehen mit süßem Grauen ihr nach wie zwei, die grad ein Wunder sehen. Sie lächelt, und lässt frei ihr Lächeln wehen, und nur sich gleicht sie und nicht andren Frauen. Die Augen leuchten unter ihren Brauen wie goldne Glut, wie aus des Himmels Herzen. Und wer sich sehnt nach heißen Liebesschmerzen, wünscht dies nur und kein andres Licht zu schauen. Und wie sie strahlt! Wo frische Blumen blühen, liegt sie im Gras, allein; als ob ich träume, seh ich den hellen Busen sanft sich heben. Wie sie dann still im warmen Frühlingsglühen einsam spaziert im Schatten grüner Bäume, um sich ins Haar den goldnen Kranz zu weben.

23

Ich legte einen Bogen Papier und die Feder auf meinen Tisch neben Petrarcas *Canzoniere*, sein Liederbuch. Weit über zweihundert Jahre war Petrarca schon tot, doch noch immer lasen wir seine Verse. Jahrtausende waren seit Homers Tod vergangen, ob er schön war oder hässlich, niemand wusste es, doch noch immer priesen wir die Schönheit seiner Worte, während die mächtigen Mauern der Griechen längst zerfallen waren, lange verrottet die herrlichen Schiffe, auf denen König Odysseus mit seinen Gefährten über das Meer irrte.

Ich dagegen durfte nicht einmal das Haus allein verlassen, und wenn ich eines Tages tot wäre, würde sich schon bald niemand mehr daran erinnern, dass ich gelebt hatte. Nur meine Stimme blieb mir, denn die Stimmen der Dichter waren das Einzige, das ewig lebendig sein würde, und das wollte ich werden: eine Dichterin, für immer lebendig. Ich berührte das Rosenblütenamulett an der Kette, die Judith von ihrem Hals gelöst, mir umgelegt hatte. Was würde ich wohl singen, wenn ich sänge? Wie mochten meine Lieder klingen?

Ich öffnete die Tinte, streckte meine Hand nach der Feder aus, berührte sie nicht, ließ die Hand in meinen Schoß zurückgleiten, mit einem Mal hatte ich Angst, dass ich nichts zu schreiben hätte, dass ich keine Lieder in mir trüge, die es wert waren, gehört zu werden.

Ich hob den Blick, sah weit über die Dächer der Stadt hinweg, meine Augen wurden schmal, als ob die Welt verschwimmen könnte, sie verschwamm. Ich nahm die Feder, tauchte sie in die Tinte, schrieb, als würde ich aus tiefster

Dunkelheit ins warme Sonnenlicht treten, das Blut strömte heiß durch meine Adern und floss in geschwungenen Bogen auf das Papier. Ich schrieb, hatte schon bald das ganze Blatt vollgeschrieben, schrieb die letzte Zeile, setzte einen Punkt, hielt inne.

Da wurde der Riegel aus dem Holz gerissen, die Tür zu meiner Kammer flog auf, Ebert Gräul kam herein.

»Komm mit!«, sagte er. »Du darfst dem ehrenwerten Oberstleutnant Guitzardo das Abendessen hinauftragen!«

24

»Lassen Sie das Mädchen los!«, rief Els, als ich die Tür zur Küche öffnete. »Sie ist die Tochter des Ratsherrn!«

»Das soll sie meinetwegen bleiben«, sagte Gräul. »Sie wird dem Herrn Oberstleutnant trotzdem zu Diensten sein.«

»Das wird sie nicht, nein!«, protestierte Els, stellte sich ihm entgegen. »Ich bringe das Essen hinauf!«

Gräul schlug ihr die Hand ins Gesicht, Els taumelte, fiel rückwärts zu Boden.

»Was stimmt nicht mit euch protestantischen Weibern?«, sagte er. »Hat euch niemand erzogen, das Maul zu halten?«

Els stöhnte, rührte sich nicht, blutete aus der Nase.

»Nimm das Tablett, trag es rauf ins Wohnzimmer!«, befahl er mir.

Ich zögerte.

»Wenn du willst, dass diese Hexe hier wieder aufsteht, gehorchst du besser!«

Ich stieg die Treppe hinauf, vor der Tür des Wohnzimmers blieb ich stehen, das Tablett zitterte in meinen Händen.

»Geh nicht rein, Billie!«

Ide stand hinter mir, sie sprach leise, bestimmt. Ich schaute mich nicht um, der Teller zitterte.

»Gib mir das Tablett«, sagte sie ruhig.

Ich schüttelte den Kopf, sie stellte sich vor mich, sah mich fest an, ergriff das Tablett, ich ließ nicht los.

»Geh nach oben in deine Kammer, Billie! Ich kümmere mich darum.«

Im Wohnzimmer ging etwas zu Bruch. Ich zuckte zusammen.

»Vertrau mir«, sagte Ide, »ich kenne mich damit aus. Mir wird nichts passieren.«

Vielleicht stimmte es, vielleicht würde ihr nichts passieren, dachte ich, doch meine Finger lösten sich nicht von dem Holz. Ihr würde nichts passieren, sie kannte sich aus, ihr würde nichts passieren, ich konnte ihr vertrauen. Dann wich die Kraft aus meinen Händen, ich spürte das Gewicht des Tabletts nicht mehr. Kraftlos sanken meine Arme hinunter, beschämt versteckte ich meine Hände hinter dem Rücken.

»Geh, bevor er uns hört!«, sagte sie.

Ich ging mit gesenktem Kopf, den ein anständiger Mensch nie wieder gehoben hätte, doch ich hielt es bloß bis zur Treppe aus, da wandte ich mich um, blickte zurück, sah, wie sie die Tür mit dem Ellenbogen aufstieß.

»Hereinspaziert«, rief er heiter.

25

Ich zitterte in meinem Bett, verachtete mich dafür. Nicht einmal die Kälte konnte ich ertragen, nicht einmal unter einer Decke voll Daunen, nicht einmal das.

Ide war nur wenig älter als ich, wir lebten im selben Haus, doch nie hatte ich ihre Freundschaft gesucht. Ich mochte ihr wildes Lachen, ungebändigt wie wilde Pferde, ich liebte die Farbe ihrer Haare, wie Strandsand in der Sonne, beobachtete sie, wenn sie links und rechts schwere Wassereimer trug, als wögen sie nichts, doch ich wusste nicht einmal, wer ihre Eltern waren.

Als ich am nächsten Morgen die Küche betrat, zitternd, nicht vor Kälte, sondern aus Furcht, wie ich sie vorfinden mochte, stand sie einfach da, schrubbte einen Topf, in dem das Gänsefett über Nacht hart geworden war.

Sie sah auf, lächelte: »Ahoi, Billie«, schrubbte weiter, schrubbte mit Sand das kalte Eisen, damit sich alles löste.

»Ahoi, Ide.«

Els saß bei der Tür zum Hof auf einem Stuhl, die Augen geschlossen. Nie hatte ich Els mit geschlossenen Augen gesehen. Draußen schwebten die ersten Schneeflocken des Winters vom Himmel.

Ich ging durch die Küche, trat neben Ide, schob die Ärmel herauf, nahm einen Topf, nahm Sand, eine Bürste, blickte ängstlich zu ihr und wusste nicht, was ich sagen könnte.

»Sieh mich an, Billie, ich hab's überlebt!«, sagte sie, lächelte ernst, ohne mit dem Schrubben aufzuhören.

Tränen traten in meine Augen, Ides Augen hatten ihren Glanz verloren, blau wie der Himmel im Mai waren sie gewesen, nun waren sie grau wie die Haare der Toten.

»Es tut mir so leid, Ide«, flüsterte ich, senkte den Blick, streute Sand auf das Eisen, schrubbte mit der Bürste den Boden, Milch war im Topf angebrannt, Tränen fielen auf die verbrannte Milch, doch ich hatte nicht das Recht zu weinen, denn die Wahrheit war, dass ich ihren Schmerz nicht spüren konnte. Die Wahrheit war, dass ich mich wie die Tochter aus einer angesehenen Familie gefühlt hatte, in einem Kleid, dessen Stoff in Flandern gewebt worden war. Die Wahrheit war, dass ich in Ide bloß eine Magd gesehen hatte, unsere Magd, und dass ich das Tablett erleichtert in ihre Hände gelegt hatte, als wäre sie aus Eisen, Eisen, das man am nächsten Morgen mit Sand einfach wieder sauber schrubben konnte.

Regina kam in die Küche, blass, sagte: »Vater muss nach Stettin.«

Mit einem Schnaufen öffnete Els die Augen.

»Der Herzog«, sagte Regina, als könne sie ihre Worte selbst nicht begreifen, »der Herzog hat Vater an seinen Hof gerufen, der Herzog sagt, nur die besten Männer des Landes könnten Pommern noch vor dem Untergang retten, das ist es, was unser Herzog sagt.«

Ich verstand nicht.

»Stettin ist so weit weg«, sagte ich. »Wie will Vater abends ...?«

Dann verstand ich: »Er geht weg von uns?«

Els stemmte sich auf die Füße, brummte: »Unser Herzog ist schon immer ein Dummkopf gewesen.«

26

Ich lief die Treppe hinauf ins Zimmer meiner Brüder, Vater war allein, starrte auf einen Brief, sah nicht auf, schien den Brief gar nicht zu lesen, stand bloß da wie ein Mann mit Brief, wie das düstere Standbild eines Kirchenvaters auf dem Jacobi-Kirchhof.

Ich schloss die Tür, da sah er auf, nickte, sprach ganz ruhig: »Der Herzog braucht mich, Billie!«

»Wir brauchen dich auch.«

Wieder nickte er, die Lippen aufeinandergepresst.

»Unglücklicherweise ist unser Herzog nicht klug genug, um diesen Krieg ...«

»Der Herzog wird nicht untergehen ohne dich, aber wir werden es vielleicht!«

Ich war ihm ins Wort gefallen, doch es machte ihn nicht wütend. Er ließ die Hand mit dem Brief sinken, sagte ohne jede Regung: »Pommern ist unsere Heimat. Wenn Pommern untergeht, sind wir alle verloren.«

Ich hatte keine Ahnung, was genau Pommern war, wo es anfing, wo es endete. Meine Heimat, das war unser Haus, das waren meine Schwestern und Brüder, meine Mutter, er, Els, Ide, unser toter Hund Koks war es auch gewesen, die Bibliothek, die wir nicht mehr betreten durften, die Baderstraße, über die nun die Pferde des Kaisers trampelten, der Markt, zu dem die Bauern nicht mehr kamen, die Nikolaikirche, in der kein Protestant mehr predigen durfte, unser Landgut in Frätow, das ich so sehr vermisste. Das war meine Heimat, mein Pommern, und nun hatten sie es uns geraubt.

»Sind wir nicht schon verloren?«, fragte ich.

»Gott wird uns beistehen«, sagte Vater.

»Wenn Gott uns beschützt, nimm uns mit nach Stettin!«

»Es ist ein weiter und gefährlicher Weg, auch mit Gottes Beistand.«

»Dann schick Mutter mit uns nach Stralsund«, sagte ich. »Wir sind hier nicht sicher, erst recht nicht ohne dich!«

»Wo wollt ihr dort schlafen?«, sagte mein Vater, als wäre es dumm, was ich ihm vorgeschlagen hatte. »Auf der Straße?«

»Wir werden eine Bleibe finden«, sagte ich, »wie die Familie von Pastor Tanck.«

Vater schnaufte, er hatte Judiths Vater davor gewarnt, Greifswald zu verlassen, auch Stralsund würde in ihre Hände fallen, Pommern sei zu schwach.

»Steht Gott nicht an der Seite Pommerns?«

»Das tut er, Billie, das tut er. Gott steht fest an unserer Seite. Geh jetzt nach oben, mein Kind, und bleib dort!«

Er nahm den Brief, las oder tat so, als ob er lesen würde, und ich ging, weil er nur aussah wie mein Vater, aber nicht mein Vater war.

An der Tür wandte ich mich noch einmal zu ihm um.

»Sind die Tancks noch in Greifswald?«, fragte ich.

»Ich habe sie im Haus der Witwe Seifert untergebracht«, sagte er, ohne aufzusehen. »Sie warten auf eine Gelegenheit, aus der Stadt zu fliehen.«

27

Christian war fort, und auch mein Vater würde das Haus verlassen. Ich saß mit überkreuzten Beinen auf dem Bett, ich sollte bleiben. Die Treppe knarrte, ich rührte mich nicht.

»Ich bin es. Ide.«

Auf einem Tablett brachte sie eine Schüssel warmen Haferbrei mit Rosinen.

»Dein Vater sagt, du sollst die Dachkammer nicht verlassen, solange er fort ist.«

Ich seufzte.

»Wie stellt er sich das vor? Soll ich hier oben verrückt werden? Außerdem muss ich im Haus helfen.«

Sie stellte das Tablett auf den Tisch, schob das Papier beiseite.

»Was ist das?«, fragte sie.

»Ein Gedicht.«

»Ah«, machte sie. Ich nahm das Papier, faltete es zusammen, legte es in Petrarcas Buch.

»Verse, Reime«, sagte ich.

»Ein Lied!«, sagte Ide.

»Man singt es nicht, man liest es.«

Ide schaute, als trüge ich die Nase zu hoch.

»Nicht jeder kann lesen, ein Lied lernen schon«, sagte sie. »Wieso hast du das geschrieben?«

Ich zögerte, scheute mich, über Gedichte zu sprechen, doch sie blickte mich erwartungsvoll an.

»Weil ich eine Dichterin werden will«, sagte ich, denn ich wollte eine Dichterin werden, das hatte ich beim Schreiben gespürt.

»Aha«, sagte sie. »Gibt es Frauen, die so was machen?«

»Ich kenne keine«, sagte ich, »aber wenn ich dichten kann, warum sollte ich keine Dichterin werden können?«

Sie schnalzte. »Woher soll ich das wissen?«

»Ich will eine berühmte Dichterin werden«, sagte ich.

»Ah, berühmt will die Dame auch noch werden!«

Sie lachte, ich lachte auch, da kam ein wenig von dem Leuchten in ihren Augen zurück.

»Sehr berühmt!«, rief ich. »Ja! In allen Städten sollen meine Gedichte gedruckt und zu Büchern gebunden werden, überall auf der Welt werden die Menschen meine Verse lesen und staunen und raunen: ›Das glaube ich im Leben nie und nimmer, dass ein Mädchen das gedichtet hat, nein, nein!‹ Aber dann, Ide, stell dir vor, dann gehe ich hinaus in die Welt, nach Rostock, Lübeck und Stettin, selbst nach Köln, Augsburg, sogar nach Wien zum katholischen Kaiser reise ich, und sie werden sehen, dass es wahr ist, dass alles wahr ist, was sie nicht glauben konnten!«

»Ach, der hochberühmten Dame gefällt es wohl in unserem hübschen Greifswald schon nicht mehr!«, rief sie spöttisch und lachte.

Ich ließ mich nach hinten fallen. »Ich kenne von Greifswald gerade mal vier Straßen, und wenn mich ein Mann heiratet, der gleich um die Ecke wohnt, wird es auch dabei bleiben.«

»Siehst du, deswegen werde ich gar nicht heiraten, du weißt nie, was für einen Schuft du bekommst!«

»Du wirst ihn dir ja wohl vorher einmal ansehen können, dann weißt du es.«

»Von wegen! Männer sind Meister der Verstellung! Tun nach außen gefällig und sehr gelehrt, aber dunkle Mächte wüten in ihrem Inneren, Billie, und, glaub mir, die werden sie erst enthüllen, wenn es für dich zu spät ist.«

»Ach was, Ide!« Ich lachte. »Mein Vater ist nicht so!«

»Glück für deine Mutter, sie weiß am besten, dass es auch anders sein kann.«

Ich richtete mich auf.

»Was?«, fragte ich überrascht. »Wie meinst du das?«

Ihre Fröhlichkeit verflog, sie wandte sich ab.

»Ich muss runter!«, flüsterte sie. »Els geht es nicht gut.«

»Ide, was meinst du damit: ›Sie weiß am besten, dass es auch anders sein kann‹?«

An der Tür blieb sie unschlüssig stehen.

»Es tut mir leid, Billie. Ich wollte nicht … Es war dumm von mir, ich bin bloß ein dummes Mädchen.«

Ide hatte etwas verraten, ein Geheimnis. Meine Mutter wusste am besten, dass es üble Männer geben kann, die sich verstellten?

»Sie war schon einmal verheiratet?«, fragte ich.

Ide dachte nach, nickte.

»Aber das hast du nicht von mir, Billie.«

Sie kam zurück, setzte sich zu mir aufs Bett.

»Deine Mutter war siebzehn, als sie zum ersten Mal verheiratet wurde mit einem Mann, der schon über fünfzig war. Nur das war nicht alles. Er war wohl ein sehr …«, sie zögerte, »schwieriger Mann.«

»Woher willst du das wissen?«

Sie blickte mich an, es war ihr unangenehm, dass sie sich verplappert hatte, doch jetzt wollte sie aufrichtig sein: »Els hat einige Jahre in seinem Haus gearbeitet. Vor deiner

Mutter war er schon mit drei anderen Frauen verheiratet gewesen, alle waren sie sehr jung, alle sind sie jung gestorben.« Sie schüttelte den Kopf: »Ist doch merkwürdig, oder?«

»Warum hat meine Mutter ihn dann geheiratet?«

Ide sah mich nachsichtig an.

»Er war der Bürgermeister von Greifswald! Deine Mutter kommt aus einer angesehenen Familie, Professoren, Rektoren, Ratsherren, alles sehr kluge Männer. Sie haben sie ihm zur Frau gegeben.«

Ich wollte nicht glauben, was Ide erzählte, ich konnte es nicht.

»Die drei Frauen«, fragte ich, »hatten sie denn keine Kinder zur Welt gebracht?«

»Zwei von ihnen nicht, nur die zweite gebar ein Mädchen, keinen Jungen. Drei Frauen, nur eine einzige Tochter, merkwürdig, oder?«

»Und meine Mutter?«

»Sofort nach der Hochzeit ist sie schwanger geworden, sie brachte einen Jungen zur Welt, Petrus, er ist gleich wieder gestorben, das ist alles, was ich weiß. Mit einundzwanzig war deine Mutter Witwe ohne Kinder. Für sie war es sicher das Beste so. Tut mir leid, Billie, ich hätte dir das wohl nicht erzählen sollen.«

Ide stand auf.

Seltsam, welches Leben Mutter gehabt hatte, als sie nicht einmal so alt gewesen war wie Regina, die sich so sehr danach sehnte, die Frau irgendeines Mannes zu werden.

»Doch«, sagte ich, »es ist seltsam, aber es ist gut, dass du es mir erzählt hast. Wahrscheinlich ist es besser, wenn ich in dieser Dachkammer nicht auf einen Prinzen warte.«

»Was willst du dann tun?«, fragte Ide.

Ich wusste es nicht, aber ich sagte: »Herausfinden, ob es noch etwas anderes für mich geben kann.«

Ide sah mich neugierig an, da klopfte es an der Tür.

»Billie, bist du hier?«

Emi steckte ihr heiteres Gesicht zur Tür hinein.

»Na, ihr zwei!«, rief sie, lachte, weil sie so schnell vergessen konnte, dass wir unser Haus verloren hatten, dass Vater uns verlassen würde, und ich beneidete sie darum, dass sie vergessen und lachen konnte, und darum, wie schön sie war, weil sie nie nach vorn schaute, nie zurück.

»Mutter sagt, die Bestände in der Vorratskammer müssen gezählt und, ähm, … notiert werden«, sagte sie.

»Und?«, fragte ich.

Sie schämte sich nicht, rief, als würde ich mich nur dumm stellen, um sie zu ärgern: »Komm schon, Billie, du weißt schon!«

»Was machen denn Joachim und Georg?«, fragte ich.

Sie zuckte mit den Schultern, als wäre es eine völlig unsinnige Frage: »Was Jungs eben so machen: durch die Straßen ziehen, Unfug treiben, Mädchen nachlaufen.«

Da kam mir ein Gedanke.

28

Ich drückte die Luke zu dem Lagerraum im Spitzboden auf, wo sich Kisten mit Krempel stapelten, Dinge, an die sich niemand mehr erinnerte, wie an Tote, die vor sehr langer Zeit gestorben waren. Es roch nach trockenem Staub und nahm mir den Atem.

»Oh, mein Gott!«, rief Ide, die hinter mir die schmale Leiter hinaufgeklettert war. »Hier war doch schon seit Jahren kein Mensch mehr, Billie!«

Wohin ich auch trat, wirbelte ich Wölkchen auf, Staubflocken tanzten im matten Licht, das durch zwei schmutzige Fenster einfiel, dann ließen sie sich müde an einer anderen Stelle nieder.

»Was suchst du denn, Billie?«, fragte Ide.

»Hosen!«, sagte ich.

»Was?«

Ich drehte mich zu ihr um: »Jungs dürfen das: durch die Straßen laufen, lachen, suchen, wonach sie sich sehnen, stimmt's?«

Da begriff Ide.

»Ja!«, rief sie. »Also Hosen!«

Wir durchsuchten die Kisten, bis ich Hosen fand, zerschlissene braune Hosen, die ich nie jemanden hatte tragen sehen.

»Oh, wie hübsch«, sagte Ide spöttisch.

Sie rochen vermodert, doch der Winterwind in den Straßen würde den Muff aus ihnen herausblasen. Ich zog mein Kleid aus, es war bitterkalt. Ide grinste frech, ich war froh, dass das Grau aus ihren Augen wich.

Ich stieg in die Hosen, sie reichten mir bis zu den Knöcheln, oben musste ich sie halten, bis Ide ein Seil fand, das sie mir wie einen Gürtel um die Taille schlang.

»Bist dürr wie ein Bauernjunge!«, lachte sie.

Wir entdeckten noch eine Kiste mit Kleidung, ein Hemd, eine Weste dazu, ich zog alles über. Zwei Schuhe, sie gehörten nicht zusammen, schienen aber nicht so groß, dass ich sie verlieren könnte. Ich setzte mich auf eine Kiste, schlüpfte in die Schuhe, innen waren sie eiskalt, ich bibberte, während Ide meine Haare hochband, mir eine dicke Mütze auf den Kopf setzte, doch sie rutschte mir über die Augen, wir lachten. Ide fand eine andere, eine Fischermütze, sie passte.

Ovid hatte die Bücher der Verwandlungen geschrieben. Was er uns sagen wollte, war: Alles Leben ist Verwandlung. Wir bleiben nicht, wer wir einmal waren.

Zwei Arten der Verwandlung gibt es jedoch, und sie sind völlig verschieden. Bei der einen werden wir gegen unseren Willen verwandelt, in Gestalten, die wir nicht sein wollen. Bei der anderen aber folgen wir unserem eigenen Willen, verwandeln uns selbst in Gestalten, die wir uns wünschen zu sein, und an diesem Morgen verwandelte ich mich in einen Jungen.

»Nicht mal deine Mutter würde dich erkennen!«, rief Ide.

»Besser, ich begegne ihr nicht!«, sagte ich.

Vorsichtig schlichen wir die Treppe hinunter, Ide ging voran, ich dicht hinter ihr, immer wieder lauschten wir, ob sich im Haus etwas regte. Ide blickte sich zu mir um, kicherte bei meinem Anblick, hielt sich die Hand vor den Mund, ich stupste sie gegen die Schulter: »Schscht!«

Auf dem nächsten Treppenabsatz blieb sie unvermittelt stehen, eine Tür wurde geöffnet, wir drückten uns an die Wand. Georg kam aus dem Zimmer der Jungs, ging zur Treppe, entdeckte uns nicht, lief hinunter, furzte laut wie ein Pferd, lang, kurz und lang. Ich presste Ide die Hand auf den Mund, um ihr Lachen zurückzudrängen, Georg sollte uns auf keinen Fall bemerken. Doch auch ich musste lachen, ich presste mein Gesicht an Ides Schulter, bitter und süß duftete ihr Körper.

Als Georg verschwunden war, ließ ich meine Hand von ihrem Mund gleiten, sie hatte ihre Lippen gegen meine Handfläche gedrückt, warm und weich war ihr Mund, sie starrte mich an, da küsste sie mich mit ihrem sorglosen Mund, nie zuvor hatten sich Lippen auf meine gelegt.

»Ein hübscher Junge bist du, Billie«, flüsterte sie. »Wenn ich einen Jungen wie dich fände, würde ich es mir mit dem Heiraten glatt nochmal überlegen!«

Einen Moment lang schauten wir uns an, Ide lächelnd, ich verunsichert.

»Komm jetzt!«, flüsterte sie.

29

Ich öffnete die Tür zur Straße, den Kuss noch auf den kalten Lippen, trat aus dem Haus, wo der Nordwind den Schnee über unsere Stadt geweht hatte. Ich drehte mich zu Ide um, sie lächelte noch immer, wisperte: »Lauf los, Billie, lauf durch den Schnee wie ein junger Hirsch!«

Und ich lief los, in schlotternden Hosen, die Fischermütze über die Ohren gezogen, in Schuhen, die sich beinahe anfühlten, als wären sie für mich gemacht. Ich blickte zum Himmel empor, aus dem der dichte Schnee auf die Stadt herabschwebte, die Flocken tanzten um meinen Kopf, um sich wie müde Elfen an die Welt zu schmiegen, in einen süßen Schlaf zu sinken, über den die weißhäutige Chione wachte, die gütige Tochter des Nordwinds, die sanftmütige Göttin des Schnees.

So friedlich erschien mir unsere Stadt, und ich war allein, zum ersten Mal in meinem Leben allein auf der Straße. Da bogen vor mir zwei Soldaten zu Pferd um die Ecke. Sie ritten auf mich zu, schnaubend stapften die Pferde durch den weichen Schnee. Ich trat zur Seite, senkte den Blick, stumm ritten sie an mir vorbei, als wäre ich bloß ein Geist, den sie nicht sehen konnten. Ich blickte ihnen nach, da wurde die Tür in meinem Rücken geöffnet, Jon, ein Knecht, der mich lange kannte, trat mit einem Sack auf den Schultern heraus, rief: »Was stehst du so blöd herum, Junge? Lauf!«

Ich lachte, lief zum schneebedeckten Marktplatz, wo die

munteren Sperlinge in den weiß umhüllten Ästen der Kastanien hüpften, als ob uns der Krieg niemals erreicht hätte.

Ich hatte mir oft vorgestellt, wie es wäre, ein Junge zu sein, ganz allein durch die Stadt zu stromern, ohne den mahnenden Blick der Mutter. Jetzt war ich ein Junge, konnte gehen, wohin ich wollte. Bloß wusste ich nicht, wo die Witwe Seifert lebte, bei der Judith wartete, wenn sie nicht schon die Stadt verlassen hatte. In unserer Nähe war ihr Haus nicht, das hätte ich gewusst. Ich musste woanders nach ihr suchen, also überquerte ich den Marktplatz, bog in eine Straße, deren Namen ich nicht einmal kannte, Männerstimmen drangen aus einem Wirtshaus, nie zuvor war ich in einem gewesen.

Drinnen wurde geflucht, Männer hoben ihre Becher, rauchten Pfeife, spielten Karten, niemand sah auf, als ich eintrat. Ein Junge saß in einer Ecke, so alt wie Joachim mochte er sein, er schrieb in ein kleines Buch, blickte auf, entdeckte mich, lachte mir zu, und ich begriff, dass er nicht mir zulachte, sondern einem Jungen, den es nicht gab. Ich könnte einfach hinübergehen, könnte mich neben ihn setzen, den Männern beim Kartenspiel zugucken, auf den Boden spucken, sogar ein Bier könnte ich trinken, Geld hatte ich allerdings keins. Doch so unerhört erschien es mir, was den Jungs alles zu tun erlaubt war, unerhört und schön zugleich, denn er war ein hübscher Junge mit dunklen Augen, schwarzen Haaren, ein Fremder in der Stadt, ein junger Soldat des Kaisers, der unser Land überfallen hatte, dennoch war er schön, und er schrieb mit schlanken Fingern in ein kleines Buch, genau wie ich es tat.

»Was soll es sein, Junge?«, rief mir der Wirt zu, er war riesig.

»Ich suche das Haus der Witwe Seifert«, sagte ich mit rauer Stimme, nicht sicher, ob sie mich nicht doch verraten würde.

Sie verriet mich nicht.

»Oh! Du willst der Witwe wohl unter den Rock kriechen!«

Der Wirt grinste breit, die Männer lachten, drehten sich zu mir um. Ich erschrak, gleich neben mir saß Ebert Gräul.

»Das soll sie ganz gerne haben, hört man«, rief der Wirt, »wenn ihr ein hübscher Bursche dort nach dem Rechten sieht!«

Gräul erkannte mich nicht, also rief ich dem Wirt zu: »Wenn Sie es wünschen, kann ich der Witwe ausrichten, dass Sie es auch einmal versuchen möchten.«

Die Männer lachten, ich verstand mich offenbar auf das Zotenspiel, durch Georg war ich geübt.

»Liebend gern!«, rief der Wirt. »Vorausgesetzt, dass sie einen alten Sack in ihr kleines Witwenhäuschen lässt!«

Die Männer johlten. Herausfordernd blickte er mich an, damit ich die Sache noch weitertrieb, doch ich wollte herausfinden, wo Judith sich versteckt hielt, also sagte ich: »Und noch dazu vorausgesetzt, Sie wissen, wo die Witwe wohnt.«

»Sechstes Haus in der Wollweberstraße links, wenn man von der Langen Straße kommt«, rief der Wirt. »Sag ihr Grüße vom Rehwirt!«

»Das werde ich!«, rief ich, warf dem Jungen noch einen Blick zu, er lächelte.

Übermütig lief ich die Straße entlang, sprang durch eine Herde blökender Schafe.

»He!«, rief ein Mann mir hinterher. »Du machst mir ja die Tiere ganz verrückt!«

Das Leben als Junge gefiel mir.

30

Ich wusste, wo die Lange Straße war, fand auch die Wollweberstraße. Ich zählte die Häuser, beim sechsten blieb ich stehen, schlug gegen die Tür, bis eine Frau vorsichtig herausschaute: »Was willst du?«

»Ich komme mit einer wichtigen Nachricht für Pastor Tanck«, flüsterte ich.

»Den gibt es hier nicht!«, sagte die Frau.

»Der Ratsherr Christian Schwarz schickt mich«, sagte ich.

Sie musterte mich misstrauisch: »Wie kommt es dann, dass ich dich nie vorher gesehen habe? Verschwinde, aber schnell!«

»Der Ratsherr hat drei Söhne«, rief ich, »Christian, Joachim und Georg.«

»Ach so?«, sagte sie. »Dann weißt du sicher auch, wie sein Hund heißt.«

»Er hieß Koks«, sagte ich. »Er wurde erschossen.«

Die Frau nickte, sagte mit gedämpfter Stimme: »Also gut, Pastor Tanck ist gerade aufgebrochen. Er versucht, mit seinen Töchtern durch das Fettentor zu gelangen. Es ist am wenigsten bewacht.«

»Danke!«, rief ich, drehte mich um, rannte die Lange Straße entlang zum Stadttor, doch Judith war nicht dort, zu spät, sie war fort.

Am Tor drängten Soldaten eine Familie zurück, einen großen Karren zogen sie mit sich, beladen mit Möbeln, Kisten, Hühnerkäfigen.

»Zurück!«, rief ein Soldat. »Wertvolles darf nicht hinausgebracht werden.«

»Aber unser Haus ist abgebrannt«, rief ein Mann, »ich habe einen Bruder in Neuenkirchen.«

»Lasst den Karren zurück, dann könnt ihr gehen, wohin ihr wollt«, knurrte der Soldat.

Da fiel mir ein, dass auch ich die Stadt verlassen könnte. Wenigstens könnte ich es versuchen, was sollte mir schon geschehen?

»Das ist alles, was uns geblieben ist!«, hörte ich eine Frau sagen, als ich an ihnen vorbeischlich, durch das Tor hinaus aus der Stadt, wo der Nordwind den Schnee über die weißen Wiesen und Felder blies, Schnee bis zum Horizont. Und dort entdeckte ich zwei Pferde, erkannte auf dem einen Pastor Tanck und seine Tochter Dorothea. Auf dem anderen Pferd ritt sie, aufrecht und ganz allein, einen roten Mantel über den stolzen Schultern. Ich lief ihr nach, rief ihren Namen, da blickte sie sich um, starrte den Jungen an, der ihr folgte, wendete das Pferd.

»Judith! Weiter!«, rief ihr Vater.

»Nur einen Moment«, sagte sie, ohne den Blick von mir zu nehmen. »Ich komme sofort.«

Sie ritt auf mich zu, da strahlte sie, schön wie eine Prinzessin: »Billie! Das bist du!«

»Ich wollte dich noch einmal sehen«, sagte ich. »Wer weiß …«

»Judith«, brüllte ihr Vater, »wir müssen vor der Nacht in Stralsund sein!«

Doch sie beachtete ihn nicht, ruhig wie der Schnee war sie.

»Ich werde nicht sterben, Billie«, sagte sie. »Versprochen. Ich werde hierher zurückkehren.«

»Ich werde auch nicht sterben, Judith. Ich werde hier auf dich warten. Versprochen.«

Sie küsste ihre Fingerspitzen, ließ den Kuss zu mir herüberwehen, lächelte, wendete das Pferd, trieb es an, galoppierte davon.

Wie eine Amazone erschien sie mir, schön und stolz, eine Amazonenkönigin. Ich wollte ihr folgen wie ein Hirsch, doch ich war bloß ein junger Dichter, der heimlich ihre Schönheit besang und ihre Furchtlosigkeit, ein ungelenker Poet im Körper eines flachbusigen Mädchens mit abstehenden Ohren. Eines Tages aber, da war ich mir sicher, würde sie zurückkehren, und aus dem jungen Dichter wäre eine Dichterin geworden, die ihre Stimme gefunden hatte, verwandelt, wie sich alles verwandelt in Blumen, Steine, Sterne, in Tauben, Hirsche und Löwen, in Linden, Eichen und einsame Inseln.

31

An unserer Haustür klopfte ich unser verabredetes Zeichen, dreimal kurz, zweimal lang.

»Komm schon, Ide!«

Unruhig blickte ich mich um, zitterte vor Kälte, sehnte mich nach der Wärme meines Bettes, klopfte noch einmal: dreimal kurz … Die Tür wurde geöffnet, doch es war nicht Ide.

»Was gibt es?«, fragte Mutter, starrte mich an, kniff die Augen zusammen: »Was zum Teufel …?«

Sie riss mir die Mütze vom Kopf, verpasste mir eine Ohrfeige, ich presste die Lippen aufeinander.

»Sofort ins Haus!«, sagte sie.

Ich stolperte hinein, Mutter warf die Tür zu, hielt mich am Arm fest. Vor mir, sehr groß, sehr hager und sehr bleich, stand Joachim Völschow, der Bruder meiner Mutter, und hinter ihm Regina, sie bekreuzigte sich entsetzt bei meinem Anblick.

»Gütiger Gott!«, stöhnte sie.

Neben ihr stand Emerentia, erschrocken über die Ohrfeige.

»Was hat das zu bedeuten?«, fragte Völschow.

»Wo bist du gewesen?«, fragte Mutter scharf.

Ich starrte auf meine Füße.

»Draußen«, antwortete ich.

»Bist du völlig verrückt geworden?«, schrie sie.

Zitternd hob ich den Blick, schaute sie um Nachsicht bittend an, erkannte an ihrer Miene, dass sie nicht nachsichtig sein würde.

»Ich wollte es mit eigenen Augen sehen«, sagte ich leise.

»Was wolltest du mit eigenen Augen sehen?«, zischte sie.

»Was in unserer Stadt geschieht«, sagte ich.

»Dein Vater hat dich gesucht.«

»Warum?«, fragte ich. »Wo ist er?«

»Fort«, sagte sie, »dein Vater ist fort nach Stettin. Er hat dich gesucht, um sich von seiner jüngsten Tochter zu verabschieden.«

Ich starrte sie erschüttert an.

»Nein.«

»Aber ja«, entgegnete sie. »Es ist Krieg, dein Vater muss sein Land verteidigen, wie es seine Pflicht ist.«

»Er wollte dich segnen«, sagte Völschow, »weil der Vater seine Kinder segnet, wenn er fortgeht. Verflucht bist du, Mädchen, wenn er nicht mehr in dieses Haus zurückkehrt!«

Ich schaute Mutter verzweifelt an, doch sie konnte meinen Anblick nicht mehr ertragen. Als ich die Treppe hinauflief, rannen Tränen über meine Wangen, weil ich so dumm gewesen war. Er hatte gesagt, dass er uns verlassen würde, bloß hatte ich nicht geglaubt, es würde so schnell gehen, er könne schon heute nicht mehr bei uns sein.

Georg kam mir von oben entgegen, schaute mich erst verwirrt an, grinste dann spöttisch.

»Oh, ein hochmütiges Mädchen in Hosen!«, rief er. »Glaubst du wirklich, du könntest dich so vor der Hausarbeit drücken?«

Trotzig wischte ich die Tränen weg.

»Offenbar gestattet einem das Tragen von Hosen ja große Faulheit!«, erwiderte ich.

»Wer Hosen trägt, trägt die Verantwortung! Wer Kleider trägt, trägt bloß die Eimer!«

Wie blöd er war.

Ich sagte: »Niemand beneidet das Mädchen, das dich wird heiraten müssen.«

»Niemand den Mann, der ein Mädchen zur Frau nimmt, das in Hosen durch die Stadt streunt!«

Ich ging an ihm vorbei.

»Heute lass ich dir den Sieg, Georg.«

Vielleicht gefiel es ihm, dass ich mich geschlagen gab, jedenfalls sagte er ernst: »Vater ist fort. Hast du es gehört?«

»Ja«, antwortete ich.

32

In seinen Büchern der Verwandlungen erzählt Ovid von einem Mädchen namens Kainis, das so schön und anmutig gewesen sei wie kein anderes Mädchen in Thessalien. Doch keinen der Männer, die um sie warben, wollte Kainis heiraten, alle wies sie zurück, wanderte stattdessen einsam an den Stränden. Da überwältigte sie Neptun, der lüsterne Herrscher der Meere, tat ihr erst Gewalt an, dann gewährte er ihr einen Wunsch, wie es den mächtigen Göttern gebührt.

Kainis aber wünschte sich, kein Mädchen mehr zu sein, damit sie von nun an vor den Männern sicher war, und so verwandelte Neptun sie in einen starken, unverwundbaren Mann. Doch ich hatte mich nicht in einen starken, unverwundbaren Mann verwandelt, ich hatte mich bloß mit einer Hose und einer Mütze verkleidet, war damit aufgeflogen. Die Spuren, die ich im weichen Schnee hinterlassen hatte, stammten von Schuhen, die nicht meine waren, nie meine sein würden. Zu allem Unglück hatte ich den Aufbruch meines Vaters nach Stettin verpasst.

Ich zog mein Kleid über, kämmte mir die Haare, richtete mich wieder als Mädchen her, da betrat Völschow meine Kammer, ohne zu klopfen, ohne dass ich ein Knarren gehört hatte. Wie ein Dieb musste er heraufgeschlichen sein, doch nicht als Dieb stand er nun in meiner Kammer, sondern als Richter. Er schloss die Tür, kam mit eisigem Blick auf mich zu, eine Hand auf dem Rücken verborgen, blieb dicht vor mir stehen.

»Solange dein Vater fort ist, werde ich in diesem Haus nach dem Rechten sehen, mein Kind«, sagte er, und wenn sein Blick auch kalt war, so war seine Stimme sanft.

Eingeschüchtert starrte ich an ihm vorbei, wich einen Schritt zurück, um das Buch auf meinem Tisch vor ihm zu verbergen, Petrarcas Liebesgedichte, das Buch, in dem sich mein eigenes verräterisches Gedicht versteckte, doch er blickte über mich hinweg, entdeckte es.

»Deine Mutter sagt, du liest zu viel«, sagte er, beinahe nachsichtig.

»Wie viel ist zu viel?«, fragte ich vorsichtig.

»Bücher werden nicht für Frauen geschrieben«, sagte er.

»Meine Mutter … Eure Schwester hat viele Bücher gelesen.«

»Gebetbücher«, erwiderte er.

Ich schüttelte leicht den Kopf, unsicher, ob ich Völschow widersprechen sollte. Zögernd hob ich den Blick.

»Ich denke, sie hat Homer und Ovid gelesen, Horaz und Vergil. Sie kennt die Geschichten der Griechen und Römer, sie hat sie mir früher oft erzählt. Daphne und Apollo, Ariadne und Theseus, Ikarus und ...«

»Du solltest lernen, nicht vorlaut zu sein«, unterbrach er mich. »Sonst könnte man dich für anmaßend und hochmütig halten.«

Ich senkte den Kopf, schwieg.

»Wenn ein Mädchen studiert wie ein Junge, glaubt es am Ende womöglich, ein Junge zu sein«, sagte er. »Und es gibt nicht wenige Menschen, die in einer solchen Anmaßung eine Geisteskrankheit erkennen. Frauen, die in Männerkleidung steigen, fliegen auch zum Hexensabbat, sagt man, wie du sicher weißt! Großes Glück hattest du heute also, mein Kind, wenn niemand dich erkannt hat. Ich werde ein waches Auge auf dich haben, damit du der Familie meiner Schwester keine Schande bereitest. Bist du damit einverstanden?«

Ich presste die Lippen aufeinander.

»Bist du damit einverstanden?«, wiederholte er.

Ich nickte.

»Ich kann dich nicht hören«, sagte Völschow.

»Ja«, sagte ich leise.

»Gut«, sagte er mild. »Auf die Knie!«

Ich starrte ihn entsetzt an, ging ängstlich auf die Knie.

»Hände«, flüsterte er.

Ich streckte die Hände aus, jetzt holte Völschow die Hand hinter seinem Rücken hervor, eine Rute hielt er darin.

»Du hast dir Latein beigebracht, heißt es. Die Sprache der gelehrten Männer. Ist das wahr?«

Ich biss mir auf die Lippe, starrte die Rute an, die drohend über meinen Handflächen schwebte, bereit, mir Schmerzen zuzufügen.

»*Maximum autem beneficium alicui impenditur, si ab errore ad veritatem reducatur*. Übersetze!«

Ich antwortete nicht, da schlug er mit Wucht die Rute auf meine Hände. Ich schloss die Augen, kein Schrei entfuhr mir.

»Übersetze!«, wiederholte er ruhig.

Ich schwieg, wieder ging die Rute auf meine Hände nieder, noch wütender als zuvor.

»Übersetze!«

Er schlug so hart zu, wie er nur konnte. Ich stöhnte auf.

»Ich beherrsche diese Sprache nicht«, log ich mit zitternder Stimme.

Völschow starrte mich an, atmete schwer von den Hieben, die er mir versetzt hatte, nickte endlich.

»*Maximum autem beneficium alicui impenditur, si ab errore ad veritatem reducatur: Die größte Wohltat, die man einem Menschen erweisen kann, besteht darin, dass man ihn vom Irrtum zur Wahrheit führt!* Lesen und Schreiben sind für dich nun verboten! Geh hinunter an die Arbeit! Sofort.«

Ich erhob mich, ging mit gesenktem Blick aus der Kammer, stieg mit weichen Knien die Treppe hinab.

Er blieb zurück, sein Blick brannte in meinem Rücken.

33

Ich kam aus dem verschneiten Hof in die warme Küche, einen Stapel Feuerholz in den Armen. Emerentia schob ein großes Brett auf den Tisch, stieß eine Schale Eier um, und als die Eier auf dem Boden zerbrachen, lachte Emi auf und sagte: »Die müssen die Hühner wohl nochmal legen!«

Ide, die neben ihr einen Korb mit Kohlblättern auf den Tisch stellte, gackerte wie ein Huhn. Ich war niedergeschlagen, doch die beiden wollten endlich wieder ausgelassen sein, Albernheiten von sich geben, wie wir es früher so oft getan hatten.

Georg und sein Lehrer Christoph Hagen saßen an einem kleinen Tisch in der Nähe des Feuers über Büchern, in die Bibliothek durften sie nicht mehr. Selbst wenn Guitzardo nicht im Haus war, durchstreifte Gräul die Räume, setzte sich vor den Kamin, trank ein Tässchen teure Schokolade in der Bibliothek, tat, als ob er ein Offizier wäre, ein reicher Mann.

»Wenn in der Stadt etwas über deine Geschicklichkeit in der Küche bekannt wird«, rief Georg Emi zu, »kann Vater gleich für die nächste Tochter ein Kloster suchen.«

Emi lachte bloß: »Glaub mir, kleiner Bruder, wenn in der Stadt etwas über meine wahren Geschicke bekannt wird, müsste Vater die Haustür zunageln.«

Ide lachte laut. »Wo wir schon vom Nageln sprechen …«, rief sie und grinste frech.

Emi kreischte auf, schlug schnell eine Hand vor den Mund, doch Els, die auf einem Stuhl nahe beim Feuer döste, hatte schon die Augen geöffnet.

»Ide!«, rief sie tadelnd.

Els blickte zu Christoph Hagen, doch Georgs Lehrer hustete bloß, lief rot an.

»Was denn?«, erwiderte Ide empört, als sei sie zu Unrecht ermahnt worden. »Der Riegel von Billies Kammer wurde herausgerissen, den muss jemand … festnageln, wie gesagt.«

Ide und Emerentia sahen sich verschwörerisch an, da trat Mutter in die Küche.

»Wir müssen die Vorräte auffüllen!«, sagte sie. »Die Besatzer verbrauchen große Mengen, die Dörfer liefern nicht mehr so wie früher.«

Emi senkte den Blick, versuchte eine Zwiebel zu schneiden, Mutter blickte zu Georg, der winkte gleich ab: »Nein! Dafür hab ich nun wirklich keine Zeit, Mutter. Wie soll ich ein angesehener Arzt werden, wenn ich die Stunden mit dem Zählen von Kartoffeln verbringe?«

»Ich kann mich darum kümmern«, sagte ich.

Emi schrie auf, Blut lief über die Zwiebel, sie steckte den Finger in den Mund.

»Emerentia!«, rief Mutter. »Ich habe dir verboten, ein Messer in die Hand zu nehmen!«

»Aber ich muss doch mithelfen, gerade jetzt«, erwiderte sie, den Finger noch immer im Mund.

»Hilf gefälligst da, wo du keinen Schaden anrichten kannst, mein Gott!«

Hagen hustete, Mutter blickte zu ihm, sie mochte ihn nicht sehr, allerdings mochte sie die meisten Menschen nicht sehr. Ich dachte daran, was ihr widerfahren war, bevor Vater sie geheiratet hatte.

»Wie geht es voran?«, fragte sie kühl.

Hagen hustete schrecklich, versuchte mit dunkelrotem Kopf zu antworten: »Sehr gut! Georg ist äußerst begabt.«

Ich warf ihm einen angewiderten Blick zu. Wie konnte er behaupten, dass Georg äußerst begabt sei? Sein Latein war nicht gut, er mochte keine Bücher, hasste es zu lesen, war nicht schlecht im Rechnen, zugegeben, aber *äußerst begabt*?

»Exzellent«, sagte Mutter, das sagte sie sonst nur, wenn Besuch da war, wahrscheinlich wusste sie, dass ihr Jüngster alles andere als äußerst begabt war, tat dennoch, als ob alles bestens sei, immerhin verfügte ihr ältester Sohn Christian über alles, um Amt und Ehre des Vaters weiterzutragen, das genügte womöglich.

Sie ging aus der Küche, nahm die Kälte mit sich, die sie hereingetragen hatte.

»Da hast du es!«, rief Georg mir zu.

Vielleicht glaubte er wirklich, äußerst begabt zu sein, doch auf der Stelle verflog meine hochmütige Verachtung, als Samuel Gerlach vom Hof her eintrat, denn er wusste von Christian, wie man das Tor von der Straßenseite öffnen konnte, mit frostroten Wangen, strahlenden Augen, fröhlich wie ein Junge, der einen dicken Schneemann gebaut hatte.

»Guten Tag!«, rief er, sah in die Runde, sein Blick blieb an mir hängen. »Ich habe mich gefragt, ob es in diesen kalten Zeiten hier wohl einen Teller heiße Suppe für einen armen Studenten geben könnte.«

Er blies in seine roten Hände, Schneeflocken im Haar, hübsch wie ein Mädchen im Winter. Els lächelte.

»Den gibt es immer!«, rief sie. »Nur sind in diesen kalten Zeiten meine Knochen so schief, dass ich dir eine Suppe nicht gut aufschöpfen kann.«

»Ich mache das«, sagte ich.

»Das ist nett, Billie«, sagte er, als hätte er darauf gewartet.

Mit einem Mal schien es mir ein Wintertag wie früher zu sein, als wir in der Küche zusammengekommen waren, Besuch hereinschneite, Suppe und Lachen unsere Bäuche wärmte.

Als Christoph Hagen hustete, legte Samuel ihm die Hand auf die Schulter, sagte: »Vielleicht gehst du ein wenig an die klare Luft, Christoph. Ich übernehme den Unterricht, wenn es dir recht ist.«

»Danke«, keuchte Hagen erleichtert, erhob sich, wankte hustend zur Hoftür.

»Was lest ihr?«, fragte Samuel meinen Bruder interessiert.

»Noch immer Ovid«, sagte Georg gelangweilt.

Ich beobachtete die beiden, während ich die Suppe aus dem Topf schöpfte. Georg spürte wohl, dass Samuel sich mir verbunden fühlte, das gefiel ihm natürlich nicht, doch Samuel ließ sich nichts anmerken.

»Wie schön!«, rief er erfreut, setzte sich neben Georg. »Welches Buch?«

Samuel kannte also nicht nur Petrarca, sondern auch Ovid, womöglich hatte er noch viel mehr Bücher gelesen, Bücher, die mir völlig unbekannt waren. Ich trug die Schale zu ihm, die Suppe duftete nach Blumenkohl und Muskat. Dankbar nickte er mir zu.

»Äh, das fünfte?«, antwortete Georg.

»Oh!«, rief Samuel, lachte erfreut. »Der Wettstreit der Musen!«

Sofort drehte ich mich zu ihm um.

»Ja!«, rief ich.

Georg warf mir einen verächtlichen Blick zu.

»Halt du dich bloß an dein Gemüse!«, rief er.

Samuel tat, als habe er die Gemeinheit meines Bruders überhört.

»Dann wollen wir doch mal sehen!«, sagte er. »Im Wettstreit der Musen, wer besiegt da wen?«

Georg sah Samuel verärgert an, doch ihm fiel nicht ein, wie er sich aus dieser lästigen Sache befreien konnte. Also dachte er nach, während Samuel begeistert die Suppe löffelte.

»Ähm, im Wettstreit … wer besiegt da wen?« Noch angestrengter dachte Georg nach: »Ähm, Moment …«

Samuel, wohlwollend, als wolle er ihm ein wenig auf die Sprünge helfen, sagte: »Also, auf der einen Seite haben wir …?«

Auffordernd blickte er Georg an, und Georg, der sich offenbar an nichts erinnern konnte, riet einfach drauflos: »Die Musen?«

»Ja, sehr gut, die Musen!«, tat Samuel begeistert. »Und wer sind diese Musen?«

»Das sind solche Mädchen«, antwortete Georg völlig ernst.

Ich schnaubte verächtlich, begriff nicht, wie man alles wieder vergessen konnte, was man gelesen hatte, dabei ging es in der Geschichte um einen Wettstreit, Jungs mochten doch Wettstreite, vielleicht diesen nicht, weil es Mädchen waren, die gegeneinander antraten.

»Ja«, sagte Samuel nachsichtig, wiegte den Kopf hin und her. »In einfachster Form ist das nicht falsch. Und von wem werden die Musen zu diesem Wettstreit herausgefordert?«

Ausdruckslos starrte Georg ihn an, zuckte mit den Schultern: »Von so anderen Mädchen.«

»Ja! Die einen Mädchen fordern also die anderen Mädchen zu einem Wettstreit heraus. Es geht im Übrigen um die Dichtkunst! Doch was geschieht nun?«

Georg ließ sich von Samuels Begeisterung einschüchtern, schnaubte unsicher: »Ähm, die einen gewinnen natürlich.«

»Die einen gewinnen, ja!«, rief Samuel, als sei Georg wirklich äußerst begabt, ich hätte fast laut aufgelacht. »Und dann?«

Georg brummelte böse, als ihm klar wurde, dass er nun ratend nicht mehr weiterkam.

»Keine Ahnung!«, rief er, schlug mit den Handflächen auf den Tisch, um die Sache zu beenden. »Das ist doch eine dumme Geschichte! Immer dieser Ovid, immer nur dieser Blödsinn! Wer braucht das schon?«

Samuel sah betreten zu Boden, vielleicht konnte er nicht ertragen, wenn jemand Ovid dumm und blödsinnig nannte, doch er würde Georg nicht belehren, das stand ihm nicht zu.

»Elstern«, sagte ich also.

Samuel sah auf.

»Was?«, sagte Georg bissig.

»Die neun hochmütigen Töchter des Pieros verlieren den Wettstreit und werden in Elstern verwandelt«, sagte ich beiläufig, schnitt dabei Gemüse.

»Oh, du kennst die Geschichte, Billie!«, rief Samuel mit blitzenden Augen, erleichtert, dass wir Ovids Ehre wiederherstellen konnten.

Also fuhr ich fort, während ich hauchdünne Lauchringe schnitt: »Über das Meer aus Ägypten kommen die Pieriden, so nennt man sie, und fordern die neun griechischen Musen, die Schutzgöttinnen der Künste, zum Wettstreit heraus.«

»Langweilig!«, murrte Georg.

Emi lauschte gebannt.

»Sie sind Töchter des Zeus, leben hoch oben auf dem Parnass, dem herrlichen Gebirge bei Delphi. Kalliope, die jüngste der Musen, tritt mit ihrer schönen Stimme allein gegen die Pieriden an und gewinnt.«

»Noch langweiliger!«

»Da wachsen den Ägypterinnen schwarze und weiße Federn, sie verwandeln sich in Vögel und fliegen hinauf in die Baumkronen.«

Georg stand auf, funkelte mich wütend an: »Völlig blöde das mit den Federn!«

Doch wir beachteten ihn nicht, Samuel und ich, wir hielten es mit Ovid.

»Und welche der Musen gefällt dir am besten, Billie?«, fragte Samuel.

»Das verrate ich nicht«, sagte ich geheimnisvoll.

»Die mit den dicksten Eutern!«, rief Georg.

Emerentia lachte laut auf, doch Christoph Hagen stand in der Tür zum Hof, stützte sich gegen den Türrahmen und rief: »Georg!«

»Was denn?«, erwiderte Georg und schaute erstaunt. »Ich spreche von Kühen. Hat Zeus die Musen nicht in Kühe verwandelt?«

»Hat er nicht«, erwiderte Samuel gelassen.

Georg zuckte bloß mit den Schultern: »Na, dann eben nicht.«

Emi grinste mich an, ich musste lachen.

Hagen hustete in ein Taschentuch, rot färbte sein Blut das weiße Leinen.

34

Zwischen den unruhigen Soldatenpferden ging ich durch den Stall, verteilte Heu. Schnaubend drückten die mächtigen Tiere ihre Köpfe gegen mich, schnappten nach mir.

»Ruhig!«, rief ich, strich einem braunen Pferd über Hals und Mähne. »Noch gibt es genug für euch alle!«

»Du magst Pferde«, sagte Samuel. Ich hatte ihn nicht bemerkt, fuhr herum, starrte ihn überrascht an, dann vorwurfsvoll.

»Entschuldige, Billie«, sagte er, »ich wollte mich nicht anschleichen.«

»Schon gut.«

Ich wusste nicht, wie lang er mich schon beobachtet hatte, doch es war mir nicht unangenehm, Petrarca hatte uns verbunden, Ovid tat es ebenso.

»Ich würde gern auf den Rücken eines Pferdes steigen«, sagte ich, »und reiten, so schnell, als wenn ich fliegen könnte.«

»Wie eine Amazone«, sagte er.

Ich lächelte, weil er meine Gedanken erraten konnte.

»Dann reite!«, sagte er.

»Tsss«, machte ich. »Mein Vater will nicht, dass ich mir den Hals breche, außerdem habe ich nicht reiten gelernt.«

»Ich könnte es dir beibringen. Heimlich.«

Mir gefiel der Gedanke.

»Ach ja?«, fragte ich misstrauisch, lachte interessiert, dann verlegen.

»Wir könnten es zumindest versuchen«, schlug er vor, beiläufig, als ob er vermeiden wollte, dass ich ihn für einen Verführer hielt, doch ich schüttelte den Kopf, sah ernst durch ihn hindurch, er sollte wissen, dass ich bemerkte, wenn er zu weit ging.

»Ich muss wieder ins Haus«, sagte ich abweisend.

»Natürlich. Entschuldigung«, sagte er bestürzt, als ich kühl an ihm vorbei zur Stalltür ging.

Es war gemein, ich hatte ihn gelockt mit meiner Sehnsucht, so schnell zu reiten wie der Wind.

»Erato«, sagte ich also.

»Was?«, rief er verwirrt.

Da blieb ich stehen, drehte mich zu ihm um.

»Erato. Sie mag ich unter den Musen am liebsten.«

Er begriff, wagte trotzdem nicht, etwas zu erwidern, da sagte ich: »Haben Sie nie von ihr gehört?«

»Doch. Natürlich.«

»Dann raten Sie, warum Erato mir die liebste ist!«

Er wandte den Blick ab, zögerte, sagte leise, ohne jeden Ausdruck: »Erato weckt mit ihrer Dichtung die Sehnsucht der Menschen.«

»Ja!«, sagte ich. »Aber wenn die Musen Mädchen sind, warum gibt es dann keine Dichterinnen unter den Menschen?«

»Warum sollte es sie nicht geben?«

»Hat es je eine Dichterin gegeben?«, fragte ich erstaunt.

»Aber ja!«

»Eine Dichterin?«

»Ich kenne zumindest eine, ihr Name war Sappho. Sie hat in Griechenland gelebt, auf der Insel Lesbos.«

»Sie machen sich wohl einen Spaß mit mir!«

»Aber nein!«, sagte er. »Horaz nahm sie sich zum Vorbild, und Platon, ja, der große Platon hat sie sogar zur zehnten Muse erklärt, so beeindruckt waren die Dichter damals von ihr, stell dir vor! Allerdings habe ich nie ein Gedicht von ihr gelesen oder gesehen.«

Ich starrte Samuel an, durcheinander und aufgeregt, als habe er mir ein unglaubliches Geheimnis verraten, und das hatte er ja auch!

»Aber wo sind all ihre Gedichte geblieben, wenn die alten Dichter sie so verehrt haben?«

»Ich weiß es nicht«, räumte er ein, »vielleicht wurden ihre Gedichte vernichtet, warum auch immer.«

»Ja. Vielleicht. Ich habe auch ein Gedicht geschrieben«, gestand ich, schaute verlegen zu den Pferden.

Christian war fort, Judith hatte die Stadt verlassen, Samuel Gerlach war der Einzige, mit dem ich über das Dichten sprechen konnte.

»Ich würde mich sehr freuen, wenn ich es lesen könnte«, sagte er zurückhaltend.

Ich sagte: »Sie haben mich Petrarca entdecken lassen, schon zum Dank sollte ich es Ihnen zeigen, aber ich schäme mich schrecklich und fürchte, es ist sehr ungelenk und Petrarcas nicht würdig.«

Er sah auf. Ich hatte Angst, dass er mich ein wenig zu sehr mochte.

»Ich bin mir sicher, Petrarcas erstes Gedicht wird auch hier und da ein wenig ungelenk gewesen sein«, sagte er, »aber ich glaube, Gedichte werden erst zu Gedichten, wenn ein anderer Mensch sie liest.«

Wie klug er war.

35

Aufgeregt stürmte ich die Treppe zu meiner Dachkammer hinauf, Samuel hatte recht, Gedichte wurden erst zu Gedichten, wenn ein anderer Mensch sie las, wir schrieben sie nicht nur für uns selbst. Ich hatte meines für Judith geschrieben.

Aus pochend Herzen Treu und Dank, send ich Dir scheu, vor Sehnsucht krank, Dir, liebster Freundin, Judith Tanck.

Trotz allem sollte Samuel nicht alles zu hören bekommen. Ich würde ihm das Gedicht vorlesen, diese vier letzten Verse an Judith allerdings weglassen. Doch als ich meine Kammer betrat, war der Tisch leer, Petrarcas *Canzoniere* verschwunden. Ich schaute unter dem Tisch nach, hob die Bettdecke hoch, suchte unter dem Bett, doch das Buch mit meinem Gedicht darin blieb verschwunden. Völschow musste es an sich genommen haben, nachdem er mich mit der Rute geschlagen hatte. Was musste er von mir denken, wenn er mein Gedicht an Judith las? Er hatte mich in Männerkleidung gesehen. Nur Frauen, die zum Hexensabbat flögen, täten das, hatte Völschow gesagt, der nichts mehr fürchtete als den Teufel mit seinen Helferinnen. Seine Frau Dorothe gebar keine Kinder, weil er Todesangst hatte, der Teufel könne von unten in ihren Leib fahren. Das behauptete zumindest Ide.

Als ich wieder in die Küche kam, fand ich dort Samuel zusammen mit meiner Mutter. Georg starrte in ein Buch. Völschow stand neben ihnen, den *Canzoniere* in der Hand.

»Ich danke Ihnen«, sagte meine Mutter zu Samuel. »Krieg und Krankheiten sollen den Jungen nicht davon abhalten, das Wissen zu erlangen, das ihm zusteht.«

»Was ist passiert?«, fragte ich.

Doch Mutter antwortete nicht. Sie ging einfach, und als Völschow ihr folgte, warf er mir einen Blick zu, böse wie ein ungeflügelter Drache, der einen todbringenden Schatz bewacht. Ich schaute weg, fand Halt in Samuels Augen.

»Christoph Hagen geht es nicht gut«, sagte Samuel. »Er soll in nächster Zeit nicht das Haus betreten. Daher werde ich den Unterricht übernehmen. Ich werde also von nun an jeden Tag hier sein.«

Ich verstand nicht gleich, was er meinte, und so erwiderte ich nichts, schälte Rüben, noch immer durcheinander, und begriff erst später, dass Samuel sich enttäuscht und verlegen abgewandt hatte, weil ich keine Freude gezeigt hatte, dass er nun oft bei uns sein würde, hier in der Küche, wo es auch im Winter warm war, wo es nach Fenchel und Kümmel roch, nach Salbei, Koriander, Pfeffer und Muskat.

»Ähm, also gut …«, hörte ich ihn sagen, er setzte sich zu Georg an den Tisch. »Dann machen wir mit dem sechsten Buch weiter.«

»Unbedingt«, gähnte Georg.

Samuel schlug Ovids Metamorphosen auf, las: »*Non illa loco nec origine gentis clara, sed arte fuit.*«

Er schaute auf, sah mich an, sagte: »Nicht dieser Ort, noch edle Herkunft …«

Da verstand ich. Es war eine Botschaft. Das sechste Buch begann mit Arachne, dem einfachen Mädchen, das so kunstvoll die Fäden zu Stoffen webte, so geschickt und anmutig, dass die Nymphen dem Fluss entstiegen, um das geschmeidige Spiel ihrer Finger zu bewundern.

»Nicht dieser Ort«, sagte ich, »noch edle Herkunft, nur die Kunst brachte ihr Ruhm!«

»Ja«, sagte Samuel.

Ich nickte, begriff.

36

Erst als ich ihm das Gedicht vortrug, wusste ich, dass es schrecklich war, doch es gab kein Zurück, ich hatte schon begonnen.

»Die Welt war kalt geworden, leer. Ein Lied aus Tränen bloß und Bangen. Doch wohin wend' ich blasse Wangen und dieses Herz, so schwarz und schwer? Gibt's keinen Funken, der mich hält am Leben, diesem öden Ort, der einst so fröhlich war und licht? Die heitre Stadt, die Frühlingswelt, ist alles eisern oder fort? Ist alles nichts …«

Im düsteren Hof standen wir voreinander, nur eine kleine Laterne in meiner Hand erhellte unsere Gesichter, als ich ihm verlegen mein Gedicht aus dem Gedächtnis vortrug und seinen glühenden Blick auf mir spürte.

»Ist alles nichts, so glaubte ich. Von einem Licht bin ich erwacht, wie warme Sonne ward mein Herz, der Fesseln frei von bitt'rem Schmerz. Ein funkelnd' Stern in düstrer Nacht, ein Engel, der herabgekommen und halb im Erdreich schon mich fand, der meine Hand in seine lenkte, weil er mein' schwachen Ruf vernommen, der gab, dass Finsternis verschwand und dann mir Leben wieder schenkte.«

Nach dem letzten Vers war mir schwindelig: »Ende.«

Mein Gedicht war furchtbar, unbeholfen, so schwermütig, wie ich es nicht war. Ich war nicht Petrarca, ich hatte ihn bloß nachgeahmt. Mein Herz war nicht schwarz, es funkelte.

Samuel war verwirrt, verlegen öffnete er den Mund: »Es ist gut. Ja, doch …«, stammelte er, sammelte sich, blickte mich fest an, schließlich sagte er: »Ich finde, es ist wunderschön!«

Es gefiel ihm nicht.

Er lächelte unsicher, meine Mutter rief nach mir, erleichtert lief ich ins Haus.

37

Die Laster, in denen die Sünde wurzelt, sind diese: Jähzorn, Neid, Geiz, Ausschweifung, Gefräßigkeit, Trägheit, Hochmut. Ich kannte den maßlosen Hunger, wenn nach dem langen Winter der süße Spargel gestochen wurde. Auch in meinem Bett lag ich gerne, ohne mich zu rühren. Wütend und rachsüchtig konnte ich werden, eifersüchtig auch, doch nichts davon verspürte ich so stark in mir wie Stolz, Eitelkeit und Übermut. Luzifer war der Herr des Hochmuts, ein aufsteigender Stern einst, bis er sein wollte wie Gott und vom Himmel gestoßen wurde, da wurde er der ewige Höllenfürst.

In den nächsten Tagen saßen Samuel und Georg oft an dem kleinen Studiertisch am Feuer, lasen im sechsten Buch der Verwandlungen, während Ide und ich kochten, putzten, schrubbten, doch mir gefiel es, weil Ovid mit dem Duft der Eintöpfe durch die Küche wehte, während ich meinen Gedanken nachhing, Samuel beobachtete, darauf wartete, dass er den Blick hob, mich ansah. Georg übersetzte mühsam die Geschichte, wie mit dem Lob für ihre makellose Weberei der Hochmut in Arachne aufstieg. Sie prahlte, ihre Kunst sei so groß, dass sie sogar jene der Athene übertreffe, der Göttin der Webkunst. Da erschien ihr Athene, die ihr riet, nicht so überheblich zu sein, doch Arachne kümmerte sich nicht darum, forderte vielmehr Athene heraus, und als sie sich in ihrer Kunst maßen, Arachne, das einfache Mädchen, und die große Göttin Athene, da fertigte Arachne den kunstvollsten Teppich, den sie je gewebt hatte, voller Bilder der Liebe, und übertraf so Athene.

Ovid aber schilderte die Liebesabenteuer der Götter, die Arachne in ihren Teppich gewebt hatte, so ausschweifend, dass Ide mich immer wieder frech angrinste, während Georg übersetzte und wir mit aufgekrempelten Ärmeln einen großen Brotteig kneteten. Kein Mädchen kannte ich, das frecher grinsen konnte als Ide.

»Und wirklich erschien der ... der Stier«, Georg schnaufte, »ähm, und die Jungfrau schaute über das ... das einsame Land, rief die Gefährtinnen aus ... aus Angst vor seiner ... Berührung.«

»Ja! Gut. Wirklich gut, Georg!«, sagte Samuel, nickte ihm anerkennend zu.

Natürlich schaute Georg auf der Stelle zu mir herüber, ob ich das Lob auch gehört hatte, so war es nun einmal zwischen uns. Doch auch ich nickte ihm anerkennend zu, völlig ohne Hohn und Spott, und das verwirrte ihn.

»Aus Angst vor seiner Berührung!«, rief Ide übertrieben. Wir lachten albern, da betrat Mutter die Küche, wir verstummten. Hatte Völschow ihr mein Gedicht gezeigt? Hatte sie es bis zum Ende gelesen? Verstand sie?

»Weitermachen!«, sagte sie. »Immer weitermachen!«

Ernst kneteten wir weiter, Mutter befühlte den Teig, probierte: »Sparsamer mit dem Kümmel!«

Georg übersetzte, gab sich nun besondere Mühe in Anwesenheit unserer Mutter: »Ähm, der Schwan bedeckt Leda mit seinen ... seinen Flügeln.«

Mutter blickte zu ihm, Samuel senkte nervös den Blick, wusste, dass sie gerade eine heikle Stelle in Arachnes Geschichte übersetzten.

»Wo ist Els?«, fragte mich Mutter.

Ich konnte an ihrer Miene nicht ablesen, ob sie wütend auf mich war.

»Es geht ihr nicht gut«, antwortete ich.

»Jupiter verkleidet sich als Satyr«, fuhr Georg unbeirrt fort, weil er nicht begriff, was er da aus dem Lateinischen übersetzte, »füllt mit … was? Doppelter Frucht die … die schöne Tochter des Nykteus.«

»Sie kann nicht lange stehen«, versuchte ich Mutter abzulenken. »Ich meine Els.«

»Wir müssen uns alle zusammenreißen«, sagte Mutter ruhig, natürlich schwang darin ein Vorwurf mit, wie meistens.

»Danaë überschwemmt er als … was? Ich weiß nicht.«

Georg blickte Samuel hilfesuchend an.

»Ähm, als Goldregen«, half Samuel ihm leise auf die Sprünge.

Mutter merkte auf, blickte wieder zu ihnen, zog die Nasenflügel zusammen, als habe sie einen beißenden Geruch wahrgenommen. Samuel spürte ihren schneidenden Blick, sah verunsichert auf.

»Ovid. Es ist Ovid«, sagte er beschwichtigend.

»Ovid?«

Mutter hob die Augenbrauen wie ein Fallbeil.

»Ja, Ovid«, nickte Samuel.

Georg war so sehr damit beschäftigt, exzellent zu übersetzen, sich des lächerlichen Lobes seines Lehrers, er sei äußerst begabt, würdig zu erweisen, dass er nicht bemerkte, was hinter seinem Rücken vor sich ging.

»Als Feuer erhitzt er Ägina«, fuhr er fort. »In Deos Tochter kommt er als Schlange!«

Ich spürte, dass Ide mit aller Macht ein Lachen unterdrücken musste, senkte meinen Kopf, Blut schoss in meine Schläfen.

»*Metamorphoseon libri*«, sagte Samuel, als könne das Lateinische Mutter gnädig stimmen.

»Neptun überwältigt die äolische Jungfrau als wilder Stier.«

Ich konnte mich kaum beherrschen.

»Halt den Mund, Georg!«, rief Mutter endlich.

Georg hob den Blick, hatte Mutter wohl gehört, aber ihre Worte nicht verstanden, hatte vielleicht gemeint, sie habe ihn gelobt für seine Fertigkeiten, und rief: »Als Hengst lässt er es die Ceres spüren!«

Ide prustete los.

Mutter brüllte: »Sofort nach oben!«

Georg und Samuel sprangen auf, packten die Bücher zusammen, alle, bis auf eines.

»Die Küche darf von jetzt an nicht mehr für den Unterricht betreten werden!«, befahl Mutter.

Georg protestierte: »Aber, Mutter, oben ist es so kalt, dass uns die Finger steif frieren.«

Sie gab ihm eine Kopfnuss, er trollte sich.

»Glaubst du, du kannst dich frech benehmen«, rief sie ihm hinterher, »bloß, weil dein Vater nicht im Haus ist?«

Ich bemerkte, dass Samuel verstohlen zu mir herüberschaute, mit einem Finger klopfte er auf das Buch, das er auf dem Tisch zurückgelassen hatte, dann folgte er Georg. Mutter streckte die Hand aus und erklärte, Ovid sei von nun an verboten.

Ohne Widerspruch händigte Samuel ihr die *Metamorphosen* aus, verließ die Küche. Ich warf einen besorgten Blick zu dem Buch auf dem Tisch, das wohl für mich bestimmt war. Gereizt sah Mutter sich um.

»Es ist viel zu schmutzig in der Küche«, herrschte sie uns an, bevor sie wütend die Tür hinter sich schloss.

Erleichtert atmete ich aus, lief zum Tisch. Meine Hände

waren voller Mehl und Teig, ich leckte mir den kleinen Finger sauber, schlug damit das Buch auf.

»Das gibt's ja nicht!«

»Was ist?«, fragte Ide.

Ergriffen las ich den Titel: »Martin Opitz. *Buch von der Deutschen Dichtkunst.*«

»Oh! Das würde ich mir gerne mal ausleihen!«, rief Ide spöttisch.

»*... in dem alle ihre Eigenschaften und Anwendungen gründlich erklärt und mit Beispielen angeführt werden*«, las ich weiter.

Ein Lehrbuch über die Kunst, Gedichte zu schreiben! Womöglich konnte ich also eine Dichterin werden, auch wenn sie mich nicht auf die Universität ließen, eine berühmte Dichterin, wie Sappho es gewesen war, vor langer Zeit auf der Insel Lesbos.

Ich blickte zur Tür, durch die Samuel gegangen war.

»Danke!«, flüsterte ich ihm nach.

38

Aufgeregt schlich ich die Treppe hinauf, das Buch wie einen Schatz an meine Brust gepresst, blieb stehen, lauschte zum Zimmer der Mädchen hin. Regina weinte, Mutter sagte: »Du kannst nicht den ganzen Tag im Bett liegen, Regina! Wir müssen alle unsere Aufgaben erfüllen.«

»Aber wenn ich aufstehe«, rief Regina, »überfällt mich die Angst.«

»Was für eine Angst?«, fragte Mutter gereizt und erschöpft zugleich.

»Angst, auf den Boden zu stürzen«, stöhnte Regina.

»Mein Gott!«, schnaubte Mutter verständnislos.

Ich stieg leise weiter hinauf, es war besser, wenn ich meiner Mutter möglichst lange nicht unter die Augen kam. Ihr Bruder hatte mich mit Rutenhieben bestraft, von nun an durfte ich mich nicht mehr verdächtig verhalten, musste meine Aufgaben erledigen, niemand sollte mich noch einmal faul sehen, maßlos essend, keinem Menschen würde ich im Zorn begegnen, großzügig würde ich sein, ohne Neid, über die Wollust sprach ohnehin niemand, nur mit dem Stolz musste ich aufpassen. Doch heimlich würde ich das Buch über die Dichtkunst studieren, würde alles lernen, würde mit jedem Tag besser werden, würde in geschliffenen Versen meine Lieder singen, so kunstvoll wie Arachne ihre Stoffe gewebt hatte, Teppiche voll blühender Blumen, auch wenn ich ahnte, dass mich das Schicksal des hochmütigen Webermädchens aus Lydien ereilen könnte, weil Stolz und Übermut mich jagten.

In meine Decke gehüllt, saß ich im Schein einer Kerze, las das Buch, das ein Mann namens Martin Opitz verfasst hatte, damit die Menschen, die davon träumten, Dichter zu werden, das Handwerk erlernen konnten, wie jeder sein Handwerk erlernen musste, der Schmied wie der Arzt, der Bäcker wie der Kirchenmaler.

Auch wenn ich mir vorgenommen habe, schrieb Opitz, *ein Lehrbuch über die deutsche Dichtkunst zu verfassen, so glaube ich nicht, dass jemand nur durch den Gebrauch bestimmter Regeln zu einem Dichter werden kann.*

Es gab also Regeln! Ich hatte bloß versucht, ganz ähnlich zu dichten wie Petrarca, jetzt wollte ich die Regeln lernen.

Verse aus Silben und Worten zu schreiben, fuhr Opitz fort, *ist nicht das Wichtigste, was ein Poet können muss. Vielmehr muss er von tiefgründigen Gedanken beseelt sein, er muss einen unerschrockenen Geist besitzen, und er muss Großes in sich selbst entdecken wollen. Nur dann können seine Worte zur Kunst werden und von hier aus weit zum Himmel aufsteigen.*

Bestürzt blickte ich auf, horchte unsicher in mich hinein: Hatte ich einen unerschrockenen Geist?

39

Els fand immer seltener den Weg zu uns in die Küche, schlief meist in ihrer Kammer, so gab es von Sonnenaufgang bis Sonnenuntergang reichlich zu tun. Auch Regina verließ das Bett kaum mehr, den Blick starr zur Decke gerichtet, schwermütig vor Kummer. Georg und Joachim trieben sich in den Gassen herum. Wenn sie vor Einbruch der Dunkelheit heimkamen, rochen sie nach Bier, im Haus halfen sie nicht, Krieg hin oder her. Und Emi? Emi gab sich Mühe, trug vorsichtig einen großen Suppentopf vom Herd zum Tisch, ging stolz um eine Kiste mit Birnen herum, doch als sie den Topf abstellte, ohne Schaden angerichtet zu haben, riss sie begeistert die Arme auseinander und fegte dabei einen Krug Rotwein vom Tisch, er zersprang. Emi blieb Emi, das meiste fiel ihr einfach auf den Boden.

Ide und ich arbeiteten im Stall, zwölf Pferde besaß Guitzardo, die mussten versorgt werden, sie fraßen viel, tranken viel, äpfelten viel. Ide schaufelte den Mist auf den Karren, ich schöpfte Wasser aus dem Regenfass, doch meine Beine waren leicht, während ich den vollen Eimer zur Pferdetränke schleppte, in der linken Hand das Buch, aus dem ich laut las.

»*Was das Leben der Poeten betrifft*, schreibt Opitz, *so scheint es, dass etliche von ihnen aus der Art geschlagen sind.*«

Ide lachte: »Ja, das kann man so sagen!«

Ich legte das Buch ins Heu, kippte das Wasser in die Tränke.

»Findest du, dass ich aus der Art geschlagen bin?«

»Findest du nicht?«, fragte Ide.

Ich hatte noch nicht darüber nachgedacht, ob ich aus der Art geschlagen war.

»Ich weiß nicht«, sagte ich, denn ich wusste es wirklich nicht. Ich trocknete meine Hände an der Schürze, griff nach dem Buch.

»Zumindest bist du das einzige Mädchen auf der Welt, das im Stall arbeitet und dabei ein Buch liest«, sagte Ide.

Mit dem leeren Eimer lief ich zurück zum Wasserfass, las: *»Das liegt wohl daran, dass ihre poetischen Gemüter etwas stärker und freier sind, als es die Zeit zulässt, und dass sie sich nicht um die Meinung der anderen scheren.«*

»Oh!«, rief Ide. »Klingt irgendwie nach Ärger, oder?«

»Deshalb reden die, denen es nicht gefällt, wenn Menschen aus der Art geschlagen sind, schlecht über die Poeten, erklären sie für verrückt und verfolgen sie mit Neid und Bosheit.«

»Wie ich gesagt habe«, sagte Ide, »jede Menge Ärger! Überleg dir das besser nochmal mit der Dichterei!«

Als wir später den Küchenboden schrubbten, auf roten Knien, die schmerzenden Rücken gebeugt, las ich weiter aus Opitz' Buch, das ich neben mir auf einem Hocker durch die Küche schob, ein Tuch in Griffweite, damit ich es verschwinden lassen konnte, sobald jemand kam.

»So ist ein jeder Vers entweder ein Jambikus oder ein Trochäikus«, las ich.

»Jedenfalls ein Kuss!«, sagte Ide.

»Ein Jambikus«, las ich weiter, *»ist dieser: ›Erhalt uns Herr bei deinem Wort.‹ Die erste Silbe ist niedrig, die zweite hoch, die dritte niedrig, die vierte hoch. Er-HALT uns HERR …«*

»Ich SCHRUBB den BO-den BLIT-zeBLANK!«, sang Ide, ich lachte.

»Vielleicht werden wir ja beide Dichterinnen, Ide, du und ich.«

»Ja! Vielleicht sollte ich dann vorher mal lesen und schreiben lernen!«

Schrubbend blickte ich in mein Buch: *»Der folgende Vers ist ein Trochäikus: ›Mitten wir im Leben sind.‹ In diesem Vers ist die erste Silbe hoch, die andere niedrig.«*

»KOMM her, SCHÄTZ-chen, 'sJUCKT mein KÄTZ-chen!«

»Ide, du Ferkel!«, rief ich.

»Wieso?«

Ide tat unschuldig, dann brach sie in ihr unbändiges Lachen aus, das mich immer ansteckte, ich bespritzte sie mit Wasser, sie knallte mir einen Lappen auf den Hintern. Was für herrliche Stunden wir hatten, wenn wir allein waren!

40

Als ich mit dem Tablett die Treppe hinaufstieg, sah ich meine Mutter aus dem Zimmer meiner Schwestern treten. Sie bemerkte mich nicht, hielt sich am Türrahmen fest.

»Ist dir nicht wohl, Mutter?«, fragte ich.

Sie löste ihre Hand vom Türrahmen, richtete sich auf.

»Keineswegs!«, sagte sie entschieden. »Was ist das?«, fragte sie, auf das Tablett in meinen Händen deutend.

»Für Regina. Etwas zu essen.«

Mutter schaute verächtlich, sie war in diesen Tagen nicht gut auf ihre erstgeborene Tochter zu sprechen. Im Grunde hätte Regina längst in das Haus eines Mannes gezogen sein können, nun lag sie noch immer hier, tat nichts, heulte.

»Niemand wird dich nehmen, wenn du immer heulst, Regina«, hatte ich Mutter sagen hören. »Kein Mann erträgt das, reiß dich zusammen, mein Gott!«

Doch jetzt, als sei sie müde vom Schimpfen, sagte sie bloß: »Also gut, bring es ihr.«

Halb aufgerichtet lag Regina im Bett, blass, so blass wie Großmutter, die im letzten Jahr gestorben war, Großmutter Sibylla, deren Namen ich trug. Ich war dankbar, dass sie nicht im Krieg hatte sterben müssen.

Ich stellte das Tablett ab, setzte mich zu Regina ans Bett, hielt ihr einen Löffel Hühnersuppe mit Möhren und Petersilie hin, sie ließ sich füttern wie eine alte Frau, auch ihre Haare waren alt geworden.

»Bald kommt der Frühling, Rina«, sagte ich, »dann wirst du …«

»Billie!«, stöhnte sie.

»Ja?«

»Nicht sprechen.«

»Gut«, flüsterte ich, hielt ihr den Löffel hin, sie schlürfte.

41

Mutter kam in die Küche, blickte uns ernst an, Ide und ich schälten Kohlrüben. Auf dem Feuer köchelte eine gepökelte Schweinerippe mit Zwiebeln, Lorbeer und Wacholder, es duftete herrlich, sie dürfte nichts zu nörgeln haben.

»Ide, würdest du uns bitte einen Moment allein lassen?«, bat Mutter ruhig, freundlich beinahe.

»Ja. Natürlich«, antwortete Ide, legte das Messer hin, wischte sich die Hände ab, ging hinaus in den Hof.

Mutter setzte sich auf einen Stuhl, rieb sich die Augen.

»Meine Augen sind sehr schwach geworden, Billie, ich sehe oft verschwommen. Lesen kann ich nicht mehr, das ist ein Problem. Dein Vater schickt Geld aus Stettin, aber jemand muss die Einnahmen und Ausgaben kontrollieren.

Regina ist dazu nicht in der Lage, und Emerentia … nun ja. Du bist klug, und deine Fähigkeiten im Rechnen und Schreiben sind ausgezeichnet, also übertrage ich dir Einkauf, Lagerhaltung und die Verwaltung des Geldes, das Geld ist das Wichtigste. Ich habe deinen Brüdern bereits erklärt, dass sie Besorgungen nach deinen Anweisungen zu erledigen haben.«

Sie erhob sich, blickte mich ruhig an.

»Ist noch etwas?«, fragte sie.

»Nein.«

Sie nickte, dann ging sie. Verwirrt blickte ich ihr nach. Sie war die Herrin des Hauses, nun war Vater fort, ihr ältester Sohn war fort, ihr schwand das Augenlicht, so hatte sie mich zur Herrin über den Haushalt gemacht. Sie erwähnte Petrarca nicht, nicht mein Gedicht, was immer Völschow ihr gesagt hatte, sie brauchte mich.

Ich sah mich in der großen Küche um.

»Na, dann an die Arbeit!«

42

»Auf dem Markt bekommt man kein Fleisch mehr, Joachim, aber in der Roßmühlenstraße soll es einen Mann geben, der Hühner verkauft.«

Zwischen den Vorratsregalen der Speisekammer stand ich mit Joachim und Georg, eine lange Liste in der Hand.

»Er heißt Armin Schierer, such ihn, und kauf so viele Vögel, wie er dir gibt!«

Ich hielt ihm einen Beutel mit Geld hin.

»Zahl ihm nicht mehr als zwanzig Schilling das Huhn! Wenn er jammert, erinnere ihn daran, dass Vater sämtliche seiner Kontrakte aufgesetzt hat.«

»Gut«, sagte Joachim ohne jeden Widerspruch, nahm den Beutel, ging.

»Und du, Georg, geh zu Morter, kauf zwei Pott Weinessig, hier sind zwölf Schilling.«

Geschäftig hielt ich ihm einen kleinen Beutel hin, doch er starrte mich bloß giftig an.

»Ich mach nicht, was du sagst!«, rief er trotzig. »So ist die Welt nicht. Männer haben die sieben Weltwunder erbaut, Männer haben die großen Reiche erschaffen: Babylon, Griechenland, Rom. Was habt ihr Frauen in dieser Zeit getan? Nichts! Zumindest erinnert sich niemand mehr daran, also kann es nichts Bedeutendes gewesen sein.«

»Gut«, sagte ich, ließ den Beutel zurück in die Tasche meines Kleides gleiten, wandte mich den Regalen zu, tippte mit dem Finger auf Einmachkrüge: »Zwei, vier, sechs ...«

Ich hörte Georg schnauben, wütend ging er davon, dann klopfte es hinter mir an der Tür. Georg war es sicher nicht. Ich blickte mich um: Es war Samuel.

»Guten Tag, Billie«, grüßte er verlegen.

Ich drehte mich zu ihm: »Guten Tag, Herr Gerlach.«

»Warum sagst du nicht Samuel zu mir«, fragte er, »wie deine Brüder auch?«

»Guten Tag, Samuel«, sagte ich.

»Ich dachte, ich könnte vielleicht einen Apfel ...?«, flüsterte er, tat so, als wäre er vor meiner Mutter auf der Hut. Er machte bloß einen Spaß.

Ich hatte ihn nicht mehr gesehen, seitdem Mutter die beiden aus der Küche gefegt hatte, so hatte ich ihm nicht einmal danken können dafür, dass er das Lehrbuch der Dichtkunst in unser Haus gebracht hatte.

»Natürlich!«, sagte ich, bückte mich nach einem Korb, suchte den schönsten Apfel heraus, roch daran, reichte ihn Samuel. »Dieser hier ist sicher süß.«

»Danke, Billie!«, sagte er, lächelte zurückhaltend. »Dann bis morgen!«

Schon ging er wieder.

»Das Buch!«, rief ich ihm nach.

»Ein Geschenk!«, sagte er, ohne sich umzudrehen.

Noch nie hatte mir jemand ein solches Geschenk gemacht.

43

Als ich am Wohnzimmer vorbeiging, öffnete sich die Tür, Guitzardo trat heraus.

»Billie, warte!«, rief er.

Ich blieb stehen, ohne ihn anzusehen. Er kam auf mich zu, die Bohlen knarrten unter seinen Schritten, sanft legte er eine Hand auf meine Schulter, strich darüber.

»Deine Mutter hat mir gesagt, dass du die Einkäufe verantwortest, stimmt das?«

»Ja«, sagte ich.

Er strich an meinem Hals hinauf.

»Der Wein geht zur Neige«, sagte er ruhig, »ohne Wein ist das Leben grau.«

»Ich werde mich darum kümmern.«

Er berührte mein Ohrläppchen.

»Ich schätze einen guten …«

»Pedro Ximénez. Ich weiß.«

»Ausgezeichnet!«, flüsterte Guitzardo.

Langsam nahm er seine Hand von mir. Er ließ mich gehen. Ich stieg weiter hinunter, er blickte mir nach, ich spürte es.

Jemand schlug gegen die Haustür, ich ging durch die Halle, um zu öffnen. Ebert Gräul kam aus der Küche.

»Wo gehst du hin, Mädchen?«, rief er.

»Habe ich nicht das Recht, durch das Haus meines Vaters zu gehen?«, sagte ich, ohne ihn zu beachten.

Wieder schlug jemand gegen die Tür.

Er trat näher, rief: »Ich sage dir, wozu du das Recht hast!«

Ich blieb stehen, drehte mich zu ihm um.

»Und ich sage dir, du hässlicher Zyklop, wovor du dich fürchten sollst! Denn jede Nacht schläfst du im Haus des Feindes, wie viele Gelegenheiten gibst du also deinem Feind, dir das letzte Auge auch noch auszustechen?«

Gräul zuckte überrascht zusammen, dann kam er auf mich zu.

»Du bist nur ein hässliches Mädchen«, sagte er giftig. »Ich kann dich zwischen den Fingern zerdrücken wie einen ekelhaften Käfer.«

»Dann zerdrück mich!«, sagte ich. »Los doch!«

Da erschien Emi auf der Treppe.

»Nein!«, rief sie.

Ich hob den Kopf, bot ihm den Hals.

»Greif schon zu!«

Seine Pranke griff nach meinem Hals. Emi rannte die Treppe herunter.

»Ja!«, sagte ich in sein hässliches Gesicht. »Trau dich! Vernichte, was dein Herr begehrt!«

Er schnaufte wütend, begriff, dann ließ er los. Ich wandte mich von ihm ab, öffnete die Haustür. Ein Mann mit einem Sack stand davor. Er sagte: »Sack Zwiebeln. Vier Schilling.«

Gräul drängte sich an mir vorbei nach draußen, stapfte davon.

Erschöpft ging ich in meine Kammer, reparierte den Riegel an meiner Tür. Mit einer Kerze setzte ich mich an den Tisch,

Müdigkeit überfiel mich, ein unaufhaltsames Gähnen, doch ich legte einen leeren Bogen Papier vor mich, tauchte die Feder in die Tinte, schrieb.

Wo sind die Weltwunder geblieben? Die Tempel, Statuen sind davon! Und lange schon sind aufgerieben die Mauern der Stadt Babylon. Was damals staunend angesehen, muss nun mit Asch und Staub verwehen. Doch was damals Ovid geschrieben, was Aristoteles gesagt, ist noch bis heut bei uns geblieben und wird auch nie ins Grab gejagt!

Ich hob den Blick, sah aus dem Fenster, wo der Mond mich freundlich anstrahlte. Ich lächelte zurück, schrieb.

Ach, könnt ich halb so gut nur singen und dichtend ewigen Ruhm erringen!

44

Wie zum Trost legte sich neuer Schnee auf die Stadt, die einmal die unsere gewesen war, nahm den Stimmen ihren bösen Klang, bedeckte das Hässliche, verbarg das Dunkle.

Beinahe verschwunden waren meine Fußspuren im Schnee, als ich mit gehacktem Holz aus dem Schuppen zurückkehrte. Ich sah auf zum weißen Himmel, öffnete den Mund, fing eine Schneeflocke auf der Zunge, wie Joachim und ich es getan hatten, als wir Kinder waren. Alles in mir würde zu Schnee werden, sollte ich die Schneeflocke hinunterschlucken, hatte Joachim mit weit aufgerissenen Augen behauptet, um mir Angst zu machen. Ich schluckte sie, wollte, dass mein Inneres zu Schnee würde, ganz rein, ganz still.

Da hörte ich von fern ihren Schrei, das Holz rutschte aus meinen Armen, ich lief hinauf, Regina saß auf dem Bett, einen Brief in der Hand, das Gesicht tränenüberströmt.

»Was ist passiert?«

»Ein Mann«, rief sie leise, Tränen tropften auf den Brief, wo sie die Tinte zerlaufen ließen, die Buchstaben verwischten, wo die Worte verschwanden in dem Brief, der sie zum Schreien gebracht hatte, zum Weinen und dazu, aufzustehen, denn seit Tagen hatte Regina bloß stumm dagelegen, als habe sie sich zum Sterben gebettet.

»Was meinst du?«, fragte ich.

Sie blickte auf, die Nase rot, die Haut weiß, da verzogen sich ihre Lippen zu einem Lächeln, so hatte sie seit Jahren nicht gestrahlt. »Ein Mann nimmt mich!«

»Oh, mein Gott!«, rief Emi, die gleich nach mir ins Zimmer gelaufen war. »Wer ist es?«

»Sein Name ist …« Sie machte eine gewichtige Pause, dann rief sie: »Christoph Bünsow!«

Hatte ich nie gehört, Christoph Bünsow.

»Wer?«

Bloß den Namen seiner Familie kannte ich natürlich, so viele Familien gab es nun auch nicht unter den Kaufleuten, Professoren und Ratsherren von Greifswald.

»Er war in Stettin und hat bei Vater um meine Hand angehalten.«

»Christoph Bünsow?«, fragte Emerentia staunend.

»Ist das nicht wunderbar?«, rief Regina, presste den tränennassen Brief an ihr Herz, blickte zur Zimmerdecke empor, als könne sie dort den Himmel sehen: »Er ist ein guter Mann, schreibt Vater, anständig, ein fleißiger, untadeliger Kaufmann.«

Ihr Blick schwebte wieder zu uns herab, als trüge ihn die geflügelte Siegesgöttin, da verschwand der verzückte Glanz aus ihrem Gesicht.

»Was ist, Emi?«, rief sie verärgert, kniff die Augen zusammen. »Warum schaust du so blöd?«

Emi, eine Augenbraue hochgezogen, fragte: »Kennst du ihn denn?«

Regina zögerte, wie sie es tat, wenn sie erwog zu lügen, dann sagte sie ehrlich: »Nicht sehr gut. Ich weiß, wer er ist, aber Vater schreibt ...«

Sie hob den Brief, wollte daraus vorlesen, fand die Stelle nicht gleich, vielleicht weil ihre Tränen sie verwaschen hatten, hob den Blick, verunsichert, als ob mit den Buchstaben auch der Mann weggespült sein mochte, sah Emi verärgert an: »Was ist denn, Emi?«

»Regina, er ist ...« Sie schüttelte zögerlich den Kopf.

»Was?«, rief Regina wütend und ängstlich zugleich. »Was ist er?«

Emi ließ den Kopf sinken, flüsterte, ohne sie anzusehen: »Er ist ... ein wenig hässlich!«

Regina richtete sich auf, empört, zugleich erleichtert, dass sie empört sein konnte und nicht mehr bange war, und rief: »Oh! Ganz und gar nicht, Emerentia!«

Und nachdem sie von den höchsten Höhen in die tiefsten Tiefen gestürzt war, stand sie nun wieder fest auf der Erde, die älteste Tochter der Familie Schwarz, und rief tadelnd: »Wie kannst du nur so etwas Gemeines sagen? Deine Gedanken sind hässlich, Christoph Bünsows Herz ist es nicht.«

Emi wollte sich verteidigen, ließ es.

»Du hast recht«, sagte sie stattdessen betreten. »Es war dumm von mir. Entschuldige.« Sie sah auf, lächelte: »Ich freu mich für dich, Schwester. Wirklich.«

Da verflog Reginas Wut.

»Vielleicht ist er äußerlich nicht der Schönste«, sagte sie, »aber das hält ihn wenigstens davon ab, zu glauben, andere Frauen könnten bei seinem Anblick weiche Knie bekommen.«

Regina hatte vollkommen recht, und schließlich war sie es, die heiraten würde, nicht wir.

»Wie alt ist er?«, fragte ich.

»Fünfunddreißig«, sagte sie. »Ist das nicht wunderbar?«

»Warum ist das wunderbar?«

Ich wollte sie nicht ärgern, ich wollte es bloß wissen.

»Ich weiß nicht«, sagte Regina, »ich finde es jedenfalls wunderbar!«

Da betrat Mutter das Zimmer, steuerte geschäftig auf den großen Schrank zu, gefaltete Decken über dem Arm, sagte, ohne uns anzusehen: »Hat Vater dir auch geschrieben, dass Bünsow schon einmal verheiratet war?«

Entsetzen malte sich auf Reginas Gesicht.

»Was?«, rief sie, ihre Stimme wie die eines verschreckten Kindes.

Mutter öffnete den Schrank, legte die Decken hinein, sagte: »Aber ja, oder glaubst du, dass einem Mann erst mit fünfunddreißig Jahren einfällt, jemand müsse sein Haus in Ordnung halten?«

Mutter rang sich ein nachsichtiges Lächeln ab, obwohl sie wenig Platz für Gefühle in sich gelassen hatte. Regina schaute umher, fand keinen Halt.

»Ich wusste ja nicht …«, sagte sie.

»Seine Frau Katharina ist im Oktober gestorben, sein Sohn Johann im letzten Winter, aber er hat noch einen Jungen, Christoph heißt er, wie der Vater, er ist vier, jemand muss sich um ihn kümmern.«

»Aber ich dachte …«, sagte Regina, doch da fiel ihr ein, dass sie nicht bedacht hatte, dass ein Kaufmann mit fünfunddreißig natürlich verheiratet gewesen sein musste, wenn er nicht der Bruderschaft der Schwarzhäupter angehörte, aber selbst die Schwarzhäupter heirateten meist, bevor sie dreißig wurden und genug Bier mit ihren Brüdern getrunken hatten, verließen die Bruderschaft, wurden Ehemänner, Väter.

»Dein Vater weiß, was das Richtige ist, Regina«, sagte Mutter.

Regina nickte, denn dass Vater wusste, was das Richtige war, hatte unser Leben immer mit Gewissheit erfüllt. Doch nun, im Gedanken an einen Mann, der schon einmal vor den Altar getreten war, der das Bett mit einer anderen Frau geteilt hatte, einer Frau, die ihm zwei Söhne geschenkt, für ihn gekocht, ihm die Nägel gefeilt hatte, überfielen Regina Angst und Zweifel. Vielleicht hatten Christoph und Katharina Bünsow sich früher bei Kerzenschein Liebesgedichte vorgelesen, hatten auf dem Frühlingsfest ausgelassen miteinander getanzt, gelacht, einander geküsst, glücklich, sich gefunden zu haben. Vielleicht würde er sie nicht vergessen, seine Frau Katharina, vielleicht würde er sie nach der Hochzeit mit Regina vergleichen, die nie ausgelassen lachte und bloß widerwillig tanzte, finden, es sei früher schöner gewesen.

Als Regina all das ahnte, begriff, dass Christoph Bünsow nicht nach Stettin gereist wäre, nicht bei Vater um ihre Hand angehalten hätte, wenn seine Frau Katharina nicht unglücklicherweise gestorben wäre, da schüttelte sie heftig den Kopf, blickte Mutter zweifelnd an und sagte: »Vater weiß, was das Richtige ist? Das Richtige für wen?«

Mutter ging hinaus, ohne zu antworten, schloss nicht einmal die Tür hinter sich. Wir starrten ihr nach, sehr lange, weil wir uns davor fürchteten, Regina anzusehen, dann taten wir es doch.

»Und?«, fragte Emi vorsichtig.

»Was und?«

Regina wandte sich ab.

»Was, wenn er ein ...« Ich zögerte. »Ein schwieriger Mann ist?«

»Was meinst du denn damit?«, fragte Emerentia, als sei es Blödsinn.

»Ich meine, was, wenn er … ich weiß nicht, nicht jeder ist vielleicht wie unser Vater.«

»Was redest du da, Billie?«, rief Regina giftig. »Er ist ein angesehener Kaufmann, und Vater schreibt …«

»Vielleicht ist er ein Meister der Verstellung«, sagte ich.

»Was soll das denn bedeuten«, rief Emi kopfschüttelnd, »ein Meister der Verstellung?«

»Tut nach außen gefällig und gelehrt, aber dunkle Mächte wüten in seinem Inneren.«

»Ich will ihn auf jeden Fall!«, fuhr Regina dazwischen, sah mich entschieden an: »Selbst wenn er einen Buckel hat, ich will ihn.«

»Aber der Junge«, sagte Emi. »Mutter sagt, du musst dich um seinen vierjährigen Sohn kümmern.«

»Ein Witwer mit Sohn ist besser als ein Nichts mit nichts, oder etwa nicht?«

Regina lächelte unsicher, dann entschlossen. Es war sinnlos, nicht nur sinnlos, sondern falsch, Regina in Zweifel zu stürzen. Was wussten wir schon über das Heiraten? Nichts, und nichts über Christoph Bünsow.

»Du hast vollkommen recht, Rina, es tut mir sehr leid, Vater wird nur einen durch und durch guten Mann für dich ausgewählt haben«, sagte ich, »und du wirst eine sehr schöne Braut sein, das weiß ich!«

Wir lächelten uns an, Regina beruhigte sich, lachte auf: »Ja!«

»Und wir werden dir das schönste Kleid von ganz Greifswald nähen«, rief Emerentia begeistert, hatte alle Besorgnis auf der Stelle vergessen. »Ach, was sag ich: von ganz Pommern!«

»Ihr seid so lieb!«, rief Regina, wir umarmten uns.

»Und das, wo du nicht mal nähen kannst, Emi«, sagte ich.

»Ich kann es lernen, oder etwa nicht? Wenn ich eines Tages heirate, muss ich alles können, was eine Frau können muss, und noch heute werde ich damit anfangen, alles, aber auch alles zu lernen!«

45

Wir betraten den Stall, Schnee auf den Haaren, dicke Flocken auf den Kleidern, die Hühner gackerten müde. Emerentia blickte sich um, mit einem Mal verunsichert.

»Du musst das nicht tun, Emi. Es ist wirklich nicht schön, ganz ehrlich nicht.«

»Doch. Ich muss«, erwiderte sie. »Ich kann ja nicht im Haus meines Mannes bloß herumsitzen, oder glaubst du, einem Mann gefällt eine Frau, die immerzu nur sitzt?«

»Also gut«, sagte ich, sah mich um, einen Holzknüppel in der Hand. »Soll ich dir eins fangen?«

»Nein«, sagte sie. »Ich schaffe das schon.«

Doch die Hühner begriffen gleich, was sie vorhatte.

»Du musst eins bei den Beinen schnappen, Emi«, rief ich. »Halt die Schenkel fest, wenn du eins zu fassen kriegst!«

Immer wütender lief sie den aufflatternden Hühnern nach, erfolglos.

Mit hochrotem Kopf und zerzausten Haaren stapfte sie in den Hof, ich trug das Huhn, das ich gefangen hatte, zum verschneiten Hauklotz, an dem die Axt neben dem Bluteimer lehnte.

»Bist du bereit?«

»Natürlich bin ich bereit«, rief sie trotzig.

Ich hielt ihr das Huhn hin. Sie starrte es an, griff vorsichtig nach den Beinen, doch als ich losließ, als das Huhn in ihrer Hand in Todesangst mit den Flügeln zu schlagen begann, schrie sie auf, hielt das Tier verschreckt von sich weg, wedelte mit der anderen Hand die Federn fort, die um sie herumschwebten.

Ich hielt ihr den Knüppel hin.

»Damit es nicht zu sehr leidet, musst du es mit dem Holz auf den Hinterkopf schlagen. Nicht zu hart, du sollst es nur in den Schlaf legen, nicht töten. Aber auch nicht zu sanft, denn du darfst ihm niemals einen zweiten Schlag geben, das ist eine schlimme Qual, und die Qual macht das Fleisch bitter.«

»Oh, mein Gott, Billie!«, flüsterte sie entsetzt, mit zitternder Hand griff sie nach dem Knüppel.

»Nach dem Schlag wird es ruhig und steif«, erklärte ich ihr, »aber es muss schnell gehen, weil es schon bald wieder zu zittern beginnt. Du legst es auf den Hauklotz, greifst die Axt, trennst mit einem kräftigen Schlag den Kopf ab, hältst es über den Eimer, lässt es ausbluten.«

Sie sah mich mit großen Augen an, ließ das Huhn los. Das Huhn flatterte auf den Boden, rührte sich nicht, den Blick von uns abgewandt.

»Ich hab's ja nicht so eilig mit dem Heiraten«, sagte Emi erleichtert.

46

Nur in Stralsund, erfuhren wir, widersetzten sich die Menschen noch immer dem wütenden Heer des katholischen Kaisers aus Wien. Wie tapfer sie waren, die Menschen in Stralsund, und natürlich dachte ich an Judith, die im Schneegestöber fortgezogen war, nordwärts über die weißen Ebenen Pommerns nach Stralsund. Ich betete, sie möge hinter den Stadtmauern sicher sein, in die Wallenstein seine Geschosse jagte, doch Joachim sagte, Wallenstein wolle Pommern zu seinem eigenen Reich machen, wolle sich selbst zum König von Pommern ausrufen, mächtiger werden als selbst der Kaiser, dafür müsse er Stralsund in die Knie zwingen, diese herrliche Stadt mit ihrem mächtigen Hafen, müsse sie niederringen mit aller Gewalt, und deshalb habe Wallenstein in seinem Zorn, seinem Wahnsinn geschworen, von Stralsund werde nichts übrig bleiben, wenn es ihn auch hunderttausend Mann und sein eigenes Leben kosten sollte. Wenn die Menschen von Stralsund sich nicht ergeben wollten, werde er jeden niedermachen, ob Mann, ob Greis, und sogar die ungeborenen Kinder wolle er den Müttern noch mit eigener Hand aus dem Leibe reißen, so wütete dieser Mann vor den Toren Stralsunds. Auch Judith würde also sterben, wenn die Stadt fiel, und sie würde fallen, eines Tages würde sie fallen, wenn nicht der König von Schweden ein Heer über das Meer führte und uns befreite.

Doch er kam nicht.

Allmählich gewöhnten wir uns an den Krieg. An einem Tag bemerkten wir ihn gar nicht, an einem anderen hörten wir von einem Mann, den sie aus dem Fenster seines Hauses geworfen hatten. Er qualmte im Schnee, sein Körper verbrüht von kochendem Wasser, mit dem sie ihn übergossen hatten. Er starb und ließ vier Kinder zurück in einem Haus voll betrunkener Soldaten und Henriette, seine junge Frau, die ich so oft angeschaut hatte in der Kirchbank vor mir, schon als ich noch ein Kind war, sie ein junges Mädchen, so alt wie ich nun.

An manchen Tagen taten wir einfach, als wenn nichts wäre, schälten Möhren, schnitten Zwiebeln.

»Schau dir das an, Billie!«, rief Emi mit tränenden Augen. »Nun bin ich die Königin der Zwiebelschneiderinnen!«

Ihre Messerklinge fuhr so schnell auf und ab, dass ich ihr nicht folgen konnte. Emi zerlegte eine Zwiebel nach der anderen in feine Scheiben, geschwind wie der Wind über dem Meer.

»Wenn sie so schnell zu schneiden gelernt hat, könnte die Königin der Zwiebelschneiderinnen möglicherweise auch lesen lernen«, sagte ich.

Sie lachte: »Mutter sagt, dass in meinem Kopf etwas schief steht.«

»Vertrau mir, Emi, du kannst alles lernen. Sogar lesen!«

»Ich brauche doch nichts zu lesen, Billie«, erwiderte sie. »Wann sollte ich wohl lesen?«

»Abends vor dem Schlafengehen?«

Doch vom Lesen und Schreiben wollte Emi nichts wissen, stattdessen sagte sie: »Wenn Regina nach ihrer Hochzeit aus dem Haus geht, könntest du zu mir ins Zimmer ziehen, Billie.«

»Mutter schläft doch bei dir«, sagte ich.

Emi blickte zur Tür, flüsterte: »Mutter schnarcht wie ein Pferd, ungelogen!«

Ich lachte, da kam Georg in die Küche, ich kannte seinen hungrigen Blick.

»Ich glaube, es ist besser, wenn ich in meiner Dachkammer bleibe, Emi.«

»Sie muss weit weg von allen guten Menschen hausen«, mischte Georg sich ein, »weil sie sich nachts in einen Raben verwandelt, wusstest du das nicht, Emi? Ganz Greifswald spricht darüber.«

Emi sah mich erschrocken an.

»Wer erzählt solchen Blödsinn?«, fragte ich ihn.

»Deinen Onkel habe ich es sagen hören, und der ist nichts weniger als ein Doktor der Rechte.«

»Völschow?«

»Was bedeutet das, Billie?«, fragte Emi unsicher. »Was denn für ein Rabe?«

Georg untersuchte einen Apfel, drückte seinen Fingernagel gegen die Schale: »Denk mal gut nach, Emerentia Schwarz!«

»Vergiss es einfach, Emi«, sagte ich. »Georg will mir bloß Angst einjagen.«

»Wenn du meinst?«, sagte er. »Jedenfalls habe ich Hunger, und ich möchte ganz sicher etwas anderes essen als einen alten Apfel.«

»Iss deinen Hochmut«, sagte ich, »dann wirst du satt.«

Ungerührt sagte er: »Völschow hat allerdings nicht mich, sondern dich des Hochmuts bezichtigt und allerlei mehr nicht zu vergessen. Ich an deiner Stelle würde mich also in Acht nehmen, den Kopf gesenkt halten und zur Erde schauen, wie der Schöpfer es für Frau und Tier bestimmt hat und wie du es auch bei Ovid nachlesen könntest, wenn dir nicht das Lesen verboten wäre, nach deinem kleinen Ausflug in Männerkleidern.«

»Und ich an deiner Stelle, Georg ...«

Doch ich brach ab, schüttelte den Kopf, denn er hatte mich getroffen.

»Du bist nicht an meiner Stelle und wirst auch nie an meiner Stelle sein.«

Er nahm sich eine Birne, ging mit federnden Schritten davon.

»Pass auf, dass dich niemand am Himmel fliegen sieht!«, rief er und krächzte wie ein Rabe.

»Was krächzt du da?«, rief Regina, die ihm aus der Halle entgegenkam. Ohne seine Antwort abzuwarten, rief sie:

»Ich habe solchen Hunger, riesigen Hunger, als hätte ich tagelang nichts gegessen.«

»Du hast ja auch tagelang nichts gegessen«, sagte Emi, und Regina, die sich wie Phönix die Asche aus dem purpurroten Gefieder geschüttelt hatte, rief heiter, als sei der Frühling gekommen: »Ein altes Leben geht, ein neues beginnt: Am Sonntag kommt Christoph Bünsow zu uns ins Haus! Gibt es Eier?«

»Zum Verlöbnis?«, rief Emi begeistert.

»So pfeifen es jedenfalls die hübschesten Spatzen von den Greifswalder Dächern!«, sagte Regina.

»Oh, mein Gott, Regina, ich bin so aufgeregt!«, rief Emerentia. »Und dein Kleid? Dein Kleid für die Hochzeit? Welche Farbe soll es haben? Rosa? Oder vielleicht gelb? Gelb wäre doch bezaubernd, oder nicht? Es muss leuchten!«

»Ich habe mich bereits entschieden«, erklärte Regina. »Mein Kleid wird blau sein. Christoph Bünsow ist Kaufmann, da wird ihm Blau gefallen. Blau wie das Meer, da kommen die Waren her. Allen Männern gefällt Blau.«

»Männern gefallen auch Hahnenkämpfe«, sagte ich.

Emi machte große Augen: »Du willst Hahnenkämpfe zu deiner Hochzeit veranstalten?«

»Was redest du da für einen Unfug, Emerentia?«, rief Regina verächtlich, und an mich gewandt: »Blau ist die Farbe der Vernunft, wie passend also für eine gute Ehe, findest du nicht auch?«

»Die Vernunft ist blau?«, fragte ich.

»Zweifellos ist die Vernunft blau!«, erwiderte Regina. »Welche Farbe sollte die Vernunft deiner Meinung nach sonst haben?«

»Grau.«

»Oh, mein Gott!«, rief Emi entsetzt.

»Was ist denn nun schon wieder?«, zischte Regina verärgert und erschrocken zugleich.

Emi blickte sich um, als könnten wir in der Küche belauscht werden.

»Nach der Hochzeit, in der Nacht, der Hochzeitsnacht …«, stammelte Emi, »du ziehst doch in sein Schlafzimmer, oder nicht?«

»So ist es jedenfalls nicht unüblich«, erwiderte Regina kühl.

Emi nickte, überwältigt von ihrer Erkenntnis.

»Nun stell dir vor, Regina, du ziehst in sein Haus, in sein Schlafzimmer, und wo schläfst du da? In seinem Bett! Und wenn du in seinem Bett schläfst, denk doch mal nach, wo wird er da schlafen? Na?«

Regina tat, als würde niemand mit ihr reden, doch Emi flüsterte eindringlich: »Auch in seinem Bett!«

»Ach«, sagte Regina ausdruckslos. »Da überraschst du mich jetzt aber, Emerentia. Vielleicht überleg ich mir die Sache mit dem Heiraten nochmal, was meinst du?«

Emi nickte eifrig, dann begriff sie: »Du veräppelst mich! Aber ich meine es ernst: Stell dir vor, ihr liegt beide in seinem Bett, und nun verspürt er den Wunsch, seine Hand auf deinen Arm zu legen oder wohin auch immer. Stell dir vor, in diesem Moment, als seine Hand dich berührt, bemerkst du, dass du ihn gar nicht liebst!«

Ruhig schnitt sich Regina ein Stück Brot ab.

»Heuchelst du ihm dann Glut und Leidenschaft vor?«

Regina aß ein Stückchen, dann sagte sie ganz ruhig: »Christoph Bünsow ist ein geachteter Mann, Emerentia, also werde ich ihn ebenfalls achten, und wenn ich erst in seinem Haus lebe, wird er mir von Tag zu Tag mehr wert sein.«

Emi blickte mich an, dann sie, sagte: »Wenn dir aber nicht gefällt, wie er … riecht?«

Mit großen Augen starrte sie Regina an, Regina erwiderte den Blick wie eine erfahrene Frau, erklärte: »Eine Liebe, die auf gegenseitige Hochachtung gründet, wird mit der Zeit heller leuchten, Emerentia. Leidenschaft dagegen verglüht rasch.«

»Woher weißt du das?«, fragte ich.

»Mutter sagt das«, erklärte sie bestimmt.

Emi nickte: »Sie muss es wissen.«

»Warum muss Mutter das wissen?«, fragte ich.

Emi schaute zu Regina: »Mutter muss es doch wissen, oder nicht?«

»Natürlich weiß Mutter das«, erklärte Regina. »Und ich weiß es auch: In der Freundschaft liegt mehr Zärtlichkeit als in der Raserei. Ich suche nach Seelenfreundschaft.«

»Ja, aber die Leidenschaft, die brennende Liebe?«

»Ist eine elendige Krankheit«, erklärte Regina ausdruckslos.

Ich lachte: »Jetzt weißt du es, Emi!«

»Darf ich dich etwas fragen, Regina? Bloß weil das alles ja eines Tages auch auf mich zukommt.«

»Meinetwegen«, stöhnte Regina, »eine letzte Frage.«

»Wirst du Bünsow gleich in der Hochzeitsnacht …« Sie zögerte, dann flüsterte sie: »Deinen Schoß öffnen?«

»Zur gegebenen Zeit.«

»Weißt du denn, wie es geht?«

Regina blickte Emi mit hochgezogenen Augenbrauen an: »Du hattest deine Frage.«

»Nein?«, fragte Emi unbekümmert. »Hast du nie den Hunden zugeschaut?«

»Oder den Pferden«, rief Ide, die mit einem kopflosen Huhn hereingekommen war.

»Oh, mein Gott!«, rief Emi, lachte auf.

Duldsam wie unsere Mutter selbst im Angesicht von großem Unglück, sagte Regina: »Man hält einfach still. Alles geht vorüber.«

Mutter trat in die Küche, Georg folgte mit gesenktem Blick.

»Joachim ist fort«, erklärte sie. »Er ist gestern Abend nicht nach Hause gekommen. Euer Bruder Georg war eingeweiht, er hat ihn gedeckt.«

Wir wussten alle, dass es bei Strafe verboten war, nachts auf der Straße zu sein.

»Ich wusste doch bloß, dass die Studenten den Besatzern einen Streich spielen wollten«, sagte Georg.

»Einen Streich?«, rief Regina, wurde bleich.

Da stürmte Samuel vom Hof in die Küche: »Joachim wurde verhaftet!«

»Was hat er getan?«, fragte Mutter.

»Mit den Kameraden eine Puppe an der Spitze der Nikolaikirche aufgehängt.«

»Was für eine Puppe?«, fragte Mutter.

»Eine Puppe mit einem Kreuzstab und einer Krone auf dem Kopf.«

Mutter presste die Lippen aufeinander.

»Was bedeutet das?«, fragte Emi, spürte, dass es schlimm stand um Joachim.

»Das ist der Papst!«, sagte ich.

Regina stöhnte auf: »Bitte nicht!«

Joachim hasste die Katholiken, nicht weil sie Katholiken waren, das war ihm völlig gleich, er hasste sie, weil sie ihm die Freiheit genommen hatten, seinen Stolz, ein freier Mann zu sein. Er wollte niemandem dienen, von Gott hielt Joachim nichts, er sprach nicht darüber, doch ich wusste es. Der Kapitän eines schnellen Schiffes wollte er sein, eines prächtigen Schiffes, das den aufgepeitschten Atlantik überquert, weit, so weit, bis nach Amerika.

»Wir müssen Vater benachrichtigen«, sagte Regina. »Er muss nach Hause kommen.«

»Nein«, erwiderte Mutter entschieden. »Wir können Joachim nicht helfen. Wir haben nicht die Macht dazu, und die Besatzer fürchten Aufstände wie die Pest.«

Dann ging sie, hilflos blieben wir zurück.

»Wie kann er nur so etwas Dummes machen?«, rief Regina. »Jetzt, wo meine Verlobung bevorsteht? Wie gemein er ist, wie gemein und selbstsüchtig.«

»Er wollte das Unrecht nicht einfach hinnehmen«, sagte ich.

»Ach ja?«, fuhr sie mich an. »Was bildet er sich ein? Dass er die Katholiken aus Greifswald vertreibt, wenn er den Papst verhöhnt? Das ist dumm, Billie, dumm und selbstsüchtig. Wenn Guitzardo davon erfährt …«

»Vielleicht kann Guitzardo befehlen, Joachim freizulassen!«, rief Emi.

»Und du bist auch dumm, Emerentia!«, rief Regina. »Aber geh doch vor Guitzardo auf die Knie und fleh ihn an: So helfen Sie mir! Mein Bruder hat Ihren Papst erhängt.«

Wütend lief Regina hinaus.

Emi verstand es nicht: »Ich wollte doch nur …«

»Schon gut, Emi«, sagte ich. »Samuel! Komm mit mir!«

47

Er ging hinter mir, ich spürte, wie seine Beklommenheit mit jeder Treppenstufe größer wurde.

»Was hast du vor?«, flüsterte er.

Ich drehte mich um, er war mir vertraut wie ein Freund, auch wenn ich nie einen Freund gehabt hatte. Ich stellte mir einen Freund wie einen Bruder vor, der kein Bruder war, doch er sah mich nicht an wie eine Schwester, das hatte ich schon bei unserer ersten Begegnung gespürt, als er mir Petrarcas Gedicht vorgelesen hatte.

»Komm mit mir in meine Kammer, Samuel«, flüsterte ich.

Er versuchte, höflich zu lächeln, sagte zu laut: »Oh, nein, Billie, das geht ganz und gar nicht! Wenn deine Mutter …«

Ich legte ihm einen Finger auf die Lippen, flüsterte: »Das ist jetzt nicht wichtig, Samuel, wir müssen Joachim da herausholen. Vielleicht foltern sie ihn!«

Er atmete kräftig aus, als würde er eine Kerze ausblasen: »Also gut, ich gehe mit dir.«

Ich nickte, er folgte mir zögerlich, als würden wir einen Berg erklimmen und vielleicht nicht mehr rechtzeitig vor Einbruch der Dunkelheit zurück ins Tal finden. Auf den letzten Stufen wurde der Abstand zwischen uns größer, und als ich mein kleines Reich betrat, überfiel auch mich Beklommenheit, denn sollte man uns hier oben entdecken, würden Schimpf und Schande über uns hereinbrechen, und Christoph Bünsow würde Regina vielleicht nicht mehr zur Frau nehmen.

»Schließ die Tür«, sagte ich, ohne ihn anzuschauen. Er tat es. »Wir werden ein Schreiben an die Stadtwache verfassen und ihnen befehlen, Joachim freizulassen.«

Samuel begriff nicht, sah sich unruhig um: »Aber warum sollten sie das tun? Sie haben ihn verhaftet, weil …«

»Weil wir das Schreiben in Guitzardos Namen verfassen«, unterbrach ich ihn. »Du musst es schreiben, meine Schrift sieht nicht aus wie die eines Mannes.«

Da begriff er überrascht.

»Aber ja!«, rief er. »Das ist gut!«

»Setzt dich hierher, Samuel«, sagte ich, zeigte auf Tisch und Stuhl, noch immer hatte ich ihn nicht angeschaut. »Da sind Tinte und Papier.«

Er ging an mir vorbei, streifte mich nicht, obwohl es eng war hier oben, setzte sich, bemerkte die Gedichte, erkannte meine Handschrift auf dem obersten Bogen, nahm ihn, las: *»Lass kommen Pharao mit seinen Reitereien, lass alle Teufel raus, lass Blitz und Kugeln schneien! Lass fallen alle Welt auf meinen Hals herab! Die Freundschaft steht bei mir, und geht mit mir ins Grab. Lass alles, was ich hab, mir durch die Räuber nehmen. Nimm alles von mir fort, ich will mich nicht drum grämen. Zieh meine Kleider aus, die Freundschaft ist mein Kleid, das nicht veralten wird, das nicht zerreißt die Zeit.«*

Er erstarrte, als erblickte er zum ersten Mal das Meer: »Billie, das ist …«

Doch es war nicht die Zeit, um über das Meer zu blicken.

»Samuel, wir müssen das Schreiben verfassen!«

Er hörte nicht oder verstand nicht, nahm den nächsten Bogen, las: *»Nun, nun bin ich neugeboren, liebe sehr und bin geliebt. Alle Qual hat sich verloren …«*

»Oh, bitte nicht, Samuel!«, unterbrach ich ihn. »Lies das nicht!«

»Warum denn nicht?«, rief er überschwänglich. »Das ist … das ist …«

Ich griff nach dem Gedicht, doch er hielt es hoch, strahlte, als sei es für ihn bestimmt.

»Nein, nein! Versteh doch: Es ist ein Gedicht für meine Schwester Regina, für ihre Hochzeit, sie heiratet …«

Ich nahm ihm das Gedicht weg.

»Ach ja?«, sagte er, lachte, glaubte mir nicht, glaubte, es sei nur eine Ausrede, um meine Liebe zu ihm zu verbergen.

»Wir müssen uns um Joachim kümmern, um das Schreiben«, sagte ich bestimmt, legte einen leeren Bogen Papier vor ihn. »Schreib, was ich dir diktiere!«

Da erwachte er wie aus einem Traum.

»Ja. Natürlich. Entschuldige.«

Er nahm die Feder, tauchte sie in die Tinte, wartete.

»Im Namen Seiner Majestät des Kaisers …«

Er schrieb, wiederholte meine Worte: »Im Namen Seiner Majestät …«

»Wie heißt ihr Kaiser?«

Er sah auf: »Ferdinand?«

»Der wievielte?«

Er dachte nach: »Ich weiß es nicht.«

»Dann schreib: Im Namen Seiner Majestät des Kaisers und Seines obersten Heerführers, Albrecht von Wallenstein, Herzog von Friedland, ordne ich an, den Greifswalder Bürger Joachim Schwarz, Sohn des ehrenwerten Ratsherrn Christian Schwarz, ungeachtet aller falschen Verdächtigungen und Anschuldigungen umgehend aus der Haft zu entlassen.«

»Ja, das ist gut!«, rief Samuel, schrieb und wiederholte: »Ungeachtet aller falschen Verdächtigungen und Anschuldigungen …«

»Gezeichnet Oberstleutnant Guitzardo von Strasoldo, Freiherr auf Hoscheune Kradawietz, Ihrer Römisch Kaiserlichen Majestät Kämmerer.«

Er sah mich an: »Wie hast du dir das gemerkt? Und wie, zum Teufel, schreibt man das?«

»Völlig egal, Samuel. Es muss bloß eindrucksvoll klingen. Wer den längsten Namen hat, erteilt die Befehle.«

Er schrieb: »Freiherr auf Ho… Äh?«

»…scheune Kradawietz, Ihrer Römisch Kaiserlichen …«

»Majestät Kämmerer«, wiederholte er.

»Und jetzt brauchen wir noch Guitzardos Siegel!«

Erschrocken sah er mich an: »Was?«

»Ohne Siegel geht es nicht!«

48

Den verschlossenen Brief in der einen, eine brennende Kerze in der anderen Hand, schlich ich mit Samuel zum Arbeitszimmer. Ich horchte, öffnete die Tür und fand das Zimmer leer. Doch aus der Halle drang lautes Poltern herauf, Schnaufen, betrunken musste Guitzardo gestürzt sein.

»Scheißtreppe!«, brüllte er.

Erschrocken schlüpften wir ins Zimmer, schlossen die Tür, liefen eilig zum Schreibtisch. Dort stand sein Siegelkasten, ich öffnete es mit zitternden Händen, erwärmte das dunkelrote Wachs über der Kerze, bis es endlich weich wurde, ließ das weiche Wachs auf den Brief tropfen wie dickflüssiges Blut, drückte sein Siegel hinein, während unsere Blicke immer wieder ängstlich zur Tür flogen. Wir hörten ihn über den Flur schwanken: »Verdammtes Scheißhaus!«

Dann stieß er die Tür auf, brüllte: »Heda!«, trat mit schweren Schritten ein: »Ich hab euch gehört!«

Nebeneinander kauerten wir hinter dem Schreibtisch, meine Schulter berührte Samuels Arm. Guitzardo schnüffelte, im Raum roch es nach Feuer und Wachs, die Kerze brannte auf dem Schreibtisch, das Siegelkästchen stand offen. Wir saßen in der Falle. Wie ein tumber Riese stapfte er auf den Schreibtisch zu, folgte bloß dem Geruch, nicht dem Verstand, schnüffelte wieder, lallte: »Ich rieche euch!«

Als Samuel mich ansah, waren sich unsere Gesichter so nah, dass ich seinen Atem auf meinen Wangen spürte. Ich lächelte, als wollte ich tapfer an seiner Seite sterben, doch er verstand wohl nicht, was ich fühlte, dennoch versuchte er zu lächeln, es gelang ihm nicht.

»Hier also hausen die Toten«, brüllte Guitzardo. »Wollt ihr mich holen? Wollt ihr mich heute schon holen? Versucht es doch, ich scheiß auf euch!«

Holz splitterte, Samuel zuckte zusammen, die Tür fiel krachend zu, Guitzardo wankte über den Flur davon. Samuels Blick flackerte, schnell wandte er sich ab, schüttelte den Kopf, schüttelte ab, was immer ihn umtrieb, dann stand er auf, zog mich hoch, ohne mich anzusehen. Vielleicht war ihm mein Gedicht eingefallen: *Nun, nun bin ich neugeboren, liebe sehr und bin geliebt.*

»Sei trotzdem vorsichtig, Samuel«, sagte ich, als ich ihm im Hof den Brief gab, »auch wenn wir Guitzardos Siegel haben.«

»Das werde ich«, sagte er, wandte sich schon zum Gehen, zögerte, sagte schließlich: »Vorhin, warum hast du da gelächelt?«

Ich sagte: »Ich hatte keine Angst mehr vor ihm.«

Er nickte, verstand es wohl noch immer nicht, ging. Ich sah ihm nach, und er rief, ohne sich umzusehen: »Ich schon!«

49

Seit dem Einmarsch der Truppen waren die Studenten aufgebracht, die Besatzer hatten verboten, was ihnen das Liebste war: furchtlos lärmend durch die Gassen zu ziehen mit ihren Degen, jederzeit bereit, eine abfällige Bemerkung zu strafen.

Joachim liebte die Fechtkämpfe der Studenten, hatte mir oft davon erzählt, weil ich alles darüber wissen wollte. Er sagte, es gehe nicht darum, zu siegen, sondern allein darum, nicht zurückzuweichen vor den Hieben, auch nicht, wenn die Klinge dir das Fleisch aufschlitzt, weil ein Schlag, der dich verletzt, nicht bedeute, dass du geschlagen bist. Manchmal siege man auch im Blut, weil man den Hieb stumm ertragen, Furcht und Schmerz überwunden habe, und ich verstand es, verstand völlig, was ihm an der Tapferkeit gefiel. Doch auch Übermut trieb meinen Bruder an, der Übermut war die Tapferkeit nach ein paar Krügen Bier.

Bis zum Abend war Joachim noch nicht zurück, die Dunkelheit war schon in die Straßen gesunken, womöglich war der Schwindel aufgeflogen, trotz des Siegels. Auch Samuel kehrte nicht zurück. Schleppend nur schritt die Zeit voran. Doch ich brannte vor Ungeduld, konnte die Zeit nicht antreiben wie eine Herde Ziegen, und so ließ ich die Tinte laufen, schrieb »Von der Freundschaft« auf einen Bogen und darunter: *So lass mich, liebster Freund, also von Freundschaft schreiben, dass du mein Freund magst sein, dass du mein Freund magst bleiben.*

Ein Klopfen an der Tür, es war Emerentia.

»Joachim ist zurück!«, rief sie erleichtert.

Ich sprang auf.

»Guitzardo hat für seine Freilassung gesorgt«, sagte sie. »Joachim ist bei ihm, um sich zu bedanken.«

»Oh, nein!«, rief ich.

Voller Angst, unsere Fälschung könne auffliegen, stürmte ich die Stiege hinab, sah Joachim im Wohnzimmer vor Guitzardo knien und hörte ihn sagen: »Wir stehen auf zwei verschiedenen Seiten, aber Ihr habt dem Feind eine helfende Hand gereicht, dafür bin ich Euch zutiefst dankbar.«

Überrascht schaute Guitzardo meinem Bruder ins Gesicht, dann sagte er: »Du willst mir danken?«

»Ich stehe in Eurer Schuld, was immer Ihr von mir verlangt«, sagte Joachim. Da legte Guitzardo seine Hand auf das Gesicht meines Bruders, strich ihm über die Wange und fragte mit der sanften Stimme eines Verführers: »Ja?«

Da trat ich ins Zimmer.

»Es ist ein Missverständnis!«, rief ich. »Entschuldigen Sie vielmals, Herr Oberstleutnant! Meinem Bruder haftet das Fieber an. Der Arzt sagt, er malt Wahnbilder, vermutet die Ungarische Krankheit.«

Guitzardo zog hastig die Hand von ihm. Joachim starrte mich verwirrt an, tatsächlich sah er blass aus, krank.

»Was soll das, Billie?«, fragte er.

»Dann hinaus!«, sagte Guitzardo bedauernd.

Ich zog Joachim fort.

Im Zimmer der Jungs erklärte ich ihm alles, er umarmte mich: »Oh, ich bin ja so froh, dass ich diesem Hurensohn nicht dankbar sein muss!«

Mit dem Ärmel wischte er sich angeekelt über die Wange, wo Guitzardo ihn berührt hatte, und rief: »Hast du das mit dem Papst am Glockenturm gehört?«

»Es war so dumm!«, antwortete ich, weil es so dumm war.

»Ja, das war es!«, rief er begeistert. »Es war wunderbar!«

50

Sie hatte ihn noch immer nicht von Angesicht zu Angesicht gesehen, doch die Vorstellung, schon bald ihre hübsche Aussteuertruhe in Christoph Bünsows Haus tragen zu lassen, die gefüllt war mit Seide aus Brügge, Spitze aus Antwerpen, Florentiner Silberbrokat, in sein Haus zu ziehen als Frau Regina Bünsow, von nun an bis zu ihrem Tod die Herrin seines Hauses zu sein, ihm Kinder zu schenken, diese Vorstellung hatte bereits ihre Miene verwandelt, den Klang ihrer Stimme, die Art, wie sie die Treppe herabschritt, unzufrieden den Kopf schüttelte, wenn ihr etwas nicht passte.

»Der Ausschnitt ist viel zu tief«, nörgelte sie. »Ich möchte an meiner Hochzeit bestimmt nicht aussehen wie … wie …«

Auf einem Hocker stehend, legte ich den Kragen um ihre Schultern, Mutter steckte das blaue Kleid an den Seiten ab.

»Die Spitze bedeckt doch alles«, sagte ich.

»Man sieht die Haut doch durch die Spitze«, sagte sie schroff. »Nein, ich werde eine sehr breite Halskrause tragen.«

Emi, die sich mit gekräuselter Nase und spitzen Lippen darin übte, ein weißes Taschentuch zu besticken, blickte auf.

»Halskrause tragen nur noch die Katholiken in Spanien«, sagte sie, fügte dann schwärmerisch hinzu: »In Paris tragen die Frauen den Ausschnitt so tief, dass man den Ansatz ihrer …«

»Wie gut also, dass ihr Paris nie sehen werdet«, unterbrach Mutter sie.

»Woher willst du denn wissen, was die Frauen in Paris tragen?«, fragte Regina abschätzig. »In den Niederlanden lieben die Frauen die Halskrause jedenfalls sehr, und sie sind Protestanten wie wir.«

»Mach, was du willst, du bist die Braut!«, sagte Emi, kräuselte wieder die Nase, stickte ungeschickt weiter.

»Das werde ich«, sagte Regina, »ich trage bei meiner Hochzeit eine Halskrause, so breit, wie es eben geht!«

»Du wirst wie ein Salat aussehen«, sagte ich.

Emi lachte: »Bünsow sieht ja auch wie ein Hase aus!«

»Emerentia, du Biest!«, rief Regina. »Schweig einfach!«

Doch Emi schrie auf, Blut färbte das weiße Taschentuch.

»Da hast du Gottes Strafe für deine Gemeinheiten!«, sagte Regina zufrieden.

»Das Blut bekommen wir nie wieder raus, Emerentia!«, schimpfte Mutter.

»Ich gebe mir doch Mühe, alles richtig zu machen.«

»Du rührst nichts mehr an«, befahl Mutter, »oder willst du deiner Schwester die Hochzeit verderben?«

Das wollte sie nicht, legte das Stickzeug beiseite, schnaubte wütend, schwieg.

»Was willst du später im Haus deines Mannes eigentlich anstellen?«, fragte Regina bissig. »Bloß hübsch aussehen?«

»Emi kann sehr gut singen«, sagte ich.

»Ja! Soll ich?«, rief Emi, strahlte.

»Gott bewahre«, sagte Mutter. »Wenn ein Mann möchte, dass in seinem Haus gesungen wird, kauft er sich einen Käfig mit gelben Zuckervögeln.«

»Oh, die liebe ich!«, rief Emi. »Wäre es nicht überhaupt schöner, im Frühling zu heiraten, wenn die Sonne strahlt und die Vögel in den Kirschbäumen singen?«

»Regina wird sehr gut ohne Vögel und Sonnenschein heiraten können«, sagte Mutter.

»Und ob!«, bestätigte Regina, dann dachte sie nach: »Schön wäre es natürlich schon.«

»Ich kann deinem Vater schreiben, dass du mit der Hochzeit warten willst, bis die Kaiserlichen sich verzogen haben und die Sonne scheint«, sagte Mutter.

»Nein, nein. Schon gut!«, erwiderte Regina rasch.

»Ich würde bei deiner Hochzeit gerne ein Gedicht vortragen«, sagte ich.

Regina sah mich schief an: »Wieso du?«

»Weil es mir Freude macht zu dichten und weil es mir eine

besondere Freude wäre, bei der Hochzeit meiner großen Schwester ein Gedicht vorzutragen.«

Regina schaute Mutter verunsichert an: »Trägt nicht stets der Vater der Braut das Hochzeitsgedicht vor?«

»So ist es.«

Regina nickte: »Also, tut mir leid, Billie.«

»Aber warum denn nicht, Rina«, rief Emi, »wenn es doch ein schönes Gedicht ist?«

»Es wird ein sehr schönes Gedicht sein, das verspreche ich dir, Regina. Ich habe schon ein wenig daran geschrieben, natürlich ist es noch nicht fertig. Willst du es hören?«

»Das will sie sicher nicht«, sagte Mutter.

»Aber warum nicht?«

»Mein Gott«, fuhr Mutter mich verärgert an, »weil die Dichtkunst eine Kunst ist, eine hohe Kunst. Dazu bedarf es größter Gelehrtheit, und wer glaubt, ohne sie zu dichten, weil er ein paar alberne Reime zusammenschustern kann, ist bloß ein armer Tölpel.«

»Ich habe ein Buch über die Dichtkunst studiert«, sagte ich, obwohl Völschow mir Lesen und Schreiben verboten hatte, »und ich denke, meine Verse sind nicht albern. Wenn du sie dir anhörst und sie gefallen dir nicht, werde ich nicht mehr davon reden, versprochen, aber wenn ich dich mit meinem Gedicht überzeuge, darf ich dann auf der Hochzeitsfeier …«

»Glaubst du, dass es jemandem gefällt, wenn du dich vor allen Leuten in den Vordergrund drängst und auftrittst wie ein geschmücktes Jahrmarktspferd? Glaubst du, ein anständiger Mann würde ein solches Mädchen noch heiraten wollen? Reicht es denn nicht, dass Joachim sich großtun will und schon verhaftet wurde? Dass Christian fort ist und auch dein Vater? Glaubst du, es reicht nicht, dass der einzige Mann in unserem Haus ein gottverdammter Katholik ist?

Reicht das alles nicht zu unserem Unglück? Musst du auch noch dichten wollen? Musst du immer nur an dich denken, du hochmütiges, anmaßendes Ding?«

Ich biss die Zähne zusammen, hielt den Atem an, wie von einer Flutwelle überspült. Emi und Regina starrten Mutter an, erschrocken über die Heftigkeit ihrer Worte, und sie selbst schien erschrocken über den giftigen Unmut, der aus ihr herausgebrochen war.

»Es tut mir leid, Mutter«, sagte ich. »Ich wollte dich nicht wütend machen, und ich wollte nicht anmaßend sein. Es tut mir leid, Regina, dass ich dich in Verlegenheit gebracht habe. Natürlich wird Vater das Gedicht bei deiner Hochzeit sprechen.«

Doch vermutlich sah ich dabei nicht aus, als würde es mir leidtun, weil es mir nicht leidtat.

51

Emi wollte es hören, Ide auch, und so stand ich in der Küche, las es ihnen vor, ängstlich, weil sie es unsinnig finden könnten, weil es ein Gedicht über die Liebe war, und was verstand ich schon von der Liebe?

»Die Liebe ist blind, und trotzdem kann sie sehen, hat ein Gesicht, und ist doch sehend blind. Sie nennt sich groß und ist ein kleines Kind, bewegt sich flink und kann dennoch nicht gehen. Doch das muss man auf andre Art verstehen: Sie kann nicht sehen, weil ihr Verstand zerrinnt und weil das Aug des Herzens ihr verschwind, so sieht sie selbst nicht, was ihr ist geschehen.«

Ich sah auf, Emi und Ide lauschten still, da entdeckte ich zwischen den Eisblumen am Küchenfenster Samuel, der reglos im Hof stand. Ich las weiter.

»Das, was sie liebt, scheint makellos und schön, nicht kleinste Fehler wird sie je dran seh'n, denn was sie liebt, soll ohne Schwäche leben. Bloß weil ja nichts sich ohne Fehler findet, weiß ich, die Liebe ist sehend erblindet. Sieht nichts, doch kann sie Glanz in deine Augen geben.«

Unsicher blickte ich auf, Emi strahlte: »Oh, wie hübsch es ist, Billie!«

»Hast du denn alles verstanden?«, fragte Ide.

»Natürlich hab ich das!«, rief Emi.

»Auch das mit dem Auge des Herzens?«

»Glaubst wohl, dass ich dumm bin«, sagte Emi. »Es geht darum, dass man nicht mehr richtig denken kann, wenn man verliebt ist, und dass man vor lauter Liebe alle Fehler an seinem Geliebten übersieht.«

Ide stand auf, lachte: »Dass die Liebe also dumm macht?«

Flüchtig blickte ich zu Samuel hinaus, er sah mich an, Schnee fiel auf seine Locken.

Emi lachte: »Ja! Dass sie herrlich dumm macht!«

Sie sprang auf, rief mir zu: »Aber es ist kein richtiges Hochzeitsgedicht, Billie. Es kommen da immer solche Sachen vor wie: ›Wir wünschen euch von Herzen ein langes und gesundes Leben.‹«

»Was soll's? Ich werde es ohnehin nicht vortragen dürfen.«

Ich ging hinaus in den dunklen Hof.

»Er ist zurück«, sagte ich. »Joachim ist zurück. Und ich bin dir so dankbar für deinen Mut! Ich muss dir überhaupt für so vieles dankbar sein, Samuel, und das bin ich auch.«

Da legte er seine Arme um mich, senkte den Kopf, küsste mich im verschwiegenen Schneetreiben. Nur kurz atmete ich den Duft seines Kusses ein, löste mich rasch von ihm, wich einen Schritt zurück.

»Ich dachte ...«, sagte er mit bebender Stimme.

»Aber ich meinte …«, begann ich.

»Die Gedichte … Ich dachte …«

»Es ist nicht, wie du denkst.«

Da zerfiel sein Gesicht zu Asche, und ich lief zurück ins Haus, schloss die Tür zum Hof.

»Bist du einem Gespenst begegnet?«, fragte Ide spöttisch, da wusste ich, sie hatte uns gesehen.

Sein Kuss hatte mich durcheinandergebracht, meine Ohren brannten, doch erst jetzt begriff ich, dass dieser Kuss nicht überraschend gekommen war, dass wir uns auf diesen Kuss zubewegt hatten, er und ich, von unserer ersten Begegnung an, und dass es für ihn überraschender gewesen sein musste, dass ich seinen Kuss nicht erwidert hatte, als es der Kuss für mich gewesen war.

»Dass die Liebe dumm macht«, sagte Ide, »war es nicht das, was du in deinem Gedicht geschrieben hast?«

»Gar nichts weiß ich von der Liebe, Ide!«, rief ich.

Ich lief aus der Küche, ich floh.

Ich mochte Samuel, keinen Jungen kannte ich, der mir besser gefiel, keinen jungen Mann. Ich war gern in seiner Nähe, das Haus leuchtete, wenn er da war, nirgends flammte das Kerzenlicht wärmer als in seinen bernsteinfarbenen Taubenaugen, doch seinen Kuss zu erwidern, hätte ein Bekenntnis verlangt, das ich nicht geben konnte.

Ich verschloss die Gedichte, die ich so unwissend geschrieben hatte, in der Dunkelheit des Schrankes, schwor, das Schreiben überhaupt bleiben zu lassen, weil ich dumm war, nicht dumm vor Liebe, sondern weil ich die Liebe bloß manchmal ahnte, denn die Liebe war für mich wie ein scheuer Hirsch, der verschwand, sobald wir uns unverhofft im Wald begegneten.

52

In dieser Nacht wandelte Judith durch meine Träume. Im Schatten zart ergrünter Bäume ließ sie ihr Lächeln wehen durch die Dämmerung eines milden Frühlingsmorgens. Dann lag ich bei ihr im Gras, unsere Finger ineinander verflochten, bis sie aufstand und fortging mit leuchtenden Augen, taub für mein Rufen, weil sie einen anderen Ruf vernommen hatte. Ein Hirsch stand auf den Balsambergen, sie folgte seinem Ruf: »Steh auf, meine Freundin, meine Schöne, und komme! Denn siehe, der Winter ist vergangen.«

Und ich sah ihr nach wie einem Wunder, das sich nach andren Wundern sehnt, sah, wie sie mit bloßen Füßen mühelos die zerklüfteten Berge hinaufkletterte, während Schnecken die Veilchen fraßen, die sich noch eben strahlend blau neben uns geöffnet hatten. Da erwachte ich in der Dunkelheit, vergaß, dass ich zu dichten aufgehört hatte, entzündete eilig eine Kerze, schrieb.

Ist Liebe ein Feuer? Kann sie Eisen schmelzen? Dann bin ich ein Feuer und voller Schmerzen! Doch woraus mag das Herz meiner Liebsten sein? Wenn es Eisen wär, würd sie mir erliegen, und wenn's Gold wär, dann könnt ich's biegen durch meine Glut. Ist es jedoch aus Fleisch und Blut, dann müsst ich glauben, ihr Herz wär ein lebendiger Stein. Nur kann mich nicht ein Stein, wie sie es tat, betrügen. Ist ihr Herz also wie der Frost? Wie kalter Schnee oder das Eis? Nein, denn wie heizte sie dann diese Glut in mir an? Ich glaub, ihr Herz ist wie der Lorbeer, den nicht einmal der Blitz zerreißt. Sie verlacht dich, Amor, und deine Pfeile! Und so frei ist sie von deinem Schmerz.

53

Emi hatte unrecht, er war nicht hässlich, auf der Stelle mochte ich Christoph Bünsow. Er strahlte sogar, als er in unserer Halle den Vertrag unterzeichnete, den Völschow ihm hinhielt. Vater war nicht gekommen, hatte Glückwünsche aus Stettin geschickt.

»Mit der Unterschrift ist das Verlöbnis geschlossen«, erklärte Völschow nüchtern.

Christoph Bünsow sah auf, strahlte Regina an wie ein fröhlicher Seehund, der geradewegs dem Meer entstiegen war, steckte Regina an mit seinem Strahlen, und sie strahlte wahrhaftig, wie ich sie wohl nie hatte strahlen sehen.

Er zog ein Kästchen aus seiner Tasche, sprach ohne übertriebene Feierlichkeit: »Und mit diesem Pfand bezeuge ich, dass ich mein Versprechen halten werde, liebste Regina.«

Er reichte ihr das Kästchen, sie öffnete es, überwältigt von dem Gedanken, für einen Mann das Liebste auf der Welt zu sein, ein goldener Ring funkelte darin, ein herrlicher Ring mit einem bunten Edelstein.

»Ein Opal aus dem fernen Peru!«, sagte Bünsow. »Er vereint das purpurne Feuer des Amethysts mit dem Seegrün des Smaragds.«

»Oh, mein Gott!«, rief Regina, und wir machten große Augen, selbst Mutter.

»Ich habe ihn höchstpersönlich im fernen Amerika erworben«, erklärte Bünsow, »als ich als junger Mann auf einer spanischen Karavelle gesegelt bin, von Sevilla nach Nombre de Dios in Mittelamerika.«

Joachims Augen funkelten.

»Eine schrecklich unsichere Überfahrt von einhundertzwanzig Tagen! Überall lauerten französische Kaperschiffe, Piraten, die unsere Fracht stehlen wollen: Waffen, Zuchtvieh, herrliche Pferde. Doch stets sind wir ihnen entkommen, weil die Spanier die besten Seefahrer der ganzen Welt sind!«

»Was für ein Glück!«, rief Regina.

»Großes Glück!«, rief Bünsow. »Und als wir endlich Panama erreichten, unsere Fracht, auf Maultiere verladen, nach Chile und Peru gebracht wurde, kauften wir vom Erlös Zucker, Kakao, Tabak, Perlen und Silber, so viel Silber, wie man sich nur vorstellen kann. Und ich, ich kaufte diesen Ring für meine zukünftige Braut!«

Regina sah ihn verzaubert an, vergaß, dass sie nicht seine erste Braut war.

»Doch auf dem Rückweg«, sagte Bünsow mit gesenkter Stimme, kniff die Augen wild zusammen, »kurz vor den Karibischen Inseln, erwischten uns die Piraten doch!«

»Oh, nein!«, rief Regina, als würde es gerade erst geschehen.

Mutter blickte streng zu Boden, Völschow verärgert zur Decke.

»Leider ja!«, rief Bünsow. »Wir wurden gefangen genommen und auf eine kleine Insel verschleppt, deren Namen kein Mensch aussprechen darf, weil ihm sonst Haare aus den Ohren wachsen.«

»Oh, mein Gott!«, rief Regina

»Bis heute und auf ewig darf ich den Namen der Insel nicht über meine Lippen bringen, denn sonst, Fräulein Regina, bekämet Ihr einen Gatten, dem unaufhörlich Haare aus den Ohren wüchsen, bis sie so lang wie Pferdeschwänze wären und länger!«

Regina machte große Augen, wir anderen lachten.

»Nun ist aber genug Seemannsgarn gesponnen, Herr Bünsow!«, ging Mutter dazwischen, doch Bünsow erklärte unbeirrt: »Aber so ist es geschehen, so, wie ich es geschildert habe, im Jahr des Herrn 1610!«

»Christoph Bünsow ist nie weiter als bis nach Stralsund gekommen«, sagte Mutter später, als wir an Reginas Kleid nähten. »Als Junge war er furchtbar krank, konnte die Beine nicht bewegen. Erst als er schon weit über zwanzig war, ist er aufgestanden und gegangen, seine Beine so dünn wie die von einem Schaf.«

Regina starrte sie an, missbilligend beinahe, nun, wo sie selbst bald eine Frau sein würde: »Das wollte ich nicht wissen, Mutter.«

»Jetzt weißt du es trotzdem«, erwiderte Mutter. »Er war nie in Amerika.«

Regina legte das Nähzeug beiseite, ging still hinaus. Verächtlich hob Mutter die Augenbrauen.

54

Kerzenflammen wiegten sich sanft im duftenden Kräuterdampf, der über dem warmen Wasser aufstieg, und als Ide heißes Wasser nachgoss, tanzten die Kränze aus Kamille, Süßholz, Rosenblüten auf den Wellen, und auch die Flammen, die sich im Wasser spiegelten, tanzten zu dem Lied, das Ide und Emi so schön zweistimmig sangen, dass mich ein Schauer überlief.

»Wo find ich deines Vaters Haus? Sag mir's, oh, du Schönste! Geh nur das Gässlein aus und aus, so find'st du meines Vaters Haus. Komm, schnell, mein Liebster, komm!«

Regina lag mit geschlossenen Lidern im warmen Wasser,

ich wusch ihre Haare, damit sie wieder glänzten, wie sie früher geglänzt hatten, vor dem trüben Kummer, der nun restlos verflog mit Emis und Ides hübschem Gesang, bis Mutter die bunten Tücher, mit denen die Wanne umhangen war, aufschob. Das Lied verstummte. Regina öffnete die Augen, ihr Lächeln schwand dahin.

»Zwei schlechte Nachrichten«, sagte Mutter.

»Bitte nicht!«, rief Regina, die ahnte, dass der Kummer schneller zu ihr zurückkehren konnte, als er davongeflogen war.

»Die Dinge sind, wie sie sind«, erklärte Mutter trocken. »Erstens: Alle Feierlichkeiten in Greifswald sind untersagt, und damit auch Hochzeitsfeiern. Offenbar haben die Besatzer Angst vor Aufruhr, wenn bei Bier und Wein gefeiert wird. Der aufgeknüpfte Papst war sicherlich nicht hilfreich. Immerhin: So sparen wir in dieser dunklen Zeit wertvolle Vorräte und eine Menge Geld, ohne an Ansehen einzubüßen.«

Regina starrte sie an, wusste nichts zu erwidern, nahm es hin, vielleicht hatte sie Schlimmeres erwartet, Christoph Bünsow könnte die Hochzeit abgeblasen haben, Opalring hin oder her.

Mutter begann, die Kerzen mit bloßen Fingern zu löschen: »Auch das ist reine Verschwendung. Das Geschäft des Kerzenhändlers wurde geplündert.«

»Und die zweite?«, fragte Regina besorgt.

Mutter machte es kurz: »Vater wird nicht zu deiner Hochzeit kommen.«

Regina schüttelte den Kopf, begann zu weinen: »Aber warum nicht?«

Ich fürchtete, Vater könnte tot sein, er war es nicht. Mutter sagte: »Frag nicht! Dein Onkel Joachim wird dich zum Altar führen.«

Regina verstand es nicht, wir alle verstanden es nicht, sie weinte still, presste die Lippen aufeinander.

Wie immer war es Emerentia, die als Erste den Schrecken vergaß. »Wenn Vater nicht kommt«, sagte sie, als sei es nicht weiter schlimm, »kann dann nicht Billie das Hochzeitsgedicht …«

»Natürlich nicht!«, fuhr Mutter verärgert dazwischen. »Und die Predigt ist ebenfalls verboten, so lange, bis wir katholisch werden. Wenigstens die Segnung des Brautpaares ist gestattet, immerhin, und jetzt komm aus der Wanne, Regina. Wenn noch mehr Wasser in deinen Körper eindringt, spült es deine Leibessäfte fort, dann bist du schon vor der Hochzeit tot.«

Mutter ging. Regina tauchte unter, sank mit geschlossenen Augen hinab wie eine Tote in einem grünen See, ihr bleiches Gesicht verschwamm in den Wellen.

55

Wütender Lärm erfüllte die Luft, Hagelkörner, größer als Kieselsteine, schleuderte der düstere Himmel auf die Straße, wie Geschosse peitschten sie den zähen Schlamm auf, mit so großer Wucht wie am Tag des Zorns, vielleicht war es Gottes Zorn.

Sie trug eine goldene Krone, sah nicht aus wie eine Königin, sah unglücklich aus am Tag ihrer Hochzeit, den die Eisbrocken ihr verhagelten, starrte reglos auf die Tür, gegen die der Hagel hämmerte, das blaue Hochzeitskleid unter ihrem Mantel, die zu breite Halskrause wie ein Mühlstein um ihren blassen Hals.

Prächtige Feste waren die Hochzeiten einst gewesen, verschwenderische Feste voller Glanz, erfüllt von Düften nach geschmortem Rindfleisch, kross gebratenen Rebhühnern, zarten Karpfen, würzigen Fasanen, süßen Kuchen und herzhaftem Käse. Musikanten spielten, wir sangen, tanzten bis tief in die Nacht, vergaßen die Dunkelheit im Licht von tausend Kerzen, tanzten mit glühenden Gesichtern auf nimmermüden Füßen. Nichts davon würde es bei Reginas Hochzeit geben. Hagelkörner peitschten vom Himmel, und die Braut trug die Farbe der Vernunft.

»Gott will wohl nicht, dass mir die Sonne scheint«, sagte sie enttäuscht, wandte sich Mutter zu, die durch sie hindurchsah.

»Der Hagel ist ein Zeichen, das Gott uns sendet«, sagte Völschow neben ihr.

»Was für ein Zeichen?«, fragte Regina, sah ihn erschrocken an.

»Nichts«, sagte Mutter.

»Nichts Gutes«, sagte Völschow.

»Genug davon«, erwiderte Mutter.

»Der grimmige Reiter auf dem weißen Pferd, der vom Wein des Zorns getrunken hat …«, rief Völschow.

»Du stehst nicht auf der Kanzel, Joachim«, unterbrach ihn Mutter.

Doch Völschow fuhr unbeirrt fort: »Vom Himmel steigt er herab, angetan mit einem blutigen Gewand, König aller Könige, Feuerflammen sind seine Augen, und ihm folgen die wütenden Heere des Himmels nach auf starken, weißen Pferden, der todbringende Hagel!«

»Fasse dich bitte«, sagte Mutter ausdruckslos.

Weil es Unglück bringt, der Tür den Rücken zuzuwenden, durch die die Braut hinausgeht, um ins Haus ihres Mannes einzutreten, hatte Regina bloß den Kopf zu Mutter umgewandt: »Vielleicht können wir die Trauung ja noch auf morgen verschieben.«

»Getraut wird am Dienstag«, erklärte Mutter. »Eine Hochzeit am Mittwoch bedeutet …« Sie schüttelte den Kopf: »Frag nicht!«

So standen wir, lauschten auf das Prasseln des Hagels.

»Während wir missgelaunt warten«, sagte Georg schließlich, räusperte sich betont, »habe ich, weil Vater und Christian nicht bei uns sein können und es Joachim in dieser Hinsicht an Begabung mangelt, mir erlaubt, das Hochzeitsgedicht zu verfassen, liebste Schwester.«

»Bitte nicht!«, sagte Regina.

»Da es nun bedauerlicherweise kein Fest geben darf und du gleich nach der Trauung in Bünsows Haus ziehst, ist jetzt die letzte Gelegenheit.«

Regina schüttelte den Kopf: »Trotzdem nicht.«

»Na, dann, also.« Georg ließ sich nicht beirren, trug stolz sein Gedicht vor: *»So lang hat sie gebetet: Ein Mann, wo ist ein Mann? So lang hat sie gewartet, bis endlich einer kam. Nun hör schon auf zu jammern, er hat sich ja erbarmt, jetzt geh in seine Kammer, erfüll dein Mutteramt!«*

Emi lachte auf, Völschow wandte sich zu Georg um.

»Ausgezeichnet«, sagte er völlig ernst.

Georg drehte sich zu mir, hob die Augenbrauen.

»Du bist äußerst begabt, Georg«, sagte ich. »Ein großer Dichter wird einst aus dir werden!«

Ich zwinkerte ihm zu, da strahlte er: »Ich weiß!«

Endlich schritten wir durch die menschenleeren Straßen zur Nikolaikirche. Hagelkörner, dick, wie ich sie nie gesehen hatte, groß wie meine Faust, bedeckten die Erde, wie Steine an wilden Stränden, Regina stieg darüber, hob ihren Mantel, hielt die Krone fest.

»Weißt du, was eine Trauung am Mittwoch bedeutet?«, fragte ich Joachim, wir waren ein Stück zurückgefallen.

»Es bedeutet, dass die Braut mit durchstochenem Hymen vor den Altar tritt.«

»Mit was?«

»Verstehst du nicht?«

»Nee.«

»Dass die Brautleute nicht bis zur Hochzeit warten konnten, um ins Bett zu springen.«

»Ach so.«

Ich nickte, als ob ich doch verstünde, und als das Westportal der Nikolaikirche zu sehen war, zeigte Joachim zur Spitze über dem achteckigen Turm, sagte stolz: »Dort hing ihr Papst.«

Ich stellte mir vor, wie mein Bruder in der Nacht mit seinen Gefährten übermütig dort hinaufgeklettert war, furchtlos vom Bier, mit glühenden Wangen, den Tod verachtend.

»Wenigstens erfährt Vater nichts davon«, sagte ich.

»Ich hätte es ihm nicht verschwiegen«, sagte er, »wenn er sich getraut hätte, nach Hause zu kommen.«

Ich schaute ihn an, verwundert, dass er Vater Feigheit vorwarf.

»Es ist ein gefährlicher Weg von Stettin nach Greifswald.«

»Er ist von Greifswald nach Stettin gekommen, warum also nicht umgekehrt?«

»Unser Herzog hat Vater an seinen Hof gerufen.«

»Der Herzog?«, rief Joachim spöttisch, schaute mich mitleidig an.

Er sagte nicht mehr »unser Herzog«, bloß noch »der Herzog«, war wütend gewesen, als unser Herzog, den er für einen Verräter hielt, den Truppen des Kaisers gewährt hatte, uns zu überfallen, war auf unseren Vater wütend gewesen, weil er Bogislaw trotzdem die Treue hielt. Nun war Joachim nicht mehr wütend, nun hatte er sie in Verachtung überwunden, den Herzog und unseren Vater, und war in den dunklen Nischen des Krieges selbst zum Mann geworden, einem Mann, der schon bald fortgehen würde, das ahnte ich, spätestens, wenn Vater nach Hause kommen würde, denn das große Haus wäre zu klein für beide.

»Was hätte der Herzog denn tun können«, sagte Joachim, »wenn Vater bei uns geblieben wäre? Und was macht Vater dort an seinem Hof? Welche Amtsgeschäfte hat ein entmachteter Herzog zu führen, in einem Land, das die Katholiken regieren?«

»Warum ist Vater dann gegangen?«

»Und warum kommt er nicht und führt seine älteste Tochter zum Altar? Denk selbst nach, Billie, bist alt genug.«

Ich dachte nach, wagte, um Joachim zu verstehen, den Zweifel an unserem Vater zuzulassen, da begann ich zu begreifen.

»Du glaubst, er ist gegangen, weil man ihm die Ehre genommen hat?«, fragte ich.

»Weil ein fremder Mann in seinem Schlafzimmer schläft«, sagte er.

»Weil er in seinem eigenen Haus geohrfeigt wurde?«

»Ich habe ihn gesehen, Billie. Er hat den Katholiken den Stadtschlüssel übergeben, Bernstein hat ihm den Schlüssel aus der Hand gerissen, ohne ihn anzusehen, hat den Schlüssel zum Himmel gereckt, und als die Katholiken ihren Sieg bejubelten, musste Vater sich zwischen ihren tobenden Pferden den Weg zurück ins Rathaus suchen, wie ein Kind, das im dichten Gedränge des Jahrmarkts seine Eltern verloren hat. Diese Männer, Billie, wollen in unseren Augen sehen, dass wir uns ihrem Willen unterordnen, ihrem Glauben, dass wir unseren eigenen Willen, unseren Glauben aufgeben, uns selbst aufgeben, und in dem Augenblick, als unser Vater genau das tat, sich aufgab, hörte er auf, der Mann zu sein, den wir kannten. Deshalb ist er nach Stettin gegangen, Billie, nur deshalb.«

Ich starrte Joachim bestürzt an, als hätten wir unseren Vater für immer verloren, blieb stehen, er ging weiter. Ich blickte an der Fassade des Westportals von St. Nikolai hinauf, in der ich das Gesicht eines seltsamen Wesens erkannte, das mit offenem Maul einfältig über die Stadt starrte, die beiden Hörner über den ausdruckslosen Augen, den Spitzhut darüber wie eine Eselskappe. Ich hatte dem Wesen als Kind misstraut, seinem gleichgültigen Aussehen, und war seinem Zauber doch immer wieder erlegen, wenn ich durch das Maul in sein Inneres trat, überwältigt vom mächtigen Klang der Orgel, die nun in brausendem Spiel anhob.

»Sie spielen wirklich Musik!«, rief Emi froh, als ich neben sie trat.

Völschow führte Regina vor den Altar zu Christoph Bünsow, der reichte ihr die Hand, sagte Worte, die Regina den Hagelsturm vergessen ließen, sie nahm seine Hand, drückte sie, ließ sie nicht mehr los.

Regina heiratete am sechsten Tag des Januar, dem Monat, der benannt ist nach dem Gott mit den zwei Gesichtern: Janus, Gott des Anfangs und des Endes, des Eingangs und des Ausgangs, Gott der Türen und der Tore. Durch unsere Tür war Regina hinausgetreten, durch sein Tor würde sie eintreten, ein neues Leben beginnen, so glaubten wir. Es war ihr nicht vergönnt, doch das sah ich nicht voraus, denn ich war keine der Sibyllen, die in der Zeit vorauszuschauen vermochten.

56

Ide zog das Huhn aus dem Wasser, rupfte es, ich häutete Zwiebeln.

»Ob sie wohl gleich schwanger wird?«, fragte Emi, die neben uns saß, ohne etwas zu tun.

»Manchmal geht es auf der Stelle«, sagte Ide, »und manchmal geht es gar nicht.«

»Aber wenn es geht«, sagte Emi, »dann wächst das Kind, bis es endlich herauswill aus ihrem Bauch, unten heraus, aber der Kopf von dem Kind ist riesig wie ein Kürbis! Kannst du dir das vorstellen, Billie?«

Da erschien Christoph Hagen in der Küche, linkisch wie ein Kind: »Ähm, guten Tag, ich suche Georg, ich unterrichte ihn nun wieder.«

»Der Unterricht findet oben statt«, sagte ich. »Emerentia?«

Emi stand auf, um ihm den Weg zu zeigen.

»Oh, vielen Dank, Emerentia«, sagte Hagen, lächelte schief mit seinen schiefen Zähnen, sie drehte sich zu mir, verdrehte die Augen.

Als sie die Küche verlassen hatten, fragte Ide: »Und Samuel?«

Ich zuckte mit den Schultern, tat gleichgültig.

»Ich glaube nicht, dass er noch einmal kommt.«

»Ist da etwas, das ich noch nicht weiß?«, fragte sie.

»Er wollte mich küssen.«

»Er wollte?«

»Er hat.«

Sie hörte auf, das Huhn zu rupfen: »Und du hast ihn empört weggeschickt.«

»Ich bin weggelaufen«, sagte ich, wischte die Zwiebeltränen aus meinem Gesicht.

»Empört?«, fragte sie, machte ein empörtes Gesicht.

»Ich weiß nicht, ob empört. Auf eine Art jedenfalls, die ihn nicht mehr zurückkehren lässt.«

»Ich hätte ihn nicht gehen lassen, im Ernst, Billie«, sagte sie ohne jeden Vorwurf. »Mein Gott, er ist so schön und sanftmütig. Ich hätte ihn in mein Bett geführt, wenn er mich geküsst hätte, und ihn nicht mehr gehen lassen.«

Ich nickte, der Duft seines Kusses kam zu mir zurück, ich verscheuchte ihn.

»Ich jedenfalls bin davongelaufen, bitte verrate es niemandem.«

»Nein«, sagte sie und nach einer Weile: »Ich verrate dir auch ein Geheimnis: Im Stall ist eine Frau, sie wird sich einige Zeit dort verstecken.«

»Wer ist sie?«

»Der Hunger im Land wird ärger. Die Menschen fliehen, hierhin, dorthin, wo immer es noch ein wenig Schutz gibt.«

»Vor wem versteckt sie sich?«

»Es ist besser, du weißt nichts darüber, Billie, vertrau mir.«

»Weiß meine Mutter davon?«

»Ich wäre dir dankbar, wenn sie nichts davon erfährt.«

»Natürlich«, sagte ich.

Emi kam herein, schüttelte sich: »Dieser Mann riecht, als hätte er sich an einer Ziege gerieben!«

Ide lachte.

»Wirklich wahr! Kann nicht Samuel Gerlach zurückkommen? Er duftet nach Wald.«

»Nach Zedernholz«, sagte ich leise.

57

Ich kletterte die Leiter zum Heuboden hinauf, kletterte wieder hinunter, da stand sie wie ein Geist.

»Du suchst mich?«

Sie war noch nicht alt, jünger als unsere Mutter, aber in Lumpen.

»Ich bin neugierig«, sagte ich.

»Neugierig worauf?«, fragte sie, ruhig wie eine Frau, die die Antwort kennt.

»Fliehen ist das eine, sich verstecken das andere. Man kann vor Hunger fliehen, doch kann man sich nicht vor ihm verstecken.«

»Vor dem Tod kann man sich verstecken, zumindest eine Weile«, sagte sie.

»Wird man dich töten, wenn man dich findet?«

»Gut möglich«, sagte sie. Da wusste ich, dass man sie töten würde.

»Was hast du getan?«

»Nichts Schlechtes.«

»Fürchtest du nicht, ich könnte dein Versteck verraten?«

»Du bist ein kluges Mädchen«, sagte sie, »das sehe ich. Manche denken: zu klug, nicht wahr?«

»Vielleicht.«

»Darf ich?«

Vorsichtig nahm sie meine Hand, drehte die Handfläche nach oben, strich darüber, betrachtete die Linien darin, blickte auf.

»Das Leben ist kurz«, sagte sie. »Wenn du dich verwandeln willst, warte nicht zu lang.«

58

Sechs Tage nach Reginas Hochzeit hatte ich einen seltsamen Traum. In einer mondhellen Nacht schwamm ich in einem klaren Waldsee, der dicht von weißen Birken umstanden war. Da entdeckte ich am Ufer eine Höhle, und obwohl sie dunkel und unheimlich war, zog sie mich an, also schwamm ich hinüber. Da trat ein Mädchen aus der Höhle, sie war bleich, Tränen füllten ihre Augen, und in ihrer Hand hielt sie ein blutiges Leintuch. Sie ging zum Ufer des Sees, um das Blut auszuwaschen, doch sosehr sie sich auch mühte, das Blut blieb in dem Tuch. Da seufzte das Mädchen, stand auf, ging in die dunkle Höhle zurück, und ich erwachte.

Am Morgen darauf kehrte Regina zurück. Mutter erbleichte.

»Was ist geschehen?«

»Christoph Bünsow ist tot.«

Mutter bekreuzigte sich.

Merkwürdige Dinge seien in Bünsows Haus geschehen, verstörende Dinge, erzählte ich Emi später. Kurz nach der Hochzeit habe Bünsow Stimmen gehört, die Stimme seiner verstorbenen Frau Katharina, die Stimme seines verstorbenen Jungen Johannes.

Emi bekreuzigte sich.

»Er hat sie auch gerochen, nur gesehen hat er sie nicht.«

»Aber sie sind doch tot, oder etwa nicht?«, fragte Emi verwirrt.

»In geweihter Erde begraben.«

»Wie konnte er dann ihre Stimme hören?«

»Sein verstorbener Junge soll ihn angefasst haben, die

Hand des Vaters soll er genommen und damit über seinen Kopf gestreichelt haben. Dann begann Bünsows Hand zu zittern, Regina hat es gesehen! Seine Hand zitterte, verkrampfte sich, am ganzen Leib schüttelte es ihn, so heftig, als habe Gott ihn von oben ergriffen und mit unsichtbarer Hand geschüttelt.«

»Hör auf, Billie, das beängstigt mich.«

»Schon gut, Emi.«

»Was hat das zu bedeuten, Billie?«, flüsterte sie.

»Bünsows Vater behauptet, mit Regina sei der Teufel in ihr Haus gezogen.«

Sie löste sich, starrte mich an: »Der Teufel?«

»Nur der Teufel könne seinen Sohn so verhext haben, behauptet er. Der Teufel habe sich im Schoß von Regina ins Haus geschlichen, aus dem Schoß von Regina heraus hätte er sich seines Sohnes bemächtigt und ihn nach nur sechs Tagen aufs Grässlichste getötet.«

Emi schüttelte entsetzt den Kopf: »Nicht der Teufel!«

59

Ein Stöhnen drang aus der Tiefe zu uns herauf, Ide fuhr herum, die Mehlschüssel fiel aus ihren Händen, wie eine Nebelwolke stieg Mehlstaub auf.

»Komm weg von der Kellertür!«, flüsterte sie entsetzt.

Ich wich zurück.

»Es ist Rubenow!«, flüsterte sie.

Wieder heulte es.

»Es klingt nicht nach Rubenow«, sagte ich. »Einmal habe ich seine Stimme gehört, sie ist doch viel tiefer.«

»Er verstellt seine Stimme, um uns zu täuschen, glaub mir, um uns zu sich hinabzulocken.«

Wir lauschten verängstigt.

In unserem Haus war einst ein Mann ermordet worden, bestialisch ermordet, hieß es, sein Name war Heinrich Rubenow, er war der Bürgermeister unserer Stadt und von so wildem, rachsüchtigem Gemüt, dass Greifswald in Zank und Streit versank, bis die Ratsherren sich keinen Rat mehr wussten, als mit Dolchen seinen Leib zu zerfetzen. So war es im Keller dieses Hauses geschehen, das damals sein Haus gewesen war, wo er seitdem immer wieder erschien, rasend, rachsüchtig, eine Peitsche in der Hand.

Heulen, Jaulen, dann erstickte Laute.

»Das ist nicht Rubenow!«, rief ich. »Das ist Regina, wir müssen zu ihr!«

»Es ist eine List!«, rief Ide. »Rubenow will uns holen, um uns blutige Striemen auf den Rücken zu peitschen.«

»Ich steige trotzdem hinunter.«

»Niemand wagt es, diesen Keller zu betreten!«

Ich ging zur Tür, streckte die Hand nach dem Schlüssel aus. Aus der Tiefe drang ein dumpfes Schreien.

»Tu es nicht!«

»Sie ist gar nicht verschlossen!«, flüsterte ich.

»Es ist eine Falle, Billie. Er wird dich töten.«

Die Tür knarrte, aus der Tiefe starrte mich Finsternis an.

»Gib mir eine Kerze, Ide!«

Ich ließ den Blick nicht von der Finsternis, wenn ich mich umwandte, würde sie mich verschlingen.

»Wenn du hinuntersteigst, und er kriegt dich, was soll ich dann tun, Billie?«

»Die Tür verschließen.«

Das Kerzenlicht erhellte kaum die Stufen unter mir, kaum meine Schuhe, die Finsternis schluckte das Licht. Ich stieg hinab, hob das zitternde Lichtlein, um tiefer in das Gewölbe zu schauen, vergeblich.

»Wer ist da?«

Das Röcheln war der Atem einer leidenden Kreatur.

Erschrocken fuhr ich herum, schrie auf, jemand hatte mich am Rücken berührt. Doch da war niemand.

Ich schob meine Füße auf das Wimmern zu, das vielleicht eine bösartige List war, da entdeckte ich die Gestalt auf dem Boden.

»Ich bin Billie«, flüsterte ich.

Unendlich langsam drehte sich die Gestalt um, es war Regina, kaltes Entsetzen in ihrem Gesicht, das nun im Schein einer Laterne aufleuchtete.

»Vorsichtig, Billie!«, rief Ide, die hinter mir hergekommen war. »Vielleicht ist sie besessen.«

Ich berührte Regina an der Schulter, wie ein fremdes Wesen in der Gestalt meiner Schwester sah sie aus, ein Wesen, das aus heißem Rachen stöhnte, aus riesigen Pupillen nur Dunkelheit erkannte, das Gesicht totenblass.

»Was ist mit dir geschehen, Regina?«

»Schau da!«, rief Ide, beleuchtete den Boden.

»Was ist das? Beeren?«

»Gib sie mir!«

Ich reichte sie ihr, sie roch daran, leckte vorsichtig darü ber: »Schwarze Tollkirsche. Sie kann töten.«

Da begann Reginas Hand zu zittern, verkrampfte sich.

»Hol einen Arzt, so schnell du kannst!«, rief ich, doch Ide schüttelte den Kopf, flüsterte: »Wir können keinen Arzt holen.«

»Warum nicht?«

»Weißt du nicht, was ein Eselsgrab ist?«

»Nein.«

»Davongeschleift wie das Vieh. Irgendwo hingeworfen.«

»Aber warum?«

»Deine Schwester hat den Tod gesucht. Das ist eine

schwere Sünde. Wenn ein Arzt kommt und sie stirbt, wird man sie nicht in der Erde begraben.«

»Wir können sie nicht hier sterben lassen, Ide!«, rief ich verzweifelt.

»Hör zu, Billie!«, sagte Ide. »Die Frau im Stall, sie kann helfen.«

»Dann hol sie!«

Ide lief hinauf.

Reginas Kopf flog umher wie ein Glockenschwengel, sie stöhnte.

»Bleib wach!«, rief ich. »Bleib nur wach!«

Schaum quoll aus ihrem röchelnden Mund.

»Ich bin bei dir, Rina, bleib du auch bei mir!«

Als Ide mit der Frau aus dem Stall zurückkehrte, rührte Regina sich nicht mehr.

»Setzt sie aufrecht hin!«, sagte die Frau, hockte sich zu ihr, nahm eine Beere vom Boden, roch daran. Wir stemmten Reginas leblosen Leib hoch, die Frau zog ein Fläschchen aus einem Beutel, tropfte eine Flüssigkeit auf ein Tuch, wischte mit dem Tuch über Reginas Lippen.

»Saug es auf!«, sagte sie, zog einen anderen Beutel hervor, öffnete Reginas Mund, streute ein schwarzes Pulver auf die dunkle Zunge.

»Was gibst du ihr?«, fragte ich.

»Asche von verbrannten Nussschalen.«

Regina schluckte, schwach, doch sie schluckte.

»Das hier ist ein Extrakt aus der Verbotenen Bohne«, sagte die Frau, strich Regina einen Balsam auf die Zunge. »Sie wächst in den fernsten Gegenden Afrikas. Ihre Samen sind todgiftig, aber richtig angewendet kann es das Augenlicht deiner Schwester retten.«

Sie nahm eine kleine Frucht aus dem Beutel, ein gelbes

Äpfelchen, schnitt mit einem Messer einen winzigen Kegel aus dem Fleisch.

»Und das ist die Frucht des Manchinelbaums, man nennt sie den Apfel des Todes. Nimmst du ein wenig zu viel, verwandelst du dich in ein rasendes Pferd, das geradewegs in den Tod galoppiert.«

Sie drückte Regina den Kegel in den Mund, schloss ihre Lippen.

»Nun legt sie hin, damit die Gifte in ihrem Körper miteinander kämpfen können. Nur eines von ihnen wird siegen.«

Als sie auf dem Boden lag, schüttelte der Teufel Regina.

»Die Tollkirsche besitzt schwarze Zauberkräfte und zerfrisst deinen Geist«, sagte die Frau, sammelte die Beeren vom Boden. »Deswegen wird sie auch Atropos genannt, nach der Schicksalsgöttin, die den Todestag eines Menschen vorhersieht.«

Bald wurde Regina ruhiger, das Zittern legte sich, die Frau blickte in ihre Augen: »Der Bohnenextrakt beginnt zu wirken, doch die Tollkirsche ist eine hinterhältige Mörderin. Wir brauchen Geduld.«

»Aus der Tollkirsche«, sagte Ide zu mir, »kannst du auch eine Salbe rühren, die dich nicht tötet, ganz im Gegenteil!«

»Schweig, Ide!«, ermahnte die Frau sie. »Sprich nicht von solchen Dingen.«

»Aber ich vertraue Billie.«

Prüfend sah sie mich an: »Trotzdem muss sie nicht alles wissen.«

»Schwarze Tollkirsche, Bilsenkraut, Wasserschierling, Schlafmohn, Seerose, zermahlene Menschenknochen«, erklärte Ide trotzig. »Wenn du deinen Körper mit einer Salbe daraus einreibst, verwandelst du dich in ein ungezähmtes Pferd und kannst hinauf bis zum Himmel fliegen. Ich habe es selbst erlebt, Billie, es ist unbeschreiblich!«

»Glaub ihr nicht!«, widersprach die Frau. »Es ist kein Hexenflug. Bloß in deinem Kopf fliegst du. Es wirkt wie starker Wein.«

»Viel besser als Wein, sag ich dir. Mit nichts zu vergleichen.«

»Und gefährlich in den falschen Händen. Wenn sie eine unschuldige Frau als Hexe überführen wollen, reiben die Folterknechte ihren Körper mit der Salbe ein, deswegen wird sie Hexensalbe genannt. Dann träumt die Arme voll schreiender Lust.«

»Als würde sie wilde Pferde reiten!«, flüsterte Ide.

»Dann ist es leicht, sie eine Hexe zu nennen und sie zu töten«, erklärte die Frau.

Ein Lichtschein fiel auf uns, erschrocken fuhr ich herum, mit einer Laterne stand Völschow da, Mutter hinter ihm.

»Was macht ihr hier?«, rief sie, dann erkannte sie ihre Tochter: »Regina?«

Die Frau aus dem Stall verbarg sich in der Dunkelheit.

»Regina atmet«, sagte ich, »doch nur schwach.«

»Ide, lauf zu Joachim«, befahl Mutter. »Er soll Doktor Schöner holen, den Primarius der Medizinischen Fakultät, kannst du dir das merken?«

»Natürlich. Doktor Schöner.«

Ide lief los.

»Warum ist Regina hier unten?«, fragte Mutter.

»Ich weiß nicht, vielleicht ist sie krank. Vielleicht ist sie im Schlaf gewandelt.«

»Seltsame Dinge gehen in diesem Haus vor sich«, sagte Völschow. »Offenbar will sich der Teufel deine Töchter zu Gefährtinnen machen.«

Feindselig starrte er mich an.

»Red keinen Unsinn, Joachim!«, fuhr Mutter ihn an. »Was auch immer geschehen ist, wir müssen das Leben meiner

Tochter retten. Sie ist deine Nichte, und der Teufel ist hier ganz sicher nicht am Werk.«

Doch Völschow blieb dabei: »Du glaubst besser zu wissen, wie der Teufel vorgeht? Ich sage dir, er hat deine Älteste ihrem Gatten entrissen! Satan hat Bünsow zugrunde gerichtet wie einen elenden Wurm, um deine Tochter zurück in dieses Haus zu holen, um sie in diesem düsteren Keller zu seiner Braut zu machen, zu einer Frau der Finsternis, das ist es, was der Teufel tut!«

Regina stöhnte auf, als habe ein Pflock sie durchbohrt.

Mutter ging auf Völschow los: »Schweig, Joachim! Schweig auf der Stelle!«

Er bot ihr die Stirn, rief: »Der Teufel wärmt sich in deinem Wohnzimmer, er schläft in deinem Schlafzimmer, und er holt sich deine Töchter! Holt sie sich alle drei, macht sie zu seinen willigen Gespielinnen! Und ich soll schweigen?«

Drohend zeigte Mutter mit dem Finger in sein Gesicht, zischte: »Raus aus meinem Haus! Auch wenn du mein Bruder bist, du bist hier nicht mehr willkommen!«

»Gott hat mich gerufen, dem Teufel entgegenzutreten und seinen Gefährtinnen. Willst du dich also gegen Gott erheben?«

Böse wie giftige Schlangen starrten sie sich an.

»Ich komme wieder«, zischte er. »Entweder ich entreiße ihm deine Töchter, oder sie werden brennen!«

Er drehte sich um, ging, stieg die Treppe hinauf.

»Nun seid ihr nicht mehr vor ihm sicher«, sagte Mutter im flackernden Schein meiner heruntergebrannten Kerze.

60

Schweigend schälte ich die eingeweichten Kakaobohnen, legte sie zum Trocknen auf ein Tuch, Ide zermalmte die geschälten Bohnen im Mörser.

»Ist sie eine Hexe?«, fragte ich schließlich.

»Sie hat deiner Schwester das Leben gerettet oder etwa nicht?«, entgegnete Ide.

Sie hatte recht, die Frau hatte Regina dem Teufel entrissen, einem schäbigen, ehrlosen Tod.

»Wenn die Ärzte kommen«, sagte Ide, »musst du dich in Acht nehmen vor ihren Instrumenten und ihrer Medizin.«

»Weswegen muss sie sich verstecken?«

»Vor fünf Jahren wurde sie von deinem Onkel verurteilt, von Völschow. Sie konnte fliehen, bevor man sie töten konnte, doch die Katholiken haben sie in einem Wald gefasst und als Beute mit nach Greifswald geschleppt. Hier konnte sie ihnen schließlich entwischen.«

»Vor fünf Jahren bist du in unser Haus gekommen.«

»Ja. Sie ist meine Mutter.«

Mit hellwachem Blick trat Doktor Schöner in die Küche, Mutter folgte ihm mit grauem Gesicht.

»Der Kakao ist gleich fertig«, sagte ich.

Fröhlich und kugelrund, wie er schon immer gewesen war, kam er auf mich zu, hüpfte beinahe, viel jünger als Vater war er, doch schon hochberühmt.

»How wonderful, my dear!«, rief er, als wären in unserem Haus keine beunruhigenden Dinge geschehen. Oft sprach Doktor Schöner Englisch mit mir, wohl weil Mutter es nicht verstand. »Der Kakao bringt nämlich das Glück, wie du vielleicht weißt.«

Er war der schillerndste Freund unserer Familie, wie aus einer anderen Welt in unsere kleine Stadt gefallen. Er war in Schottland und dort in Edinburgh geboren, und sein Vater, Doktor Martin Schöner, so hatte er es mir früher selbst erzählt, war wahr und wahrhaftig der Leibarzt der Königin von England, Schottland und Irland gewesen, der Leibarzt von Königin Anna, die einmal die Prinzessin von Dänemark gewesen war, bevor sie mit vierzehn Jahren den englischen König Jakob heiraten musste, den schreckliche Angst vor Hexen umtrieb und eine große Zuneigung zu hübschen Höflingen, so hatte Doktor Schöner es mir erzählt, nur er sprach über solche Dinge, niemand sonst, zumindest nicht vor uns Mädchen. Sein Ruf und seine Herkunft schützten ihn vor bösem Gerede, niemand sonst in der Stadt hatte schließlich mit der Königin von England Kakao getrunken.

»Darf ich fragen, wie es meiner Schwester geht?«

»Oh, sie lebt und atmet«, sagte er. »Das ist doch schon ein Anfang! Nur die Lebenslust muss wieder zurückkehren, ohne die geht es nicht! Daher solltest du ihr nun jeden Tag Kakao zubereiten, das wird ihr helfen, das Leben wieder zu schätzen.«

»Kakaobohnen sind unverschämt teuer«, bemerkte Mutter.

»Das sind sie in der Tat!«, sagte Doktor Schöner. »Es ist Wucher, und Jesus hätte die Kakaohändler aus dem Tempel vertrieben, keine Frage!«

»Es ist wohl nicht die rechte Zeit für Späße, Johann«, bemerkte Mutter.

Da schaute er schuldbewusst wie eine faltige englische Dogge: »Nein, aber Kakao stärkt das Herz und lässt es strahlen, wie sonst nur die Musik es kann!«

»Mein Herz lässt die Musik nicht strahlen«, sagte Mutter.

Ich gab den Kakao in eine Schale, goss heißes Wasser auf, rührte.

»Oh, wie schade, liebe Regina!«, sagte Doktor Schöner bedauernd, dann an mich gewandt: *»But you, Billie, you can smell the cocoa refreshing your spirit, can't you?«*

Es gab viele Schotten in Pommern, und von einer schottischen Magd, die lange in unserem Haus gelebt hatte, hatte ich Englisch gelernt.

Ich roch an der Schale.

»Yes! Like music«, antwortete ich, nur um Mutter zu widersprechen, reichte ihm die Schale, er schnupperte, strahlte, sagte leise: »Nicht jeder kann sie hören, die beglückenden Lieder, die der Kakao singt.«

61

Regina hielt die Schale in den Händen, trank aber nicht.

»Wenn einer der beiden Eheleute innerhalb des ersten Jahres stirbt«, erklärte sie, »werden alle Güter zurückgeführt wie vor der Hochzeit. So steht es im Ehevertrag, Vater hat ihn aufgesetzt.«

»Als habe es die Hochzeit nie gegeben?«

»Genau so. Nur meine Unberührtheit gibt mir niemand zurück. Ich bin eine Witwe, ohne wirklich Ehefrau gewesen zu sein, was soll ich also tun?«

»Es gibt andere Männer«, sagte ich. »Auch Witwen werden geheiratet.«

»Nach dem, was in Bünsows Haus geschehen ist, wird mich niemand mehr haben wollen. Jeder weiß davon, jeder. Dass Satan ihn gefressen hat, um mich heimzuholen. Es ist gut, dass Krieg herrscht, da muss ich nicht auf die Straße, nicht in die Kirche. Ich hoffe, der Krieg wird nie zu Ende gehen.«

»Kannst du nicht einfach ohne einen Mann leben?«

»Wo soll ich hingehen? Die Klöster sind seit Langem aufgelöst, da haben es die Katholikinnen schon besser. Vater und Mutter werden eines Tages sterben, so ist es nun mal, und dann?«

Ich dachte nach, senkte die Lider.

»Also müssen wir alle heiraten?«

»Was hast du denn geglaubt, Billie? Dass du ein Vögelchen bist und davonfliegen kannst?«

62

Ide trug Wassereimer, füllte die Pferdetränke, ich lag auf Bekkas Rücken, die Arme um ihren weichen Hals geschlungen.

»Wenn ich schon heiraten muss«, sagte ich, »dann wenigstens einen Mann, der mir nicht das Schreiben verbietet. Der mich in Ruhe schreiben lässt, wenn ich meine Arbeit getan habe, ist das zu viel verlangt?«

»Kannst du dir nicht aussuchen«, sagte Ide.

»Ich frag ihn einfach vorher. Ob er mir dann und wann ein wenig Tinte mitbringt, ein paar Bogen Papier. Noch besser wäre natürlich ein Mann, der meine Gedichte liest, dem es gefällt, dass ich schreibe, wie ich schreibe, dem es nicht einerlei ist, was ich denke und fühle. Ein Mann wie …«

Wie ein Blitz durchfuhr es mich, ich setzte mich auf.

»Samuel Gerlach!«

Ide blieb stehen, blickte mich verwundert an: »Du willst Samuel Gerlach heiraten?«

»Aber ja!«, rief ich begeistert. »Natürlich, das ist es, Ide! Samuel ist zwar schon sechsundzwanzig, aber meine Mutter hat mit siebzehn einen Mann geheiratet, der über fünfzig war. Da ist sechsundzwanzig gerade einmal die Hälfte! Samuel hat mich doch überhaupt erst zum Dichten gebracht, hat mir ein Lehrbuch der Dichtkunst geschenkt, Samuel wünscht sich, dass ich eine Dichterin werde, Ide!«

»Das heißt nicht, dass er sich das auch noch wünscht, wenn du seine Frau bist.«

»Ide, versteh doch, es gefällt ihm, dass ich so bin, wie ich bin. Er wollte mir sogar das Reiten beibringen, heimlich, stell dir vor!«

»Und er hat dich geküsst!«

»Ja!«, rief ich entflammt, doch da verwandelte sich alle Begeisterung in Kummer: »Und ich habe ihn abgewiesen!«

Verzweifelt umklammerte ich Bekkas Hals, vergrub mein Gesicht in ihrem Fell.

»Er hatte allen Grund zu glauben, dass ich ihn liebe«, sagte ich. »Nie hätte er sonst gewagt, mich zu küssen! Oh, wie dumm ich war! Sicher umschwärmt ihn schon ein anderes Mädchen, ein Mädchen, das sofort erkennt, was für ein besonderer Mann Samuel ist.«

»Ist dir vielleicht ein bisschen spät eingefallen, das mit dem Heiraten«, sagte Ide, trug Heu herbei.

»Aber was soll ich denn nun machen, Ide?«

Sie blickte sich um, sagte leise: »Du musst wissen, Billie, die Tollkirsche ist zwar eine hinterhältige Meuchlerin, doch besitzt sie auch andere Zauberkräfte. Wenn ein Mann will, dass eine Frau sich in ihn verliebt, gräbt er im weißen Vollmondlicht die Wurzel der Tollkirsche aus und hinterlässt den Erdgeistern, die dort leben, ein Geschenk. Die Wurzel aber trägt er als Amulett um den Hals, so wird die Frau, wenn sie ihn erblickt, sich unsterblich in ihn verlieben. Ich bin sicher, es geschieht ebenso, wenn ein Mädchen einen Jungen liebt. Beim nächsten Vollmond musst du also auf einer Waldlichtung nach Tollkirschen Ausschau halten und die Wurzel ausgraben.«

»Nachts im Wald. Mit einer Schaufel. Und einem Geschenk für die Erdgeister. Sicher, Ide, das sollte ich tun.«

»Ja, du musst es schon selbst machen«, rief sie, rechte das Stroh zusammen. »Ich könnte für dich nachts in den Wald gehen, aber wenn ich gehe, verliebt sich Samuel nicht in dich, sondern in mich. Ach, Moment mal!«, rief sie lachend. »Vielleicht mach ich das ja doch mit dem Wurzelamulett!«

»Machst du nicht, Ide!«, rief ich. »Ich weiß schon, dass er dir gefällt, aber er muss nun einmal mich heiraten, sonst bin ich verloren, verstehst du das nicht?«

Plötzlich gefror Ides Lachen, erschrocken richtete ich mich auf.

»Was ist denn?«

»Schau da!«, rief sie bestürzt.

Aus einem Loch in der Wand krochen Ratten, zehn, zwanzig Ratten wankten ans Licht, das sie sonst so sehr scheuten, torkelten wie betrunkene Matrosen auf rauer See.

»Was hat das zu bedeuten?«, rief ich.

Da trat Ides Mutter zu uns: »Die Pest kommt!«

63

Außer Atem stürzte Joachim ins Haus, schloss die Tür, verriegelte sie, brüllte nach Mutter.

Wir liefen aus der Küche herbei, Mutter erschien auf der Treppe, hinter ihr Georg.

»Niemand darf ins Haus hinein, niemand hinaus!«, rief Joachim, schüttelte den Schrecken ab, das Blut war aus seinem Gesicht gewichen. »Halbtot irren sie draußen umher, aus den Häusern schleppen sie die Toten zu Hunderten!«

»Betet! Bittet Gott um Gnade!«, rief Mutter. »Denn die Pest ist die Strafe Gottes.«

Emi schrie auf. Eine Ratte taumelte durch die Halle, braun wie die Wanderratten aus dem Osten, nicht die schwarzen, die in den Kellern und Schiffsbäuchen hausten. Wir wichen zurück, Emi floh die Treppe hinauf.

»Wir müssen uns von den Ratten fernhalten«, sagte Ide. »Wenn sie sterben, suchen sich die Flöhe aus ihrem Fell ein neues Heim, und wenn die Flöhe sich auf unserer Haut einnisten, holt uns die Pest auch.«

Ihre Mutter hatte gesagt, die gelehrten Ärzte seien anderer Ansicht. Mutter war es auch.

»Unsinn!«, rief Mutter. »Die Pest kommt mit der kranken Luft, mit dem fauligen Dunst, den die Katholiken hinter sich herziehen. Stellt überall Schalen mit starkem Essig auf, zündet Wacholderkraut an, damit der Rauch die Luft von den Katholiken reinigt. Dann wird uns nichts geschehen mit Gottes Beistand.«

Die Ratte fiel um, aus ihrem Fell sprangen die Flöhe.

64

Streng riechender Qualm wie von Weihrauch stieg aus einer Schale mit glimmenden Kräutern auf. Emi saß neben mir, ich hielt Ovids *Metamorphosen* auf den Knien, übersetzte aus dem siebten Buch: *»Anfangs legte sich mit drückendem Nebel der Himmel über das Land, und während der Mond viermal die Scheibe füllte und sich wieder verengte, wehte beharrlich todbringender Wind von Süden zu uns.«*

»Aber das ist ja, was uns geschehen ist, Billie! Die Katholiken kamen mit dem Nebel aus dem Süden wie ein todbringender Wind. Und wie viele Monate herrschen sie nun schon hier?«

»Aber das hat Ovid doch vor tausendsechshundert Jahren geschrieben.«

»Vielleicht hat er es vorhergesehen, wer weiß?«, flüsterte sie. »Wie geht es weiter?«

Ich las: *»In den Wäldern, auf Feldern und Wegen liegt abscheuliches Aas, die Luft verpestet von Fäulnis. Jetzt, verheerender noch, dringt die Pest zu den Bauern und herrscht in den Mauern der großen Stadt. Und das sind ihre Zeichen: Trocken von innerem Brand verdurstet der Mensch, rot ist seine Haut und glutdurchdrungen die Augen. Geschwollen und rau ist die Zunge. Mit offenem Mund lechzend, zieht er die verderbliche Luft mit dem Atem ein.«*

»Wie sieht meine Zunge aus?«, fragte Emi und streckte ihre Zunge heraus.

»Nichts zu sehen.«

Das beruhigte sie nicht.

Ich las weiter: *»Die Kranken ertragen weder Bett noch Kleider, sie fliehen aus ihren Häusern, irren halbtot durch die Straßen.«*

»Genau das hat Joachim gesehen!«, rief sie blass vor Furcht.

»Wenn ihre Kräfte nicht mehr zum Stehen reichen«, las ich weiter, *»wälzen sie sich am Boden, verdrehen die Augen im Kampf mit dem Tod. Wohin sich der Blick auch wendet, überall liegt niedergeworfenes Volk, als wenn von schwankenden Ästen faulendes Obst abfällt, geschüttelte Ecker von den Eichen.«*

»Das ist, was uns geschehen wird?«, fragte Emi erschüttert.

Ich nickte.

65

Schalen mit rauchenden Kräutern, andere mit Essigschwämmchen standen rund um ihr Bett. Mit schmerzverzerrtem Gesicht rieb Mutter ihre Gelenke. Ich band erst Emi ein Tuch über Mund und Nase, dann mir.

»Mach es nicht ab«, sagte ich leise, flüsterte: »Halt dich von ihrem Gesicht fern!«

Ich setzte mich neben Mutter, berührte ihre glühende Stirn.

»Wie fühlst du dich?«

»Ich brenne.«

Ich nahm die Wasserschale, führte sie an ihren Mund. Sie trank, starrte mit dunklen Schatten unter den Augen ins Leere.

»Langsam«, flüsterte ich.

Bei den Füßen schlug ich die Decke hoch, band feuchte Tücher um ihre bleichen Beine, da öffnete sich die Zimmertür, Emi schrie auf.

»Keine Angst«, rief die Gestalt mit der grässlichen Fratze, schwenkte ein rauchendes Gefäß. »Es ist eine Maske, die vor den Ausdünstungen schützt. Wie geht es Ihnen, Frau Schwarz?«, sagte er zu Mutter.

Sie nickte, die Augen geschlossen. Der Arzt hob die Decke von ihrem Oberkörper, schob ihr Kleid von der Schulter herab, drehte ihren Arm nach außen, da trat unter ihrer Achsel eine dunkle Beule ans Licht. Emi bekreuzigte sich, ging auf die Knie, betete flüsternd, während der Arzt Mutters Körper absuchte.

»Der Herr ist mein Hirte, nichts wird mir geschehen. Auf grünen Auen lässt er mich ruhen, er zeigt mir den Weg zu frischen Wassern, stillt mein Verlangen an einsamen Plätzen, führt mich zurück zu den rechten Pfaden, und wenn ich schon wanderte im finstersten Tal, so fürchte ich kein Unglück, denn du bist bei mir, Herr, du bist bei mir für immer.«

»Ich werde sie zur Ader lassen«, sagte der Arzt, nachdem er den nackten Leib unserer Mutter an jeder Stelle betrachtet hatte, »nur dann können die verdorbenen Säfte in ihrem Inneren austreten. Dann werde ich die Geschwüre aufquellen lassen, aufschneiden und den todbringenden Eiter der ganzen medizinischen Kunst nach abfließen lassen.«

Der Arzt hob die Schnabelmaske, blickte mich bedeutungsvoll an und sagte: »Der abnehmende Mond steht im Zeichen des Zwillings! Meine Behandlung des Armes wird daher besonders wirkungsvoll sein.«

66

»Mit dem Strick schnürt mancher sich selbst den Hals, vertreibt mit dem Tod die Furcht vor dem Tod.«

Ich sah auf, klappte die *Metamorphosen* zu, legte sie beiseite, schaute Emi an, die schlafend neben mir lag, strich meiner schönen Schwester über das Haar, sah zum Fenster, wo der Mond sein rundes Gesicht schon verloren hatte.

In einer Nacht, als er nur noch eine schmale Sichel war, stand ich neben dem Bett meiner Mutter und betrachtete sie. Mutter lag da mit fahlen Lippen, ihr Gesicht von Geschwüren entstellt.

»Der Arzt hat gesagt, der abnehmende Mond …«

»Sie wird sterben, Billie«, sagte Ide, ein Tuch über Mund und Nase.

Eine vielköpfige Schlange war unter der Haut meiner Mutter herangewachsen.

Ich spürte Ides Hand an meiner Schulter, bevor sie ging.

Ich nahm das Tuch ab, setzte mich zu ihr, selbst aus ihren Kleidern war die Farbe gewichen.

»Schläfst du?«

Langsam öffnete sie die Augen, betrachtete mich ruhig.

»Wirst du sterben?«

Sie bewegte den Kopf ein wenig, nickte kaum merklich.

»Erinnerst du dich«, flüsterte sie, »als du ein Kind warst, habe ich dir jeden Abend eine Geschichte erzählt. Ohne eine Geschichte, hast du gesagt, würde die Königin der Nacht dich nicht in ihr Schloss einlassen.«

Ich lächelte. »So war es auch.«

»Erinnerst du dich, welche Geschichte du immer wieder hören wolltest?«

Ich erinnerte mich nicht: »Orpheus und Eurydike?«

»Dädalus und Ikarus, stell dir vor! Du konntest kaum glauben, dass Dädalus für seinen kleinen Sohn Flügel aus Federn fertigt, die er mit Wachs verbindet.«

»Um Kreta und der Gefangenschaft zu entfliehen.«

»Mit seinen Flügeln schwingt Ikarus sich in den Himmel hinauf.«

»Ja! Bald fühlt er keine Angst mehr! Mutiger fliegt er nun, und immer kühner lässt ihn sein Können werden.«

»Schon liegt Samos zur Linken«, fuhr Mutter fort, »Naxos weit in seinem Rücken, nun Paros, nun Delos.«

»Und in seinem Leichtsinn verlässt der Junge den Vater, schlägt seinen Weg hoch hinauf zum Himmel ein.«

»Der Vater hatte ihn gewarnt, zu hoch zu fliegen.«

»Das hatte er. Es war nicht Dädalus' Schuld, ich weiß. Der Übermut packte seinen Jungen, und Ikarus ließ es freudig geschehen.«

»Da schmilzt die Sonne das Wachs seiner Flügel.«

»Im Fallen ruft er: ›Vater, ich stürze!‹ Schon schließen die Wasser ihm den Mund.«

»Und der unglückliche Vater, nun kein Vater mehr, ruft: ›Ikarus, wo bist du?‹ Da erblickt er die Federn tief unten im grünen Wasser, seinen Jungen, tot.«

»Ja«, sagte ich, nickte, und wir lächelten traurig.

Ich war in ihrem Leib gewachsen, bis es Zeit für mich war, das Licht zu erblicken, war aus ihrem Schoß gekrochen. Als die Schnur zwischen ihr und mir zerschnitten war, blieb ich dennoch Fleisch von ihrem Fleisch.

»Da ist etwas, das ich dich gerne fragen würde.«

»Frag.«

»In der Bibliothek versteckt sich ein Buch, es sind Gedichte.«

Sie lächelte.

»Ich wusste, Petrarca würde eines Tages den Weg zu dir finden, Billie. Es war sehr lange mein Buch, nun gehört es dir.«

Ist die Zeit ein Pfeil oder ein Rad? Ich wusste es nicht, doch nie mehr würde ich sie wohl sehen, nie mehr ihre Stimme hören.

»Ich bin stolz und dankbar, dass Gott mir ein so besonderes Mädchen geschenkt hat«, sagte sie.

Da schossen mir Tränen in die Augen. »Das habe ich nicht gewusst«, sagte ich bestürzt.

»Nein, das hast du nicht, ich weiß.«

Sie sah mich lange an, hatte keine Eile zu gehen.

In dieser Nacht fielen die Schwalben tot vom Himmel.

67

Ovid schreibt: *Die Toten trägt man nicht mehr mit Feier und Ehre zu Grabe. Unverscharrt liegen sie am Boden, niemand, der weint, ist mit ihnen, und es irren, von niemandem betrauert, Seelen umher von Greisen und Kindern.*

Ich trug Hosen, die Fischermütze, die alten Schuhe, zog mit Joachim den Karren durch schlammige Gassen, vorbei an Menschen, die unsere Nachbarn gewesen waren, stolze Bürger Pommerns, nun lagen sie vor ihren Häusern ausgeschüttet wie Schmutzwasser, Arme und Beine verrenkt, aufgerissen die starren Augen, vorbei an elenden Gestalten, die nur halb lebend noch über die Erde krochen, vorbei an wahnsinnigen Frauen, die ich einst gegrüßt hatte auf dem Weg nach St. Nikolai, nun waren ihre Augen stumpf geworden, verwandelt in erloschene Kohle, ihre Ohren verschlossen, versiegte Brunnen waren ihre Münder, und ihre Männer, die sie nicht mehr erkannten, schlugen sich mit Ruten das Fleisch, während Ratten zwischen ihren Füßen umherliefen. Über allem hing der bittere Qualm aus den Feuerschalen, der den beißenden Gestank nicht zu bannen vermochte. Wohin immer man sah, wollte sich der Blick abwenden, wohin wir zogen, wollten die Beine fliehen, vorbei an ausgebrannten Häusern, offenen Türen, durch die ohne Scham die Plünderer spazierten. Und stumm standen kleine Kinder wie zu früh geschlagene Bäume, Kinder, nach denen niemand mehr rief, wenn die Dunkelheit hereinbrach.

Ich sah hinauf zu den Baumkronen, die keine Kronen mehr waren, bloß schwarze Gerippe, in denen die Vögel nicht sangen, denn die Stadt war zum Reich der Ratten geworden, zum Reich der Toten, die Vögel waren fortgeflogen, und wir zogen mit dem Totenzug durch die unbewachten Tore, fort aus der Stadt, mit Karren und Wagen voller Leichen, weg von den Lebenden, fort in die Wälder von Eldena.

Über das Brachland jagte ein reiterloses Pferd, hinauf zu den kahlen Totenwäldern, wo das goldene Herbstlaub des letzten Jahres längst in schwarzen Moder verwandelt und die Erde noch immer so frosthart war, dass die Hacken sie kaum durchdrangen. Als längst die fahle Sonne am grauen Himmel über uns stand, gruben wir noch immer, gruben ein schmales Grab für den schmalen Leib unserer Mutter, gruben noch, als sie die Karren schon zurück in die Stadt zogen, die Kisten, Säcke kaum verscharrt, manche bloß abgelegt auf der bitteren Erde, die sich weigerte, die Toten aufzunehmen, die sich verschloss vor den Toten, weil die Geister von Eldena den ungeehrten Leibern die lange Ruhe nicht zu geben vermochten.

Als die Sonne die Baumwipfel berührte, senkten wir die Kiste in das schmale Grab, schaufelten Erde darauf, ich drückte ein Kreuz aus Ästen in den Boden, verstreute getrocknete Rosenblätter, sank auf die Knie.

»Wollen wir beten?«, fragte Joachim, der vor langer Zeit zu beten aufgehört hatte.

»Ja.«

Er kniete sich neben mich, ich faltete die Hände, schloss die Augen, wusste, er würde es nicht tun, dennoch hatte er sich neben mich gekniet, vielleicht um sie im Tod zu ehren, auch ohne Gott.

Ich betete.

»Ewiger Gott und Vater, der Du bist in den Himmeln, Du allein bist mächtig und gnädig: Gib unserer entschlafenen Mutter die ewige Ruhe. Lass ihr Dein Licht leuchten, und vereine sie mit denen, die Du …«

Ich konnte nicht weitersprechen, öffnete die Augen, schaute auf das schiefe Kreuz, stand auf.

»Lass uns gehen.«

Auch Joachim stand auf, legte Hacke, Spaten, Schaufel auf den Karren, zog den Karren den ganzen Weg zurück. Ich ging neben ihm durch die Dunkelheit, der Mond war nur eine schmale Sichel, der Tod eine blinde Frau mit wehendem weißem Haar, die scharfe Mondsichel in ihrer knochigen Hand. An wem sie auch vorübergeht, dem senst sie blind durch die Kehlen der Knie, so sacken wir zu Boden, wenn die weiße Frau vorübergeht. Als die Pest meine Mutter holte, hatte sie siebenundvierzig Mal den warmen Frühling auf ihrer Haut gespürt, und ich fühlte mich alt wie ein Stein und zu jung, um ohne sie zu leben.

»Du musst morgen früh nach Stettin reiten«, sagte ich leise in die Dunkelheit.

Erst nach einer Weile sagte er: »Ich werde ihn nicht anbetteln.«

»Dann werden sie uns ins Waisenhaus bringen.«

»Ich bin erwachsen, niemand bringt mich in ein Waisenhaus. Ich gehe nach Stralsund.«

»Und wir? Sind wir dir egal?«

»Nein«, sagte er ruhig. »Nur bin ich nicht euer Vater.«

»Wenn er von Mutters Tod erfährt, wird er heimkommen, egal, wer in seinem Bett schläft.«

Wir schwiegen. Hinter uns waren die düsteren Wälder von Eldena eins geworden mit der Nacht, vor uns lag die schwarze Stadt.

»All die Männer, die in den Krieg ziehen, Billie, sie wissen nicht, ob sie je wieder nach Hause kehren, und doch lassen sie ihre Frauen zurück und ihre Kinder. Warum tun sie das, hast du dich das je gefragt?«

Ich dachte nach.

»Ich weiß es nicht.«

»Ich werde morgen nach Stettin reiten«, sagte er nach einer Weile.

68

Im Morgengrauen saß Regina auf der Bank im Hof, schaute nicht auf den braunen Rauch, der aus der brennenden Tonne aufstieg, in die ich an einem langen Stock die Kleider unserer Mutter warf, die Laken, auf denen die Pest das Leben aus ihr geschüttelt hatte, saß da und starrte stumm auf die Pflastersteine, bis Emi aus der Küche trat und dem Rauch nachblickte: »Ist Joachim fort?«

»Wenn alles gut geht«, sagte ich, »wird Vater in drei oder vier Tagen bei uns sein.«

Da hob Regina den Blick, funkelte mich beinahe wütend an.

»Wenn alles gut geht?«, rief sie. »Wann ist zuletzt alles gut gegangen in diesem Haus?«

Ich schwieg.

»Was meinst du damit?«, fragte Emi.

»Weißt du es denn nicht? Wir sind verflucht! Der Teufel hat dieses Haus eingenommen, und in unserem Stall haust eine Hexe!«

»Was denn für eine Hexe?«, fragte Emi, verwirrt von Reginas Blick, verängstigt vom scharfen Klang ihrer Stimme.

»Diese Hexe, wie du sie nennst, hat dir das Leben gerettet«, sagte ich ruhig.

»Ich habe sie nicht darum gebeten.«

»Ach nein? Wolltest du ein Eselsgrab?«

»Wovon sprichst du, Billie?«, rief Emi.

»Deine Schwester weiß ganz genau, wovon ich spreche.«

Regina stand auf, blickte starr in die Flammen, die die Kleider unserer Mutter verschlangen: »Der Krieg, der Hunger, die Pest. Glaubt ihr, das ist Gottes Werk?«

»Aber nein!«, rief Emi besänftigend. »Gott ist gut zu uns. Der Tod ist das Werk des Teufels.«

»Und seiner Helferinnen!«, sagte Regina entschieden. »Sie bestreichen die Wände mit vergifteten Salben, wisst ihr das nicht? Sie verstreuen magisches Pulver in unseren Häusern. Sie schicken den Hagel, Hagelkörner groß wie Steine. Sie haben mir den Mann geraubt. Sie haben seinen Verstand herausgerissen und sein Herz. Zugrunde gerichtet haben sie ihn, damit ich hierher zurückkehre in dieses verfluchte Haus, in das sie die Pest gelockt und unsere Mutter getötet haben, damit wir am Ende allein und schutzlos sind, damit wir ihm am Ende ausgeliefert sind.«

»Aber wem denn?«, flüsterte Emi verzweifelt.

»Glaubst du, Gott würde so etwas Unbarmherziges tun?«, rief Regina, sie schrie beinahe.

Da öffnete sich die Stalltür, Ide trat heraus, bleich.

»Die Hühner«, sagte sie. »Die Hühner im Stall sind alle verendet.«

»Ach, wirklich?«, rief Regina. »Tötet Gott unsere Hühner?«

Verwirrt blickte Ide sie an.

»Gott wohl nicht«, antwortete sie, »die Vogelpocken schon.«

Regina ging mit entschlossenen Schritten davon, da vertrat Guitzardo ihr in den Weg, die Augen stumpf und wässrig zugleich, die Wangen gerötet, auf einschüchternde Art betrunken. Wir erstarrten.

Mit heiterer Stimme rief er: »Da seid ihr ja, ihr Mädchen! Ich habe vom Tod eurer Mutter erfahren, mein Beileid. Ich hänge nicht dem einfältigen Glauben an, die Pest sei die

Strafe Gottes. Andere mögen das glauben, anderen macht es nichts aus, sich stets zu irren, weil sie sich im Leben nichts trauen, als bloß Dummköpfe zu sein, oder nicht?«

Wir sahen stumm zu Boden, rührten uns nicht. Regina wich langsam vor ihm zurück.

»Habt ihr je vom großen Kardinal Jean de la Grange gehört?«, rief er. »Nein? Sein Grabmal zeigt ihn als verwesenden Leichnam und darunter steht: *Was blähst du dich auf in deinem Stolz? Staub bist du, und Staub musst du werden, ein verfaulter Kadaver, die Speise der Würmer.* Hat er nicht recht, der Kardinal de la Grange? In diesen düsteren Zeiten wünschen die, die leben, oft lieber, den Tod zu sehen, als in solcher Not auf die Knie zu gehen. Und ihr Mädchen? Ihr seid nun ganz allein in diesem großen Haus. Der Vater fort, die Mutter fort, die Brüder fort. Nur ein Junge ist noch da und eine alte Köchin, die in ihrer Kammer verdorrt wie eine Pflaume. Wie wird es mit euch weitergehen, habt ihr euch das schon gefragt? Wollt ihr euch aufblähen in falschem Stolz und das Unleugbare leugnen? Oder wollt ihr die Wahrheit erkennen? Die Wahrheit, dass es ganz und gar bedeutungslos ist, was ihr wollt oder nicht wollt, was ihr liebt oder verachtet, weil das Leben kurz ist und die Würmer euch schon bald fressen werden. Und wenn die Würmer euch ausscheißen, bleibt bloß Staub von euch zurück, der mit dem Wind verweht, egal, wie sehr ihr euch gewünscht habt zu leuchten, zu lieben. Es ist alles bloß ein Traum, der sich nie erfüllt, versteht ihr? Nur eine Illusion.«

Ich blickte auf.

»Halten Sie sich für einen Philosophen?«

»Billie!«, zischte Regina warnend.

Guitzardo starrte mich an, wankte: »Und für was hältst du dich, kleines Mädchen?«

»Ich bin kein Mann, aber wenn ich einen Krieg führen würde, ein riesiges Heer, würde ich dann das Land vernichten, durch das meine Soldaten ziehen? Wenn der Weg vor mir unendlich weiterführte, immer weiter von Dorf zu Dorf, von Stadt zu Stadt, könnte ich alles wie eine unersättliche Heuschrecke kahlfressen, aber wie dumm müsste ich sein, nicht zu wissen, dass der Weg irgendwann zu Ende geht. Ihr habt das Bier getrunken und den Wein, habt das Brot verschlungen und den Schinken. Mit Blut getränkt habt Ihr die Felder, totgeschlagen die Bauern, und den Fischern habt Ihr verboten auszulaufen, weil Ihr fürchtet, sie würden mit den Schweden Handel treiben. Doch wo die Fische nun herkommen sollen, habt Ihr Euch nicht gefragt. Wie dumm Ihr seid. Denn nun habt Ihr die Küsten Pommerns erreicht. Nun könnt Ihr nicht vor und nicht zurück, denn hinter Euch habt Ihr alles vernichtet, und vor Euch liegt das Meer, und hinter dem Meer liegt Schweden, und der Name des Königs von Schweden ist Gustav Adolf, der Löwe aus Mitternacht, und er wird Euch verschlingen wie die Nacht, dieser Löwe, wenn Ihr das Meer befahrt, doch nicht einmal Schiffe habt Ihr. So sitzt Ihr in der Falle, nicht wahr, Ihr und Eure unersättlichen Männer des Krieges. Aber das Komische ist, dass niemand anderes Euch die Falle gestellt hat als Ihr selbst in Eurer Dummheit. Ein Philosoph wollt Ihr sein? Wirklich?«

Guitzardo blickte mich an, ganz ruhig, lächelte beinahe. Hielte er ein Lämmchen in der Hand, so wüsste man nicht, ob er es streicheln oder töten wollte.

»Glaub mir«, flüsterte er, »es ist besser für dich, du hältst mich für einen Philosophen. Besser für euch alle, Mädchen. Denn niemand passt mehr auf euch auf. Niemand schaut mehr nach euch. Niemand wiegt euch in den Schlaf, nur ich. Nur ich.«

Er nickte, lächelte, dumm und betrunken, drehte sich um, kehrte aufrecht ins Haus zurück, ohne die Tür zu schließen.

»Er wird uns fressen«, flüsterte Emerentia.

69

Viel später erst, als ich schon glaubte, Joachim nie mehr wiederzusehen, erfuhr ich, was ihm unterwegs zugestoßen war. Hinter den wilden Mooren war er eingetaucht in die Buchenwälder, Stettin war nicht mehr fern, er war froh, fort zu sein, allein zu reiten, hatte keine Eile, Stettin zu erreichen, Vater gegenüberzutreten. Es gefiel ihm in den Wäldern, er lauschte dem Rufen der Unken in den Seen und Teichen, dem Gesang der Pirole in den Baumkronen, dem entfernten Pochen eines Spechts. Die Sonne brach durch die Wolken, er schloss die Augen, genoss die Wärme auf den Lidern, und als er die Augen wieder öffnete, lief vor ihm, wie in einem Traum, ein Mädchen im Sonnenlicht. Sie hörte das Pferd, drehte sich zu ihm um, schön wie das Meer erschien sie ihm, das weite, salzige Meer, das ihn immer gelockt hatte. Sie lief davon.

Joachim rief, sie solle keine Angst haben, sie glaubte ihm nicht.

Er wollte ihr keine Angst machen, wollte sie aber auch nicht in den dichten Wäldern verlieren, so gab er seinem Pferd die Sporen, rief, sie möge doch warten.

Erst als er sie erreichte, blieb sie stehen, sah atemlos zu ihm hinauf, lächelte mit einem Mal, stahl ihm das Herz, lachte dann spöttisch, ihre Augen dunkel und kalt wie das Meer im Herbst, wie das Meer, über das er so gern gesegelt wäre. Ein Stein schlug hart gegen seine Stirn, er stürzte vom

Pferd, und wie Doggen auf einen verletzten Hirsch warfen sich zerlumpte Jungs auf ihn, schlugen und traten ihn, zogen sein Pferd mit sich davon. Sie stand ruhig da, schaute ihn an, ihre Augen so schön und kalt wie das Meer, bis er in der Dunkelheit ertrank.

70

»Scht!«, zischte Regina leise.

»Hast du ihn gehört?«, flüsterte Emi.

Wir lagen unter den Decken, trugen unsere Kleider am Leib, starrten auf die Tür, lauschten.

»Sollten wir uns nicht besser im Stall verstecken?«, fragte Emi.

»Aus dem Stall sind die Ratten gekommen«, sagte Regina, »geradewegs aus der Hölle.«

»Ob Mutter vom Himmel auf uns herabschaut?«, fragte Emi.

»Natürlich tut sie das.«

Emi blickte zu den Balken hinauf, dachte nach.

»Kann sie durch das Dach schauen?«, fragte sie.

»Sie sieht dich, Emi«, erklärte Regina. »Immer.«

»Selbst jetzt bei Nacht?«

»Sie schaut durchs Fenster, und sie sieht uns. Vertrau mir.«

»Gut«, sagte Emi, doch nach einer Weile sagte sie: »Der Himmel, Billie, er ist doch sehr hoch, oder nicht?«

»Dort, wo du die Sterne funkeln siehst.«

Sie nickte. Unten im Haus knarrte leise eine Tür.

»Wenn man zu einem Haus schaut, das sehr weit entfernt steht«, sagte Emi, »kann man nicht durch die Fenster sehen. Wie kann sie uns also von so weit oben sehen?«

Regina schnaufte: »Mein Gott! Sie kann es. Und jetzt schweig einfach mal!«

Wir schwiegen, dann sagte Emerentia: »Ich versteh es bloß nicht.«

»Du verstehst so vieles nicht, Emi«, fauchte Regina, »aber wenn es auf der Welt nur das gäbe, was du verstehst, wäre die Welt nahezu leer.«

Emi sah Regina an, dachte nach.

»Ich hab verstanden, was du meinst«, sagte sie schließlich. »Ich hab auch verstanden, dass du dir das Leben nehmen wolltest.«

In der Dunkelheit schauten sie sich an, Regina verärgert, Emi ganz ruhig. Sie hatte verstanden.

Stufen knarrten, doch es waren nicht seine Schritte, sie waren zu leicht. Dann zaghaftes Klopfen, Georgs Stimme: »Seid ihr hier?«

Ich öffnete ihm, wie ein verlorener Junge stand mein kleiner Bruder in der Dunkelheit.

»Darf ich reinkommen, Billie?«, fragte er, der Hochmut in seiner Stimme war verflogen.

»Aber ja, Georg, komm!«

Er trat ein. Im Haus war es still. Ich verriegelte die Tür.

»Hast du Guitzardo gesehen?«

»Ich will nicht mehr in diesem Haus bleiben«, flüsterte er.

Ich nahm ihn in den Arm, er ließ es geschehen.

»Willst du heute Nacht bei uns bleiben?«, flüsterte ich in sein Ohr.

Er nickte: »Morgen klopfe ich bei Onkeln und Tanten.«

71

Ide stand einfach still da, als ich in die Küche kam.

»Hat er dich geholt?«

Sie schüttelte den Kopf.

»Wir können nicht auf unseren Vater warten, Ide«, sagte ich. »Wir müssen zu unserem Onkel.«

»Zu Völschow?«

»Onkel Mevius ist in Stettin, Onkel Martin vor zwei Jahren gestorben, Tante Ilsabe auch, Tante Anna ist verrückt geworden, heißt es, mit Tante Katharina ist Vater zerstritten, und Tante Sibylle ist verschwunden, jedenfalls sagt Georg, dass ihr Haus leer steht, er war dort. Also bleibt uns nur noch Völschow. Er wird uns schon nicht zurückschicken, nur weil Mutter ihn aus dem Haus geworfen hat.«

»Und ich bleibe hier?«, fragte sie gefasst.

»Du gehst mit uns, Ide, und Els auch. Völschow kann euch nicht zurückschicken.«

Emi kam herein: »Völschow will uns nicht in seinem Haus haben. Er nimmt nur Georg auf.«

»Oh!«, sagte ich erschüttert, versuchte mich zu fangen. »Und, wird er gehen? Ich meine, Georg?«

Sie nickte: »Er hat seine Sachen schon gepackt.«

»Dann müssen wir uns eben etwas anderes einfallen lassen.«

Ich lief in die Halle, Georg wollte gerade das Haus verlassen, er trug einen Beutel bei sich. Regina kam die Treppe herunter, rief leise, er möge warten, sie müsse ihm noch etwas sagen, er müsse Völschow sagen, dass im Stall eine Hexe lebe, dass sie an allem schuld sei, niemand sonst, nicht wir Mädchen.

Georg nickte, er würde es dem Onkel sagen. Er warf mir noch einen ausdruckslosen Blick zu, dann ging auch er fort. Nur Els war noch da, doch sie konnte nicht mehr auf den Beinen stehen.

Wir Mädchen waren jetzt also allein mit Guitzardo.

72

Ide legte auf den Tisch, was sie aus ihrer Schürzentasche gezogen hatte, sah uns bedeutungsvoll an.

»Was ist das?«, fragte Emi.

»Samen vom Wunderbaum«, sagte sie. »Rizinus.«

Emi sah mich an: »Und was hat das zu bedeuten?«

»Du meinst, wir kochen ihm ein Festmahl damit?«, fragte ich Ide.

»Dann wird er sein Höllenwunder erleben«, sagte Ide.

»Ich versteh's nicht«, sagte Emi.

»Er wird kotzen wie ein Pferd.«

»Und elendig verrecken«, sagte Ide, überwältigt von ihrem Plan, »und Gräul gleich mit ihm.«

»Sie sind giftig?«, fragte Emi.

»Du kannst einen Elefanten damit töten.«

Emi blickte mich ängstlich an: »Aber wir sind keine Giftmischerinnen!«

»Ihr tötet ihn nicht«, sagte Ide, »keine Sorge.«

»Oh, gut«, rief Emi erleichtert. »Ich dachte schon ...«

»Ich werde es tun«, sagte Ide entschlossen.

Emi schaute verwirrt zwischen uns hin und her: »Aber ist das nicht eine schwere Sünde?«

Ide nickte: »Doch, aber wenn Gott auf der Seite der Katholiken steht, wird er es wohl nicht zulassen, und wenn nicht, hat Guitzardo es nicht besser verdient, oder?«

»Was denkst du, Billie?«, fragte Emi.

Ich blickte zu Ide: »Schaffen wir ihn uns vom Leib!«

Sie gab die Samen in den Mörser, zerstieß sie, da stürzte Regina atemlos in die Küche.

»Er ist nicht mehr da!«

Wir liefen ins Wohnzimmer hinauf: nichts. Im Schlafzimmer das Gleiche, das Bett zerwühlt, die Kleider fort, bloß ein Schuh lag noch da. Die verspiegelte Tür zur geheimen Kammer stand offen, Guitzardo hatte sie entdeckt, die vielen wertvollen Silberschalen waren fort, das spanische Glas, der Bernstein, die Schmuckkästchen, das niederländische Porzellan.

Ich lief ins Arbeitszimmer.

»Er hat sein Siegel mitgenommen«, rief ich, »Guitzardo ist fort!«

»Halleluja!«, jubelte Ide.

»Ist der Krieg also vorbei?«, fragte Emi.

»Ich weiß es nicht. Aber wir ziehen in allen Zimmern zur Straße die Vorhänge zu, abends machen wir nur Licht in den Zimmern zum Hof! Niemand soll uns mehr zu Gesicht bekommen, bis die Katholiken vollzählig abgezogen sind.«

73

Wir schlugen Balken vor die Haustür, Ide hielt die Bretter, ich trieb große Nägel durch das Holz.

»Und wenn Vater nach Hause kommt?«, fragte Emi besorgt.

»Was denkst du«, erwiderte Ide, »dass wir euren Vater dann draußen stehen lassen?«

»Das Hoftor zur Straße!«, rief ich. »Guitzardo hat seine Pferde mitgenommen, das Tor haben sie sicher nicht geschlossen.«

»Ich helf dir!«, rief Ide, lief mir nach.

Das Tor stand weit offen, Soldaten ritten vorbei, entdeckten uns, zügelten die Pferde, wendeten schon, da schoben wir den schweren Riegel vor das Tor, Ide seufzte, und erleichtert vernahmen wir Hufgetrappel. Sie zogen weiter.

Ich schaute auf die kleine Tür, die im großen Tor saß.

»Der Riegel lässt sich von außen öffnen, wenn man weiß, wie«, sagte ich.

»Ja, ich weiß«, sagte Ide, »und Samuel weiß es auch.«

Christian hatte es ihm gezeigt. Er war immer über den Hof in die Küche gekommen wie ein Freund.

»Wir nageln sie zu«, sagte ich. »Er wird nicht zurückkommen.«

Aus den obersten Fenstern blickten wir über die Stadt.

»Sie ziehen gar nicht ab!«, rief Ide.

Es kamen neue Truppen.

Wohin Guitzardo auch verschwunden sein mochte, der Krieg war nicht vorüber, kein Freudenjubel erklang in den Straßen, keine Lieder, nur Stiefelgetrampel und Hufschlag. Vater kehrte nicht nach Hause zurück, auch von Joachim hörten wir nichts, keine Nachricht erreichte uns in unserem Versteck, selbst der Bote blieb aus mit dem Geld aus Stettin. Aber wir hatten unser Wohnzimmer wieder, wenigstens das. Am Abend nach Guitzardos Verschwinden saßen wir um den großen Tisch, die schweren Vorhänge zugezogen, damit niemand von der Straße den Schein des Feuers im Kamin bemerken konnte, das uns wärmte, still wie Waisenkinder aßen wir unseren Rübeneintopf, beteten stumm, Guitzardo möge nie mehr zurückkehren, kein Soldat möge je wieder gegen unsere Tür schlagen, beteten, dass es allein unser Haus bleiben möge, ein Mädchenhaus, in dem uns niemand bedrohte.

Ide unterbrach die Stille, in jeder Hand eine Flasche

schwenkend kam sie herein: »Seht doch! Guitzardo hat den Wein zurückgelassen, damit wir seinen Abschied feiern können!«

Emi streckte ihr gleich den Becher hin: »Oh, ja, heute betrinken wir uns!«

Ide zog den Korken aus einer Flasche, goss ein.

»Das tun wir ganz bestimmt nicht«, sagte Regina.

»Wer will es uns verbieten?«, fragte Emi unbeeindruckt.

»Billie?«, fragte mich Ide, ohne Regina zu beachten.

»Aber ja!«, sagte ich, Ide goss übermütig meinen Becher voll, bis er überlief, ich lachte, trank.

»Komm schon, Regina! Der Tod lauert überall. Wer sollte also schlecht von uns sprechen, wenn wir uns ein wenig vergnügen?«

»Ohnehin sieht uns niemand«, rief Emi, »aber mach, was du willst.«

Regina zögerte, dann hielt sie Ide den Becher hin.

»Na dann. Trinken wir«, sagte sie ausdruckslos.

»Auf die Toten! Auf die Lebenden!«, rief ich.

Wir stießen an, tranken auf die Toten und die Lebenden, tranken auf unsere tote Mutter und auf uns, auf die Vermissten und die Verschwundenen.

Dann ging ich in die Bibliothek, die endlich wieder uns gehörte, das schönste Zimmer unseres Hauses, legte mich auf die gepolsterte Bank, wo ich mit Samuel gesessen und zum ersten Mal von Petrarca gehört hatte, legte mir ein Buch auf den Bauch, um mich daran zu wärmen, hörte Emi und Ide zu, die im Wohnzimmer ausgelassen sangen: »Es führt über den Ryck, eine steinerne Brück, wer darüber will gehn, muss im Tanze sich drehn, falalalala falalala! Kommt ein Ratsherr daher, sieht, die Brücke ist leer, seine Töchter sind drei, und sie tanzen vorbei, falalalala falalala!«

74

Mit dem lauen Südwind kehrten die Vögel in die Stadt zurück, sangen auf den Dachfirsten. Im Haus war es ruhig. Im warmen Licht der Sonne, die den Frühling ankündigte, sehnte ich mich nach dem Strand von Eldena, den Kiefernwäldern von Lubmin, den sonnenwarmen Sandmulden in den Dünen von Mönchgut, wohin wir einmal mit dem Schiff gefahren waren.

Wir kamen zurecht, kochten, hielten die Zimmer in Ordnung. Ich hatte wohl Zeit zu dichten, doch seit Regina Witwe geworden war, kam kein Vers mehr zu mir geflogen, die Pest war gekommen, unsere Mutter war gegangen, ich hatte mich leer gefühlt, erloschen, vielleicht würde es so bleiben, selbst jetzt, da die winterliche Dunkelheit endlich dem Frühling gewichen war. Ich wartete, dass die Verse wie die Finken in meine Zweige zurückkehren würden, wäre ich ein Baum. Und eines Tages kamen sie.

Und jetzt, jetzt kommt die Zeit, die nicht mit bleichem Schein und Dunkelheit der Nacht nur will geschmücket sein.

Ich lief hinauf in meine Kammer, griff zu Papier und Tinte, schrieb.

Der Frühling kommt hervor, es soll nur milde werden und klares Wetter sein! Du großes Licht der Erde, du Sonne, brich hervor! Vertreib des Winters Grau, erheb dich über uns und trink den kalten Tau!

Ich sah auf.

Trink den kalten Tau?

Du großes Licht der Erde?

Das Versmaß stimmte, ich hatte Opitz' Regeln gelernt, aber die Sonne anzurufen als großes Licht der Erde, gefiel mir nicht, Versmaß hin oder her. Ich legte die Feder weg. Was schrieb ich bloß für einen Unsinn? Vielleicht hatten auch die Musen mich verlassen, vielleicht würden auch sie nicht mehr zurückkommen.

Ich ging hinunter, kochte ein ganz ordentliches Bohnengericht, bis Emi pfeifend vom Hof hereinkam.

»Oh, Billie, die Luft ist so schön warm!«, rief sie. »Der eisige Wind hat sich nach Norden verzogen.«

Da sah ich auf, zeigte mit dem Finger auf sie, wusste, wie das Gedicht weitergehen musste: *»Es müssen sich zugleich auch alle Winde legen! Es möge Stille sein, kein Donner soll sich regen! Halt Wind, und Regen halt doch für die Sonne ein, die heut nichts andres will, als sanft und wärmend sein!«*

»Ja«, sagte Emi, »das ist ganz schön!«

»Ganz schön?«

Vielleicht war es vorbei mit meiner Dichtkunst.

Als ich später in der Bibliothek die erste Seite von Vergils *Aeneis* las: *Erinnere mich doch, o Muse, weshalb die im Herzen verletzte Königin …*, da fiel mir ein: *Ihr Musen, dreimaldrei, die auf des Gipfels Höhen beim strahlenden Apoll, dem Gott des Frühlings, gehen, so schenkt uns doch das Glück, dass diese blüh'nde Zeit so bunt wird und geschmückt mit Lust und Fröhlichkeit!*

Im Abendlicht schrieb ich das Gedicht in meiner Kammer zu Ende, sprach es vor mich hin: *»Lasst auch die Poesie, die in den letzten Zügen und halb vergraben liegt, ein wenig Atem kriegen! Taucht meine Feder doch in die lauwarme Tint', und sendet einen Specht, der meine Freundin find.«*

Da klopfte es an der offenen Tür, es war Ide.

»›Warme Tint'‹?«, fragte sie skeptisch.

»Ja, ich weiß, Tinte wäre besser, passt bloß nicht, eine Silbe zu viel. Ahhhh!«, rief ich verärgert, zerknüllte das Papier, warf es von mir. »Ich lass es bleiben!«

»Hast du mit jemandem über meine Mutter gesprochen?«, fragte Ide.

»Aber nein. Wieso?«

»Weil sie nicht mehr da ist.«

Mit einer Laterne betraten wir den Stall, kletterten zum Heuboden hinauf.

»Wann hast du sie zuletzt gesehen?«

»Am Sonntag habe ich ihr Brot gebracht, doch sie hat nicht mit mir gesprochen.«

»Warum nicht?«

»Sie ist nicht die, die ich so lange vermisst habe. Sie ist nur noch ein Geist, aber nicht mal der Geist meiner Mutter. Bloß irgendein Geist.«

Ide setzte sich ins Heu, ich setzte mich zu ihr.

»Früher oder später musste sie fort aus Greifswald.«

Sie sah mich eine Weile an, dann fragte sie: »Wusste noch jemand, dass sie sich im Stall versteckt hielt?«

Ich zögerte, schüttelte den Kopf.

»Nein«, log ich leise.

Sie betrachtete mich, schließlich sagte sie: »Gut.«

Ich sagte: »Regina wusste es.«

Sie presste die Lippen aufeinander, nickte.

»Sie hat etwas im Heu versteckt zurückgelassen.«

Sie zog ein schmuckloses Buch hervor, reichte es mir.

»Wenn sie aus der Stadt geflohen wäre, hätte sie es mit sich genommen, es war ihr das Wichtigste.«

»Aber wo ist sie dann?«

»Vielleicht ist sie wirklich eine Zauberin. Vielleicht beobachtet sie uns in Gestalt einer Taube aus dem Dachgebälk.«

Wir sahen hinauf, eine Taube starrte zu uns herab.

»Du meinst, das ist deine Mutter?«, flüsterte ich.

»Wo immer sie ist, sie bleibt ein Geist«, sagte Ide. »Schlag das Buch auf, ich will, dass du etwas erfährst.«

Ich schlug es auf, las: *»Causae et Curae.«*

»Weißt du, was das heißt?«, fragte Ide.

»Ursprung und Behandlung. Warum hat sie dir nicht das Lesen beigebracht, wenn sie es kann?«

»Sie wollte es immer, tat es nie«, sagte Ide. »Das Buch beschreibt, wie der Mensch mit dem Kosmos in Verbindung steht und wie man den Menschen, wenn er krank wird, heilen kann. Eine Frau hat es geschrieben, stell dir vor!«

Ich blätterte die Seite um, las: »Hildegard von Bingen.«

75

Emi lag auf der Bank, schaute den tanzenden Flammen im Kamin zu, der Mai war an manchen Tagen noch ziemlich kalt.

Regina und Ide tranken Wein, spielten Schach, Ide zog ihr schwarzes Pferd: »Schach!«

»Wo?«, fragte Regina.

»Na, hier!«, rief Ide, zeigte es ihr. »Mit dem Pferd.«

»Oh, ja«, gähnte Regina. »Ich glaub, ich habe schon einen sitzen.«

»Was liest du da, Billie?«, fragte Emi.

»Das einzige Buch in dieser Bibliothek, das eine Frau geschrieben hat.«

»Und über was schreibt diese Frau?«

»Über alles. Wie die Welt entstanden ist, wie der Mond auf uns wirkt, was man bei Krankheiten tun kann, bei Zahnweh …«

Ich las, blätterte: »Bei Herzbeschwerden, Haarausfall …«

»Ach, was macht man da?«, fragte Emi, sah auf. »Mir fallen manchmal Haare aus, als würde ich das Fell wechseln.«

Ich las: »Bärenfett und ein wenig Asche aus verbranntem Weizen oder Roggenstroh.«

»Oh, wir haben Bärenfett im Haus!«, rief sie fröhlich.

»Alles miteinander mischen und den ganzen Kopf bestreichen.«

»Was kann sie sonst noch heilen?«

»Nässende Augen«, las ich, »Migräne, Darmblutungen, Hodenschwellung … was ist das?«

Ide und Emi lachten auf.

»Lies mal vor, Billie«, sagte Emi. »Das interessiert mich!«

»Mich nicht«, sagte Regina, legte den weißen König aufs Feld, als müsse er schlafen.

»*Wenn sich an den Geschlechtsteilen des Mannes eine üble und schmerzende Schwellung erhebt …*«, las ich, blickte auf. »Igitt!«

Emi klatschte in die Hände: »Lies schon!«

»*… dann nehme man Fenchel und dreimal so viel Bockshornklee, etwas Kuhbutter, zerstoße alles miteinander, lege es über seine Geschlechtsteile, so zieht es die schlechten Säfte, die den Schmerz verursachen, aus ihnen heraus.*«

»Gott sei Dank, Emi«, sagte Regina, stand auf, »jetzt kannst du endlich Hodenschwellungen heilen!«

»Man muss alles lernen, Regina, wenn man die Frau eines Mannes werden will.«

Später in meinem Bett las ich weiter in *Causae et Curae*.

»*Wenn ein Mädchen die Zeit der Blutung erreicht und noch eine unberührte Jungfrau ist, dann sind bei ihr die Monatsblutungen wie Tropfen. Nachdem aber das Schloss der Unberührtheit aufgebrochen ist, so fließen die Tropfen wie ein Bächlein, und ihr Monatsblut trägt mehr Schleim als zuvor.«*

Ich blickte auf, schüttelte mich.

»Frag schon!«, sagte Ide am nächsten Morgen, als wir im Hof saßen, zusahen, wie die Ziege mit ihren Zicklein im Sonnenschein spazierte, wie die Zicklein umhersprangen, Milch tranken am Euter ihrer Mutter. Schließlich fragte ich, was ich schon die ganze Zeit hatte fragen wollen.

»Blutest du manchmal? Ich meine, da unten?«

»Ja, natürlich. Du noch nicht?«

»Nein.«

»Sei froh! Ist keine Freude.«

Ich hob das Buch.

»Hier steht, wenn ein Mädchen blutet, wird ihr Kopf geschwächt und ihr Körper matt.«

»Genauso ist es. Und gemeine Schmerzen bekommst du obendrein und beißende Krämpfe, wenn du Pech hast.«

»Und ich bekomme das auch?«

»Jedes Mädchen.«

»Aber das hat mir nie jemand gesagt.«

»Natürlich nicht«, sagte Ide. »Sie wollen doch, dass du dich erschreckst, wenn du zum ersten Mal blutest, als sei dir der Leibhaftige unten reingefahren.«

Verwirrt schaute ich sie an.

»Ist aber nicht so, das mit dem Leibhaftigen«, sagte sie, »es blutet einfach, musst dich dran gewöhnen.«

»Warum weiß ich so vieles nicht?«

»Damit du dich dumm fühlst?«

Sie stand auf, ging in den Stall.

Diese Nonne hatte alles beobachtet, ausprobiert, hatte zugehört und nachgedacht, hatte eines im Zusammenspiel mit allem anderen gesehen, Erde, Mond, Planeten, Winde, Wasser, Tiere, Pflanzen, Menschen, Lebenskraft, Fruchtbarkeit. Sie verstand, wie anders wir Frauen im Vergleich zu den Männern waren, begriff, wie sie handelten, begehrten, verstand die guten, durchschaute selbst die Scheusale.

Ich lief in den Stall, suchte Ide.

»Hör dir das an, Ide!«, rief ich. »Diese Frau schreibt über vier Typen von Männern, wie sie ganz unterschiedlich lieben, wie sie sich ganz unterschiedlich gegenüber den Frauen verhalten. Von einem will ich dir vorlesen, willst du?«

»Aber ja!«

Ich las: *»Es gibt jedoch andere Männer, deren Schädel fett sind, ihre Augen schlangenartig. Sie haben harte Adern mit schwarzem Blut und dickes Fleisch.«*

»Guitzardo!«, rief Ide.

»Ja! Hör weiter!«

»Die Gier der Lust brennt in diesen Männern so stark, dass sie bei den Frauen unbeherrscht wie Tiere sind, doch zu niemandem spüren sie Zuneigung und echte Liebe. Die Umarmung mit ihnen ist peinigend und widerwärtig, wie von reißenden Wölfen, denn sie hassen die Frauen in ihren Herzen, und die Einflüsterungen des Teufels wüten in ihrer Begierde so schlimm, dass sie, wenn sie könnten, die Frau bei der Vereinigung töten würden.«

Ich sah auf, Ide starrte mich an.

»Nonnen!«, sagte Ide voller Anerkennung. »Hatte ich irgendwie unterschätzt!«

76

So viele Kerzen, wie wir nur finden konnten, hatten wir angezündet, Emi lag in der Badewanne, Ide kämmte ihr die Haare, Emis duftende Haare, die so weich waren wie Algen im klaren Wasser. Wir waren aus der Welt gefallen, vier Mädchen in einem Haus ohne Eltern, ohne Brüder, niemand schlug gegen unsere Türen, niemand warf Steine an unsere Fenster.

»Wenn der Krieg vorbei ist«, sagte Emi, »bin vielleicht ich die Erste, die heiratet.«

»Das wirst du nicht«, sagte Regina, »denn ich habe mich entschlossen, keine Witwe zu bleiben. Und erst wenn ich geheiratet habe, bist du an der Reihe, Emi, und danach du, Billie.«

»Also gut«, seufzte Emi, »bloß warte nicht zu lang, Regina, denn ich habe heute Nacht von einem Mann geträumt. Er kam zu mir, als ich schlief, und er war schön und strahlend, und er hat seine Hand mit seinen zarten Fingern auf meine …«

»Erzähl es uns nicht!«, sagte Regina entschieden.

»Also gut! Aber es war nicht der traurigste Traum, so viel kann ich den Damen verraten. Lies uns wenigstens etwas aus deinem Buch vor, Billie, bis zu meiner Hochzeit gibt es noch einiges zu lernen.«

»Nichts über Hoden!«, sagte Regina.

»Und nichts über Krankheiten«, sagte Ide, »wir sind jung und rundherum gesund!«

Ich las: »Über die Entstehung der Welt? Die Physik des Firmaments? Gottes Güte?«

»Nicht dieses Zeug, Billie«, rief Emi. »Du weißt schon,

was ich meine! Lies uns etwas von den Sachen zwischen Mann und Frau vor! Wenn wir wissen, wie alles abläuft, können uns die Männer nicht mehr erschrecken.«

»Ich dachte, du hättest den Hunden zugesehen, Emi«, sagte Regina.

»Ja, aber im Gegensatz zu dir ahne ich, dass es da noch etwas anderes geben muss, als bloß stillzuhalten.«

Regina schnaufte missmutig. Ich blätterte, fand etwas.

»Aufgepasst, es geht los!«, rief ich: *»Das Mark in den Knochen des Menschen brennt in heftigster Glut und erweckt den brennenden Geschmack und den heißen Sturm der süßesten Liebe. Sie lässt einen Mann und eine Frau einander umarmen, ihre Leiber vereinen.«*

»Ja«, rief Emi begeistert, »das ist der Stoff, den ich hören wollte! Lies weiter, Billie, du bist genau an der richtigen Stelle!«

Ich las: *»Dieser brennende Sturm steigt von der Brust des Menschen in sein Hirn auf, überwältigt es vollkommen, dringt mit seiner brennenden Hitze in sein Blut, berührt dann sein Herz und fährt zu den Geschlechtsorganen hinab, beim Mann in die Lenden, bei der Frau in den Nabel.«*

»Die Frau kennt sich wirklich aus!«, sagte Emi beeindruckt.

»Es geht allerdings auch ohne Mann«, sagte Ide.

»Schweig, Ide«, sagte Regina. »Und du, Billie, hör auf mit diesem Zeug!«

»Wir sind ganz allein, niemand hört uns«, sagte Emi. »Wir können tun und lassen, was wir wollen.«

»Gott hört uns und sieht uns«, widersprach Regina, »reicht das nicht?«

»Dieses Buch hat eine Nonne geschrieben«, sagte ich, »eine gläubige Benediktinerin.«

»Eine Katholikin also!«, sagte Regina.

»Hildegard von Bingen hat vor fünfhundert Jahren gelebt, da gab es ja noch gar keine Protestanten. Und damals hat sie als Frau vor den Menschen gepredigt, kannst du dir das vorstellen? Man hat sie eine Heilige genannt, keine Hexe, und sogar der Kaiser hat ihren Rat geschätzt.«

»Wieso ›sogar‹?«, sagte Regina abfällig. »Der Kaiser ist ja auch nur ein Katholik, mein Gott!«

»Diese Frau wurde von aller Welt verehrt, verstehst du das nicht?«

»Vor fünfhundert Jahren vielleicht! Heute nicht mehr«, beharrte Regina.

»Vielleicht tun es die Katholiken ja heute noch, was weiß ich.«

»Ach so? Jetzt hältst du es also schon mit den Katholiken?«

»Das hab ich nicht gesagt, Regina, aber wenn eine Frau etwas über die Liebe schreibt …«

»Und über heißeste Begierden!«, rief Emi.

»Warum sollten wir dann nichts darüber lesen?«

»Weil es uns nichts angeht. Warum sollen wir etwas über die Lust der Frauen erfahren, wenn sich niemand um unsere Lust schert? Am Ende sind wir bloß enttäuscht, und die Männer halten uns für Huren.«

»Aber wir sind keine Huren, Regina. Wir wollen bloß keine traurigen Mädchen sein, die nichts und niemanden auf der Welt richtig lieben können.«

Regina stand auf: »Dann macht, was ihr wollt, und freut euch, dass Vater und Mutter nicht mehr die Hand über euch halten.«

»Komm schon, Billie«, sagte Emi, als Regina gegangen war, »lass sie, und lies einfach weiter! Warum kann ich eigentlich nicht lesen?«

»Ich kann es dir noch immer beibringen.«

»Gut, weil nämlich gar nichts schief steht in meinem Kopf, wetten wir? Was ein kleiner Junge lernen kann, das wird wohl nicht vor mir davonlaufen! Aber nun lies, Billie, so lange, bis ich es selbst kann.«

Ich las: *»Wenn der Wind der Lust weht, bläst er dem Mann in seine Lenden und erregt sein Blut. Doch weil seine Lenden eng sind, kann der Wind in ihm sich nicht weit ausbreiten, und daher brennt er dort so heftig wie in einem Ofen, so dass der Mann in dieser Glut sich nicht zurückhalten kann, den Samen zu ergießen.«*

»Blöde Entschuldigung!«, sagte Ide.

»Lies trotzdem weiter!«, sagte Emi.

»Sie sind in so großer Glut der Begierde, dass sie sich manchmal sogar einem toten Ding zuwenden und sich in dieses derart hineindrehen, dass sie, um die Qual ihrer Glut zu lindern, ihren Samen in dieses tote Ding ergießen.«

»Oh, mein Gott«, schrie Emi, »im Ernst?«

»Sie machen alles«, sagte Ide.

Mit roten Ohren las ich weiter: *»Die Lust der Frau dagegen ist wie die Sonne, die mild, aber beständig die Erde durchdringt mit ihrer Wärme. Wie einen sanften Wind spürt die Frau ihre Lust, die ihr Blut erregt und in ihren Nabel dringt. Doch weil sie hier einen weiten Raum hat, kann sich der Wind in ihrem Bauch ausbreiten, und so entbrennt sie dort sanft in Lust, wenn auch wegen ihrer Feuchtigkeit häufiger, in leichten Wellen und Wirbeln, die aus leisen Drehungen aufsteigen.«*

»Find ich schön«, sagte Emi, »das mit den Wellen und Wirbeln.«

77

Auf ihrer Leier begann Emi ein lebhaftes Stück zu spielen, eine fröhliche Volte, Ide und ich standen barfuß voreinander, ich trug ein leichtes Kleid, Ide eine Hose und einen Männerhut, die Haare darunter verborgen. Sehr elegant verbeugte Ide sich vor mir, ich machte einen Knicks, sie nahm mich bei der Hand, führte mich in die Mitte des Raumes, die Männerschritte sie, die Frauenschritte ich, dann stampfte Emi mit den Füßen auf, und wie eine Welle im Meer riss die Musik uns davon. Im Licht der vorbeifliegenden Flammen drehten wir uns, Ide wirbelte mich umher, wir hielten uns an den Händen. Mein Kleid flog hoch, sie drehte mich wie in einem Sturm, der mit seiner Hitze in unser Blut drang, unsere Herzen berührte, und unter der Herrschaft des Sturms vergaßen wir die Beherrschung, tanzten ungezügelt die Volte, den verbotenen Tanz.

»Oh, ich liebe die Volte so sehr!«, rief ich bei den letzten Schritten, da erst entdeckte ich Regina in der Tür, mit verschränkten Armen, missbilligendem Blick.

»Wer hat dir diesen Tanz beigebracht?«

»Christian«, sagte ich. »Er sagte, es ist der Lieblingstanz der englischen Königin, also sollte er für uns gerade gut genug sein.«

»Vielleicht kann es sich die englische Königin leisten, sich von einem Mann durch die Luft wirbeln zu lassen und aller Welt ihre Beine und ihre Unterröcke zu zeigen, aber für ein Mädchen aus Greifswald ist es bloß unzüchtiges Gehüpfe ohne Sinn und Verstand.«

»Ja«, sagte ich, »und weißt du, was? Manchmal ist Hüpfen ohne Sinn und Verstand das Beste, was man tun kann.«

»Wenn Vater hier wäre, würdest du dich das nicht trauen«, sagte sie kalt.

»Ist er aber nicht.«

Wütend wandte Regina sich ab, ging. Spät in der Nacht lagen Emi, Ide und ich in meinem Bett. Im Schein einer Kerze las ich ihnen aus dem Buch vor: *»Wenn eine Frau sich mit einem Mann vereint, dann kündigt ihr eine begehrliche Hitze den Genuss der Lust ihrer Umarmung an und die Flut seines Samens.«*

Regina klopfte an der offenen Tür, wollte nicht länger eingeschnappt durch das dunkle Haus streifen.

»Komm schnell, Rina«, rief Emi, »jetzt kommt das Beste!«

Regina setzte sich zu uns.

»Und wenn der Samen in ihrem Leib seinen Platz gefunden hat, so zieht die übergroße Hitze in ihr seinen Samen an sich und hält ihn fest, und ihre Lenden ziehen sich zusammen, und ihr Inneres, das vorher so bereit war, sich ihm zu öffnen, zieht sich zusammen, so fest, wie wenn ein sehr starker Mensch etwas in seiner Hand verschließt.«

Ich sah zu Regina auf.

»Habe ich verstanden«, sagte sie. »Es gibt noch mehr als Stillhalten.«

»Und wie mit dem Pflug durchfurchte Erde nimmt sie seinen Samen auf, hüllt ihn in ihr Blut, wärmt ihn mit ihrer Wärme.«

Ich klappte das Buch zu.

Alle vier starrten wir aufgewühlt in die Nacht.

»Jetzt wissen wir alles!«, sagte Emi.

78

Ich lief leise in die Halle, Emi blickte ängstlich zu mir herüber. Es war schon dunkel, als jemand gegen die Tür schlug, vor die wir morsche Bretter genagelt hatten.

»Aufmachen!«, rief ein Mann, vielleicht waren noch andere bei ihm. Wieder schlug er gegen die Tür, dann trat eine Stille ein, der ich nicht traute. Er stand noch immer auf der anderen Seite der Tür, ich spürte ihn. Nur einmal noch klopfte er, ohne Kraft, dann schob sich ein Brief unter der Tür hindurch in unser Haus, und meine dunkle Angst flog in die Nacht davon: Er war kein Eindringling, er war ein Bote. Ich hob den Brief auf.

»Er ist für mich!«, flüsterte ich.

»Von wem?«, fragte Emi.

Es war ein Brief aus Stralsund, ein Brief von Judith.

Ich öffnete ihn erst in meiner Kammer, las ihn, las ihn ein zweites Mal, dann noch einmal, dann faltete ich ihn zusammen, löschte die Kerze mit den Fingern, starrte in die Dunkelheit. Kein Stern leuchtete in dieser Nacht am Himmel, nicht der Mond, es herrschte nur stumme Finsternis. Der Rauch der erloschenen Kerze biss in meiner Nase, auf meinem Knie spürte ich den Brief. Ich schob ihn beiseite, hörte, wie er zu Boden fiel, so still war es, still wie das stille Meer, das nach dem fernen Wind lauscht, bloß Stille und Finsternis waren in dieser Nacht, in der ich so lange saß, bis ich den Brief vergaß, bis ich in dunklem Schlaf versank.

Am nächsten Morgen hielt ich den Brief in der Hand, meine Finger noch grau vom rußigen Docht der erstickten Kerze. In der Bibliothek las ich erneut, was Judith geschrieben hatte, was geschehen war an unserer Küste, lauschte meiner ausdruckslosen Stimme wie der einer Fremden, lauschte ihren Worten wie den Worten einer Fremden, die ich bloß vortrug, während Regina, Emi und Ide mir gebannt zuhörten, denn Bedeutendes war geschehen.

»Der Himmel verdunkelte sich mitten am Tag, der Herr schleuderte Blitze wie glühende Pfeile vom Himmel, ließ seine Stimme in Donnerschlägen erschallen, hundertmal lauter als die Kanonen der Katholiken, die nun zu zittern begannen vor den Himmelszeichen Gottes. Genau so, wie der große Paracelsus es prophezeit hatte, ein blonder Löwe werde aus Mitternacht erscheinen, werde den Adler, der unter dem großen Kometen zu uns geflogen war, verfolgen, werde dem Adler, der der Kaiser in Wien ist, seine blutgierigen Klauen abschlagen, so ist es nun geschehen. Einhundertelf Schiffe sind am sechsten Tag des Juli vor Usedom erschienen, haben einhundertelf Anker vor der Küste Pommerns im dunklen Meeresgrund versenkt, und die Botschaft der einhundertelf lautet: Eine neue Zeit wird anbrechen, eine Zeit, in der das alte Reich wie Staub davongefegt und mit dem Nordwind verwehen wird. Die Donner verstummten, da betrat er an der Spitze seines Heeres den Boden unseres Landes, ging demütig auf die Knie, betete um den Segen Gottes für seine gerechte Sache. Der Löwe aus Mitternacht ist an unserer Küste erschienen, um uns zu befreien, um den Adler zu verschlingen, Gustav Adolf, der König von Schweden!«

»Sie sind in Pommern!«, flüsterte Regina dankbar.

»Wir werden frei sein!«, sagte Emi.

Sie umarmten sich, auch Ide hatte glänzende Augen. Dann stand Emi auf, kam zu mir: »Aber warum schaust du so komisch, Billie? Hast du nicht verstanden, was du selbst gelesen hast? Wir werden frei sein!«

»Ich freue mich«, sagte ich, faltete den Brief zusammen.

Sie schaute zweifelnd, verstand nicht. Wie könnte sie?

Ich ging hinaus, fegte im Sonnenschein den Hof. Die Zicklein tranken am Euter ihrer Mutter, Ide erschien am offenen Küchenfenster, ich spürte ihren Blick, sah nicht zu ihr, bloß hinunter, wo das dürre Haselreisig über den warmen Pflasterstein strich.

Wie hätte ich mich nicht freuen können? Die Schweden waren in Pommern gelandet, sollten sie siegreich sein, wie die Prophezeiung es versprach, wären wir frei und würden in den Straßen tanzen. Zwar führe Gustav Adolf nur ein kleines Heer, schrieb Judith, viel kleiner als Wallensteins vierzigtausend, doch als der Zorn Gottes vom Himmel gedonnert habe und der Löwe am Horizont erschienen sei, da seien die Kaiserlichen erbleicht, schrieb sie, hätten abgelassen von Stralsund, seien in Scharen nach Süden geflohen, woher sie gekommen seien, und ohne dass der Donner einer einzigen Kanone die Luft erfüllt habe, sei Stralsund frei gewesen. Judith lebte, wie könnte ich mich nicht freuen?

Doch ich fühlte mich elend.

Die Wahrheit war, ich spürte keine Freude, ich spürte bloß Enttäuschung, wenn ich ihren Brief las, weil ich nirgendwo ein Funkeln entdeckte, etwas, das mein Herz pochen ließ.

»Liebe Freundin«, schrieb sie am Anfang, am Ende versicherte sie mir, ich würde an ihrer Seite jederzeit Freundschaft und ein treues Gemüt finden, aber was bedeutete ein treues Gemüt, und warum sehnte ich mich nicht nach einem treuen Gemüt, obwohl es doch an der Treue nichts auszusetzen gab?

Am Abend saß ich noch immer im Hof, lauschte auf den Lärm der Soldaten, die in unserer Straße hin und her rasselten, fluchten, schrien, die Schweden kämen, diese verfluchten Bastarde. Dazwischen vernahm ich eine andere Stimme, ein klägliches Stimmchen.

»Was machst du, um Gottes willen?«, rief Emi erschrocken, als sie mich auf den Knien vor dem vernagelten Hoftor fand, die Hand durch die Lücke zwischen Tor und Pflaster geschoben. Draußen stapften die Soldaten in ihren schweren Stiefeln vorbei, ich fürchtete, einer von ihnen könnte meine blind fischende Hand zertreten, schob meinen Arm trotzdem bis zur Schulter durch den Spalt, wie ich es bei einem Bauern gesehen hatte, der den Arm im Leib einer Kuh versenkt hatte, doch kein Kälbchen zog ich hervor, sondern ein mageres Kätzchen, klein wie ein Spatz, ein Auge fehlte.

»Da bist du!«

79

»Ein treues Gemüt, was könnte das sein?«, überlegte Ide, verteilte Stroh im Stall zwischen den meckernden Zicklein, ich molk die Geiß. »Eine treue Seele oder ein treues Herz, was weiß ich?«

»Ist es mehr als Freundschaft?«, fragte ich. »Es erscheint mir so blass.«

Die Milch zischte in die kleine Schüssel, ein Zicklein drückte seine Stirn gegen mich.

»Ein Hund hat ein treues Gemüt!«, sagte Ide.

»Ein Hund?«

»Ja!«, rief Ide. »Ein Hund ist eine treue Seele, hängt für immer an dir, wenn er dich einmal ins Herz geschlossen hat, selbst wenn du ihn prügelst.«

»Aber das ist doch keine Freundschaft«, stöhnte ich.

Ide schnaufte gleichgültig: »Ich wusste nicht einmal, dass du eine Freundin hast, die Judith heißt. Hab ich sie je gesehen?«

»Nein.«

Sie zuckte mit den Schultern: »Na dann!«

Ich strich über das warme Euter der Ziege, überließ es dem durstigen Zicklein, sah Ide nach, die aus dem Stall in den Hof ging. Sie hatte Judith tatsächlich nie gesehen, auch meine Schwestern hatten sie nie gesehen, war es nicht überhaupt blödsinnig, von Freundschaft zu sprechen, wenn wir uns bloß ein paar Augenblicke gehabt hatten? Wie sollte aus dem flüchtigen Moment Freundschaft erwachsen sein, wenn doch das Geheimnis der Freundschaft Zeit ist, beständige Zeit, nicht kurzlebiger Überschwang. Die Wahrheit war, ich hatte mich getäuscht, die Wahrheit war, ich war überwältigt gewesen von unserer Begegnung, die in Judiths Erinnerung vielleicht in ganz anderen Farben gemalt sein mochte, matter vielleicht, wie eine rasch aufs Papier geworfene Skizze bloß, während mir alles leuchtete in Karmesinrot.

Regina wollte das einäugige Kätzchen nicht im Haus haben, hatte Angst vor Krankheiten, natürlich hatte sie recht. Unter der Dreckschicht war es beinahe weiß, nun saß es auf meinem Schoß, leckte mit seiner rauen Zunge die Ziegenmilch von meinem Finger, später schlief es, verbarg, dass ihm ein Auge verloren war für immer.

Ich setzte mich an meinen Tisch, auf dem ihr Brief lag. Wenn ich einen Boten fände, der meinen Brief nach Stralsund trüge, könnte ich auch ihr schreiben, doch welche Worte sollte ich wählen? Konnte ich da, wo sie mich eines treuen Gemütes versicherte, antworten: Wie sehne ich mich nach dir in brennender Freundschaft! Und wenn ihre Erinnerung an mich bloß eine Skizze war, die schon verblasste, musste meine Schwärmerei sie da nicht verschrecken?

Ich legte meinen Kopf auf den Tisch, mein Ohr auf den Brief, schloss die Augen, lauschte, ob das Papier nicht zu mir sprechen wolle, ob sich nicht zwischen den Zeilen eine geheime Botschaft verbarg, die allein für mich bestimmt war, die wahre Natur ihrer Freundschaft offenbarend, in einer geheimen Sprache, die nur wir beide verstanden. Ich fuhr auf. Hastig faltete ich den Brief auseinander, ging jedes Wort durch, jeden Buchstaben, vielleicht konnte ich die Anfangsbuchstaben zu neuen Wörtern verbinden oder die zweiten, die dritten Buchstaben jedes Wortes, vielleicht gab auch ein vertikales Muster die geheime Botschaft preis, vielleicht musste ich rückwärts lesen oder von unten nach oben, doch solang ich auch fieberhaft ihre Worte durchsuchte, es gab kein funkelndes Geheimnis, der Brief war bloß der Brief, nicht mehr.

Ich legte meinen Kopf wieder auf den Tisch, meine trüben Gedanken stolperten verzweifelt in die Dunkelheit davon, kamen als nebelhafte Hoffnung auf dünnen Beinchen zurück, wie das Kätzchen, das stumm um meine Knöchel strich, kreisten auf endlosen Bahnen um sich selbst, immer wieder die gleichen trüben Gedanken, die zu nichts führten und nirgendwohin.

Als ich mich wieder aufrichtete, war der Sommer gegangen. Der Sturm peitschte braunes Laub über den Himmel.

80

Anstelle der Schweden kam der Herbst, strich vorüber, ohne mich anzusehen. Mein Herz hatte sich in einen dunklen Stein verwandelt, in meinem Kopf kreisten schwarze Fledermäuse.

Das Kätzchen war eine einäugige Katze mit stumpfem Fell geworden, ich scheuchte sie weg, wann immer sie um mich strich. Ihr gefiel der Geruch meiner Zehen. Sie hatte ihre Stimme verloren. Nachdem ich sie von der Straße gezogen hatte, war kein Laut mehr von ihr gekommen, nie mehr hörte ich sie sprechen.

»Geh, du!«, sagte ich, schob sie achtlos mit dem Fuß fort, doch es machte ihr nichts aus, sie kam zurück, versicherte mich stumm ihres treuen Gemüts.

Lautlos kam der Winter und trug Schnee herbei.

Vielleicht hatte Wallensteins riesiges Heer die Schweden längst verschlungen, so wie mich das schreiende Monster zu verschlingen drohte, in das die Fledermäuse sich am Ende des Herbstes verwandelt hatten. Ide stieg zu meiner Kammer herauf, trug das Tablett mit einer dampfenden Schüssel, sagte: »Du darfst nicht vergessen zu essen, Billie, solange wir noch Essen haben.«

Ich schaute sie nicht an.

»Billie?«

Ich schrieb, schrieb, spürte bloß, wie sie sich umsah, wie sie die eng beschriebenen Bogen auf dem Tisch betrachtete, die Bogen auf dem Bett, die wild auf dem Boden verteilten Bogen, dazwischen die hässliche einäugige Katze, die wohl Mäuse fraß, weil ich aufgehört hatte, sie zu füttern.

»Was ist das alles?«, flüsterte Ide, meinte wohl nicht das

Durcheinander am Boden, sondern das Durcheinander in meinem Kopf, stellte das Tablett auf dem Bett ab, das bedeckt war mit meinen Worten, stieg schließlich wieder hinunter.

Ich schrieb und schrieb.

Eines Morgens legte ich mich auf den Boden, schloss die Augen, streifte bis zur Dämmerung schlaflos durch die stille Dunkelheit meiner Gedanken, in der zu versinken ich mich gefürchtet hatte.

In eine Decke gehüllt, fand ich Emi vor dem brennenden Kamin.

»Ich habe ein Stück geschrieben, Emi«, sagte ich, hob den Stapel Papier in meiner Hand. »Hast du Lust, darin mitzuspielen?«

»Aber ja!«, rief sie begeistert. »Was muss ich tun?«

»Lesen lernen.«

Sie schaute überrascht: »Na, weiter nichts?«

Wir saßen an Vaters Schreibtisch, ich sagte: »Buchstaben sind die Laute, die wir sprechen, als Zeichen auf dem Papier. ›Emi‹ fängt mit E an. Das ist das E.«

Ich schrieb das E.

»Einfach!«, sagte sie. »Großer Strich, drei kleine Striche an der Seite.«

»Dann kommt das M, du gehst rauf auf den Schimmritzberg, dann hinab in ein kleines Tal, wieder hinauf, so hoch wie das erste Mal, dann ganz hinunter. Zusammen haben wir jetzt EM.«

Emi nickte: »Fehlt noch I.«

»Du hast es!«

Ich schrieb das I, sie sagte: »Bloß 'n Strich. Das ist schon alles? Herrje! Hätt ich schon längst draufhaben können, das Lesen!«

»Buchstaben verbinden sich zu Silben, Silben verbinden sich zu Wörtern, Wörter verbinden sich zu Sätzen.«

»Ah«, sagte sie, hob die Brauen. »Hätte ich mir denken können, dass es noch nicht alles ist!«

Aus den Vorräten, die dahinschmolzen wie das Eis auf dem Ryck im März, kochten wir Eintöpfe, dazwischen lernte Emi lesen, versuchte es wenigstens an den Tagen, an denen kein Sturm in ihrem Kopf die Buchstaben durcheinanderblies, viel anderes gab es nicht zu tun. An den Abenden saßen wir in Decken gehüllt auf der gepolsterten Bank in der Bibliothek, fröstelten, ein schwaches Feuer brannte im Kamin, das Holz ging zur Neige. Wir wussten nicht, was draußen vor sich ging, wir lebten verborgen in unserem Haus, über das der Zwerg Alberich einen Umhang voller Zauberkraft geworfen hatte, nur Holz konnte er nicht herbeizaubern, Rüben auch nicht.

Emi versuchte zu lesen, was ich geschrieben hatte, es war der Anfang meines Stückes, das von Faunus und Daphne erzählte, von ihrer brennenden Liebe füreinander.

»Der … der Fr…«, versuchte sich Emi, es waren die ersten beiden Worte des Stückes. »Was?«, rief sie.

»Versuch es!«, sagte ich.

»Was ist das hier?«, sagte sie.

»Ü. Der Früh…«

Sie schnaubte unzufrieden, las: »Der Früh…«, blieb mitten im Frühling stecken, ihre Stimme zitterte vor Kälte. »Hä?«

»Der Frühling, Emi!«

Erschöpft ließ sie das Blatt sinken, legte den Kopf zur Seite, sah mich an, verdrehte die Augen: »Ich krieg's nicht hin, Billie. Siehst du meinen Kopf? Er ist schief!«

Ide kam herein, in jeder Hand einen Scheit Holz.

»Die letzten beiden«, rief sie. »Jetzt muss der Frühling kommen!«

81

Vater hatte die harzigen Kienspäne nie gern gerochen, nicht die rußigen Binsenlichter aus stinkendem Hammeltalg. Er hatte eine feine Nase, einen empfindlichen Rachen, und so war er stets zum Hafen gegangen, wann immer ein Schiff aus England eintraf, war pfeifend zurückgekehrt, die Taschen vollgestopft mit sündhaft teuren Wachskerzen. Mutter ließ ihn, jeder müsse etwas haben, das sein Herz erfreue, sagte sie, bei Vater waren es die Kerzen. Er hütete sie in einer großen Kiste im Arbeitszimmer, hängte ein mächtiges Schloss davor, das ich eines Morgens mit der Axt zerschlug.

Der Winter war noch immer nicht davongezogen, das Brennholz schon, so wärmte uns in diesen Tagen bloß der Schein von Vaters Kerzen. Er selbst kam nicht heim, kein Geld erreichte uns, ohnehin hätten wir nichts davon kaufen können. Die Schweden kamen nicht, niemand kam.

Eines Abends führten wir das Stück in der Bibliothek auf.

Emi war die Erzählerin, Ide war Daphne, die schönste der Nymphen, ich Faunus, der einsame Schäfer, unerfahren in der Liebe.

In ihren Mantel gehüllt, saß Regina in einem Sessel, sie war das Publikum, schaute zu Emi, die mit einer selbstgeschneiderten Mütze aus blattförmigen Flicken auf dem Kopf eine Schäfermelodie auf der Leier spielte. Wie im Theater hatten wir Vorhänge aufgespannt aus den fremdartig bunten Stoffen, die wir in der versteckten Kammer hinter dem Spiegel gefunden hatten, Stoffe, die aus einer anderen Welt in unser Haus gekommen sein mussten, ineinander verschlungene gelbe Blumen waren darauf, violette Vögel mit langen Schwanzfedern. Mit Nadeln hatte ich Papierbogen an die Stoffe geheftet, die ich mit Gedichten beschrieben hatte. Hinter dem Vorhang hing ein Bild, es zeigte einen runden Tempel in einem grünen Garten voll blühender Kirschbäume. Und auch die weiße Katze spielte in unserem Stück mit, sie war ein Schaf, still saß sie im Kerzenlicht auf einem Hocker, blickte mit ihrem einen Auge ins Publikum.

Als Emi zu lesen begann, als sie die Worte so schön betonte, dass meine Haut glühte, spähte ich durch den Vorhang, sah Regina mit strahlenden Augen in die Hände klatschen, denn nie zuvor hatte sie Emi lesen gehört. Emi blickte auf, nickte lächelnd, las weiter mit ihrer schönen Stimme.

»Der Frühling hatte schon den Feldern abgenommen ihr weißes Winterkleid, stattdessen war gekommen ihr grün bemalter Flaum. Es ließ die Nachtigall, die schöne Sängerin, sich hören überall. Das warme Sonnenlicht ließ Eis zu Wasser werden, vertrieb den harten Frost und kam auf hellen Pferden herüber übers Meer. Das Laub vom letzten Jahr war fort, nun wuchs dem Baum sein frisches grünes Haar.«

In einer ärmellosen Tunika, die mir bis zu den Knien reichte, trat ich durch den Vorhang, barfuß, unser Stück spielte in Italien, wo immer die Sonne schien, also konnten wir nicht gut in dicken Mänteln herumlaufen. Ich trug eine Flöte, die ich nicht zu spielen gelernt hatte, auf dem Kopf eine Lorbeerkrone über den zusammengebundenen Haaren, sprach: *»Jetzt endlich kommt die Zeit, die nicht mit bleichem Schein und Dunkelheit der Nacht nur will geschmücket sein. Der Frühling kommt hervor, es soll nun heiter werden und klares Wetter sein!«*

Ich blickte auf, streckte die Hand aus, rief: *»Du großes Licht der Erde, du Sonne, brich hervor! Vertreib der Wolken Dunst, und zeige diesem Tag ein Zeichen deiner Gunst!«*

Ich fuhr herum, flüsterte: »*Doch still! Da kommt sie. Daphne!*«

Ich hob den Vorhang, band ihn seitlich fest, und Ide, barfuß, in eine weiße Tunika gekleidet, die ihr bis zu den hübschen Knöcheln reichte, erschien, ging auf Zehenspitzen, den Blick in die Ferne gerichtet, ihre langen blonden Haare mit gelben Stoffblumen geschmückt. Wie wunderschön Daphne war!

Emi las: »*Venus zu ehren, die Göttin der Schönheit und der Liebe, hatten die Schäfer einen Tempel erbaut und feierten ein Fest, zu dem von nah und fern die Schäferinnen und Schäfer gekommen waren, unter ihnen Faunus, der ganz allein im Wald lebte, und Daphne, die schönste unter den schönen Nymphen.*«

Ich schaute Daphne verliebt an, da kehrte ihr Blick zurück aus der Ferne, nahm den Garten wahr, den Tempel der Venus.

»*Die Wände des Tempels waren mit Versen der Liebe bemalt, so dass ihr Auge nicht wusste, welchen zuerst es schauen sollte*«, las Emi, begann auf ihrer Leier eine sehnsuchtsvolle Melodie zu spielen, da erblickte Daphne den Faunus, der sich tief vor ihr verneigte, ihr schüchtern die Hand entgegenstreckte, denn sosehr ihr Anblick ihn verzückte, so wenig war er doch geübt in den Dingen der Liebe.

Daphne nahm Faunus' Hand, drei Schritte traten sie vor, dann tanzten sie behutsam umeinander, und die Liebe erfüllte sie wie der Duft der hübschen Weißdornblüten die Frühlingsluft. Die Musik endete, Faunus verbeugte sich vor Daphne, führte sie an der Hand zur Bank, sie setzten sich, Faunus schüchtern auf seine Knie starrend, Daphne verliebt auf ein Wort von ihm wartend.

»*Liebster Schäfer*«, sagte sie schließlich, »*wenn er sich auf ein freundliches Gespräch mit mir einlassen wollte, wäre es meines Erachtens nicht unzüchtig, uns die Zeit damit zu vertreiben.«*

Regina lachte.

Faunus antwortete schüchtern: *»Halbgöttliche Nymphe, meine gar zu große Unwürdigkeit hat mit Euch zu sprechen mir nicht erlauben wollen.«*

»Die hier gemalte Poesie«, sagte sie, sah auf zu den Gedichten am Tempel der Venus, *»gibt doch guten Anlass, von den verwunderlichen Wegen der Liebe zu sprechen.«*

Sie erhob sich von der Bank, um die Verse aus der Nähe zu betrachten, berührte einen Bogen Papier, las: *»Oh, Schüchternheit, du musst nun von mir weichen, denn bist du hier, kann ich nicht gut sein. Wer lieben will, darf nicht so schüchtern sein, sonst kann er nicht der Liebe Lohn erreichen.«*

Daphne blickte Faunus aufmunternd an, Regina klatschte zustimmend, da erhob sich Faunus, betrachtete die Gedichte, nahm eines in die Hand.

»Unter all diesen poetischen Gedanken«, sagte er, *»scheint mir die Liebe wohl hier am artigsten beschrieben.«*

Er wandte sich Daphne zu, sprach das Gedicht, ohne abzulesen, blickte ihr in die Augen, verbarg seine Schüchternheit hinter den Versen: *»Oh, möcht ich jetzt doch schön von deiner Schönheit singen, sterbliche Göttin du. Dein liebliches Gesicht, dein feiner Augenglanz strahlt wie das Sonnenlicht. Ich will den Lobgesang hinauf zum Himmel bringen: Dein rosenroter Mund, wie Venus selbst, dein Lachen, der Nymphen schönste du! Ein Weib, das einen Mann, sobald er es erblickt, mit Liebe fangen kann, ist deiner Schönheit Licht mit niemand gleich zu machen!«*

Daphne, hingerissen von so viel Anbetung, lächelte süß, zügelte sich jedoch, um ihn auf die Probe zu stellen, denn seine frühere Schüchternheit mochte bloß vorgetäuscht gewesen sein.

»Ohne Zweifel wird er in der Liebe nicht unerfahren sein, zumal er weiß, dass der Poet die Liebe hier gut getroffen hat.«

Doch Faunus schüttelte den Kopf, wandte sich ab, seufzte und log: *»Nein! Bis heute hat mich der Liebe Feuer nicht entflammen können.«*

Daphne erstarrte enttäuscht bei seinen ungeschickten Worten. Faunus wagte einen scheuen Blick, dann sprach er: *»Weil aber die Macht der Liebe selbst die unsterblichen Götter untertan macht, so schätze ich mich wohl nicht stark genug, ihr auf ewig zu widerstehen.«*

Hoffnung schöpfend, als habe Faunus bloß mit ihr gespielt, blickte Daphne ihn an, da ließ Faunus das Gedicht zu Boden gleiten, seufzte: *»Doch will ich mich zugleich auch nicht zu ihrem Sklaven machen.«*

Regina stöhnte auf, böse überrascht von Faunus' Blödheit. Daphne drehte ihm den Rücken zu, verschränkte verärgert die Arme, erst da begriff Faunus, was er angerichtet hatte.

»Und ich weiß auch nichts von der Liebe zu erzählen«, rief Daphne trotzig, *»weil ich in ihrer Schule noch kein Lehrgeld gezahlt habe.«*

»Recht so!«, stimmte Regina ihr zu, da schüttelte Daphne den Ärger ab, wandte sich den Gedichten zu und sprach hochmütig: *»Dennoch will ich die Verse der Liebe nun sämtlichst lesen. Er, tüchtiger Schäfer, solle sich aber die Zeit nicht lang werden lassen, weil auch ich bald wieder in meiner Eltern Haus zurückkehren werde.«*

Ohne ihn anzuschauen, winkte sie ihm zum Abschied, verscheuchte ihn geradezu.

Faunus ließ seufzend die Schultern hängen, ging betrübt davon, zu einem Stuhl, den wir mit grünem Stoff in einen Busch verwandelt hatten, kniete davor nieder, während

Daphne ihm auf Zehenspitzen folgte, um seinen Worten zu lauschen.

»Ach, möchtest, Daphne du, mir in mein Herz doch sehen! Und möchtest meine Worte dem Willen nach verstehen. Ihr Seufzer, sagt es ihr, wie mir mein Herz doch brennt, weil ja mein blöder Mund mein Herz doch gar nicht kennt.«

Da begriff Daphne, dass er sich bloß aus Schüchternheit so dumm verhalten hatte, lächelte, schlich lächelnd davon.

»Faunus schrieb Daphne einen Brief«, las Emi, *»in dem er von treuer Freundschaft sprach, und hoffte, sie würde in der Freundschaft seine Liebe erkennen. Daphne schrieb ihm zurück und versicherte ihm …«*

»… dass er an meiner Seite jederzeit ein treues Gemüt finden werde«, sagte Daphne kühl, denn das war es, was Judith mir geschrieben hatte.

Faunus blickte verwirrt von dem Brief auf: *»›Ich versichere ihm, dass er an meiner Seite jederzeit ein treues Gemüt finden werde‹?«*

Faunus war erschüttert: *»Das heißt: Sie liebt mich nicht!«*

Da verspürte ich einen Stich unter meinem Nabel, es stach mir wie von einem Messer in den Leib, ich schrie auf, krümmte mich, fand die weiße Tunika befleckt, sah zwischen meinen Beinen das Blut.

82

Mit der kupfernen Wärmflasche, die sie in ein wollenes Tuch geschlagen hatte, kam Ide herein.

»Wie geht es dir?«

»Wenigstens wusste ich vorher, warum Blut aus mir fließt.«

Sie setzte sich zu mir.

»Die Wärme lindert die Krämpfe.«

Sie legte die Wärmflasche vorsichtig auf meinen Bauch: »Zu heiß?«

Ich spürte der Wärme nach.

»Nein, es tut gut.«

»Jetzt bist du eine Frau«, sagte sie. Ich lachte, stöhnte auf vor Schmerz, weil das Lachen in meinen Bauch stach.

»Ich fühle mich bloß wie ein Kind, das zu viele Kirschen gegessen hat.«

Da blickte sie mich an, sagte: »Du weißt, dass wir bald nichts mehr zu essen haben werden, Billie.«

Das wusste ich.

Ich sagte: »Mit dem Sauerkraut kommen wir noch eine Woche aus. Das Mehl kann bis zum April reichen, wenn wir sparsam sind. Wir werden Möbel zu Brennholz zerhacken und Brot backen, doch wenn die Schweden bis April nicht kommen, werden die Engel einmal ernst mit uns sprechen wollen.«

Die Schweden kamen nicht im April. Auch nicht im Mai.

Vom letzten Brot trug ich zwei trockene Scheiben hinüber zu Els' Kammer, Els lag bleich in ihrem Bett, versuchte zu lächeln.

»Solange du kommst, ist Hoffnung, Billie«, sagte sie.

»Bald kommt der Sommer, Els«, sagte ich. »Nicht mehr lang, dann wärmt er uns.«

»Ich kann schon den Sanddorn riechen«, sagte sie.

»Und den rauschenden Wind durchs Getreide streichen hören.«

»Und den Saft der Himbeeren an den Fingern schmecken.«

»Bis dahin haben wir noch reichlich Brot«, sagte ich. »Du musst essen, Els, lass es dir schmecken!«

»Bin heute gar nicht hungrig, Kind«, sagte sie.

»Du warst schon gestern nicht hungrig und nicht den Tag davor.«

»Ich bin zu alt für Hunger, das ist die Gnade des Alters und die Kunst des Liegens, denn wenn du bloß liegst, wirst du hundertzwanzig Jahre alt. Die Tauben dagegen flattern unentwegt herum und lieben das Brot, und schau, nach sieben Jahren fallen sie schon tot vom Himmel.«

»Ich lass das Brot trotzdem hier«, sagte ich, »falls sich eine Taube in deine Kammer verirrt.«

»Eine Taube wird vielleicht kommen, Billie«, sagte sie. Da wusste ich, dass sie sterben würde.

Als ich das Brot am Abend zurück in die Küche trug, fand ich Ide auf einem Hocker vor der leeren Speisekammer, kein Topf auf dem Herd, die Körbe leer, auf dem Tisch bloß das letzte Stück Brot.

»Die Engel haben sie zu sich gerufen«, sagte ich.

Ide wusste es schon. Ich setzte mich neben sie, hielt ihr das Brot hin, sie nahm eine Scheibe, biss ein Eckchen ab.

»Die Engel werden ihre Zungen sicher bald auch in unsere Ohren stecken«, sagte sie.

Ich sagte: »Wir können Els nicht begraben, bevor nicht …«

Da durchschlug Kanonendonner die Nacht.

»Die Schweden kommen!«

83

Ich trug mein letztes Stückchen Brot hinauf, dazu einen Krug Wasser, trank das Wasser gegen den Hunger, das Brot sparte ich auf. Ich legte mich ins Bett, lauschte auf das Donnern der Kanonen, die Schüsse aus den Musketen, das Stöhnen der Getroffenen.

Sie hatten die Kranken aus den Hospizen gezerrt, die Bedürftigen aus dem Armenhaus, die Kinder aus dem Waisenhaus, hatten sie davongejagt, unnütze Esser geschimpft, dem Tod überlassen. Sie hatten aus der Stadt eine Festung gebaut, der Befehl ihres Kaisers lautete: Greifswald darf nicht fallen! Es war ihre letzte Bastion in Pommern.

All das wussten wir noch nicht in unserem Versteck.

Vor Monaten hatte ich zu bluten begonnen, als der Juni kam, hielt der Hunger das Blut zurück, der Schmerz in meinem Kopf hämmerte unerbittlich gegen meinen Schädel, mir fielen die Haare aus, stattdessen wuchs mir Flaum auf Armen und Beinen wie einer jungen Wasseramsel, meine Haut aber roch bitter wie fauliges Brackwasser. Erschöpft starrte mich mein Gerippe aus dem Spiegel an, mein Körper dämmerte vor sich hin wie ein Tier, das sich zur Winterruhe gelegt hatte, nur meine Sinne waren hellwach, ich roch die Pferde, noch bevor ich den Hufschlag vernahm, hörte die scheuen Mäuse in den Wänden umherhuschen, schmeckte das Regenwasser, als wäre es Wein. Ich war ein träger Wachhund, der mit gespitzten Ohren nach dem Tod lauschte.

Als ich eines Morgens die Augen öffnete, spürte ich, dass etwas nicht mehr wie am Vortag war. Ich richtete mich auf, brauchte lange, um zu begreifen, dass es an der Stille lag, und als ich zum Fenster sah, das Sonnenlicht auf meiner Haut spürte, da hörte ich die Stille endlich und in der Stille das fröhliche Zwitschern der getupften Drosseln.

Mit einer Stange brachen wir die Bretter von der Tür, öffneten sie. Vor mehr als einem Jahr war das Sonnenlicht zum letzten Mal in unsere Halle gefallen, nun war es zurück.

Vorsichtig traten wir hinaus, der Wind strich warm durch die leeren Gassen, irgendwo in der Straße öffnete sich eine Tür, ein Kopf erschien, die alte Laurenzia Pattensen lebte, winkte, wir winkten zurück, lächelten, dann lachten wir.

Sie waren fort.

Die Katholiken hatten Greifswald verlassen, hatten ganz Pommern verlassen, so erfuhren wir später, waren geflohen so schnell, wie sie über uns hergefallen waren.

Wir liefen zum Marktplatz, winkten erstaunten Gesichtern, grüßten Nachbarn, sahen Häuser verlassen, in denen wir früher zu Gast gewesen waren. Die Menschen von Greifswald traten ins Licht, fielen sich in die Arme, sanken zum Dank auf die Knie, trugen Äpfel und Möhren hinaus, legten sie den Ausgehungerten in die Hände, deren Vorräte längst verbraucht waren, staunend lachten die Kinder, schon rannten sie vergnügt umher, und auf dem Marktplatz tanzten zwei Menschen ausgelassen in der Sonne: Johannes Schöner, der mit der Königin von England Kakao getrunken hatte, und seine Frau Catharina, die das Cembalo spielte wie niemand sonst.

Wir umarmten unsere Tante Anna, sie war nicht so verrückt, wie unser Vater immer behauptet hatte, bloß alt. Sie fragte nach unserer Mutter, ich schüttelte den Kopf, sie verstand, umarmte mich, duftete nach gekochtem Gemüse.

In der Küche schöpfte sie dampfenden Eintopf in Schalen, trug die Schalen zu uns.

»Anna!«, rief eine fröhliche Männerstimme in der Halle. »Bist du zu Hause, oder verfolgst du die Katholiken mit deinem Degen?«

»In der Küche!«, rief sie laut, lachte.

Johannes Schöner kam strahlend in die Küche, sah aus wie ein wolliger Hirtenhund.

»Und deine Nichten sind auch schon da!«, rief er. »Und schau nur, wie schön sie geworden sind!«

Regina senkte den Blick, er wusste, dass sie sich das Leben hatte nehmen wollen.

»Guten Tag, Herr Doktor Schöner«, sagte sie.

»Warum so artig, junge Dame?«, rief Schöner. »Heute ist nicht der Tag der Artigkeit, sondern der Fröhlichkeit, daher kommen am Abend die besten Musikanten der Stadt in unser Haus, um zum Tanz aufzuspielen, und ich kann bei der Galliarde nicht auf dich verzichten, Anna, also keine Widerrede!«

Unsere Tante lachte: »Für die Galliarde sind meine Knochen längst zu alt, Johann! Aber zur Pavane findest du mich auf den Beinen!«

»Die Pavane, Anna! Puh!«, rief Schöner. »Wir wollen doch nicht marschieren wie die Soldaten, wir wollen hüpfen wie die Kälbchen im Frühling!«

Dann wandte er sich an Regina: »Natürlich erwarte ich auch die jungen Damen heute Abend in Begleitung ihrer Mutter und ihrer Brüder in meinem Haus! Morgen werden die Schweden in die Stadt einziehen. Der gute Bogislaw hat sich mit ihnen verbündet. Genau genommen hat Gustav Adolf ihn zum Bündnis gezwungen, aber geschenkt! Bestimmt zieht der Herzog also morgen mit ihnen ein, dann kehrt auch euer Vater zurück. Doch der Tanz, *je suis vraiment désolé*, kann nicht bis morgen warten, also adieu! Adieu! Bis heute Abend!«

Schon tanzte er davon, Emi und ich lachten.

»Komm schon, Regina!«, sagte ich. »Das mit Mutter konnte er nicht wissen.«

»Er hätte fragen können«, sagte Regina.

84

Emi und ich zogen unsere hübschesten Kleider an, zogen sie wieder aus. Ich war gewachsen, alles war zu kurz. Ich probierte Emis Kleider, Emi probierte Reginas Kleider.

»Ob Regina überhaupt mitgeht?«, fragte Emi.

Da rauschte Regina ins Zimmer, einen Becher in der Hand.

»Natürlich gehe ich mit!«, rief sie, es duftete nach rotem Wein. »Ich werde keine Witwe bleiben, also muss ich mich zeigen, oder nicht?«

Sie trug ein leuchtend oranges Kleid mit strahlend weißen Ärmeln, weiße Spitze umrahmte den weiten Kragen, der ihr Schlüsselbein sehen ließ, und eine Kette aus glänzenden Silberperlen, daran ein silbernes Tatzenkreuz, das in der Mulde zwischen ihren Brüsten ruhte.

»Oh, wie schön du bist«, rief Emi. »Woher sind das Kleid und der schöne Schmuck?«

In ihren bauschigen Röcken schob sich Regina an das Frisiertischchen, nahm einen kräftigen Schluck Wein, musterte im Spiegel ihr Gesicht.

»Die einzigen Früchte meiner flüchtigen Ehe«, sagte sie, ihre Wangen schimmerten rot, ihre Stimme plätscherte wie leichter Wellenschlag auf einem See.

»Wenn ein Mann mich auf Schöners Fest zum Tanzen auffordert«, sagte sie und begann, ihre Haare herzurichten,

»wird das dumme Gerede schon verstummen, ihr werdet sehen.«

»Jeder wird mit dir tanzen wollen, Rina«, sagte Emi.

»Ein älterer Mann wäre natürlich besser als ein junger Hering«, sagte Regina. »Einer von hohem Ansehen.«

»Bei dem Dekolleté brauchst du dir keine Sorgen zu machen!«, sagte Emi, fuhr mit den Händen von den Schultern zu ihrem Nabel hinunter, seufzte: »Mir dagegen hat der Hunger beinahe den ganzen Busen geraubt!«

»Ob Samuel Gerlach wohl zu dem Fest kommt?«, überlegte ich laut.

»Was kümmert's dich?«, sagte Regina.

»Er ist ein Freund von Christian.«

»Er ist ein armer Schlucker«, sagte Regina, »nicht mal aus Pommern ist er. Glaubst du, der berühmteste Arzt unseres Landes lädt sich einen Bettelstudenten ins Haus?«

»Ich würde mich trotzdem freuen, ihn einmal wiederzusehen«, sagte ich.

Sie blickte auf, starrte mich so eindringlich an, dass ich mich abwenden musste.

»Nur um dich vor Unglück zu bewahren«, sagte sie, »Vater wird niemals zulassen, dass eine seiner Töchter einen Habenichts heiratet. Versteig dich also besser nicht in Schwärmereien, Billie, es wird nichts dabei herauskommen als unnötige Enttäuschung.«

»Aber wenn sie ihn doch liebt?«, rief Emi, wandte sich dann verwirrt mir zu: »Moment mal! Du liebst Samuel Gerlach?«

»Oh, ich weiß es doch nicht!«, rief ich verzweifelt. »Er sorgt sich um mich, er schenkt mir Bücher, bringt mir Dinge bei, die mir etwas bedeuten.«

»Oh, bitte, was sind denn das für Dinge?«, fragte Regina.

»Ich spreche von Dingen, die mein Leben bereichern.«

»Was hat der arme Junge, was dich reicher machen könnte?«, fragte sie, ohne eine überzeugende Antwort zu erwarten.

»Nicht Geld, Regina«, sagte ich, »was bedeutet mir ein Mann mit Geld, wenn er meinem Herzen nichts Wertvolles zu geben weiß?«

»Oh, mein Gott!« Regina zischte verächtlich, kämmte ihre Haare. »Nur gut, dass Vater bald heimkehrt.«

Ide kam herein.

»Wie schön ihr seid!«, rief sie. »Die jungen Männer werden rote Ohren bekommen bei eurem Anblick.«

»Warum gehst du nicht mit uns?«, fragte ich. »Du wirst sie verzaubern, so wie Daphne Faunus verzaubert hat.«

»Ist kein Fest für Mägde«, sagte sie.

»Vielleicht nicht für Mägde«, sagte ich, »aber stell dir vor, es tauchte eine Prinzessin auf!«

»Was?«, fragte Emi, dann begriff sie. »Oh, ja! Das wäre was!«, rief sie verschwörerisch.

85

Die Welt, die sich glitzernd hinter dem Portal öffnete, war überwältigend und der Krieg bloß ein finsterer Traum aus einer längst vergangenen Nacht. Die Welt hinter der Tür bestand aus verführerischer Musik, hellem Licht, berauschenden Farben, verlockendem Duft, und in ihrer Mitte, unter einem ausladenden Kristallleuchter, stand Johannes Schöner, umgeben von den wohlhabendsten Familien der Stadt, Ratsherren, Professoren, Kaufleuten, und alle hatten sie ihre heiratsfähigen Töchter mitgebracht, herausgeputzt in den reizvollsten Kleidern.

Als hätte er unsere Ankunft gespürt, drehte Schöner sich

um, riss die Augen auf, segelte mit ausgebreiteten Armen herbei.

»Welch ein Anblick!«, rief er.

Wir knicksten, unsere Wangen glühten, als hätten wir Wein getrunken. Regina hatte tatsächlich einiges getrunken, mir war ein wenig bang um sie.

»Die bezauberndsten Töchter unserer Stadt! Zusammen mit …«

Er musterte Ide in ihrem schönen Kleid in der Farbe blasser Rosen, kniff seine heiteren Hundeaugen zusammen, ihre hellgoldenen Haare fielen über die funkelnden Perlenohrringe, schmiegten sich verlockend um ihren Hals.

Da lachte er, nun hatte er sie erkannt: »Zusammen mit ihrer entzückenden Freundin …«

»… der schwedischen Prinzessin Lillesol«, sagte ich, »die auf einer Eisscholle an die Küste Pommerns getrieben wurde.«

»Eine strahlende Sonne!«, rief er, verbeugte sich vor Ide: *»God kväll, prinsessa! Hur mår du?«*

»Helt utmärkt«, antwortete die schwedische Prinzessin. *Ganz ausgezeichnet*, hieß das, wir wussten es aus einem schwedischen Wörterbuch.

»Nun dann!«, rief er ausgelassen. »Feiern wir die Freiheit!«

Vornehm lächelnd wie vier junge Damen am königlichen Hof, bewegten wir uns durch den Saal, knicksten im Vorbeigehen, so würdevoll es eben ging, *en passant*, wie die Franzosen sagen, knicksten *en avant*, wenn wir vor jemandem stehen blieben, ein paar höfliche Worte wechselnd, immerhin kannten wir die meisten Menschen, so groß war Greifswald nicht. Junge Männer neigten das Haupt bei unserem Anblick, wir knicksten zurückhaltend, auch Ide knickste wie eine Prinzessin, schritt durch den Saal, und die Männer, die sie noch nie zuvor gesehen hatten, konnten die Blicke nicht von ihr wenden, von Ide, der schwedischen Rosenprinzessin, so schön war sie.

»*Trevligt att träffa dig!*«, sagte sie. *Sehr erfreut! Wie schön, Sie kennenzulernen.*

Wir winkten Tante Anna zu, hier und da streiften uns auch abschätzige Blicke, wendeten sich Gesichter ab, Regina traf die größte Missbilligung, manchmal unverhohlen. Als wir vor Arendt von Stetten knicksten, dem Tuchhändler, zischte seine Tochter Maria: »Sie sind tatsächlich ohne jede Begleitung hier. *Sans précédent!*«

Und ihre Schwester Elisabeth, die so alt war wie ich, flüsterte deutlich hörbar: »Und das, nachdem die Hexe ihren Mann getötet hat!«

Regina blieb stehen, ich sah, wie die Wut in ihr emporstieg, doch nun trat Barthold von Krakewitz vor uns, der große Theologe, und blickte Regina so streng an, dass ihr der Schrecken ins Fleisch fuhr und ihre Wut erstickte. Mit einem unsicheren Knicks ging sie an ihm vorbei, er ließ sie nicht aus den Augen.

»Es war ein schrecklicher Fehler hierherzukommen«, flüsterte sie entsetzt. »Alle starren mich an, als ob der Leibhaftige selbst mich zu seinem Weib gemacht hätte.«

»Schau durch sie hindurch, als wärst du eine Königin!«, flüsterte ich und blieb an einer Stelle stehen, wo wir von allen Seiten gesehen werden konnten.

»Hier bleiben wir«, sagte ich. »Lächeln!«

Da lächelten wir das geheimnisvolle Damenlächeln, das wir auf den Gemälden der niederländischen Porträtmaler gesehen hatten.

Man reichte uns Schälchen mit kleinen Krabben, zartem Krebsfleisch, winzigen Radieschen und den Spitzen von Dill. Auf weiß gedeckten Tischen warteten würzige Pasteten darauf, den Gästen in die Münder zu fliegen wie im Land der faulen Affen: dunkle Braten, helle Würste, goldene Käse, süße Früchte und allerlei Kuchen, die nach Zucker und Kakao dufteten.

»Wo kommt bloß all das Essen her?«, rief Emi staunend.

»Johann Schöner weiß es sich auch in dunklen Zeiten gut gehen zu lassen«, sagte Regina, pickte mit vorwurfsvollem Blick das süße Krebsfleisch aus dem Schälchen.

Ich schaute zu Elisabeth von Stetten hinüber, sah, wie wunderschön ihr seidenes Kleid war, von der Farbe kühlen Rieslings im Sonnenlicht, ihre Haut alabasterfarben, die jungen Männer starrten sie an wie eine Göttin, auf ihrem schönen Gesicht lag jedoch ein kalter Zug von Hochmut. Ihre ältere Schwester Maria kam ihr nicht annähernd gleich an Schönheit, sie wusste es, und so hatte sich in ihrem Gesicht zum Hochmut noch Gemeinheit gesellt, und als sie bemerkte, dass ich sie beobachtete, zog sie sich an beiden Ohren und blickte angewidert weg.

Catharina Schöner spielte das schwarze Cembalo, das bemalt war mit bunten Schmetterlingen, Lilien, Spinnen, Vögeln aus einer anderen Welt, und die Musiker, sieben zählte ich, folgten ihrem Spiel. In munterer Verführung zog sie sie mit sich fort. Da begriff ich, dass Catharina Schöner, fünfundzwanzig Jahre erst, der wahre Mittelpunkt dieses Hauses war, nicht er, Johannes Schöner, und als mich ihr Blick traf und auf mir verweilte, fühlte es sich an, als würde ein lauer Wind vom Meer über meine Haut streifen, denn ihr Blick erfasste mich und ließ mich zugleich los, und so, dachte ich, müsste die Liebe sein.

Immer wieder sah ich zu ihr hinüber, suchte den betörenden Glanz ihrer Augen, der nicht das kristallene Leuchten eines hochmütigen Stolzes war, sondern heitere Anmut, die ihre Wurzel im unerschütterlichen Vertrauen in sich selbst trug. Wer sich vertraut in allen Dingen, dachte ich bei ihrem Anblick, wird alles bezwingen, und diesen funkelnden Sternenglanz hatte Catharina Schöner auch ihren kleinen Töchtern geschenkt. Ohne Scheu liefen die beiden Älteren strahlend umher, rutschten über den Boden, futterten Kuchen mit den Fingern, acht mochte Lucrezia, die Älteste, nun sein, ihren Namen vergaß ich nie, kein anderes Mädchen hieß Lucrezia, drei Finger fehlten an ihrer linken Hand.

Johannes Schöner klatschte in die Hände, zog damit alle Blicke auf sich.

»Liebe Freundinnen und Freunde«, rief er, tief und sanft zugleich war seine feste Stimme, »es ist mir eine helle Freude, euch in unserem Haus zu begrüßen, denn viel zu lange mussten wir auf diesen Abend warten! Doch mein Blick soll heute nicht zurückgehen und nicht nach vorn, denn ein Fest des Augenblicks wollen wir feiern, und was ist besser dazu angetan, die Zeit zu verscheuchen, als fröhliche Musik, Tanz und gutes Essen?«

Unter Beifall spielten die Musiker ein paar Takte.

»An glücklichen Tagen«, fuhr Schöner fort, blickte rundherum in fröhliche Gesichter, »soll man still dem Herrn danken und sparsam mit Worten sein, heißt es in Pommern, doch da ich im schottischen Edinburgh geboren wurde, entspringen mir die Worte wie das Wasser den Quellen an den Hängen der Pentland Hills. Esst also mit Genuss, und tanzt, und solltet ihr am Cembalo eine junge Dame entdecken, die nicht bloß auf den Tasten zu tanzen weiß, sondern auch in meinem Herzen, so handelt es sich um meine Frau Catherine, die Sonne meines Lebens!«

Verliebt und voller Verehrung blickte er zu ihr hinüber, doch sie wischte seine Schwärmerei mit einer Handbewegung weg und sagte: »Die Schotten neigen in mancherlei Hinsicht zur Sparsamkeit, nicht aber bei den Komplimenten, da übertreiben sie stets, natürlich nur, weil sie nichts kosten.«

Unter dem Gelächter der Gäste glitten ihre schlanken Finger über die Ebenholztasten.

»Und die Musik kostet nur ein Lächeln!«, sagte sie, nickte den Musikern zu, da spielten sie eine ausgelassene Melodie mit Fidel, Leier, Laute und Flöten, und Schöner rief: »Wer seinen eingerosteten Knochen wieder Leben schenken will, sollte mit den ersten Schritten den Branle tanzen, denn der Branle ist stets der erste Tanz, wenn die fröhliche Zeit beginnt!«

Mit diesen Worten verbeugte er sich vor unserer alten Tante Anna, streckte ihr lächelnd die Hand entgegen, sie lächelte ebenfalls und ließ sich von ihm in die Mitte des Saales führen. Schon traten andere Paare vor, wie sehr mochten sie auf die Rückkehr von Musik und Tanz gewartet haben?

Ein junger Mann verbeugte sich vor Ide, erst als er den Blick hob, bemerkte ich seine sanftmütigen dunklen Augen.

»David von Mevius«, stellte er sich ihr vor. »Es wäre mir eine Freude!«

Vielleicht fünfundzwanzig mochte er sein, ich wusste, Ide würde ihn hübsch finden.

»Sie spricht kein Deutsch«, sagte ich. »Sie ist Schwedin.«

»Oh!«, machte David von Mevius.

»*God kväll*«, sagte Ide.

»Eine schwedische Prinzessin, um genau zu sein«, flüsterte ich. »Aber das soll besser niemand erfahren!« Eindringlich sah ich ihn an, er sagte: »Ich werde schweigen.«

Mit einem zurückhaltenden Lächeln ließ Ide sich zum Tanz führen.

»Oh, mein Gott!«, rief Emi begeistert.

Ich entdeckte Elisabeth von Stetten auf der anderen Seite des Saales, ein junger Mann lud sie zum Tanz, doch ihr Vater verscheuchte ihn mit der Hand wie einen lästigen Hund.

Da trat Barthold von Krakewitz vor Regina, neigte leicht den Kopf, nur gerade so viel, dass sein weißer Bart eben seine steife Halskrause streifte, Regina zögerte, knickste, so wenig wie man noch eben knicksen konnte, er hielt ihr die Hand hin, ihr Hals wurde rot wie die Kehllappen eines Huhns, ihre Hand zitterte, als er danach griff. Dann stand auch sie im Kreis, man reichte sich die Hände, und schon tanzten sie zu den frohen Klängen einen Branle, klatschten in die Hände, dann umtanzten sich die Partner, David von Mevius strahlte, Ide gab sich unnahbar, Regina starrte wie eine Flunder an Krakewitz vorbei. Er war kleiner als sie, bewegte sich steif, aber überheblich wie ein Pastor auf der Kanzel.

»Was will der alte Krakewitz bloß von Regina?«, flüsterte Emi. »Er ist mindestens fünfzig!«

»Er ist der gelehrteste Theologe des Landes«, flüsterte ich zurück.

»Na und?«, sagte Emi. »Ein hochnäsiger alter Pfau ist er!«

»Denkst du, ein so gelehrter Theologe würde vor aller Augen mit einer Hexe tanzen?«

»Ah!«, sagte Emi. »Verstehe! Na, dann soll sie tanzen mit dem alten Vogel! Warum fordert uns eigentlich niemand auf?«

Da entdeckte sie jemanden, ich blickte hinüber, es war ein junger Mann, der sie schüchtern ansah, ihrem Blick jedoch nicht standhalten konnte.

»Na warte!«, sagte Emi, schob sich seitwärts davon, ohne ihn aus den Augen zu lassen.

Ich wollte nicht allein herumstehen, als gefiele ich niemandem, also ging ich durch den Saal, betrachtete die Gemälde, die ich aus keinem anderen Haus kannte, jeder Rahmen ein Fenster in eine Welt, in der es keine Götter gab, keine biblischen Figuren, nichts aus vergangenen Zeiten. Jedes Gemälde gewährte einen Blick in ein Haus in Antwerpen, Delft oder Amsterdam, wo Familien, die aussahen wie wir, beieinandersaßen, stolz ihren Reichtum und die Schätze der Welt sehen ließen, die ihre Schiffe in die Niederlande und nach Flandern gebracht hatten. Sie aßen Austern, musizierten, lasen Bücher, umgeben von kleinen Affen aus fernen Ländern und bunten Papageienvögeln. Die Wände ihrer Häuser waren über und über mit Gemälden geschmückt, und bloß auf diesen Gemälden fand sich hier und da ein Motiv aus der Bibel oder den alten Mythen, doch bloß wie ein Gruß aus ferner Zeit, nicht wichtiger als die Schiffe, das Meer, die Blumen auf den großen Gemälden, die mit Würsten und Schinken reich gedeckten Tische.

Wie ich dieses Haus liebte!

Hier probierte ich eine Pastete, dort ein Stück Käse und nahm mir von den süßen Früchten. Ein Hausdiener fragte, ob ich eine Limonade von Zitronen, Rosen, Zimt und Himbeeren kosten wolle, damit erfrische man sich in Frankreich bei Hofe.

»Aber ja, gern!«

Sie schmeckte unglaublich, frisch und würzig und süß zugleich.

Jemand stieß mich an, die Limonade schwappte über, Elisabeth von Stetten rief übertrieben: »Oh, wie leid mir das tut! *Excusez moi!*« Dann warf sie mir einen abfälligen Blick zu, sagte: »Zum Glück ist dein Kleid aus so grobem Stoff, dass ihm die Limonade nichts anhaben kann.«

Wie blöd sie war.

»Dem Groben kann wohl niemand etwas anhaben«, sagte ich, »da wirst du dich auskennen, ebenso wie der Missgunst alles Feine zuwider ist.«

Sie schaute hochmütig, ein Augenlid zuckte, dann sagte sie: »Wie könnte man missgünstig sein, wenn man alles an Schönheit und Reichtum überragt?«

Ich lachte.

»Das ist die rechte Frage, Elisabeth, woher der nutzlose Neid?«

Da schaute sie herablassend, ging davon in ihrem schönen Kleid, und ich schlüpfte an den Gästen vorbei in die stille Bibliothek, die größte und schönste, die ich je gesehen hatte. Aus allen Ländern konnte man hier Bücher finden, kein Staubkorn lag auf ihnen, sie rochen wie die kleine dunkle Vanilleschote aus dem fernen Amerika, die Vater eines Nachmittags vom Hafen mit nach Hause gebracht hatte. Wochenlang hatte ich an ihr geschnüffelt wie ein betörter Trüffelhund.

»Dir gefallen Bücher also mehr als der Tanz?«

Erschrocken fuhr ich herum, fing mich bei seinem Anblick.

»Ich liebe beides«, sagte ich, »doch vielleicht haben meine abstehenden Ohren die Burschen davon abgehalten, mich zum Tanz zu führen. Die Bücher dagegen brauchen mich nicht erst aufzufordern, da wähle ich, wie es mir gefällt.«

»Die Bücher freuen sich über alle Neugierigen«, sagte Schöner, trat neben mich ans Regal, noch atemlos vom Tanzen. »Was hast du zuletzt gelesen? Vielleicht findet es sich auch unter meinen Büchern.«

Ich dachte daran, wie wir in meinem Bett Hildegard von Bingens Beschreibungen des Liebesspiels gelesen hatten, davon konnte ich wohl kaum erzählen.

»Das glaube ich nicht«, sagte ich.

»Immer freiheraus!«, rief Schöner. »Es gibt nichts, für das man sich schämen muss!«

Ich überlegte, ob die Lektüre ihres Buches nicht doch ein Grund sein könnte, sich zu schämen.

»Es heißt *Causae et Curae*«, sagte ich trotzdem.

»Hildegard von Bingen!«, rief Schöner. »Natürlich kenne ich es, schließlich bin ich Arzt! Schau her, ich besitze alle ihre Werke und halte sie in hohen Ehren!«

Er zeigte auf prächtig gebundene Bände auf Höhe seiner Augen, ich stellte mich auf die Zehenspitzen, berührte die Buchrücken.

»*Liber Scivias*, zu Deutsch *Wisse die Wege*, und hier steht *Causae et Curae*, dort *Symphoniae*. Kennst du ihre Lieder?«

»Nein.«

»Sehr hübsch. Singt bloß heutzutage niemand mehr. Früher hat man die Kunst der Frauen hoch geschätzt, da waren die Männer noch tapfere Ritter und hatten keine Angst, die Frauen könnten sie übertreffen. Damals badeten Frauen und Männer auch noch zusammen in Badehäusern, völlig nackt, denk dir einmal! Hat niemanden gejuckt! Mit meiner Frau bade ich im Übrigen immer noch nackt, aber das darfst du nicht verraten, sonst platzt meinen lieben Greifswaldern die steife Krause vom Hals.«

Wir waren ganz allein in der großen Bibliothek, ich hätte mich unbehaglich fühlen sollen, weil er so frei von diesen Dingen sprach, tat es aber nicht.

Wie auf einer Bühne rief Johannes Schöner: »Doch die gnadenvolle Venus spricht: *Das, wessen man sich schämt, ist in besonderem Maß meine Sache!*«

Er schaute mich an, sagte ganz ruhig: »Ovid.«

»Ovid? Das habe ich bei ihm nie gelesen.«

»Steht natürlich nicht in den *Metamorphosen*.«

»Ach! Wo denn dann?«

Er ließ seinen Blick über die Bücher gleiten, tat einen Schritt nach rechts, zog ein Buch heraus, hielt es mir hin: »Na, hier!«

Ich nahm es, schlug es auf.

»*Ars amatoria*. Die Kunst des Liebens?«

Mit strengem Blick nahm er es mir wieder weg.

»Dürfte deinem Vater nicht gefallen, wenn du es in die Finger bekommst«, sagte er. »Früher hat es allerdings jeder gelesen, Mann, Frau, Mädchen, Junge, einfach alle. Selbst die Nonnen haben früher gedichtet, dass die Pastoren heute von der Kanzel plumpsen würden. Sieh mal da!«

Er zog ein anderes Buch hervor.

»Mechthild von Magdeburg: *Das fließende Licht der Gottheit*. Vierhundert Jahre alt, heute völlig undenkbar. Man sagte damals einfach, Mechthild rede ja bloß über Gott. Tatsächlich ist es natürlich herrlicher Schweinkram. Pass auf!«

Er schlug das Buch in der Mitte auf, las: *»Er durchküsst sie mit seinem göttlichen Munde. Wohl Dir, ja, mehr als wohl, ob der überherrlichen Stunde! Er liebt sie mit aller Macht auf dem Lager der Minne, und sie kommt in der höchsten Wonne!«*

Er lachte wie ein Junge über einen Witz, der nicht für seine Ohren bestimmt war, sagte: »Na, so ganz züchtig scheint mir die Mechthild jedenfalls nicht gedichtet zu haben.«

Da trat seine Frau in die Bibliothek, ich erschrak, doch sie rief: »Hier steckst du also! Das ist doch kein Leseabend, Johann! Komm schon zum Tanz!«

»Aber ja!«, rief er, warf ihr einen Kuss zu, sie tanzte davon.

Ich fürchtete, er werde ihr gleich folgen, also sagte ich rasch: »Ich will auch eine Dichterin werden!«

Er wandte sich mir zu, als habe er beim Anblick seiner Frau meine Anwesenheit vergessen, vielleicht hatte er das auch, dann fragte er: »So? Na, warum nicht?«

»Können Frauen denn heute noch Dichterinnen werden?«

»Nun ja«, sagte Schöner, schob Mechthild von Magdeburgs Buch zurück in die Lücke, »den Männern gefällt es natürlich nicht, wenn eine Frau heute sehr gelehrt und kunstvoll ist, weil sie die Herren sein und bleiben wollen, aber es kann durchaus gelingen, wenn du furchtlos bist.«

Er zog ein anderes Buch hervor, gab es mir, sagte: »Marguerite Porete: *Der Spiegel der einfachen Seelen*. Der Bischof hat ihr Werk verboten und ließ es öffentlich verbrennen, aber Marguerite war völlig unbeeindruckt von seinem Verbot und schrieb es einfach noch einmal. Daraufhin lud sie der Großinquisitor von Frankreich vor, sie weigerte sich zu erscheinen. Da holten sie sie mit Gewalt, folterten sie, sie solle ihre Thesen bloß widerrufen, dann sei alles gut. Tat sie aber nicht, schwieg die Männer einfach an, stell dir vor!«

»Und dann?«

»Dann hat man sie verbrannt. Paris, Pfingstmontag 1310.«

Ich gab ihm das Buch zurück.

»Und wenn man am Leben bleiben will?«

»In dem Fall hilft es, wenn man mächtige Männer als Unterstützer hat oder selbst mächtig ist, hier zum Beispiel …«

Er zeigte auf ein Buch über seinem Kopf: »Dort oben, ihrem Rang angemessen: Marguerite d'Angoulême! Die Schwester des französischen Königs und später selbst Königin von Navarra, hochgebildet, sprach sieben Sprachen, vor hundert Jahren die mächtigste Frau Frankreichs. Wer wollte es also wagen, sie anzuklagen, obwohl es in ihren Geschichten wirklich drunter und drüber geht?«

Er streckte sich, zog das Buch hervor, schlug es auf.

»Hör dir bloß die Titel ihrer Novellen an! *Une femme d'Alençon avait deux amis, l'un pour le plaisir …*«

Er blickte auf: »Sprichst du Französisch?«

»Noch nicht.«

»Dann lerne es!«, sagte er, übersetzte mir die Titel ihrer Geschichten: »*Eine Frau in Alençon hat zwei Liebhaber. Der König von Neapel verführt die Frau eines Edelmannes. Eine Frau gibt ihrem Mann Spanische Fliegen zu essen.* So geht es in einem fort, es ist herrlich! Wenn du eine Königin wirst, kannst du schreiben, was du willst, Herzogin reicht sicherlich auch. Der dicke Bogislaw hat zwar keine Söhne, aber einen Neffen, der so alt sein dürfte wie du, Ernst Bogislaw von Croÿ. Der wird vermutlich der nächste Pommernherzog werden, du verstehst!«

Ich lachte.

»Natürlich! Er wird mich heiraten!«

»Na, warum nicht!«, rief Schöner. »Dann kannst du eine Dichterin werden, ohne Neid und Missgunst fürchten zu müssen! In dieser Bibliothek findest du im Übrigen noch weitere Dichterinnen, du wirst staunen: Hadewijch aus Brabant, Veronica Gambara, Louise Labé, Gaspara Stampa, Mary Wroth, und denk dir, die entzückende Lady Mary Wroth, Tochter des Earl of Leicester, lebt sogar noch! Natürlich im schönen England, wo alles auch heute noch ein wenig heiterer ist, aber gut! Mary Wroth ist die Freundin von Königin Anne, sie tanzen unentwegt miteinander, singen, spielen Theater. Einmal habe ich die beiden hübschen Damen in dem Stück *The Masque of Blackness* sehen dürfen, sie spielten äthiopische Nymphen! Das wäre in Pommern natürlich undenkbar, der alte Krakewitz würde Gift und Galle speien beim Anblick ineinander verschlungener äthiopischer Nymphen. Mary Wroths erster Roman war eine wilde Liebesgeschichte mit dem Titel *The Countess of Montgomery's Urania*, ein herrlicher Skandal, sag ich dir, deswegen kannst du das Buch heute nicht mehr kaufen, aber ich …«

Er beugte sich hinunter, zog ein Buch wie einen geheimen Schatz hervor.

»… bewahre es hier auf!«

Er klopfte mir leicht mit dem Buch auf den Kopf: »Doch für das alles musst du an einem anderen Tag wiederkommen, Billie, denn heute ist nicht der Tag des Buches, sondern des Tanzes, wie meine Frau zu Recht angemerkt hat. Dein Mund steht offen, sieht nicht eben damenhaft aus!«

86

Wie gefangen in einem berauschenden Traum, in dem sich die Siegel eines geheimen Buches geöffnet hatten, ging ich zurück, ganz still war es in mir, obwohl die Musik den Saal mit Klang erfüllte. Ich sah den Tanzenden zu, Johannes Schöner, seiner Frau Catharina, die er Catherine nannte, Ide und David von Mevius, von den Flöten verführt, hüpften sie umeinander, tanzten die lebhafte Galliarde, ich winkte Ide zu, sie bemerkte mich nicht, wandte den Blick nicht von ihm. Auch Emi erblickte ich tanzend mit dem jungen Mann, der schüchtern zu ihr herübergeschaut hatte, er kannte die Schritte kaum, sie mochte ihn trotzdem, führte ihn. Ich suchte Regina, entdeckte sie nirgends, plötzlich stand sie hinter mir, sagte leise: »Er ist Witwer.«

Ich drehte mich zu ihr: »Wer?«

»Krakewitz«, sagte Regina. »Margret, seine Frau, ist im letzten Jahr an der Pest gestorben, so wie Mutter.«

»Er hat zehn Kinder«, sagte ich.

»Neun«, erwiderte Regina. »Agnisa ist zusammen mit ihrer Mutter gegangen. Er glaubt im Übrigen nicht daran, dass ich schuld bin an Christoph Bünsows Tod. Nachdem Barthold …«

»Du nennst ihn Barthold?«, unterbrach ich sie.

»Krakewitz. Barthold von Krakewitz. Stell dir vor, nachdem er mit mir getanzt hat, hat mich niemand mehr schief angesehen. Er ist der höchste Geistliche Pommerns.«

»Und jetzt?«, fragte ich.

»Ich denke, er will nicht allein mit den Kindern bleiben.«

»Seine Tochter Ilsabe ist älter als du«, sagte ich.

Sie zuckte gleichgültig mit den Schultern: »Vater dürfte zufrieden sein.«

Ich nickte: »Wenn du zufrieden bist?«

Lautlos trat Krakewitz neben sie, da endete die Galliarde, die Männer führten die Frauen an ihre Plätze zurück, Schöner blieb in der Mitte des Saales stehen, nickte seiner Frau verschwörerisch zu, sie lächelte verschwörerisch zurück, setzte sich ans Cembalo. Ide und David kamen zu uns, ebenso Emi und ihr Begleiter.

»Er heißt Hermann«, flüsterte sie mir ins Ohr, »und er ist so klug, dass er an der Universität Vorlesungen hält, obwohl er erst zwanzig ist!«

Ich schaute zu Hermann, ganz schüchtern blickte er Emi an, sie lächelte, nahm seine Hand, flüsterte mir zu: »Ich hab ihm gestanden, dass ich wohl nicht die Klügste unter Gottes Himmelszelt bin, doch er mag mich trotzdem, stell dir vor!«

Sie strahlte.

»Liebe Freundinnen und Freunde«, rief Johannes Schöner, »mein Vater war der Leibarzt der englischen Königin Anne, der Frau von Jakob dem Ersten. Doch zuvor hatte eine Frau England bald fünfzig Jahre ganz allein regiert, ohne einen König an ihrer Seite, hatte mit ihrer Klugheit das Land reich gemacht, hatte mit ihrem Mut die unbesiegbare spanische Armada besiegt und mit ihrer Beharrlichkeit England vom Katholizismus zum Protestantismus geführt: Elisabeth die Erste, Englands große Königin! Diese unglaubliche Frau liebte den Tanz so sehr, dass sie noch in hohem Alter die fröhliche Galliarde schon am Morgen sechs Mal tanzte. Doch am Abend freute sie sich auf ihren Lieblingstanz.«

Er machte eine bedeutungsvolle Pause, blickte sich um, dann rief er begeistert: »Die Volte!«

Catharina Schöner begann das Cembalo zu spielen, und zum ersten Mal an diesem Abend erklang rasselnd das Tamburin.

»Oh, mein Gott!«, hörte ich Regina hinter mir aufseufzen.

»Das wagt er nicht!«, zischte Krakewitz.

Doch Schöner wagte es, ging im Saal umher, rief übermütig: »Ich gehe gerne voran, wenn eine Dame sich traut mitzugehen!«

Doch niemand wagte sich vor. Noch nie hatte ich bei einem Fest jemanden die Volte tanzen sehen, bloß mit Christian hatte ich sie heimlich geübt und mit Ide.

Emi neigte sich zu mir, flüsterte: »Ist die Volte nicht verboten?«

Ich zuckte mit den Schultern: »So heißt es wenigstens.«

Suchend blickte Schöner in die Runde, unsichere Blicke flohen vor ihm.

»Mag mir denn niemand heute Abend diese Freude machen?«

Da trat ich vor.

»Billie! Nicht!«, zischte Regina.

Schöner kam auf mich zu, lächelte.

»Das Glück kommt zu den Mutigen!«, sagte er, verbeugte sich, führte mich an der Hand in die Mitte des Saales, verbeugte sich noch einmal tief mit einladender Hand, ich knickste, da schlossen sich die Flöten dem Cembalo an, die Fidel, die Leier, die Laute. Wir umkreisten einander mit federnden Sprüngen, eine Frau schrie auf, als er mich an den

Hüften packte, hochhob und in die Luft wirbelte. Kurz bemerkte ich, dass Krakewitz sich angewidert abwandte, bei der nächsten Drehung sah ich ihn gehen, bei der darauffolgenden Reginas erschütterte Miene.

Es war ein Skandal!

Die jüngste Tochter des Ratsherrn Schwarz ließ ihre Unterröcke fliegen, ließ ihre Waden sehen, aller Augen lagen auf mir, kurz nahm ich Elisabeth von Stetten wahr, den Blick wie einen Bogen mit einem giftigen Pfeil gespannt. Doch Johannes Schöner lachte, seine Frau Catharina lächelte vom bunten Cembalo zu uns herüber, und vielleicht war ihr Lächeln der Grund für das, was nun geschah, denn Ide stupste David an, nickte ihm auffordernd zu, augenblicklich verbeugte er sich vor ihr, führte sie in die Mitte, und sofort folgten ihnen andere Paare, als hätten sie bloß auf ein Zeichen gewartet. Mit glühenden Gesichtern tanzten wir die Volte, als tanzten wir nicht im Land des kleinen Bogislaw des Vierzehnten, sondern am Hof der großen Königin von England, Elisabeth der Ersten.

87

In seinem offenen Kutschwagen fuhren wir schweigend durch die warme Sommernacht. Emi seufzte, Ide strahlte, die Sterne über uns leuchteten. Regina drückte sich missmutig in eine Ecke.

Niemand sonst in Greifswald besaß so ein Gefährt. Ich hatte sie darin singend zu den schönen Stränden von Lubmin fahren sehen, Johannes Schöner und seine Frau Catharina mit ihren Töchtern, wo sie mit nackten Waden durchs Wasser liefen, so erzählte man sich, niemand sonst lief mit nackten Waden durchs Wasser, außer den Fischern. Sogar nackt sollen sie in den einsamen Dünen von Lubmin in der Sonne gelegen haben, hatte mir Ide erzählt und anerkennend gelacht, ein Schäfer soll sie gesehen haben, von dem es allerdings hieß, er sei verrückt. Wenn man von Lubmin die Küste entlang nach Osten geht, kommt man zu einem Dorf namens Hoff, wo vor einigen Jahren ein junges Mädchen aus Schweden auf einer Eisscholle angetrieben worden war, zusammen mit zwei Kühen, die sie an der schwedischen Küste hatte tränken wollen. Viele Tage und Nächte hatte sie allein auf weiter See zugebracht, hatte bloß die Milch der Kühe gegen den Hunger gehabt, wäre fast erfroren. Doch als sie endlich an unserer Küste gestrandet war und die Bauern aus Hoff ihr Essen gaben, gefiel es ihr so gut in Pommern, dass sie blieb, das schwedische Mädchen, ihr Name war Lillesol.

»Lillesol«, sagte ich, lachte. »Eine so schöne Prinzessin bist du.«

Ides Wangen glühten noch immer.

»*Tack så mycket!*«, sagte sie. *Vielen Dank!*

»Willst du ihn wiedersehen?«

»David? Nein. Sein Vater ist Professor, das wird er auch bald sein, und ich bin die Aschemagd, der die Tauben schöne Kleider und Schuhe zaubern.«

»Vielleicht ist ihm das egal.«

»Kannst du nicht einmal dein dummes Geschwätz lassen?«, fuhr Regina mich an. »Du hast alles verdorben und unsere Familie in Verruf gebracht, reicht das nicht?«

»Es war nur ein Tanz, Regina«, sagte ich. »Hast du nicht gesehen? Alle lieben die Volte!«

»Bestimmt nicht«, erwiderte sie scharf.

»Die Älteren nicht, richtig, aber Johann Schöner kennt so viel mehr von der Welt als die Menschen in Greifswald. Er war in Oxford, Cambridge, London, er hat die Niederlande bereist, Flandern, Dänemark …«

»Na, und was hat er davon?«, rief Regina so laut, dass der Knecht, der den Wagen lenkte, sich zu uns umdrehte.

»Er hat keine Angst, das zu tun, was die Alten bloß aus Gewohnheit ablehnen«, sagte ich, »und das gefällt mir. Und dass er uns auf sein Fest eingeladen hat und dass er uns in seiner Kutsche nach Hause fahren lässt und dass er mich gebeten hat, an seinem Geburtstagsfest ein Gedicht vorzutragen.«

»Nicht dein Ernst!«, rief Emi.

Ich lächelte.

»Das wirst du nicht tun«, sagte Regina entschieden.

»Warum sollte ich nicht? Er ist ein hochangesehener Mann. Wenn er mich bittet, ein Gedicht vorzutragen, wie sollte es dann falsch sein?«

»Und wenn er dich bittet, allen Leuten deinen nackten Hintern zu zeigen, würdest du das dann auch tun?«, schrie sie.

Sie war so wütend, ich schaute einfach weg.

»Das ist nicht dasselbe, Regina!«, sagte Emi.

»Ach nein?«, fuhr Regina sie an. »Es gibt mehr als genug hochangesehene Bürger in unserer Stadt, die das anders sehen.«

»Ach, dein Krakewitz ist doch bloß ein böser alter Drachen!«, sagte Emi.

»Das zu beurteilen, bist du wohl nicht imstande, Emerentia!«, rief Regina. »Und Vaters Zorn wird im Übrigen auch dich treffen, wenn er erfährt, was heute Nacht in Schöners Haus geschehen ist!«

Damit allerdings mochte sie recht haben.

88

König Gustav Adolf ritt stolz in die Stadt ein, der blonde Löwe aus Mitternacht, vom Mühlentor im Osten kam er her, so dass die Morgensonne seinen langen Schatten vor ihn warf, und alle waren auf den Beinen, um ein Knie vor ihm zu beugen, um jubelnd die Schweden zu begrüßen, die Befreier mit blauen Fähnchen und aufgenähten gelben Kreuzen zu feiern. Auch wir waren zum Marktplatz gelaufen, klatschten, riefen *»Välkommen! Välkommen!«*, hielten Ausschau nach Vater, da stand mit einem Mal David von Mevius neben uns, starrte verwirrt Ide an, die ihr einfaches Schürzenkleid trug, die Haare mit einer alten Schnur zusammengebunden, keine Schuhe an den Füßen.

»Lillesol?«, sagte er.

Ide lachte, sagte: »Nein, David! Lillesol ist nach Schweden zurückgekehrt.«

Er kniff die Augen zusammen, sagte: »Oh«, zögerte, begriff schließlich, dann wandte er sich ab, verschwand in der Menge. Ide blickte ihm nach.

»Schlimm?«, fragte ich.

»Nein«, sagte sie leise.

»Sicher?«

»Nein«, sagte sie.

Wir umarmten uns.

Ein Pferd kam neben uns zum Stehen, der Reiter sprang ab, rief unsere Namen.

»Oh, mein Gott, das bist ja du, Joachim!«, rief Emi.

Zwei Pistolen hingen an seinem Sattel.

»Ich bin nun Soldat in einem schwedischen Regiment!«, sagte Joachim stolz.

Wir umarmten uns.

»Ich spreche schon ziemlich gut schwedisch«, sagte er zu mir. *»Att ha utstående öron är det snabbaste sättet att ta sig fram i livet.«*

»Und was heißt das?«, fragte ich.

»Abstehende Ohren sind der schnellste Weg, wenn man im Leben vorankommen will.«

Ich lachte.

»Wo bist du nur so lange gewesen?«, fragte Emi.

»Ich war verletzt«, sagte er, »und habe tief wie ein Murmeltier geschlafen, um wieder gesund zu werden.«

Er sah stark und tapfer aus, war in dem vergangenen Jahr zum Mann geworden, trug einen Bart, spitz zulaufend am Kinn, wie der schwedische König.

»Und Vater?«, fragte Regina.

»Gustav Adolf will den Leuten zeigen, wer die Kaiserlichen nicht besiegt hat. Also reitet Bogislaw ein Stück hinter den Schweden her. Vater ist bei ihm.«

»Gott sei Dank!«, rief Regina erleichtert.

»Wann kommst du nach Hause?«, fragte ich.

»Ich ziehe mit den Schweden weiter«, sagte er. »Ich bin jetzt einer der Ihren. Die Truppen des Kaisers haben Magdeburg zerstört, habt ihr es nicht gehört? Zwanzigtausend Seelen haben sie abgeschlachtet, Frauen, Kinder, Ungeborene. Ihre nackten Leiber schwimmen wie bleiches Treibholz auf der Elbe, noch nie hat es so ein Blutbad gegeben! Sie sind Bestien, glaubt mir, der Krieg ist noch nicht zu Ende.«

Erschüttert starrten wir ihn an, doch er stieg leichtfüßig auf sein Pferd.

»Ich komme zurück«, rief er, »doch wenn nicht, bin ich auf der rechten Seite gestorben, dann vergesst mich nicht!«

Er lächelte, warf uns einen Kuss zu, ritt mit den Schweden davon.

Am Abend saß Vater in seinem Sessel im Wohnzimmer, starrte in den kalten Kamin, sein Haar weiß wie Wolle, seine Augen schwarz wie verkohltes Holz.

»Das ist Limonade von Zitronen und Zimt«, sagte ich, hielt ihm einen Becher hin, er rührte sich nicht.

»Der Herzog hat mich zum Bürgermeister der Stadt ernannt«, sagte er.

»Das ist eine gute Nachricht für die Stadt«, sagte ich. »Sie ist am Boden.«

Langsam wandte er den Blick, sah mich an. Er war alt geworden, müde.

»Ich bin nun der wichtigste Mann von Greifswald«, sagte er ausdruckslos.

Ich zögerte, verstand nicht, worauf er hinauswollte, nickte trotzdem.

»Ich bin auch am Boden«, sagte er.

Meine Lippen begannen zu zittern.

»Wir müssen alles wieder aufbauen, Vater«, sagte ich.

»Joachim ist fortgegangen, ohne sich von mir zu verabschieden, hast du das gewusst?«

Ich schwieg, dann sagte ich: »Viele Menschen brauchen deine Hilfe, Vater. Die Dörfer sind zerstört, die Weiden und die Felder.«

Er starrte wieder in den kalten Kamin.

»Und ich war nicht hier, als sie gegangen ist.«

»Wenn wir unser Land nicht wieder aufbauen, wird Pommern untergehen, deshalb hat dich der Herzog zum Bürgermeister ernannt.«

»Ich hätte nicht weggehen dürfen«, sagte er. »Weißt du, warum ich weggegangen bin?«

Er schaute mich an, kniff die Augen zusammen, als könne er in mein Herz sehen. Ich nickte.

»Ja«, sagte ich leise.

In der Stille, die nun eintrat, begannen sich die Dinge zwischen uns zu verschieben. Ich wurde älter, holte die Jahre auf, um die er gealtert war. Schließlich nickte er, senkte den Blick, sagte: »Der Stolz kommt nicht mehr zurück, wenn er dich einmal verlassen hat, wusstest du das?« Er blickte auf: »Dazu ist er zu stolz.«

Ich schüttelte den Kopf, konnte den Schmerz nicht abschütteln, denn mein Vater war nun ein gebrochener Mann.

»Du trägst jetzt eine große Verantwortung«, sagte ich.

»Ich kann es nicht«, sagte er.

»Ich kann dir helfen.«

Er sah mich an, blieb stumm.

Regina kam ins Zimmer, heiter, rief: »Vater! Vater?« Sie lief auf ihn zu: »Hörst du mich nicht?«

Ich stand auf, um hinauszugehen.

»Es ist so schön, dass du wieder bei uns bist, Vater!«, sagte Regina. »Und es ist gut möglich, dass Barthold von Krakewitz dich schon bald besucht. Er ist ja ein guter Freund der Familie, und er ist dir ganz besonders zugetan! Denk dir, seine Frau ist im letzten Jahr verstorben, die Arme!«

Ich drehte mich zu ihm um, das Kinn war ihm auf die Brust gesunken, wie bei einem alten Mann, der im Sitzen eingeschlafen war.

89

Das Leben kehrte in die Stadt zurück, Fensterläden wurden aufgestoßen, Höfe gefegt, Menschen liefen ohne Angst durch die Straßen, alle grüßten ihn, er nickte bloß stumm. Ich folgte ihm zum Rathaus, er ging nicht schnell.

An seinem mächtigen Schreibtisch starrte er ins Leere, ich schrieb einen Brief, so wie er es mir aufgetragen hatte, las ihm vor: »*Hiermit verfüge ich, dass das Fangverbot für die Greifswalder Fischer mit sofortiger Wirkung aufgehoben ist. Vielmehr sind alle Fischer aufgefordert, so oft, wie es ihre Kräfte zulassen, aufs Meer hinauszufahren und Handel mit Schweden und Dänemark zu treiben. Hierbei ist ausschließlich der Tausch gegen Saatgut, Setzlinge, Getreide und Zuchtvieh gestattet, alle anderen Güter sind bis zum Widerruf vom Handel ausgesetzt.* Gezeichnet Christian Schwarz, Bürgermeister und so weiter.«

Ich blies die Tinte trocken, schob ihm das Papier hin.

»Sieht das nach deiner Schrift aus?«

Er blickte auf das Papier, nach einer Weile sagte er: »Die Stadt ist bankrott, Billie. Pommern ist bankrott.«

Ich sagte: »Du kannst Inspektoren ernennen, die in den Dörfern ermitteln, wer und was gebraucht wird, um die Felder zu bewirtschaften.«

»Die Menschen in der Stadt scheren sich nicht um die Dörfer«, sagte er.

»Das werden sie, wenn auch die Kinder der Kaufleute verhungern. Wir brauchen Saatgut und Setzlinge, vor allem Wintergemüse, Schwarzwurzeln, Steckrüben, Rote Bete, Grünkohl, alles, was noch jetzt in den Boden geht. Vielleicht schenkt uns der Herbst einen späten Frost.«

»Viele Bauern sind tot«, sagte er. »Ganze Dörfer verwaist.«

Ich sagte: »Aus dem versprengten Tross der Katholiken irren Tausende umher, die die flüchtenden Regimenter verloren haben.«

Er sagte: »Was sollen wir mit den katholischen Gaunern und den Huren des Papstes?«

»Es sind arme Leute, die sich durchs Leben schlagen«, sagte ich. »Wir müssen sie im Land behalten, nicht davonjagen! Wir können ihnen ein Haus bieten, einen Stall, ein Feld. Sie werden bleiben, arbeiten, dankbar sein.«

Er sah mich an, da klopfte es an der Tür, Arendt von Stetten trat ein.

»Schwarz!«, rief er.

»Ich bin nun der Bürgermeister dieser Stadt«, sagte mein Vater, nicht laut, aber fest.

»Also gut, verehrter Herr Bürgermeister Schwarz, sei's drum«, sagte von Stetten, milderte den Hochmut in seiner Stimme. »Wir müssen schnell handeln.« Erst jetzt erkannte er mich: »Warum sitzt deine Tochter im Rathaus?«

»Weil ich es so will«, sagte mein Vater.

»Sicher besser, als sie ohne Aufsicht mit angetrunkenen Männern tanzen zu lassen«, sagte von Stetten, hob die Augenbrauen.

»Bist du deswegen hier?«

»Nein!«, sagte von Stetten. »Wir Kaufleute wollen uns versichern, dass die Stadt nach der dunklen Zeit zuerst diejenigen unterstützt, die die Stadt zuvor reich gemacht haben und die nun vor dem Nichts stehen.«

Mein Vater richtete sich in seinem Stuhl auf, hob den Kopf.

»Der Krieg hat dich reich gemacht, Arendt. Dich und die Weinhändler. Die Stadt dagegen hat er ruiniert. Wer durch den Krieg aus dem Vollen schöpfen konnte, sollte im Frieden helfen, die Leere zu füllen, meinst du nicht?«

Von Stetten sah meinen Vater ungläubig an.

»Nein, das meine ich nicht«, sagte er, dann warf er mir einen abschätzigen Blick zu, stapfte davon.

»Kümmern wir uns um die Dörfer!«, sagte mein Vater zu mir.

90

Um den Rathausturm wehte ein leichter Wind, Tauben gurrten. Ich blickte über das Land, das müde im Abendlicht ruhte, hörte ihn leise die Stufen hinaufsteigen, das Blut pochte in meinen Schläfen.

»Guten Abend, Billie«, sagte er zurückhaltend.

Ich drehte mich um.

»Samuel!«

Ich ging auf ihn zu, er senkte den Blick, da blieb ich stehen.

»Ich freue mich, dass du gekommen bist«, sagte ich.

»Ein Bote hat mir deine Nachricht überbracht«, sagte er.

»Ja.«

Da standen wir nun nach dem verunglückten Kuss, damals in unserem verschneiten Hof, wussten nicht, ob wir wieder zueinanderfinden konnten.

»Du …«, sagten wir beide im selben Moment, lachten aber nicht über das Missgeschick.

»Sag du!«, sagte ich.

»Nein, du«, sagte er ernst. »Du wolltest mich …« Er brach ab.

Wir fanden uns nicht.

»Es ist so lange her, Samuel. Wie ist es dir ergangen? Wollen wir uns nicht setzen?«

Ich setzte mich auf die steinerne Bank, Tauben flogen auf, ich rutschte ganz an den Rand, damit er mich nicht berühren musste, falls er sich auch setzen wollte. Er setzte sich, berührte mich nicht. Dann schwiegen wir, blickten über die Dächer der Stadt, am mächtigen Turm der Nikolaikirche vorbei nach Westen, wo die Sonne hinter den unbestellten

Feldern von Wackerow versank, und fanden keinen Weg zueinander.

Ich hatte ihn gebeten, auf den Turm zu steigen, so war es wohl an mir, den Anfang zu machen. Bloß spürte ich, dass er nicht mehr bei mir war. Vielleicht hatte er längst aufgehört, an mich zu denken, vielleicht war er verlobt, und das Treffen, um das ich ihn gebeten hatte, war ihm bloß eine lästige Peinlichkeit.

Je länger die Stille dauerte, desto bitterer wurde sie. Ich hatte ihn verloren, so wie Petrarca seine Laura, also sagte ich: *»Mir fallen stille Tränen von den Wangen«,* denn so begann Petrarcas Gedicht, das Samuel mir damals in der Bibliothek vorgelesen hatte. Doch er blieb stumm.

»In mir woll'n dunkle Seufzerwinde wehen.«

Nichts.

Ich wandte mich ab.

»Es tut mir leid, Samuel«, sagte ich, stand auf.

Hätte Samuel mich jetzt gefragt, ob ich seine Frau werden wolle, hätte ich auf der Stelle Ja gesagt, wäre ihm weinend um den Hals gefallen. Er fragte nicht.

Langsam ging ich zur Treppe, Tränen fielen mir von den Wangen, er hatte mein Leben reich gemacht, ich hatte nichts gehabt, was ich ihm hätte schenken können. Ich stand an der Treppe, nun musste ich hinuntersteigen. Vielleicht würden wir uns nicht wiedersehen.

»Wann immer meine Augen dich erspähen, bin ich für dich doch aus der Welt gegangen«, hörte ich seine Stimme hinter mir.

Ich blieb stehen. Voller Angst und Hoffnung drehte ich mich um, wagte nicht, ihn anzusehen.

»Wenn du einmal heiratest, Samuel«, sagte ich, zögerte. »Wenn du heiratest und deine Frau liebte etwas sehr, bloß das, was sie liebte, wäre ihr nicht erlaubt …«

»So etwas wie das Dichten?«, sagte er.

»Ja, vielleicht so etwas. Würdest du es ihr dann verbieten?«

»Etwas, das sie sehr liebt?«, fragte er.

Er zögerte, da sah ich ihn an, sah in seine warmen Augen.

»Ich wünsche mir eine Frau, die nur sich selbst gleicht und nicht anderen Frauen«, sagte er. »Was immer sie tun möchte, ließe ich sie tun.«

Ich ging auf ihn zu, blieb nah vor ihm stehen, berührte mit den Händen seine Schultern, stellte mich auf die Zehenspitzen, sog den Duft nach Zedernholz ein, der von seiner Haut aufstieg, küsste ihn, küsste ihn lange, löste mich lächelnd von ihm, und auch er lächelte. Dann sagte er: »Ich gehe fort, Billie. Ich ziehe in den Krieg.«

91

Nun war also auch Samuel fort, und mir blieben nur die Bücher, die vielen schönen Bücher in der Bibliothek der Schöners, in ihrem verzauberten Haus, wo alles Offenheit atmete, Neugier, und in das zu kommen mir erlaubt war, wann immer ich wollte. So gerne hätte ich hier wie Catharina Schöner gelebt, die das Cembalo spielte wie niemand sonst, die niemandem gefallen wollte und mir deshalb so gut gefiel. Eines Tages war sie lautlos in die Bibliothek getreten, stand mit einem Mal neben mir, duftete nach süßer Milch, ein schlafendes Kind im Arm.

»Johann hat mir gesagt, dass du zu seinem Geburtstag ein Gedicht schreiben wirst.«

»Wenn es Ihnen nicht recht ist, Frau Schöner«, sagte ich verlegen, »werde ich natürlich nicht …«

Sie legte eine Hand auf meine Schulter, durch die Fenster wehte der Sommerwind das Gurren der Tauben herein.

»Oh, im Gegenteil, ich freue mich darauf!«, sagte sie, ihre Hand war leicht. »Sag Catharina zu mir, wenn du magst, wir könnten Schwestern sein.«

Sie ließ ihre Finger über meine Schulter gleiten, setzte sich neben mich, nahm eines der Bücher, die ich aus dem Regal gezogen und auf den Tisch gelegt hatte.

»Love's Victory«, las sie. »Lady Mary Wroth.«

Sie spürte meine Verlegenheit, lächelte: »Du willst eine Dichterin werden, hat mir Johann erzählt.«

»Ja.«

Die Worte kamen nur schwer aus mir heraus.

»Was liest du da?« Sie deutete auf das Buch, das ich verlegen in den Händen hielt.

»Oh, ein Buch von Ovid«, sagte ich und wünschte, ich hätte nicht gerade dieses Buch gewählt.

»Die Kunst des Liebens!«, sagte sie, hatte es wohl am Einband erkannt.

»Vermutlich dürfte ich es gar nicht lesen, oder?«, fragte ich, ohne sie anzusehen.

»Warum denn nicht?«, sagte Catharina. »Gerade in der Liebe sollte man nicht dumm und unvorbereitet sein.«

Sie war bloß ein wenig älter als Regina, doch wie weit waren sie voneinander entfernt.

»Guten Morgen, mein Herz!«, sagte sie, als das Kind die Augen öffnete. »Das ist Sophia, bald feiern wir ihren ersten Geburtstag.«

»Wie hübsch sie ist«, sagte ich.

»Das bist du auch«, sagte sie, sah mich an, es machte mich verlegen.

»Nah, nah!«, rief das Kind wie eine kleine Robbe.

»Du bist hungrig«, sagte Catharina, öffnete ihr Kleid so weit, bis ihr Busen zu sehen war, voll und rund und schön.

»Lies uns doch ein wenig vor, wenn du magst!«, sagte sie,

lehnte sich zurück, und ich öffnete mit bebenden Fingern das Buch, las mit zitternder Stimme: »*Vor allem durchdringe Selbstvertrauen dich und Zuversicht, dass jedes Mädchen erobert werden kann. Du wirst sie schon fangen, spanne nur deine Netze auf! Wenn du sie schmeichelnd in Versuchung führst, wird sie dir nicht widerstehen können, selbst die, von der du glaubtest, sie wollte dich nicht. Lass dich nur von Zuversicht durchdringen!*«

Ich schaute auf, sie lächelte: »Wie recht er hat, Ovid, meinst du nicht? Zuversicht öffnet die Türen wie Zauberei.«

»Doch mir scheinen manche Dinge so aussichtslos«, sagte ich.

»Eine berühmte Dichterin zu werden?«

»Ja«, sagte ich, »und vielleicht die Liebe zu finden.«

»Vielleicht hast du nicht an den richtigen Orten gesucht«, sagte sie, und ich hielt ihrem Blick stand, weil sie es ernst mit mir meinte.

Ich blätterte ein paar Seiten zurück, fand die Stelle, die ich im Sinn hatte.

»Ovid schreibt: *Solange es dir freisteht und du am lockeren Zügel überall umherschweifen kannst, erwähle die, zu der du sagen willst: Du allein gefällst mir.*«

Ich sah auf, vielleicht verstand sie.

»Du meinst, es steht dir nicht frei, überall umherzuschweifen?«

Und ich sagte: »Und es steht mir nicht frei, die zu erwählen, zu der ich sagen will: Du allein gefällst mir. Diese Zuversicht durchdringt mich nicht.«

Sie schaute mich an, verstand vielleicht.

»Hast du je von einer Dichterin namens Sappho gehört? Ovid schreibt in dem Buch über sie.«

Als ich Sapphos Namen bei Ovid entdeckt hatte, hatte mein Herz vor Freude zu pochen begonnen, denn wo Sappho mir vorher bloß ein körperloser Geist gewesen war, war sie nun lebendig, eine Dichterin der Liebe, verehrt in Griechenland und Rom, als die Göttinnen und Götter noch lebendig waren.

»Ja«, sagte ich. »Er schreibt: *Bekannt sei dir auch Sappho! Was gibt es Verliebteres als sie?*«

»Leider ist uns kaum ein Gedicht von ihr geblieben«, sagte Catharina. »Die großen Kirchenmänner haben sie eine Hure genannt, und irgendein dummköpfiger Papst ließ ihre Werke verbrennen. Aber einige ihrer Verse haben die brennende Dummheit überlebt.«

Mit dem Kind an ihrem Busen erhob sie sich, strich mit leichter Hand über die Buchrücken, zog schließlich eine Mappe aus hellem Leder heraus.

»In der Stadt Leiden, in den Niederlanden, hat Johann einmal einen berühmten Maler kennengelernt, Jacob van Swanenburgh, der viele Jahre in Italien gelebt hat. Von dort hat Swanenburgh einige ihrer Gedichte mitgebracht, und Johann gefielen ihre Verse so gut, dass er sie abgeschrieben hat. Wenn du magst, kannst du sie dir anschauen.«

»Aber ja!«, sagte ich aufgeregt, öffnete die Mappe behutsam, nahm den ersten Bogen heraus, der mit einer schönen Handschrift bedeckt war, las die ersten Worte: *»An ein einst geliebtes Mädchen in wieder erwachter Sehnsucht geschrieben.«*

Ich blickte auf, starrte Catharina an, die das Kind von der Brust genommen hatte, ihr Kleid verschloss.

»Sie schreibt an ein Mädchen, das sie einmal geliebt hat?«, fragte ich ungläubig.

»Ja«, sagte sie, nichts Aufgeregtes lag in ihrer Stimme, in meiner schon: »Hat denn niemand daran Anstoß genommen?«

»Aber nein.«

Ihre Worte strichen an mir vorbei wie eine Katze. Erst als sie mein Erstaunen bemerkte, sagte sie: »Die Griechen haben den Teufel doch gar nicht gekannt.«

Es war mir nie aufgefallen, jetzt fiel es mir auf. Wie schön musste eine Welt sein, in der der Teufel nicht an jeder Tür lauschte.

»Sie hat also ein Mädchen …« Ich brachte den Satz nicht zu Ende.

»Ein jeder folgt seinem Herzen«, sagte sie.

Ich schaute auf Sapphos Verse, las.

»Hör mein Rufen, Gongyla, mein Mädchen! Rufe mich, wo immer du bist! Reiz umweht dich. Schon das Gewand über deinem Leib entzückt mein Auge, und deine kitzelnde Stimme küsst mein Ohr. Belebend wie Salbeiöl erweckt deine Schönheit mein altes Liebesverlangen, und Freude ist dein Anblick mir, Gongyla, mein Mädchen, denn schön wie das Gras unter dem Tau bist du, und ich bin ein überlaufender See.«

Ich sah auf, so schön waren Sapphos Worte. Catharina sah mich an, ihr Blick schimmerte wie hinter einem dünnen Schleier.

»Keinen Tanz gab es einst, kein heiliges Fest, wo wir nicht waren, Gongyla, du und ich«, setzte sie die Verse fort. *»Kein Veilchenbett, wo wir das Verlangen nicht stillten, deine Haut mit Duftöl aus Myrrhe gesalbt wie ein dunkles Mädchen am Perserhof.«*

Feuerzungen durchglühten meinen Bauch, ich musste den Blick von ihr abwenden, las: *»Nimm die Leier zur Hand und singe, Gongyla, singe, wie du einst unsere Namen besangst, als wir einander die Herzen belauschten, als wir einander bei Nacht durchforschten. Singe, Gongyla, wenn es dein Herz ist, das singt.«*

»Schön, nicht wahr?«, sagte sie, stand auf, ging.

»Ja«, flüsterte ich.

92

Tief und warm schlug die Glocke von St. Nikolai, wir folgten ihrem Ruf, Regina, Emerentia und ich, vor uns Georg an Vaters Seite. Wir trugen unsere schlichten Kirchkleider, die Haare zu artigen Schnecken gedreht. Wer gehen konnte, ging zum ersten Gottesdienst, seitdem der Krieg nach Pommern gekommen war. Auf den Straßen grüßten sich die Menschen mit einem Lächeln, auch die Mädchen und die unverheirateten Frauen, die so viele Monate in den Häusern versteckt gelebt hatten, suchten lächelnd die Blicke. Ich hörte die Räder einer Kutsche, den Hufschlag der beiden Kutschpferde, Catharina und die Kinder winkten.

»Was für ein herrlicher Tag!«, rief Johannes Schöner, dem ein jeder Tag herrlich zu sein schien.

Georg drehte sich zu mir um: »Nach dem Sommer werde ich bei Doktor Schöner studieren, hab ich dir das schon erzählt?«

Ein Stich traf mich in den Bauch, ein giftiger Pfeil, unerwartet und gemein.

»Nun hast du's mir erzählt«, sagte ich.

»Ich werde ein berühmter Arzt!«, rief er. »Neidisch?«

Er ging neben mir, erfreut über seinen Triumph, und ich konnte den Neid bloß hinter Spott verbergen.

»Ein berühmter Arzt, ach ja!«, sagte ich. »Hast du je von Hildegard von Bingen gehört?«

»Die Verrückte aus der Salzgasse«, fragte Georg, »die sich von 'nem Fuhrwerk die Beine hat abfahren lassen, weil sie geglaubt hat, die wär'n von 'ner Ziege?«

»Ja, die«, sagte ich, es war sinnlos.

»Was ist mit der?«, fragte er.

»Hat keine Beine mehr.«

»Wer weiß, vielleicht werde ich ja auch der Leibarzt einer Königin. Stell dir vor, du darfst als einziger Mann den Leib einer jungen Königin untersuchen. Junge, Junge!«

Ich konnte die Vorstellung kaum ertragen, dass Georg an die Universität gehen würde, dass er alles über den Körper des Menschen lernen durfte, alles, was Doktor Schöner wusste, dass er eines Tages selbst Arzt sein würde, mein blöder, aufgeblasener Bruder Georg, wie ich ihn beneidete!

Ich wandte mich Regina zu, sie sah elend aus, hielt den Blick gesenkt. Mit einem Taschentuch wischte sie sich den Schweiß von der Stirn, obwohl die Mittagshitze noch fern war.

»Was ist mit dir, Regina?«

»Als ich das letzte Mal zur Kirche gegangen bin, hab ich geglaubt, eine glückliche Zeit wartet auf mich«, sagte sie, »aber am Arsch!«

»Rina!«, rief Emi, überrascht, dass sie wie ein Bursche auf der Straße schimpfte.

»Pscht!«, machte ich. »Da vorn kommt Krakewitz!«

Regina sah auf.

»Vielleicht kommt er ja deinetwegen!«, sagte Emi.

»Christian!«, rief Krakewitz unserem Vater zu. »Oder viel angemessener: Herr Bürgermeister! Wie lang haben wir uns nicht gesehen.«

»Guten Tag, Barthold!«, sagte Vater.

Respektvoll zogen sie die Hüte voreinander, weil ihr gegenseitiger Respekt sie ihrer hohen Stellung versicherte, nur der Herzog stand über ihnen, doch der lag krank in Stettin, darüber bloß Gott.

Krakewitz ließ seinen Blick über uns gleiten, hob die Augenbrauen, rief: »Wie deine Töchter herangereift sind!«

Er war kein Mann, dessen Anblick eine Frau erfreuen konnte, trotzdem schaute Regina ihn erwartungsvoll an. An der Seite des höchsten Geistlichen Pommerns wäre sie eine Frau, der man überall größte Achtung erwiese, und wie sehr sie sich danach sehnte.

Sie knickste, lächelte ihn zurückhaltend an, er beachtete sie nicht, konnte den Blick nicht von Emi lassen, und als Regina erkannte, wie schön ihre jüngere Schwester geworden war, starrte sie erschüttert zu Boden.

»Ich habe von Margret gehört«, sagte Vater, »mein Beileid.«

Krakewitz löste die Augen von Emi: »Es ist bitterer Wermut, doch das Leben muss weitergehen, so will es Gott.«

Er nickte, bewegt von seinen eigenen Worten, sah wieder Emi an, sie sah weg.

»Wollen wir gemeinsam zur Kirche gehen?«, fragte Vater.

»Sehr gern«, erwiderte Krakewitz, so gingen sie voran, die großen Männer, wir folgten ihnen in einigem Abstand, denn nie würden wir so bedeutend sein, dass uns neben ihnen zu gehen erlaubt wäre, bloß ihre schiefen Rücken durften wir bewundern.

»Warum glotzt der alte Vogel mich so blöd an?«, fragte Emi.

»Weil er sich für einen jungen Falken hält«, sagte ich.

Regina schnaubte.

Und da sah ich sie, da stand sie dann, nach so langer Zeit stand sie da, stand einfach da im Sonnenlicht.

Ihr Vater sprach mit Friedrich von Mevius, daneben stand sein Sohn David, der mit Ide getanzt hatte, weil er sie für eine schwedische Prinzessin gehalten hatte, der vor ihr geflohen war, als er erkannt hatte, dass sie bloß eine Magd mit nackten Füßen war. Nun strahlte er Judith an, konnte die Augen nicht von ihr lassen, sprach lächelnd mit ihr, versuchte sie mit seinem Lächeln zu fangen, und Judith bemerkte mich nicht, sosehr ich mir auch wünschte, sie würde meinen glühenden Blick auf sich spüren.

Ich folgte meinen Schwestern zu den schweren Türen von St. Nikolai, da erklang ihre Stimme: »Billie!«

Ich blieb stehen.

»Billie!«, rief sie noch einmal, und als ich mich zu ihr umdrehte: »Kennst du mich denn nicht mehr?«

»Wie könnte ich dich vergessen?«, flüsterte ich.

Sie kam ganz nah zu mir, umhüllte mich mit ihrem Rosenduft, glitzerte wie der Tau auf den Rosenblättern, wisperte wie der Wind in den Rosensträuchern: »Und wie ich dich?«

Da umarmte ich sie, schloss die Augen, schob mein Gesicht in ihre weichen Locken, doch noch bevor ich blind das kleine Schneckenhaus ihres Ohres küssen konnte, riss mich die Stimme ihres Vaters zurück: »Judith!«

Als sollte sie mir für immer genommen werden, wenn ich sie aus meinen Armen ließe, drückte ich mich an sie, sie flüsterte: »Billie, was machst du da?«

Ich erschrak, sie befreite sich aus meiner törichten Umklammerung, schob mich von sich, da spürte ich die Blicke der Männer auf mir.

»Es tut mir so leid!«, flüsterte ich bestürzt.

Sie wich zurück, floh vor mir, und ich lief zitternd meinen Schwestern hinterher, lief wie ein Lämmchen, das zu dumm war, um allein seinen Weg zu finden.

Während des Gottesdienstes starrte ich verstohlen auf ihren schlanken Hals, der das Haupt einer Königin trug, zu schön, um von einer Närrin geküsst zu werden. Zwei Bänke vor mir saß sie zwischen ihrem Vater und Elisabeth, Davids Schwester, daneben David, sie blickte zu ihm, hatte mich vergessen, hatte das verrückte Tier abgeschüttelt, sang mit allen anderen: »Dem Teufel ich gefangen lag, im Tod war ich verloren«, und ich kauerte im Dunkeln hinter ihr, vom Schein ihres Lächelns nicht erfasst.

Da ergriff Regina meine Hand, drückte sie fest, ihre Hand zitterte.

»Was ist?«, flüsterte ich erschrocken.

»Ich bekomme keine Luft!«, flüsterte sie mit erstickender Stimme, Schweißtropfen rannen über ihr Gesicht, sie griff sich an die Brust. »Mein Herz stolpert!«

Da bemerkte Vater, dass etwas nicht stimmte. Er zog sie hoch, zog sie aus der Bank, Emi und ich schoben uns aus der Reihe, aller Augen folgten uns. Vom Altar sah Krakewitz missbilligend zu uns.

Wir kehrten nicht in die Kirche zurück, auch nicht, als es Regina besser ging. Sie hatte sich bei Vater untergehakt, Emi und ich folgten ihnen durch die menschenleeren Straßen nach Hause, Georg war einfach in der Bank sitzen geblieben.

»Ich sollte nicht mehr zur Kirche gehen«, sagte Regina, »offenbar meint es Gott nicht gut mit mir.«

»Unsinn!«, sagte Vater.

»Werden wir sehen, ob es Unsinn ist«, sagte Regina.

Gott meinte es nicht gut mit ihr.

93

Es klopfte laut, ich lief zur Tür, draußen stand Barthold von Krakewitz, starrte mich an, als ob Gott mich verflucht hätte.

Ich senkte den Blick, sagte: »Guten Tag, Herr von Krakewitz.«

Er trat ein, zog den Hut vom Kopf, hielt ihn mir zusammen mit seinem Stock hin, der Knauf war der Kopf eines Aals.

»Ich möchte den Bürgermeister sprechen«, sagte er ohne jeden Gruß.

Ich nahm ihm Hut und Stock ab.

»Mein Vater ist oben in seinem Arbeitszimmer«, sagte ich. »Ich bringe Sie.«

Er ging an mir vorbei.

»Ich kenne den Weg«, sagte er, da trat Regina aus der Küche.

»Guten Tag, Barthold«, sagte sie, doch er stieg ohne ein Wort die Treppe hinauf.

Stumm setzte sie sich in der Küche auf einen Stuhl, Emi und ich kneteten Teig.

»Worüber sie wohl reden?«, fragte Regina nach einer Weile, mehr sich selbst als uns, trotzdem sagte Emi: »Vielleicht geht es gar nicht um dich, Regina.«

Da kam Vater herein, Regina blickte ihn ängstlich an, und wir hörten auf zu kneten. Er zögerte, dann sagte er: »Kann ich mit dir sprechen, Regina?«

Seine Stimme war leise, sanft beinahe, Regina warf uns einen bangen Blick zu.

»Aber ja«, sagte sie. »Natürlich.«

Sie stand auf, folgte Vater, da kam Ide vom Hof in die Küche.

»Es ist so schön, dass wir wieder Hühner haben!«, rief sie fröhlich, erkannte dann, dass etwas nicht stimmte. »Was ist passiert?«

»Wissen wir nicht«, sagte Emi.

Ich zog die Hände aus dem Teig, wischte sie an einem Tuch ab, ging hinaus in den Hof, setzte mich auf die Bank, sah den Hühnern zu. Emi kam zu mir, wir saßen schweigend nebeneinander im Schatten, beobachteten die Hühner, bis Regina nach draußen trat.

»Wir haben ja wieder Hühner«, sagte sie ausdruckslos.

Sie setzte sich zu uns, und wie die Hühner auf der Stange saßen wir da, Regina, Emerentia und ich, schauten den Hühnern zu, bis ich mich zu fragen traute.

»Und?«

»Und was?«, entgegnete sie.

»Krakewitz?«, sagte ich. »Was hat er ...?«

»Er hat um Emis Hand angehalten.«

Emi fuhr herum.

»Was?«, rief sie entsetzt.

»Was soll ich sagen?«, sagte Regina.

»Aber auf dem Fest ...«

»Er ist nicht meinetwegen gekommen«, sagte Regina kühl, »sondern wegen Emi.«

Emi blickte von mir zu ihr, schüttelte den Kopf: »Aber ich kann doch nicht ...«

»Vater hat abgelehnt«, sagte Regina.

Emi atmete erleichtert aus, fasste sich an die Brust, rief, als wäre sie bloß um ein Haar dem Tod entronnen: »Oh, mein Gott!«

»Vater hat gesagt, erst müsse er die Älteste unter die Haube bringen, dann die beiden anderen.«

Emi drückte ihre Hände gegen die Wangen, sagte erleichtert: »Was für ein Glück!«

»Und jetzt?«, fragte ich.

»Jetzt wird Krakewitz eben mich heiraten«, sagte Regina, als ginge es um nichts.

Überrascht starrten wir sie an.

»Und du willst das?«, rief Emi fassungslos.

Regina zuckte bloß mit den Schultern.

»Ich hoffe, er lebt länger als Christoph Bünsow«, sagte sie. »Er ist schließlich nicht mehr der Jüngste.«

94

Regina würde also zum zweiten Mal das Haus verlassen, sie betete, nie mehr zurückkehren zu müssen. Joachim und Samuel waren mit den Schweden fortgezogen, beteten wohl, auf den Schlachtfeldern siegreich zu sein, als Helden nach Hause zurückzukehren, als Helden, denen alle Herzen zuflogen. Auch die einäugige Katze war fortgegangen, hatte am Ende eingesehen, dass sie ihr treues Gemüt an mich bloß verschwendete.

Die Tage zogen vorüber, der 11. Juli rückte näher, Schöners Geburtstag, doch vor mir lag bloß ein leerer Bogen Papier, wie eine weiße Fahne, als wollte ich mich kampflos beugen, mich vom Schlachtfeld schleichen und in der Dunkelheit verkriechen.

Acht Mal schlug die Glocke von St. Nikolai. Ich schaute über die Dächer von Greifswald, wo das Land verlassen lag, schob den leeren Bogen beiseite, stand auf, ging hinunter in die Küche.

Am nächsten Morgen bat ich Georg, mich zu Schöners Haus zu begleiten. Die Magd ließ mich ein. Vollkommen still lag das Haus da, und doch war es lebendig, als würden die Bewohner in den Wänden wispern, als würde Geschirr klappern auf den Gemälden aus Amsterdam und Delft.

Mit halb geschlossenen Lidern streifte ich durch die Bibliothek, strich über die Rücken der Bücher, hoffte, die Musen würden mir etwas in die Ohren flüstern, wenigstens in eines, würden mir einen Einfall schenken für das Gedicht, das ich für ihn schreiben wollte.

Wer glaubt, ohne größte Gelehrtheit zu dichten, hatte

Mutter gesagt, bloß weil er ein paar Reime zusammenschustert, ist nichts als ein Tölpel. Sie hatte recht. Doktor Schöner war ein gelehrter Mann, nur gelehrte Männer würden zu seinem Geburtstag geladen sein, sicher wollten sie von einem Mädchen keine albernen Verse über die Liebe hören, nichts über die Freundschaft oder den Frühling.

Lucrezia kam in die Bibliothek gelaufen, in wildem Übermut steuerte sie geradewegs auf mich zu, brüllte: *»Hoy, Billie! Row your Bumboat aside!«*

»Hoy, Lucy!«, rief ich. *»How do the fish bite today?«*

Nicht mit der linken Hand, sondern mit den zwei Fingern ihrer rechten Hand zog sie ein Buch aus dem Regal, drehte sich zu mir, hob einen Finger zum Ohr: *»They do not bite, Billie. Listen! They're singing!«*

Kein Kind gefiel mir so wie Lucrezia, sie hörte die Fische singen, wie ihr Vater den Kakao singen hörte. Schon war sie wieder fort, doch sie hatte einen Funken in mir entfacht. Ich drehte mich um zu einem Gemälde, das ich schon so oft angesehen, aber nie verstanden hatte, einem Gemälde, das einen gedeckten Tisch zeigte, schwarze Keramik auf einer weißen, halb zur Seite geschobenen Tischdecke, ein Stück angebissenes Brot darauf, eine Zitrone, von der die abgelöste Schale herabhing, ein angeschnittener Schinken, eine halb geleerte Karaffe Wein, ein umgekippter Wasserkrug, das Festmahl war vorüber. Wie viel Schönheit lag in einer Tafel, die bloß darauf wartete, abgeräumt zu werden, oder die vielleicht nie abgeräumt werden würde? Das Brot würde zerfallen, der Schinken vertrocknen, der Wein sauer werden, alles verging, und vielleicht liebte Schöner die Musik deshalb so sehr, weil sie den Augenblick erfüllte, weil er wusste, dass wir nicht ewig lebten, selbst wenn wir auf Gott vertrauten. Er war Arzt, hatte leblose Leiber geöffnet, hatte ihr Inneres durchforscht, vielleicht keine ewige Seele gefunden, bloß vergängliches Fleisch, das bald zu Staub zerfiele, den der Wind verwehte, ganz gleich, wie sehr wir uns gewünscht haben mochten zu leuchten.

Im Rathaus schrieb ich an Vaters Schreibtisch nicht den Vertrag, den er mich in seinem Namen aufzusetzen gebeten hatte, sondern ein Gedicht zum Geburtstag eines gelehrten Mannes, von dem ich hoffte, es würde wenigstens ihm gefallen. Da trat Vater ein, schlug die Tür zu, ich erschrak.

»Was ist passiert?«

Er hielt ein Schreiben in der Hand, kam verärgert auf mich zu.

»Hast du das verfasst?«

Er hielt mir den Brief hin, ich nahm ihn, obwohl ich längst wusste, welcher Brief es war, tat, als ob ich lesen würde. Schließlich musste ich ihm antworten.

Ich sagte: »Henriette Levenston, du weißt, was ihr geschehen ist, Vater? Die Katholiken haben ihren Mann aus dem Fenster geworfen. Er ließ vier Kinder zurück und eine junge Witwe in einem Haus voll betrunkener Soldaten.«

»Hier steht, dass ich dieses Schreiben verfasst habe«, rief Vater, »der Bürgermeister von Greifswald.«

»Du musstest ihr helfen, Vater«, sagte ich, ohne ihn anzusehen. »Ich habe bloß geschrieben, was du auch geschrieben hättest, dass die Stadt sie nicht allein lässt in ihrer Not, dass die Stadt ihre hungrigen Kinder vor dem Tod bewahrt, bloß mit ein wenig Geld, kaum genug, um zu leben, doch wenigstens das.«

»Wir müssen denen helfen, die das Geld vermehren«, sagte Vater, »nicht denen, die das Brot vertilgen.«

Ich wartete einen Moment, damit er nicht glaubte, ich würde ihm widersprechen, dann sagte ich: »Vielleicht kann der Bürgermeister klug und barmherzig zugleich handeln, dann erkennen die Verlassenen, dass es Hoffnung gibt.«

»Das zu entscheiden, steht dir nicht zu«, sagte er, und um zu verbergen, dass er wusste, dass ich recht hatte, nahm er mir das Gedicht weg. »Was schreibst du da?« Dann las er: *»Was sind wir schönen Tiere, wir Menschen, mehr als Staub?«,* blickte auf. »Was soll das?«

»Bloß ein Gedicht.«

»Gedichte bringen die Felder nicht zum Blühen und die Kälber nicht ans Licht«, sagte er. »Wir müssen unser Land wieder aufbauen!«

»Du hast recht«, sagte ich, »doch das ist deine Aufgabe, ich habe den Auftrag, ein Gedicht zu schreiben.«

»Was für einen Auftrag?«, rief er.

»Doktor Schöner hat mir den Auftrag erteilt, ein Gedicht zu schreiben«, sagte ich leise, aber nicht zu leise.

»Das kann er nicht«, rief Vater.

»Er hat mich gebeten, es an seinem Geburtstag vorzutragen.«

»Das wirst du nicht«, sagte Vater entschieden.

»Und warum nicht?«

»Ich bin der erste Mann unserer Stadt. Was würde geschehen, wenn der Bürgermeister seine Tochter öffentlich Verse vortragen ließe?«

»Was würde geschehen?«, fragte ich. »Erkläre es mir. Versprochen, wenn ich es verstehe, werde ich schweigen wie ein stummes Kätzchen.«

Ich erwartete eine Backpfeife, doch er blieb ruhig.

»Die Menschen werden zu murren anfangen, Billie«, sagte er wie ein Vater, der seinem Kind die wichtigen Dinge des Lebens erklärt. »Was sollen sie denken, wenn ihre Töchter mit einem Mal dichten wollen, forschen, predigen, was denn noch? Regieren? Kriege führen? Wir leben in einer

Welt, in der unsere Ordnung zu Staub zu zerfallen droht. Wir müssen sie mit aller Macht verteidigen, weil es sonst nichts für uns gibt, bloß Chaos und Verderben, Billie! Wenn du das begreifst, weißt du, was deine Aufgabe im Leben ist.«

Ich nickte, stand auf, deutete auf mein Gedicht in seiner Hand.

»Darf ich?«

Doch Vater gab es nicht her.

»Das Gerede der Leute ist giftig«, sagte er, »du wirst nicht mehr ins Rathaus kommen.«

»Wäre ich sowieso nicht«, sagte ich wie ein trotziges Kind.

95

Emi kämmte meine Haare, ich schaute ihr nicht zu, sah mich nicht im Spiegel an, starrte bloß stumm auf die Ärmel meines rosigen Kleides, ein blasses Rosenrot, die stolzeste Farbe der Unvernunft. An jenem Abend im Juni, nachdem die Katholiken die Stadt verlassen hatten, hatte Doktor Schöner gesagt, eine Dichterin müsse gesehen und gehört werden, sonst wisse niemand, dass sie eine Dichterin sei.

Vielleicht hatte ihn bloß der Überschwang dazu verleitet, vielleicht erinnerte er sich nicht einmal mehr an seine Worte, weil der Rausch, als er am nächsten Tag verflogen war, seine Erinnerungen mit sich genommen hatte. Doch wie es auch um seine Erinnerungen bestellt sein mochte, Doktor Schöner blieb der einzige Mann, der mir helfen konnte. Nur sein Ansehen gestattete einem Mädchen, das zu tun, was den gelehrten Männern vorbehalten war. Ansonsten blieb mir nur die Hoffnung, der junge Neffe unseres Herzogs, Ernst

Bogislaw von Croÿ, werde mich eines schönen Tages heiraten, doch diese Hoffnung unterschied sich in nichts von Hoffnungslosigkeit. Wenn ich also an diesem Tag nicht wagte aufzustehen, würde ich für immer ein Mädchen bleiben, das sein eigenes Leben aufgab, das bloß ergeben darauf wartete, geheiratet zu werden.

Noch konnte ich mich entscheiden.

Ich hob den Blick, schaute in den Spiegel, doch das Mädchen, das mich ansah, hatte nicht den Mut, in diese Schlacht zu ziehen.

»Ist dir nicht gut, Billie?«, fragte Emi.

96

Wie durch einen Nebel folgte ich Vater in den vollen Saal von Schöners Haus, den Kopf gesenkt, kein einziges Mal blickte ich auf, hörte ihre Stimmen gedämpft, als ob mein Kopf unter Wasser getaucht wäre, spürte meine Füße, als würden sie haltlos durchs Wasser gleiten, und die Angst unterzugehen wich auch dann nicht, als ich mich setzte und sich meine Hände an der Tischkante festklammerten.

Schöners Stimme hallte wie aus weiter Ferne zu mir, ich verstand nicht, was er sagte. Ich erkannte David von Mevius neben seinem Vater, dort Arendt von Stetten, daneben seine Töchter, Krakewitz, am anderen Ende des Saales entdeckte ich Völschow.

Ganz langsam, erst mit dem Klatschen, den Rufen, dem Klirren der Gläser, öffneten meine Ohren sich, kehrten ihre Stimmen aus dem Land der Echos zurück.

Friedrich von Mevius erhob sich.

»Wir sind heute zusammengekommen«, begann er, »um einen der größten Männer unserer Stadt, ach, was sag ich, unseres Landes zu ehren! Einen Mann, der schon mit vierzehn Jahren an der Universität von Edinburgh studiert hat, danach in Oxford, in Cambridge, bis der englische König Jakob selbst ihn nach London an seinen Hof gerufen hat!«

Friedrich von Mevius blickte in beeindruckte Gesichter.

»Wir können uns also mehr als dankbar schätzen, dass dieser in der Welt so hochberühmte Mann unsere bescheidene Stadt dem prächtigen London vorgezogen hat, unser kleines Pommern dem großen England. Ein wenig verrückt muss dieser Mann daher wohl schon sein!«

Lachende Männer, lächelnde Frauen.

»Doch wir lassen ihn sein, wie er ist, diesen großen Doktor der Medizin, Professor der Philosophie, Primarius der Medizinischen Fakultät und im nächsten Jahr, dies zu verkünden habe ich heute die Ehre, mein Nachfolger als Rektor unserer hochberühmten Universität Greifswald! Herzlichen Glückwunsch, Johann Schöner!«

Schöner erhob sich heiter unter Klatschen und Rufen, verneigte sich bescheiden. Die Männer hoben die Gläser.

»Ich danke dir, Friedrich«, sagte er. »Danke!«

Mevius setzte sich lächelnd, Krakewitz erhob sich steif.

»Einen solchen Ehrentag, sehr geehrter Herr Doktor Schöner«, begann Krakewitz bedeutsam, »möchte auch ich, der ich selbst nicht arm bin an Ehrungen, mit den Worten Doktor Martin Luthers schmücken, der uns auch in dunkler Zeit den rechten Weg weist.«

Er räusperte sich, dann trug er sein Gedicht vor: *»Mitten wir im Leben sind mit dem Tod umfangen. Wer ist, der uns Hilfe bringt, dass wir Gnad erlangen? Das bist du, Herr, alleine. Vergossen ist dein teures Blut, das g'nug für die Sünde tut. Heiliger Herre Gott, heiliger starker Gott, heiliger barmherziger Heiland, du ewiger Gott, lass uns nicht abfallen von des rechten Glaubens Trost. Kyrieleison!«*

Bewegt blickte Krakewitz sich um, fand ehrfurchtsvolles Schweigen. Regina senkte den Blick, diesem Mann war sie nun versprochen, sie ahnte wohl, was sie erwartete.

»Vielen Dank für die tröstenden Worte, lieber Barthold«, sagte Schöner.

Krakewitz setzte sich, hier und dort begann leise ein Löffelchen zu klappern.

Mutter hatte gesagt, niemandem würde es gefallen, wenn ich vor aller Augen vorträte wie ein geschmücktes Jahrmarktspferd, kein anständiger Mann würde mich noch heiraten wollen.

Ich erhob mich.

»Lieber Herr Doktor Schöner«, sagte ich, suchte seinen Blick, meine Stimme zitterte. »Sie haben mir die Ehre gewährt, zu Ihrem Geburtstag ein Gedicht vorzutragen. Ich danke Ihnen in aller Bescheidenheit dafür und hoffe, ich werde dem weiten Meer Ihres Ruhms wenigstens einem Tropfen gleich gerecht.«

Stille legte sich über den Saal. Schöner sah zu Vater hinüber.

Ich sprach mir Mut zu, begann.

»Indem ich bin umringt von vielerlei Gedanken, wie doch die Welt wohl ist, und die in ihren Schranken wie ich und alle gehn, erscheint mir unsere Zeit, dass nichts als Sorg und Angst, als trübe Fröhlichkeit in ihr zu finden ist.«

»Oh, mein Gott!«, hörte ich Maria von Stetten angewidert flüstern.

Ich sah auf, da bemerkte ich Judith. Mit ihrem Vater und ihrer Schwester betrat sie den Saal, sie starrten mich an, vielleicht waren sie bloß Geister, die mich erzittern lassen wollten. Ich zitterte.

»Was …« Ich verlor meine Verse, tat einen bebenden Atemzug, fand sie nicht.

Krakewitz schüttelte den Kopf.

Da waren sie: »*Was sind wir schönen Tiere, wir Menschen, mehr als Staub? Das, womit ich mich ziere, sagt jeder bloß, ist Tun, das heute zwar besteht, doch morgen nicht mehr ist, das mit der Zeit vergeht.*«

Krakewitz hustete empört.

»Setz dich hin«, zischte Vater.

Ich fuhr fort: »*Wir sind von Kindheit an mit Angst und Not beschwert …*«

Elisabeth von Stetten lachte verächtlich auf.

»*… dass mancher tausendmal am Tage bloß begehrt den bittersüßen Tod. Hier lauert Krieg und Streit, dort Pestilenz und Schwert, da klagt man harte Zeit …*«

Vater stand auf, packte mich fest bei der Schulter, drückte mich auf den Stuhl. Maria von Stetten lachte.

»Lasset eure Weiber schweigen in der Gemeinde, liebe Brüder«, rief Krakewitz, »denn sie sollen nicht reden, so spricht es das Gesetz. Erster Korinther, Kapitel vierzehn, Vers vierunddreißig.«

Da setzte sich Catharina Schöner ans Cembalo, spielte eine muntere Melodie, die Musiker setzten ein, folgten ihr leichtfüßig, verscheuchten die Empörung. Bloß die Erinnerung an meine Anmaßung, die mit meiner Erniedrigung vergolten worden war, würde nicht davonziehen. Sie würde mich von nun an verfolgen.

»Warum hast du das getan, Billie?«, flüsterte Emi.

Ich stand auf, schlich mit gesenktem Kopf vom Schlachtfeld, spürte die Blicke in meinem Rücken, spürte sie, als wäre mein Kleid am Rücken aufgerissen, die Haare am Hinterkopf geschoren

»*Au revoir!*«, hörte ich Elisabeth sagen.

97

Jemand betrat die Bibliothek, schloss leise die Tür. Ich wollte allein sein, wollte mich in der Dunkelheit verkriechen.

»Ich bin es, Billie«, sagte sie, dann fügte sie hinzu: »Judith.«

Ich wollte nicht, dass sie mein Gesicht sah, doch sie würde ohnehin wissen, wie es um mich stand, alle hatten mich davonschleichen sehen wie einen geprügelten Hund. Ich drehte mich um.

»Glaubst du, ich würde deine Stimme nicht wiedererkennen?«, fragte ich.

Im letzten Moment war sie auf das Fest gekommen, gerade rechtzeitig, um zu erkennen, wer ich wirklich war, keine Dichterin, die die Welt eroberte und die Herzen der Menschen, nein, bloß ein dummes Mädchen, zu dumm, um die Welt zu begreifen.

Sie senkte den Blick, trotzdem sagte ich: »Bist du gekommen, um deine Kette zurückzufordern?«

Sie schüttelte den Kopf, trotzdem löste ich die Kette von meinem Hals, legte sie wütend auf den Tisch.

»Du findest sicher leicht einen, dem du sie umlegen kannst«, sagte ich. »Und nun geh bitte, ich möchte meinen Erfolg allein feiern.«

Sie blieb, trat zum Tisch, betrachtete das Amulett, das sie mir bei unserer ersten Begegnung um den Hals gelegt hatte, berührte es sanft, als ob sie dem Moment nachtrauerte, in dem Rosenkohl und Petrarcas Verse durch unsere Küche geweht waren.

»Mein Vater liest meine Briefe«, sagte sie ruhig. »Hättest du vielleicht draufkommen können.«

Ich schaute sie nicht an.

»Ich habe dir andere Briefe geschrieben«, sagte sie, »die konnte ich nicht abschicken.«

Die Wut, die an mir klebte, löste sich. Sie kam zu mir, doch ich musste den Blick abwenden, weil ich so dumm gewesen war.

»Und vor der Kirche …«, sagte sie, »Mädchen umarmen sich nicht so, wenn sie nicht allein sind.«

Sie nahm mich in den Arm.

»Jetzt sind wir allein, Billie.«

Da umarmte ich sie, drückte mich an sie, und die Tränen, die ich zurückgedrängt hatte, brachen aus mir heraus, und sie tröstete mich, strich mir übers Haar, küsste meine Schläfe, wie eine Mutter ihr weinendes Kind küsst, bis es sich in ihren Armen beruhigt.

Dann sah sie mich an, blickte in mein verheultes Gesicht, lächelte.

»Dein Gedicht war nicht schlecht«, sagte sie. »Ein bisschen zu schlau für einen Geburtstag.«

»Es war ja noch nicht zu Ende«, sagte ich schluchzend.

»Ach, nicht?«, sagte sie.

»Nee! Es kam noch was. Hätte es aber auch nicht besser gemacht.«

Wir schauten uns an, ohne einander loszulassen.

»Ich hätte ja eher was geschrieben wie: Hebt die vollen Gläser an! Auf Johann Schöner, welch ein Mann! Damit hättest du sie gekriegt.«

»Ja, das wäre besser gewesen!«, sagte ich.

Wir lachten, ohne zu vergessen, dass mein Versuch, eine Dichterin zu werden, mit einer elenden Niederlage geendet hatte.

Die Tür öffnete sich, auf der Stelle ließen wir voneinander ab, Vater stand in der Tür.

»Wir gehen!«, sagte er eisig.

Ich wischte die Tränen weg, fischte die Kette vom Tisch, warf Judith noch einen heimlichen Blick zu, ging.

98

In meiner Kammer sammelte er alles zusammen, warf die Bogen aufs Bett. Ich öffnete den Schrank, holte die übrigen Verse hervor, übergab sie ihm, er warf sie achtlos zu den anderen, kümmerte sich nicht darum, ob die Bogen knickten.

Er entdeckte Opitz' Lehrbuch der Dichtkunst, das Samuel mir geschenkt hatte.

»Woher hast du das?«

»Ein Geschenk.«

»Ein Geschenk von wem?«, fragte er, doch ich presste die Lippen aufeinander.

Er warf das Buch zu meinen Gedichten.

»Was hast du damit vor?«, fragte ich.

»Alles wird brennen.«

»Ich bitte dich, Vater«, flehte ich, »lass sie mir. Ich verspreche, zu tun, was immer du mir zu tun aufträgst.«

»Ich glaube deinen Versprechen nicht mehr. Wie könnte ich, nachdem du gewagt hast, dich meinem Willen zu widersetzen?«

Er stieg die Treppe hinunter, raubte meinen Schatz, und ich war kein Drache, der den Schatz hätte beschützen können. Ich sank zu Boden, rollte mich zusammen wie eine Spinne, wie Arachne, das hochmütige Webermädchen, das die große Göttin Athene herausgefordert hatte. Athene zerriss Arachnes Teppich, schlug das Mädchen so hart, dass es das Leben loslassen wollte, gönnte Arachne nicht einmal den schnellen Tod, verwandelte den Strick, den das

Mädchen sich schon um den Hals gelegt hatte, in das Netz einer Spinne, und Arachne schwanden die geflochtenen Haare, Nase und Ohren verdorrten ihr, ihr hübsches Haupt schrumpfte, ihre Beine schmolzen zu schmächtigen Beinchen, klein wurde alles an ihrem Körper, nur nicht ihr Bauch. Aus ihrem Bauch zogen sich klebrige Fäden, denn die eifersüchtige Göttin hatte Arachne wegen ihres Hochmuts in eine Spinne verwandelt, vor der die Menschen sich voller Ekel abwenden mussten. Und so geschah es auch mit mir.

99

An dem Tag, an dem Regina Barthold von Krakewitz heiratete und in sein Haus zog, in dem er ein Vierteljahrhundert mit seiner Frau und seinen Kindern gelebt hatte, blieben Ide und ich allein zurück. Ich badete in der Küche, knirschte in stummer Wut mit den Zähnen, schrubbte mir die Haut so kräftig mit der Scheuerbürste, als wäre sie mit klebrigem Schleim überzogen.

»Soll ich dir mehr heißes Wasser bringen?«, fragte Ide.

»Nein.«

»Willst du dir die Haut abschrubben?«, fragte sie.

»Diesen dummen Wunsch zu glänzen will ich mir abschrubben«, sagte ich, »damit ich mich am Ende nicht in eine unglückliche Spinne verwandle, vor der sich alle bloß ekeln.«

»Dann mach das«, sagte Ide. »Soll ich dir in der Zeit die Haare waschen?«

Wütend warf ich die Bürste ins Wasser, dann verflog die Wut.

»Ja, bitte, Ide!«, seufzte ich.

Erschöpft lehnte ich mich im warmen Wasser zurück, Ide setzte sich auf einen Hocker, strich mit ihren schlanken Fingern durch meine Haare.

»Was auch immer du bist, Billie«, sagte sie, »eine Spinne bist du nicht.«

»Was bin ich dann?«

»Ein stolzes Pferd!«, sagte sie, fuhr mit ihren Nägeln sanft über meine Kopfhaut.

»Aber keine stolze Dichterin«, sagte ich.

»Kannst du nicht etwas anderes machen als dichten, wenn er dir das Dichten verbietet?«

»Was denn? Sticken?«

»Warum nicht?«

Emi kam in einem braunen Kleid in die Küche, seufzte, zog angewidert an der Halskrause, als schnüre sie ihr die Luft ab.

»Du kannst froh sein, dass Krakewitz dich nicht zur Hochzeit eingeladen hat«, sagte sie, »denn er ist so hässlich zu ihr, ich konnte es kaum ertragen! Schon am Tag ihrer Hochzeit demütigt er sie vor allen Leuten, wie soll es da an den übrigen Tagen werden?«

»Und Regina?«

»Erträgt seine Verachtung still«, sagte Emi und warf die hässliche Halskrause auf den Tisch.

Nun waren also nur noch wir beide da. Emi würde die nächste Braut sein. Dann ich.

100

In jedem Winkel der Stadt war dunkle Erregung zu spüren. Vater und Georg warteten bei der offenen Tür, aufgewühlt stiegen Emi und ich die Treppe hinunter. Draußen zogen die Menschen in Scharen nach Süden.

»Ide muss auch kommen«, rief Vater streng, »gerade sie! Niemand darf fernbleiben.«

An diesem windigen Morgen zogen wir schweigend zum Fleischertor hinaus, bloß hier und da war verhaltenes Flüstern zu hören.

Jeder müsse dem Schrecklichen beiwohnen, hatte Vater gesagt, als Warnung, ganz besonders die einfachen Mädchen und Frauen, hatte er gesagt, gerade sie seien anfällig für die Nachstellungen des Teufels.

»Den Finger der Hexe zum Kauf!«, zischelte eine Frau neben uns. »Er besitzt Zauberkräfte!«

Emi schrie auf. Ich zog sie weiter, erschrocken sah sie der Frau nach.

»Die Pest kommt vom Teufel, sagen sie«, flüsterte Emi, als wir das Fleischertor durchquerten. »Er schickt seine Hexen, um die Pest in unsere Häuser zu tragen, deshalb ist Mutter gestorben.«

»Die Pest kommt von den Ratten«, sagte ich.

»Aber die Ratten kamen aus unserem Stall«, sagte sie, »und in unserem Stall hatte sich die Hexe eingenistet, sie war es, sagen sie, die uns die Pest auf den Leib gehext hat!«

Ide starrte sie erschrocken an.

»Wer sagt das?«, fragte sie, wurde blass, und Emi, die nicht wusste, dass die, die sie die Hexe nannten, Ides Mutter war, sagte: »Die Hexe im Stall hat unsere Mutter getötet, sagen sie. Dafür muss sie brennen.«

Ide schlug die Hände vors Gesicht, dann kamen wir zur Gänsewiese vor der Stadt. Auf drei Hügeln ragten drei Pfähle in den Himmel, tief zogen dunkle Wolken darüber hinweg, als wollten sie die Pfähle verschlingen. An die Pfähle waren sie angekettet, die Köpfe kahl geschoren, die Gewänder zerfetzt, das Holz bis zu den Knien aufgestapelt. In der Mitte hing die geschundene Gestalt ihrer Mutter, die linke Hand fort, der nackte bleiche Arm in ihrem verbundenen Handgelenk auslaufend.

»Weiter!«, befahl Vater.

»Ich kann nicht, Billie«, flüsterte Ide.

Ich fasste sie beim Arm, zog sie mit mir.

»Komm«, flüsterte ich. »Schau nicht hin!«

»Geht nach vorn, seht hin!«, sagte Vater.

»Du bist der Bürgermeister«, sagte ich, »du kannst …«

»Der Rat der Stadt hat entschieden«, unterbrach er mich. »Die Juristische Fakultät hat den Urteilen der Richter zugestimmt.«

Der Scharfrichter trat hinter eine der Frauen, die vor Kurzem noch jung gewesen sein musste, vielleicht so alt wie Ide, kaum älter als ich. Er legte einen Gürtel um ihren Hals, zog kräftig daran, ihr Mund wurde aufgerissen, die Augen traten ihr hervor, stöhnend schüttelte der dürre Leib das Leben aus, und Völschow, der auf einer hölzernen Erhöhung stand, rief: »Zauberinnen sollst du nicht leben lassen! Exodus, Kapitel zweiundzwanzig, Vers achtzehn.«

»Brennen sollen sie!«, rief eine Frau.

»Mit Hexen und Zauberinnen darfst du kein Erbarmen haben, so hat es uns Doktor Martin Luther aufgetragen, dem wir unseren wahren Glauben verdanken. Er spricht: ›Ich wollte sie selbst bei lebendigem Leib verbrennen!‹«

Mit lauten Rufen stimmten sie ihm zu, flammend breitete sich Fieber aus, die Lust, ihre Schreie zu hören, zu sehen, wie ihre Kleider brannten, ihre Haut versengt wurde, dann das Fleisch.

Der Kopf des Mädchens sank auf die Brust, der Scharfrichter zog den Gürtel von ihrem Hals, schüttelte seine Hände aus, und Vater schaute so unbeteiligt, als würde er am Hafen zu den Schiffen hinübersehen. Der Scharfrichter stieg vom Scheiterhaufen herab, die beiden anderen Frauen überließ er lebend den Flammen, und Völschow schrie: »Nur durch Feuer können sie von ihren teuflischen Sünden befreit werden. Nur durch Feuer können ihre vergifteten Seelen gereinigt werden. Nur das Feuer wird ihre verdorbenen Leiber zu Asche verbrennen, damit der Teufel sie nicht wieder aus ihren Knochen formt!«

»Brennen sollen sie!«, riefen sie.

»So wird es geschehen im Namen unseres Herrn!«, sagte Völschow, bekreuzigte sich. »Walte nun, Gott Vater, Sohn und Heiliger Geist. Amen.«

Der Scharfrichter entzündete das Holz, gierig fraßen die Flammen das trockene Reisig, jagten brüllend durch das Holz, hinauf bis zu den Pfahlspitzen, fraßen mit glühenden Zungen ihre Kleider, ihre Haut, ihr Fleisch, fraßen unersättlich, bis alles abgenagt war und nur noch schwarze Stümpfe blieben. Erst als die Feuer verglommen, ließ man uns zurück in die Stadt ziehen, Ide konnte sich kaum auf den Beinen halten, ich hatte den Arm um ihren Leib geschlungen. Da trat uns Völschow entgegen, rief: »Eine der Hexen hauste in deinem Stall, Bürgermeister!«

Gesichter, noch heiß vom Feuer, starrten uns an, aufgewühlt vom Anblick der brennenden Leiber, und Völschow rief: »Meine eigene Schwester wurde in deinem Haus von der Hexe getötet. Tot ist die Hexe nun, doch die Tochter der

Hexe lebt, lebt noch immer unter deinem Dach, und du weißt es!«

Mit ausgestrecktem Arm zeigte er auf Ide, rief: »Die Tochter der Hexe trägt das Blut der Hexe in sich, denn sie ist aus ihrem Blut geboren, eine Tochter aus Hexenblut!«

Die Herde verwandelte sich in eine Meute, die hungrig näher drängte, das Blut pulsierte in ihren Adern, und Völschow rief: »Der Teufel hat nach deinen Töchtern gegriffen, Schwarz. Nur von einem starken Mann Gottes konnte deine Älteste gerettet werden.«

Er deutete auf Krakewitz, der mit Regina stehen geblieben war, dann rief er: »Doch auch deiner Jüngsten hat er sich bemächtigt, und seht, wie die Teufelsschwestern sich umklammern!«

Ich hielt Ide fest im Arm.

»Den Teufelstanz hat sie getanzt!«, schrie eine Frau.

Die Hand meines Vaters griff nach meiner Schulter.

»Komm«, sagte er, zog mich mit sich, ich ließ Ide nicht los.

»Niemand hat mit Hexen Erbarmen«, schrie Völschow, »außer er steht auf der Seite des Teufels!«

101

Im Morgengrauen verließen wir die Stadt, flohen vor Völschows Drohungen. Vater ritt voran. Niedergedrückt vom heftigen Regen, kauerten wir auf dem Wagen, Ide, Emi und ich, zusammen mit Tante Anna, Tücher um die Köpfe geschlungen, aus denen der Regen troff. Ide hatte den Kopf auf die Knie gelegt, ihr Gesicht in den Armen vergraben.

Ich saß hinten, blickte zurück auf Greifswald, auf die düsteren Wolken, die sich schwer über das Land legten und wütenden Regen auf uns schossen, Tropfen, hart wie Kieselsteine. Wenn es Gott war, der aus den Wolken sprach, dann wollte er uns nicht mit seiner Wut erschrecken, wenn es Gott war, wollte er uns zermürben.

Stunde um Stunde holperte der Wagen dahin, warf uns schaukelnd hin und her, vorbei an brachliegenden Feldern, die im Regenwasser versanken, vorbei an Wäldern, in denen der Regen rauschte, auf der schlammigen Straße zur Küste hinauf nach Frätow, wo in der Nähe eines kleinen Dorfes unser Landgut lag.

Schließlich bogen wir in den Waldweg, der sich nach einer Weile zu einer Lichtung hin öffnete, auf der von stillen Birken umstanden das Haus auftauchte, die Läden geschlossen, in Schlaf versunken.

Wir folgten Vater hinein, drinnen roch es nach modrigen Lappen.

»Wilhelm! Maria?«, rief er nach Knecht und Magd.

»Vielleicht verstecken sie sich«, sagte Emi, ihre Lippen zitterten vor Kälte.

»Niemand da?«, rief Vater.

Stille.

»Wir kommen schon zurecht«, sagte Emi, lächelte zuversichtlich. »Wir sind auch in Greifswald zurechtgekommen.« Doch sie konnte uns nicht anstecken mit ihrer Zuversicht.

Ich ging hinauf in das Zimmer, in dem ich früher mit Emi geschlafen hatte, öffnete die Fenster, klappte die Läden auf.

»Es ist noch immer alles so hübsch«, sagte Emi, »findest du nicht?«

Ich drehte mich um, betrachtete das Zimmer, das breite, mit Fasanen bemalte Bett mit dem hölzernen Baldachin und den dunkelgrünen Vorhängen, die mit Laub und Eicheln verzierte Kommode, den Tisch, den Stuhl, auf dessen Lehne zwei Hirschkäfer gemalt waren.

»Wollen wir wieder zusammen hier schlafen?«, fragte Emi.

Wortlos sah ich sie an, sie verstand.

»Na gut!«, sagte sie. »Aber ganz sicher schlafe ich nicht mit Tante Anna in einem Bett!«

Sie ging hinaus, dann steckte sie noch einmal den Kopf zur Tür herein, blickte mich ernst an.

»Billie?«, sagte sie. »Wir machen das Beste draus, ja?«

Ich konnte ihr nicht antworten.

Als ich am nächsten Morgen erwachte, war der Regen fort, durch die Fenster hatten sich die Sonnenstrahlen auf mich gelegt, das Zwitschern der Vögel drang herein. Ich stand auf, trat im Nachthemd ans Fenster, nur im Nachthemd ging ich hinunter, lief ohne Schuhe auf die Wiese, über der noch ein Nebelschleier lag. Der Morgentau glitzerte zwischen meinen Zehen, ein Reh graste unter den Bäumen, Schmetterlinge tanzten umeinander, doch nichts davon berührte mein Herz, weil mein Herz sich verschlossen hatte wie die Silberdistel, wenn der Regen kommt. Ich ging in den Wald, lief über den feuchten Waldboden, bis ich zwischen den Birken hervortrat an die grüne Küste, wo die Möwen nach mir riefen, um mich ins weite Meer zu locken.

»Komm nur!«, riefen sie. »Nun komm, du!«, und ich tauchte die Füße ins Wasser, stieg bis zu den Knien hinein, weiter, bis das Wasser meinen Bauch erfasste, meine Brust umschlang, meinen Hals ergriff, bis ich im Wasser untertauchte, bis die Wellen mich überspülten und ich im schillernden Wasser versank.

Die Möwen riefen über dem Meer, doch nicht mehr nach mir. Mein Nachthemd trocknete im Küstengras, daneben trocknete ich in der Sonne, auf der Haut nur die Kette mit den Rosen, und als ich aufsah, entdeckte ich zwischen den Birken ein Pferd, weiß mit schwarzen Flecken wie die Birkenborke. Ich kannte es, es hieß Nämi und hatte früher auf unserem Landgut gelebt. Ich näherte mich der Stute, streckte ihr die Hand entgegen, da lief sie davon, doch eines Tages würde ich auf ihr reiten, da war ich mir sicher, eines Tages würde ich Judith wiedersehen, die reiten konnte, wie ich nie ein Mädchen hatte reiten sehen, eines Tages würde ich eine Dichterin sein, denn das war es, was die Wassernymphen mir zugeflüstert hatten, als ich zu ihnen hinabgesunken war.

102

Ide stand am offenen Küchenfenster, blickte zum Waldrand hinüber, wo Glöckchen erklangen, Meckern und Blöken.

»Schaut doch!«, rief sie, da entdeckten wir die Ziegen zwischen den Bäumen, heiter zogen sie über die Wiese, rupften Grashalme, hüpften umher.

»Oh, wie ich Ziegen mag«, sagte Ide.

»Sie sind schrecklich nachtragend«, sagte Emi.

»Dafür wickeln sie dich um den Finger«, sagte Ide, und dann starrte sie zu dem jungen Hirten hinüber, der gerade aus dem Wald trat, bronzefarben seine Haut und leuchtend blond seine Locken.

»Schaut doch!«, sagte Emi.

»Faunus!«, rief Ide, denn so hübsch wie Faunus war der junge Hirte allemal.

So sahen wir zu, wie er zwischen seinen Tieren über die bunte Sommerwiese schlenderte, über nichts schien er nachzudenken, bloß seinen Ziegen sah er zu und den Zicklein, die im Frühling zur Welt gekommen waren.

»Vielleicht bekomme ich Milch von ihm«, rief Ide, schon lief sie hinaus, barfuß wie der Hirte, lief in ihrem leichten Kleid auf ihn zu, rief ihn an, und er blieb stehen, hob die Hand, als ob sie sich schon lange kannten. Dann sprachen sie ohne jede Scheu miteinander, und Emi und ich beobachteten sie, bis Tante Anna hinter uns in die Küche trat.

»Komm, Emerentia«, sagte sie, »wir wollen einmal ins Dorf und zu den Fischern gehen und sehen, was wir von ihnen kaufen können, vielleicht kann ich dir ja das Kochen beibringen.«

»Oh, ja!«, rief Emi. »Vielleicht bekommen wir Kabeljau! Oder Steinbutt! Oh, jetzt kann ich an nichts anderes mehr denken, bloß noch an Steinbutt!«

Fort waren sie.

Vielleicht würden Emi und Ide sich schnell an das Leben in Frätow gewöhnen, vielleicht gefiele es ihnen schon bald besser als in der Stadt. Vielleicht würde auch mir für alles, was mir genommen worden war, Neues gegeben werden, wenn ich erst einmal aufhörte, dem Verlorenen nachzuweinen, ich musste bloß das Beste draus machen, wie Emi gesagt hatte. Ich konnte allein durch die Wälder streifen, wie es mir gefiel, Tante Anna war kein sehr strenger Wachhund, ich konnte die Küste entlanglaufen, so weit ich nur wollte, konnte im Meer schwimmen und mich zum Trocknen in die Dünen legen. Früher hatten wir jeden Sommer an dieser einsamen Küste verbracht, endlose Sommer, in denen ich nie an den Frühling zurückdachte, keinen Gedanken an den Herbst verschwendete. Immer gab es ein rotes Eichhörnchen, das einen Baum hinaufhuschte, die schwarze Feder eines Kormorans auf der Erde, dort, von wo aus die Pilze mich wie verzauberte Zwerge beobachteten, wenn ich barfuß durch den Wald streifte, denn nie trug ich Schuhe im Sommer in Frätow. Am Morgen kitzelte das taubedeckte

Gras meine Zehen, weich und warm war der Waldboden unter meinen Füßen, kleine Steine drückten sich in meine Fußsohlen, die zu Beginn des Sommers noch empfindlich waren und dann nicht mehr. In den ersten Tagen in Frätow hatte Mutter immer noch geschimpft, weil ich nie Schuhe trug, bis sie damit aufhörte, weil der lange Sommer am Meer sie ruhiger werden ließ. Nur an den Abenden schimpfte sie manchmal, wenn ich zurückkehrte und der Saum meines Kleides das Salzwasser aufgesogen und blutroter Seeampfer sich an meine Schenkel geklebt hatte, als ich auf der Suche war nach Einsiedlerkrebsen und Zuckertang.

Ich streifte durch den Wald, lauschte dem hallenden Trommeln der Buntspechte, den lockenden Liedern der Singdrosseln, dem einfältigen Plappern der Wacholderdrosseln, dem wehmütigen Gesang der Misteldrosseln. Am Nachmittag entdeckte ich die Ziegen am Ufer des kleinen Sees bei der Waldlichtung, Ide und der Hirte lehnten an einer Birke. Das warme Licht des nahenden Abends hatte sich auf ihre Gesichter gelegt, ein Zicklein lag auf Ides Schoß, ließ sich zwischen den weichen Ohren kraulen.

»Sie können deine Gedanken hören, wusstest du das?«, sagte der Hirte.

»Nein!«, sagte Ide, lachte ungläubig.

»Aber ja!«, sagte er. »Wenn ich mir vornehme, eine von ihnen einzufangen, weil ich vielleicht ihre Klauen schneiden will, weiß sie es auf der Stelle, noch bevor ich mich bewege. Dann jagt sie weit davon, während alle anderen seelenruhig stehen bleiben und wissen, dass ich sie heute in Ruhe lasse.«

»Vielleicht kann ich ja auch deine Gedanken hören«, sagte Ide, sah ihn herausfordernd an.

»Lass es uns herausfinden«, erwiderte er. Anders als Faunus war er nicht schüchtern.

»Ob Ziegenblut in meinen Adern fließt?«, fragte sie.

»Ja«, sagte er, beugte sich über sie, und sie schob die Ziege von ihrem Schoß, fasste ihn bei den Schultern, zog ihn mit sich.

103

Tagelang suchte ich Nämi vergeblich. Schon glaubte ich, die Waldgeister hätten mich getäuscht, wie sie es manchmal zu tun pflegen, doch dann entdeckte ich sie im Ufergras am kleinen See. Langsam ging ich auf sie zu, erst als ich ihr Fell schon riechen konnte, wich sie ein paar Schritte zurück, senkte dann wieder den Kopf, graste weiter. Ruhig strich ich um sie, zupfte Gras aus, hielt es ihr hin. Schließlich fraß sie das Gras ohne Scheu aus meiner Hand, vielleicht nur, damit ich sie endlich in Ruhe ließ.

Ein paar Tage später folgte sie mir durch den Wald, der Hof war ihr vertraut. Sie kannte den Stall, hatte dort im Winter Schutz gefunden vor Kälte und Hunger. Mit einem Striegel fuhr ich durch ihr Fell, legte ihr behutsam einen Sattel auf den Rücken, den ich gefunden hatte. Unruhig schnaubend trat sie vor und zurück.

»Du hast noch nie ein Pferd geritten, Billie!«, rief Emi von der Küchentür herüber.

»Deswegen mach ich's ja«, rief ich, streichelte Nämi, zog den Sattelgurt unter ihrem Bauch fest. Sie schüttelte sich.

»Ich glaube, was du tust, ist dumm, Billie«, rief Emi mit verschränkten Armen.

»Werden wir sehen!«

Mit dem linken Fuß stieg ich in den Steigbügel, wartete, hielt mich am Sattelknauf fest, wartete erneut, hob den rechten Fuß vom Boden, so dass sie mein volles Gewicht spüren konnte. Langsam zog ich mich hinauf, schwang das rechte Bein über den Sattel, ließ mich in den Sattel sinken. Nämi blieb ruhig, war bereit, mich zu tragen.

Als der Herbst kam und ein kräftiger Wind das Laub der Wälder über dem Meer durch die Luft wirbelte, jagten wir dem Wind voraus, Nämi und ich, und Diana, die Göttin der Jagd, die die Mädchen beschützt, hielt mich im Sattel.

Auf den Herbst folgte ein tief verschneiter Winter, bis hinauf zu den Fenstern reichte der Schnee. Emi kochte, hatte alles gelernt, was unsere Tante zu kochen wusste. Hermann Queren, mit dem Emi auf Johannes Schöners Fest getanzt hatte, war zweimal auf seinem Weg nach Stralsund bei uns vorbeigekommen, hatte versprochen, wiederzukommen, sobald die Straße nach dem Winter vom Schnee frei war. Glücklich wartete Emi auf die Schneeschmelze, und auch Ide wartete sehnsüchtig darauf, denn die Ziegen vertrugen die Kälte nicht, und so pfiff ihr Hirte bloß alle paar Tage am Waldrand wie ein Rotkehlchen im Winter, und Ide sagte: »Ich will mal im Stall nach dem Rechten sehen.«

Im Haus fand sich kein einziges Buch, im Dorf konnte man schrumpelige Rüben kaufen, aber keinen Bogen Papier, keine Tinte, nicht mal Tintenfische gab es, denn dafür sei das Meer vor Pommern nicht salzig genug, sagte Tante Anna. Also versuchte ich, Gedichte im Kopf zu schreiben, sie dort zu behalten: *Jetzt will ich in den Wald und mit Diana jagen! Ich lieb, und dass ich lieb, gefällt mir selber nicht, die Liebe ist ein Tun, das alles Gute bricht.*

Doch dann vergaß ich ein paar Zeilen, und das gefiel mir noch viel weniger, als gar nicht zu schreiben, also verscheuchte ich die Verse wie Krähen von einem Feld, wann immer sie zu mir kamen, ließ meine Stimme verdorren wie ein dunkles Brachfeld, über das ich achtlos hinwegritt. So elend ging es bis zum Frühling. Dann kam sie.

104

Ich war von der Küste zurück nach Hause geritten, es war noch nicht Mittag, und nicht der Hunger trieb mich, bloß eine Ahnung, ein Ruf zurückzukehren.

Vor dem Haus entdeckte ich drei Pferde. Noch ehe ich sie sah, wusste ich, was die Waldgeister mir zugeflüstert hatten: dass sie gekommen war. Als ich die Halle betrat, stand Vater neben Tante Anna und Emi, und Pastor Tanck war da und seine Tochter Dorothea und sie.

»Guten Tag«, sagte ich so zurückhaltend, wie ich nur konnte.

»Billie«, sagte Vater ruhig. »Wie geht es dir?«

Judith nickte mir ausdruckslos zu, ihr Vater musterte mich, Dorothea konnte den Blick nicht von meinen nackten Füßen wenden.

»Pastor Tanck lässt seine Töchter eine Zeit lang hier in Frätow«, sagte Vater. »Ihr Haus ist vom Krieg zerstört, und er muss nach Stralsund reisen. Würdest du den Mädchen die oberen Zimmer zeigen?«

Ich nickte artig, das Blut pochte in meinen Ohren.

»Aber ja«, antwortete ich, verbarg meine wilde Freude. Kaum konnte ich glauben, dass Judith mit mir in Frätow leben sollte, ohne ihren Vater, ohne meinen Vater, nur wir beide.

»Und wasch dir die Füße, Billie«, sagte Vater, aber nicht sehr streng. »Zieh dir Schuhe an, dafür sind Schuhe gemacht, du bist kein Kind mehr.«

»Ja, Vater.«

Schweigend stiegen wir die Treppe hinauf, auf wackligen Beinen ging ich voran, oben öffnete ich die Tür zu dem Zimmer, das neben meinem lag, sagte, ohne mich zu ihr umzudrehen: »Wenn es euch gefällt, könnt ihr in diesem Zimmer schlafen.«

Dorothea setzte sich auf das vordere Bett, starrte zum Fenster hinaus. Da spürte ich Judiths Hand auf meinem Rücken. Ihre Finger glitten an meinem Kleid hinauf, als sie an mir vorüberging, strichen über meinen Hals hinauf bis zu den Haaren.

»Wie schön es ist«, rief sie, »ich liebe es!«

Ich deutete auf das hintere Bett, sagte: »Ich schlafe genau auf der anderen Seite.«

»Dann schlafen wir ja beinahe Kopf an Kopf!«, sagte sie.

»Willst du das Meer sehen?«, fragte ich.

Sie sah mich an mit ihrem glitzernden Blick, glitzernd wie die Sonne auf den tanzenden Wellen: »Das will ich unbedingt!«

105

Übermütig liefen wir durch den Wald, wo die Birken sich mit hellgrünem Laub geschmückt hatten, liefen durch die tanzenden Sonnenflecken, vom Gesang der ersten Pirole umfangen, die hoch oben in den rauschenden Baumwipfeln gelb leuchteten. Ein Wunder, dass sie gekommen war, ein größeres, dass sie bleiben würde, schon jetzt wurde mir bang, wenn ich daran dachte, dass er sie eines Tages zurückholen würde.

»Warte, Billie!«, rief sie, als wir das Haus schon ein gutes Stück hinter uns gelassen hatten, und blieb stehen.

»Was ist?«

Da umarmte sie mich im warmen Dunkel des Waldes, und ich traute mich nicht, die Arme um sie zu legen, sie mit meinen Händen zu berühren.

»Ich bin glücklich, dass wir uns wiederhaben«, sagte sie.

»Und ich erst«, sagte ich.

Wir lächelten, Judith lief weiter, ich folgte ihr, und als wir die Waldlichtung mit dem kleinen See erreichten, wo die Baumnymphen sich schnell vor uns in den schlanken Birken versteckten, flogen zwei Kraniche auf, zogen mit ihren sehnsüchtigen Rufen davon.

»Schau, Judith, schau!«, rief ich. »Die Kraniche sind sich ihr Leben lang treu.«

Judith sah ihnen nach.

»Ich vermisse die Stadt kein bisschen!«, sagte sie.

Die Sonne leuchtete über dem Meer, als wir barfuß über den Strand liefen und die hübschen Uferschwalben uns folgten wie neugierige Kätzchen. Judith hatte ihre Schuhe ausgezogen, als wir aus dem Birkenwäldchen getreten waren, Fischerboote schaukelten am Horizont.

»Kannst du schwimmen?«, fragte ich.

»Nein! Du?«

»Mein Bruder Christian hat es mir beigebracht, als ich klein war«, sagte ich. »Ich kann es dir beibringen, wenn du magst. Es ist schön, wie ein Fisch durchs Wasser zu gleiten, du schwebst!«

»Wie sollen wir in unseren Kleidern schweben?«, fragte sie, und ich lachte und sagte: »Denk dir, seit ewigen Zeiten lebt in diesem Meer eine wunderschöne Seejungfer, ein Mädchen wie wir, das jedoch nie älter wird. Wenn die Fischer am Ufer ihre Netze flicken, reckt sie sich manchmal bis zum Nabel aus dem Wasser und schaut ihnen bei der Arbeit zu.«

»Nackt?«, rief Judith.

»Na, glaubst du, die Meerjungfrauen tragen Mäntel? Natürlich nackt! Wie die Fische!«

Wir lachten, dann fanden sich unsere Hände, so liefen wir am Meer entlang, und später, als unsere Väter schon fortgeritten waren und die Sonne hinter den Bäumen versank, öffnete Judith im Schein einer Kerze eine Kiste, hob ein Kleid heraus, legte das Kleid beiseite, sah mich an: »Ich hab dir etwas mitgebracht, Billie.«

Dorothea, die im Bett neben uns lag, öffnete die Augen, Judith drehte sich zu ihr: »Und du wirst nichts verraten, Dorothea!«

Dann zog sie das schönste Papier aus der Kiste, ein Tintenfass, eine Feder.

»Kannst du meine Wünsche erraten?«, flüsterte ich.

»Wie schön das wäre«, sagte sie, da gellte ein Schrei durch die Nacht, erschrocken fuhren wir zum Fenster herum. Ein Schrei wie von einem Kind oder einem Jungtier.

»Oh, Gott!«, hauchte Dorothea.

»Was war das?«, flüsterte Judith.

»Ein Waldgeist vielleicht«, sagte ich. »Sie schlagen sich manchmal mit Birkenruten. Oder eine verletzte Baumnymphe. Wollen wir nachsehen?«, fragte ich, obwohl der Schrei wirklich schrecklich gewesen war, doch ich wollte mit ihr allein durch die Dunkelheit gehen.

»Komm!«, sagte ich, lachte entschlossen, dann liefen wir hinunter. Tante Anna schlief in einem Sessel, bemerkte uns nicht.

»Gib mir deine Hand, Billie!«, sagte Judith, schon glitt ihre Hand in meine, wir schlichen durch den Garten zum Wald hinüber.

»Hast du keine Angst?«, flüsterte sie.

»Doch«, flüsterte ich. »Und du?«

»Und wie!«

»Es gibt einen Laubmann, der nachts durch den Wald läuft, um sich ein Mädchen zu suchen.«

»Im Ernst?«, rief sie.

»Ja, aber ich hab ihn noch nie gesehen.«

Wir lachten leise, um die Furcht zu vertreiben, da schrie der Waldgeist ganz in der Nähe. Wir kreischten auf, liefen zum Haus, verschlossen hastig Fenster und Türen.

106

Früh am Morgen schon galoppierten wir die Küste entlang, ostwärts der Sonne entgegen, lachten wie die Möwen, denn die dunkle Zeit lag hinter uns. Wir entdeckten einen kleinen Kahn im hohen Ufergras, ruderten zur Insel Koos hinüber, auf der kein Mensch lebte, auf der nur wir zwei durch die Salzwiesen stromerten, die brütenden Zugvögel aus der Ferne beobachteten, die Austernfischer mit ihren leuchtend orangeroten Schnäbeln, die treuen Kraniche, die blendend weißen Schwäne. Wie schön es wäre, hier ein Haus zu haben, bloß ein kleines Haus auf einer Insel, die niemand sonst bewohnte, nur die Füchse und Marder, die Blesshühner und die mächtigen Seeadler.

»Judith?«, fragte ich sie mit einem Mal. »Wo ist deine Mutter?«

»Sie ist gestorben, als ich sechs war«, sagte sie, »sie wollte einem Kind das Leben schenken, einem Jungen, doch sie starb, und der Junge starb auch.«

»Erinnerst du dich an sie?«

»Aber ja!«, sagte sie, lächelte. »Ich vermisse sie jeden Tag und wünsche mir, sie würde mich auf die Stirn küssen und mich an sich drücken.«

Am Abend lagen wir im warmen Dünensand, die Pferde grasten ein Stück weiter. Judith hatte die Ärmel ihres Kleides hochgeschoben, blonde Härchen schimmerten auf ihren Unterarmen, den Rock hatte sie hochgerafft. Ich lag so nah bei ihr, dass ich ihren Geruch nicht verlor, weit genug, um dann und wann den Blick über ihren Rücken gleiten lassen zu können, über die sanften Mulden ihrer Kniekehlen. Dazwischen schrieb ich, denn ich hatte mein Schreibzeug mitgenommen, schrieb, bis sie ungeduldig rief: »Lies endlich, Billie! So lies mir schon vor!«

»Und wenn es dir nicht gefällt?«

»Wie sollte es nicht?«

Sie drehte sich auf die Seite, stützte ihren Kopf in die Hand, Sandkörner rieselten von ihrer Haut.

»Also gut«, sagte ich, begann zu lesen, schaute nach jedem Vers zu ihr.

»Hier find ich nun mein sehnliches Verlangen! Hier liegt mein Herz, hier liegt mein andres Ich. Hier hat das Glück zwar hingeführet mich, doch darf ich hier die Liebste auch umfangen? Darf ich hier endlich küssen ihre Wangen? Der Liebesgott entdeckt mich zögerlich. Um Zuversicht, oh, Amor, bitt ich dich, denn ich will nicht mehr um mein Glücke bangen, die Liebe zeigt mir doch mein wahres Ziel! Bloß wag ich selbst nicht, was ich gerne will. Oh, Schüchternheit, du sollst nun von mir weichen! Wenn du hier bist, bleib ich doch ganz allein. Wer lieben will, darf nicht so schüchtern sein, sonst kann er nie der Liebe Lohn erreichen.«

Sie sah mich an, ich konnte nicht spüren, was sie fühlte, schließlich sagte sie: »Ja. Vielleicht hast du recht.«

Sie ließ sich in den Sand sinken, ich zögerte, dann beugte ich mich über sie, senkte langsam das Gesicht auf ihres, küsste behutsam ihre Lippen, nicht lang, bloß einen Augenblick, länger jedoch als einen Wimpernschlag. Dann sahen wir uns an und wussten nicht, was wir tun sollten.

»Willst du schwimmen lernen?«, fragte ich sie.

Judith zögerte, schüttelte den Kopf: »Nein, Billie.«

Ich presste die Lippen aufeinander, nickte.

107

Am Abend gingen wir nicht mehr in den Garten, sie sei müde, hatte sie gesagt, war allein hinaufgegangen, hatte die Tür hinter sich geschlossen, ohne mir einen Blick zu schenken. Ich schlich an ihrem Zimmer vorbei, lauschte.

Am nächsten Morgen klopfte ich an ihre Tür.

»Es ist ein herrlicher Tag, seid ihr wach?«, rief ich, obwohl ich Dorothea schon in der Küche gesehen hatte.

Leise öffnete ich die Tür, Judith lag in ihrem Bett, das Gesicht zur Wand gedreht.

»Judith?«, fragte ich. »Geht es dir nicht gut?«

Sie rührte sich nicht, wie salzige Wellen schlug ihr Schweigen über mir zusammen. »Soll ich dich in Ruhe lassen?«

Ich schloss die Tür, ging hinunter, lief durch den Wald bis zur Küste, schaute über das Meer, und erst jetzt war ich mir ganz sicher, dass ich verliebt war, denn ein dunkles Verlangen erfüllte mich, ein verzehrendes Feuer brannte in mir, quälte mich, weil sie mich nicht sehen wollte, und so sah ich sie nicht, als sie sich näherte, hörte sie nicht, weil der Wind in meinen Ohren rauschte. Sie ließ sich hinter mir ins Gras sinken, legte ihre Hand über meine Augen, streifte bloß eben meine Wimpern. Ich lehnte mich zurück, sank in ihre Umarmung.

»Ich habe Angst, Billie«, sagte sie.

»Ich auch.«

Da erschien Dorothea am Wasser, Judith sah sie zuerst. Als ich mich aufrichtete, wandte Dorothea sich ab, ging davon.

108

Ich legte den Kopf an die Wand, dann strich ich mit den Fingern darüber, wollte leise klopfen, da klopfte schon sie, zweimal, und auch ich klopfte zweimal, wünschte, bei ihr zu sein und die Morgendämmerung auf ihrem Gesicht erblühen zu sehen. Doch bei Tag blieben wir bei unserer Freundschaft, wenn uns auch die Liebe durchströmte. Wir spazierten im Wald umher, legten uns ins Gras, und ich wand ihr einen Kranz aus Wiesenblumen.

»*Und wie sie strahlt!*«, sagte ich. »*Wo frische Blumen blühen, liegt sie im Gras, allein; als ob ich träume, seh ich den hellen Busen sanft sich heben.*«

»Ist das von dir?«

»Petrarca. *Wie sie dann still im warmen Frühlingsglühen einsam spaziert im Schatten grüner Bäume, um sich ins Haar den goldnen Kranz zu weben.*«

Glühend sah sie mich an.

»Das ist es, wonach ich mich gesehnt habe«, sagte ich, »als wir uns das erste Mal begegnet sind.«

Als sie mir das Herz genommen hatte mit nur einem Blick.

»Das hier?«, fragte sie, küsste meine Ferse, und ich schloss die Augen und sagte: »Mach das besser nicht!«

Da küsste sie meine Wade, küsste meine Kniekehle.

»Judith!«, rief ich schwer atmend, da riss uns der Schrei des Waldgeistes hoch, nur war es gar kein Waldgeist: Auf der Lichtung stand ein blauer Pfau, schrie, schlug ein leuchtendes Rad, und die Pfauenaugen strahlten in seinem grünen Gefieder. Wir lachten erleichtert auf, doch brannte ich noch vor Sehnsucht nach ihren Küssen.

Ich sprang auf, rief: »Ich hab solchen Hunger!«, und sie lief mir nach zur Obstwiese, wo ich auf einen Baum kletterte, einen leuchtend roten Apfel pflückte. Ich warf ihn zu ihr hinunter, sie fing ihn auf, biss hinein, und der Saft lief glänzend über ihr Kinn.

»Steh auf, Nordwind, und komm, Südwind«, rief ich, »und wehe durch meinen Garten, lass den Duft der Granatäpfel uns durchströmen!«

»So süß!«, rief sie begeistert.

Süß war auch sie und endlos unser Sommer. Wir lebten in Salomos Gärten, krank vor Liebe, vor ungestilltem Verlangen. Bei Tag zogen wir über die warme Erde wie die heimatlosen Wolken, jagten mit dem Wind über Dünen und Salzwiesen, schimmernde Bronze war unsere Haut. Wir tranken am Bach, die Hände zu Schalen geformt, pflückten am Waldrand wilde Erdbeeren, fütterten uns gegenseitig, leckten einander den Saft von den Fingern. Am Abend drehten wir uns in einem Meer funkelnder Glühwürmchen, und bei Nacht glühten wir in unseren Laken.

Sie klopfte zweimal, mein Herz pochte durch die Nacht.

»Zeig mir, wie man schwimmt«, sagte sie eines Morgens, und so stiegen wir in den glitzernden Waldsee. Sie lag auf meinen Händen, ich ließ sie durch das Wasser gleiten.

»Nun schwebst du, du Schöne«, sagte ich, dann ließ ich sie los, sie ging unter, ich fischte sie aus dem Wasser.

»Du Schuft!«, rief sie, ich zog sie an mich, wir umarmten uns lachend, damit wir die Angst voreinander verloren, dann küssten wir uns wie Verdurstende, ließen uns ins warme Ufergras fallen und erforschten unsere Leiber mit furchtlosen Händen, denn wir hatten den Nektar der Weißdornblüten getrunken, schämten uns nicht mehr voreinander, nicht einmal vor den schlanken Baumnymphen, und als die Sonne die Feuchtigkeit aus unseren Kleidern getrocknet hatte, lagen wir noch immer beieinander und lauschten erfüllt auf unsere pochenden Herzen.

»Für immer?«, fragte sie.

»Ja.«

»Was immer mit uns geschieht?«

»Ja.«

»Wirst du es nicht vergessen?«, fragte sie.

»Nein.«

Ewig, dachte ich, würden wir in Salomos Gärten leben, nur sie und ich, doch es war bloß ein Wunsch, der sich nicht erfüllte. Als wir aus dem Wald traten, sahen wir die Pferde, die Wagen, die Knechte und Mägde.

»Was hat das zu bedeuten?«, fragte Judith.

»Das Erntefest am Ägidiustag«, sagte ich.

Der endlose Sommer war zu Ende.

109

Das sonst so stille Haus war voller Menschen. Sie redeten, liefen hierhin und dorthin. Körbe mit weißen Eiern und grünen Bohnen wurden hereingebracht, ein Jäger aus dem Dorf trug Fasane in die Küche, Fischer kamen mit ihren Fangkörben, Bauern mit Broten, Birnen, Äpfeln und Pflaumen. Der lange Tisch wurde in den Garten getragen, Mägde schlugen Tafeldecken darüber, Gäste plapperten gut gelaunt, wie schön es doch auf dem Lande sei. Ich sah meinen Vater, er sah mich nicht. Ich entdeckte Regina neben ihrem Ehemann, blass stand sie da, suchte mich nicht. Mehr als ein

Jahr hatten wir uns nicht gesehen, ihr Bauch war nicht dick, vielleicht hatte sie schon ein Kind zur Welt gebracht, vielleicht noch nicht. Ich ging auf sie zu, sie lächelte zurückhaltend.

»Billie«, sagte sie, löste sich von Krakewitz.

»Bleib hier, Regina!«, sagte Krakewitz. »Kümmere dich um deine Kuchen!«

Sie zögerte, doch bloß einen Moment, dann folgte sie den Mägden in die Küche, und Onkel Joachim sagte zu Krakewitz: »Lasst uns den Schweden danken! Gustav Adolf hat den Schänder von Magdeburg in die Knie gezwungen!«

»Nicht Gustav Adolf!«, widersprach Krakewitz. »Der Protestantismus hat mit Gottes Segen die Katholiken besiegt!«

Wie Heuschrecken waren sie über unser Haus hergefallen.

»Lass uns nach oben gehen«, sagte ich zu Judith, da trat Georg zu uns, mein kleiner Bruder, in einem Jahr zum Mann gereift, über einen Kopf größer als ich.

»Wer hat dir denn deine Schuhe gestohlen, Schwesterchen?«, rief er, so war es nun einmal zwischen uns.

»Eine Herde Ziegen vom Gebirge Gilead«, sagte ich.

»Nie davon gehört«, sagte er, da bemerkte er Judith, und auf der Stelle gefiel sie ihm. Er verbeugte sich vor ihr: »Wir hatten noch nicht das Vergnügen.«

Judith knickste leicht: »Judith Tanck.«

Einnehmend blickte er sie an, hübsch war er geworden, mit kantigen Kieferknochen und geschwungenen Lippen.

»Niemand hat mir gesagt, dass sich unter den Mädchen auf dem Land so große Schönheit findet!«, sagte er, musterte ihre nackten Füße, den Ansatz ihrer sonnengebräunten Waden.

»Tatsächlich bin auch ich aus der Stadt hergekommen«, sagte Judith ohne jede Verlegenheit. »Die fehlenden Schuhe sind eine ländliche Sitte.«

»Eine ganz erstaunlich schöne Sitte!«, sagte Georg, erfasste sie geübt mit einem Blick, der nur ihr galt, sicher hatte er in Schöners Bibliothek Ovids *Kunst des Liebens* studiert.

»Komm, Billie«, sagte Judith, »wir ziehen uns um!«

Sie zog mich fort, wir hüpften die Stufen hinauf, Georg ließ die Augen nicht von ihr, und ein heißer Stich durchfuhr mich, als sie zu ihm hinunterschaute.

Als wir die Treppe in langen Kleidern, unseren schönsten Schuhen und hübsch frisiert wieder hinabstiegen, standen die Türen zum Garten offen, die große Tafel auf der Wiese war gedeckt, Mägde trugen Essen auf. Zu einem heiteren Lied, das Emi auf der Leier spielte, spazierten Paare umher, beglückt von den Farben des Spätsommers, andere saßen bei Tisch, wo der Bürgermeister thronte, unser Vater, der nur noch mit Georg in unserem Haus in der Stadt lebte. Er sah nicht zu uns herüber, als wir den Garten betraten, vielleicht hatte er sich an ein Leben ohne Frau und Töchter gewöhnt. Georg dagegen entdeckte uns auf der Stelle.

»Eine hübsche junge Dame aus der Stadt!«, rief er, wandte den Blick nicht von Judith. »Würden Sie einem angehenden Arzt und einem Bewunderer der Schönheit die Freude bereiten, ihn zu Tisch zu begleiten?«

Er lächelte, ein gelehrter Schüler Ovids.

»Aber gern!«, sagte Judith, warf mir einen unbekümmerten Blick zu, dann hakte sie sich bei ihm unter, ließ sich von meinem kleinen Bruder, der mich um einen Kopf überragte, davonführen, ans Ende der langen Tafel.

Ide trat aus dem Haus, trug Trauben herbei, sah zum Waldrand hinüber, wo der junge Hirte gerade mit seinen Ziegen zwischen den Bäumen erschien. Neugierig betrachtete er die Gesellschaft aus der Stadt, die in ihren herrlichsten Kleidern, den kunstvollsten Schuhen herumspazierte, als würde er hübsche Vögel bei der Balz beobachten.

Die Musik von Emis Leier verklang mitten im Lied, sie stand auf, lachte Hermann Queren entgegen, der mit einem Wiesenblumenstrauß auf sie zu tapste.

»Hermann!«, rief sie. »Oh, wie schön, dass du gekommen bist!«

Da erst bemerkte ich, dass niemand mich beachtete. Alle sahen an mir vorbei, wenn ich zu ihnen trat, drehten mir den Rücken zu. Sie alle waren auf Schöners Geburtstag gewesen, vielleicht waren mir die Schöners noch gewogen, doch sie waren nicht hinaus nach Frätow gekommen.

Ich ging zur Tafel, setzte mich neben Judith.

»Darf ich?«, fragte ich, da saß ich schon.

»Aber ja!«, sagte Judith.

»Sei bitte nicht albern, Schwesterchen!«, sagte Georg. »Hilf Ide doch ein wenig in der Küche, es gibt genug zu tun!« Dann wandte er sich wieder Judith zu: »Das hier ist eine herrliche Hirschpastete!«

Ich sagte: »Brünftiger Hirsch!«

Judith lachte.

»Zügle dich, Schwester«, sagte Georg, »denn deine Neigung zur Zügellosigkeit ist weithin bekannt und entgegen deiner eigenen Annahme nirgendwo gern gesehen. Eine junge Dame wie Judith Tanck kannst du damit nicht begeistern.«

Ich schaute Judith an, doch sie stand gerade auf.

»Entschuldigt mich bitte«, sagte sie ernst.

Ihr Vater war zu Pferd erschienen, Friedrich von Mevius folgte ihm, dann David von Mevius, der Judith vor der Kirche umworben hatte.

»Dass du gar nicht begreifst, wie du bloß neben der Straße durch den Graben stolperst und alle auf dich herabsehen«, sagte Georg, ohne mich anzusehen, stand auf, ging davon.

Die drei Männer saßen ab, Judith begrüßte sie, dann ließen die Väter die beiden allein.

»Sie passen gut zusammen, nicht wahr?«, sagte Dorothea, die mit einem Mal neben mir stand. »Ich meine Judith und David von Mevius. Du beobachtest sie doch.«

Ich antwortete nicht.

Sie hatte uns am Meer gesehen, sicher hatte sie in der Nacht unser Klopfen gehört. Wenn es schlimm stand, hatte sie uns am See entdeckt.

»Ich beobachte dich«, sagte sie.

»Hast du sonst nichts zu tun?«, fragte ich.

Hochmütig sah sie auf mich herab: »Du bildest dir vielleicht ein, eine Dichterin zu sein, aber du täuschst dich. Weißt du, was aus Mädchen wie dir wird? David ist übrigens in Greifswald zum Professor ernannt worden, stell dir vor!«

Dann ging sie. Judith und David waren verschwunden. Emi und Hermann setzten sich an die Tafel, bemerkten mich nicht, hatten bloß Augen füreinander. Weiter oben an der Tafel saß Regina neben ihrem Mann, suchte nicht nach mir.

Ich stand auf, ging umher, schließlich entdeckte ich sie, vertraut spazierten sie am Waldrand entlang, brachen Birkenzweige von den Bäumen.

Ich wandte mich ab, nicht stolz genug wie der junge Hirte, allein dazustehen, nicht ihrer Liebe sicher, wie er Ides Liebe sicher war.

Im Stall fiel ich Nämi um den Hals.

»Ist es denn möglich?«, fragte ich sie. »Liebt sie ihn denn?«

Nämi schnaubte, vielleicht verstand sie mich, ließ sich Zaumzeug und Sattel auflegen. Noch im Stall saß ich auf, ritt über die Wiese, spürte ihre Blicke in meinem Rücken, verschwand zwischen den Bäumen.

Ich folgte dem kleinen Pfad, Zweige schlugen mir ins Gesicht, Birkenruten peitschten meine Arme, meine Brust. Ich jagte bis zur Waldlichtung, bis zum See, wo wir noch eben ineinander verschlungen gelegen hatten, bevor der Sommer zu Ende gegangen war.

»An ein geliebtes Mädchen in Eifersucht geschrieben«, hieß eines von Sapphos Gedichten. Ich hatte es abgeschrieben, Vater hatte es mir genommen, ich aber hatte es nicht vergessen, es ging so: *Göttern gleich erscheint der Mann, der bei dir sitzen darf, dir nahe. Trinkt Aug in Aug die Zauberstimme, die du ihm süß entgegenlachst. Sehnsucht erweckt in ihm dein Lächeln, mir lässt es schwer das Herz erbeben. Dein Anblick schon raubt mir die Stimme, bricht meine Zunge, und die Haut durchglühst du leise mir mit Feuern. Vor meinem Auge sinkt der Tag, das Meer braust schwarz in meinen Ohren, kalt rinnt der Schweiß von mir herab, durchbebt sink ich von kalten Schauern, und bleicher noch als welkes Laub, lieg ich. Nur wenig fehlt zum Sterben, doch alles trag ich, weil, schwach und arm nun, Aphrodite mich nicht töten mag.*

110

Sie stieg vom Pferd, kam zu mir. Ich schaute sie nicht an. Wütend kreischten die Möwen über mir, jagten davon aufs offene Meer.

»Warum bist du fortgegangen?«

»Das weißt du.«

Sie blickte über die Wellen, schwieg, dann sagte sie: »Ich werde eines Tages heiraten, Billie.«

Ich versuchte, ihre Worte bloß Worte sein zu lassen, bloß Laute, versuchte, sie nicht zu begreifen, doch das hatte ich längst.

»Aber warum?«, sagte ich.

»Ich werde in das Haus eines Mannes ziehen und das Bett mit ihm teilen. So ist es gewollt.«

»Aber ich will es nicht so, Judith. Ich will immer mit dir zusammen sein.«

»Ich wünschte, wir könnten es.«

»Nein, das wünschst du nicht, denn wenn du es dir wünschtest, dann könnten wir zusammenbleiben, dann würde es einen Weg für uns geben.«

Sie blickte über das endlose Meer, und der Wind blies in ihr Haar.

»Wo dieser Weg hinführt, möchtest du nicht sein, Billie«, sagte sie. »Und ich auch nicht.«

Sie schaute mich an, als wäre dies der letzte Augenblick, der uns blieb, und ich ließ ihn ziehen, wie die kreischenden Möwen. Sie wandte sich ab, ging zu ihrem Pferd, ritt ohne einen Blick davon, ritt zu ihm zurück.

Als ich Nämi im Stall den Sattel abnahm, war der Abend längst angebrochen, das Erntefest war vorüber, die Gäste brachen auf. Ich sah David, Judith war nicht bei ihm, er trat an Ide heran, die er verehrt hatte, als sie eine schwedische Prinzessin gewesen war, jetzt räumte sie das Geschirr ab, die blonden Haare zu einem einfachen Zopf zusammengefasst.

»Ein Mädchen wie dich suchen wir für unseren Haushalt!«, sagte er.

Ide sah ihn nicht an.

»Wirst gut bezahlt«, sagte er, »wie wär's?«

Ide hob das Tablett, ging an ihm vorbei.

»Dra åt helvete!«, sagte sie auf Schwedisch, er begriff, ohne zu verstehen, verlor sein Lächeln, nickte, ihren Stolz anerkennend, denn stolz wie eine Prinzessin ging sie davon, selbst mit einem Tablett voll schmutzigem Geschirr.

Fahr zu Hölle!, hatte sie auf Schwedisch zu ihm gesagt.

Ich lief ins Haus, die Treppe hinauf, fand das Zimmer, in dem sie geschlafen hatten, leer, die Betten ordentlich gemacht, ihre Sachen waren nicht mehr da.

Ich lief wieder hinaus, wo Vater die Gäste verabschiedete. Emi drückte Hermann Queren hastig einen Kuss auf die Wange, als Vater nicht hinschaute. Ich entdeckte Judith schließlich auf dem Wagen zwischen den jungen Frauen, die man zurück in die Stadt brachte. Sie sah auf, und ohne dass sich unsere Blicke voneinander lösten, entfernte sie sich. Der Wagen bog auf die Straße nach Greifswald, dann war sie fort.

»Er will mich heiraten, Billie«, sagte Emi. »Hermann will mich heiraten. Ich werde dann Emerentia Queren sein, die Frau eines gelehrten Professors, stell dir vor!«

Sie lachte ungläubig, winkte. Hermann stieg auf sein Pferd, winkte glücklich zurück, ritt in die Stadt.

»Ich will auch wieder nach Greifswald!«, sagte Emi entschlossen. »Ich werde Vater bitten, mich mitzunehmen. Oh, wie ich hoffe, dass er Ja sagen wird.«

Fort zog der Tag des heiligen Ägidius, des einsamen Ägidius, den einst ein Jagdpfeil getroffen hatte, der bis zu seinem Tod in seinen Rippen steckte, in einer Wunde, die nie mehr verheilte.

Was am Ägidiustag geschieht, sagen die Bauern, bleibt dir den ganzen September. Sie hatten sich geirrt.

111

Judith würde also in das Haus eines Mannes ziehen, würde das Bett mit ihm teilen, würde seinen Samen in sich aufnehmen. Bloß auf ein Wunder konnte ich hoffen, nicht einmal beten konnte ich um ein Wunder, denn Gottes Zorn würde mich treffen, und mit dem Tod würde er uns strafen, wenn er am See durch das Blätterdach geschaut hatte. In Griechenland aber, wo die Menschen Gott gar nicht gekannt hatten, als es noch viele Göttinnen und Götter gab und alle von unterschiedlichem Wesen, da gewährten sie den Menschen manchmal einen Wunsch, aus Zuneigung oder bloß zum Spaß. Damals lebte in Phaestos auf Kreta, auf dem Höhenrücken, von dem man die herrliche Ebene von Messara überblicken kann, ein Mädchen namens Iphis. Obwohl sie ein Mädchen war, wuchs Iphis als Junge auf, und nur ihre Mutter kannte das Geheimnis, das sie wie einen Umhang um ihre Tochter gelegt hatte, denn vor ihrer Geburt hatte ihr Vater geschworen, das Neugeborene zu töten, sollte es ein Mädchen sein. Als die Mutter das Mädchen zur Welt gebracht hatte, täuschte sie ihren Mann, gab dem Kind den Namen Iphis, der für Knaben wie für Mädchen galt, kleidete sie wie einen Knaben, ließ sie wie einen Knaben heranwachsen, und als Iphis dreizehn Jahre alt war, verlobte sie der Vater mit dem hübschesten Mädchen der Gegend, mit Ianthe, schön wie die Sterne war sie, mit blonden Haaren, dreizehn Jahre alt wie Iphis. Und da sie bei denselben Lehrern lernten, hatte sich Liebe in ihre Herzen geschlichen, so erzählt es Ovid. Iphis, das Mädchen, liebte Ianthe, das Mädchen, doch Ianthe liebte Iphis, den Jungen, liebte ihn so sehr, dass sie es kaum erwarten konnte, sich mit ihm zu vereinen. Verzweifelt weinte Iphis, wünschte, die Götter hätten sie nicht mit dieser Liebe erfüllt. Der Tag der Hochzeit nahte, und die Braut ahnte nicht, dass kein Bräutigam auf sie wartete, sondern ein Mädchen in den Kleidern eines Knaben.

»Ianthe wird mein«, sagte Iphis zu ihrer Mutter, »doch eins werden wir nicht, denn sie liebt einen Jüngling, nicht mich.«

Da nahm die Mutter Iphis, ging mit ihr in den Tempel, zog sie aus, zeigte sie in ihrer wahren Natur und bat Isis um Hilfe, die zierliche Göttin mit der großen Zauberkraft. Isis aber ließ den Altar erbeben, und als Iphis und ihre Mutter eilig den Tempel verließen, voller Angst, Isis zürne ihnen wegen des Schwindels, lief Iphis mit großen Schritten voran, größer als je zuvor, dunkler wurde ihre Haut am Kinn, ihre Kraft wuchs, ihre Züge schärften sich, die Haare wurden kürzer. Das Mädchen, das Iphis noch eben gewesen war, verwandelte sich in einen Jüngling.

Mit den ersten Sonnenstrahlen des neuen Tages vermählten sich Iphis und Ianthe als Mann und Frau, denn so etwas geschah manchmal, als die Göttinnen noch Wunder wirkten.

Ich drehte mich zur Wand, klopfte zweimal, hoffte auf ein Wunder.

112

Im Ofen brannte ein Feuer. Mit dem Ägidiustag war auch der Sommer fortgezogen. Noch immer wartete ich auf ein Wunder. Es kam keines. Dafür kam der Winter. Emi war mit Vater in die Stadt zurückgekehrt, für mich sei es zu gefährlich, hatte er gesagt, für Ide wohl auch, denn auch sie blieb in Frätow. Sie stand am Fenster, schaute hinaus, ihr Hirte kam im Winter bloß manchmal an unserem Haus vorbei.

»Liebt er die Ziegen mehr als mich?«, fragte sie. »So sind sie, die Hirten!«

Vielleicht könnte ich im nächsten Jahr nach Greifswald zurückkommen, hatte Vater gesagt, vielleicht sei der Krieg dann vorbei, denn beinahe in jeder Schlacht besiegten die Schweden die Katholiken, drängten sie nach Süden zurück. Mit dem Frieden würde die Vernunft zurückkehren, die Vernunft würde den Wahnsinn vertreiben, aber das hatte er nicht gesagt, das hoffte ich bloß.

Noch im Mantel, stürzte Tante Anna in die Küche, sie war im Dorf gewesen.

»Der Löwe aus Mitternacht!«, rief sie. »Gustav Adolf ist tot!« Sie sank auf einen Stuhl, das Gesicht weiß. »In der Schlacht bei Lützen von den Katholiken niedergemetzelt.«

»Und die Prophezeiung?«, fragte ich erschüttert. »Der Löwe aus Mitternacht werde dem Adler die blutgierigen Klauen abschlagen?«

Sie zuckte mit den Schultern: »Jedenfalls haben sie den schwedischen König halb nackt und ausgeraubt unter einem Haufen protestantischer Leichen weggezogen.«

Es würde also keinen Frieden geben, die Vernunft würde den Wahnsinn nicht vertreiben, ich würde Judith so bald nicht wiedersehen. Vielleicht war sie bei unserer nächsten Begegnung schon eine verheiratete Frau, vielleicht sogar Mutter.

Wir saßen stumm am Küchentisch, starrten aneinander vorbei, bis Tante Anna aufstand, ohne etwas gegessen zu haben, zur Tür schlurfte.

»Gute Nacht, Mädchen«, sagte sie.

Dann saßen Ide und ich stumm am Küchentisch, bis auch Ide aufstand.

»Ich lege mich hin, Billie«, sagte sie. »Gute Nacht.«

»Gute Nacht.«

Nur noch Ide und Tante Anna waren mir geblieben, alle anderen waren fort, alles floh vor mir. Vielleicht hatte Georg recht, dass ich bloß durch den Graben neben der Straße stolperte, während alle auf mich herabschauten.

113

Als der Schnee gekommen war, stapfte ich durch den Wald zum See, in dem wir uns umarmt hatten. Jetzt war das Wasser zu Eis gefroren, und ich lief schwerfällig durch jede Stunde, während im Sommer die Zeit verflogen war. Ich verwünschte die zähen Tage, sehnte mich nach der Nacht, um die dunklen Stunden im Schlaf ziehen zu lassen, doch nachts lag ich wach, auch der Schlaf floh vor mir, und ich klopfte nicht einmal mehr gegen die Wand, weil die Zeit, in der die Göttinnen manchmal ein Wunder geschehen ließen, vergangen war. Ich drehte mich von der einen auf die andere Seite, stand auf, trat ans Fenster, starrte in die Nacht hinaus. Ich verspürte keine Lust zu schreiben, doch ich wollte schreiben, damit die lahme Zeit nicht völlig zum Stehen kam. So nahm ich das Papier, das sie mir geschenkt hatte, die Tinte, die Feder, schrieb.

Ihr Stunden lauft schon fort, lasst mich nicht länger leiden! Du, Gott des Sonnenlichts, halt deine Pferde nicht! Fort, fort, ihr Tage, fort! Komm bald, du Mondenlicht! Ein Tag ist mir ein Jahr, in dem ich nicht kann sehen den wahren Sonnenschein! Drum fort, du lahme Zeit, spann deine Segel auf, und bring sie mir noch heut! Erst wenn sie bei mir liegt, darfst du sehr langsam gehen.

Den ganzen Winter hindurch saß ich am Küchentisch und schrieb, der Kummer floss aus mir heraus wie Blut aus einer verletzten Birke, wenn man einen ihrer Zweige abgebrochen hatte. Ich schrieb Verse, die keiner las, die vielleicht nie jemand lesen würde, doch es war das Schreiben, das mich erfüllte, nicht das Sticken, es waren die Liebe und das Schreiben, die mich spüren ließen, wer ich war, und wo die Liebe vor mir floh, blieben mir die Worte, immerhin die.

»Oh, Billie«, sagte Ide, »wenn deine Verse eines Tages gedruckt werden und zu einem Buch gebunden sind, wird das Buch so dick wie ein Ziegelstein sein!«

Ich sah auf, starrte sie an.

»Ja, Ide, das ist es!«

»Was?«, rief sie erstaunt.

»Ein Buch! Sie können sagen, ich solle mich hinsetzen und schweigen, die Herren von Greifswald, doch wenn meine Gedichte erst in einem Buch gedruckt sind, werde ich eine Dichterin sein, egal, was sie sagen. Ich werde eine Dichterin sein, wie die Dichterinnen in der Bibliothek von Doktor Schöner. Selbst wenn man die Bücher verbietet oder verbrennt, wird niemand bestreiten können, dass ich eine Dichterin gewesen bin, deren Verse dafür gemacht sind, durch die Zeiten zu reisen.«

»Ein Buch ist gut!«, rief Ide. »Und es war meine Idee, stell dir vor!« Stolz stemmte sie die Hände in die Hüften, dann sagte sie: »Und wie willst du es anstellen mit dem Buch?«

»Ich habe keine Ahnung«, sagte ich, und wir lachten, doch ich wusste, dass es wahr war, Gedichte wurden erst zu Gedichten, wenn ein anderer sie las, Dichterinnen wurden erst zu Dichterinnen, wenn ihr Name in einem Buch stand, wie Sapphos Name, die vor über zweitausend Jahren unter schattigen Kiefern ihre Verse geschrieben hatte, und die noch jetzt so schön waren und es immer sein würden.

114

Ich hatte aufgehört, auf ein Wunder zu hoffen. Als der Frühling anbrach, kam trotzdem eines.

Ich war den schmalen Meeresarm landeinwärts geritten zur Straße, die nach Stralsund führt, da sah ich sie. Eine mit rotem und goldenem Laub prächtig bemalte Kutsche war mit gebrochenem Rad liegen geblieben. Unter einem Sonnenschirm saß eine üppige Dame in prächtigen Kleidern, neben ihr stand ein schlanker Junge, wie ich nie zuvor einen gesehen hatte. Wie ein buntes Vögelchen sah er aus. Seine langen Haare waren kunstvoll gewellt, auf dem Kopf saß ein leuchtend violetter Hut mit einer großen weißen Feder, so schräg, als würde er jeden Moment hinunterrutschen. Er trug einen strahlend weißen Spitzenkragen über einem glitzernd violetten Gewand, einen blitzenden Degen, hellgelbe Strümpfe und violette Schuhe. Als ich langsam auf sie zuritt, sah er mich mit hochgerecktem Kinn an. In einiger Entfernung blieb ich stehen.

»Guten Tag!«, rief ich.

Der Junge mochte so alt sein wie ich. Mit einem großen Fächer wedelte er sich Luft zu, obwohl es nicht sehr warm war, und blickte auf meine Füße, die nackt waren wie die Füße eines Bauernmädchens. Die elegante Dame beachtete mich nicht, sicher war sie von hohem Adel, sehr weit blickte sie in die Ferne, wo es angenehmer und feiner war als hier auf dem Land.

»Das nächste Dorf ist Frätow«, rief ich, »mit dem Pferd eine Viertelstunde nach Osten.«

»Wir haben einen Reiter«, sagte der Kutscher, der bei den vier weißen Pferden stand, »er ist nach Greifswald geritten.«

Ich nickte Richtung untergehende Sonne, sagte: »Er wird kaum vor Einbruch der Nacht mit einem Stellmacher zurück sein.«

Der Kutscher schaute zu der eleganten Dame, die elegante Dame blickte in die Ferne, der Kutscher zuckte mit den Schultern.

»Na dann!«, sagte ich, wendete das Pferd.

»Warte!«, rief der Junge. »Ich bin Ernst Bogislaw von Croÿ!«

Da blieb ich stehen und fragte: »Bogislaws Neffe?«

Ihn hatte Johannes Schöner mir zu heiraten empfohlen, dann wäre ich eines Tages die Herzogin von Pommern und könnte tun und lassen, was immer ich wollte.

»Sohn des Herzogs von Croÿ und Aarschot, Ernst von Croÿ«, rief er, wohl ein wenig beleidigt wegen meines zu geringen Respekts, »und Neffe Bogislaws des Vierzehnten, Herzog von Pommern, einziger Erbe des Greifengeschlechtes.«

»Ah!«, sagte ich. »Ich bin Billie.«

Ernst Bogislaw von Croÿ zögerte, blickte sich um, die Abendsonne leuchtete über dem Wasser: »Findet sich in dieser entlegenen Gegend wohl eine Herberge, in der man nicht von flatterndem Ungeziefer belästigt wird?«

»Eine Herberge?«, sagte ich. »Nein. In dem Haus, in dem ich wohne, gibt es jede Menge Mäuse, aber immerhin flattern sie nicht, und es hat vier Wände und ein Dach, schützt also vor Wildschweinen und dem Regen.«

Ernst Bogislaw von Croÿ nickte, blickte zu der Dame, die wohl seine Mutter war, die Schwester des Herzogs von Pommern. Ihr Gesicht war rot und feucht, sie schnaufte, als wir sie auf Nämi hievten.

115

Am Zügel führte ich Nämi nach Frätow, auf ihrem Rücken schwankte die Herzogin von Croÿ unter ihrem Schirm. Der junge Herzog ging schweigend neben mir, verscheuchte mit seinem Fächer Insekten. Erst als ich in den Wald einbog, den die Abendsonne schon nicht mehr erreichte, schaute er sich unsicher um: »Ist es denn ein richtiges Haus, in dem du wohnst, oder mehr eine Hütte?«

»Wir sind gleich da«, sagte ich. »Ihr werdet schon sehen.«

Da schrie der blaue Pfau ganz in der Nähe, auch der junge Herzog schrie, sprang zur Seite.

»Zieht Euren Degen, Hoheit!«, rief ich.

»Was?« Entsetzt blickte er sich um.

Ich lachte: »Nur ein Pfau, keine Angst!«

Er griff sich ans Herz, atmete hastig: »Oh, mein Gott!«

»Dort, schaut!«, sagte ich, zeigte auf den Pfau zwischen den Bäumen, der sein mächtiges Rad schlug und uns sein Hinterteil sehen ließ.

»Und dort ist unser Haus«, sagte ich, als sich vor uns der Wald öffnete.

Der junge Herzog lachte mit der hohen Stimme eines jungen Mädchens.

»Dies scheint mir wohl ein reizender Zauberwald zu sein!«, rief er. »Schau, Mutter, das barfüßige Mädchen bewohnt ein entzückendes Landgut!« Nun sah er mich wohl mit anderen Augen, denn er sagte: »Wer ist dein Vater?«, und als ich ihm sagte, er sei der Bürgermeister von Greifswald, rief er: »Christian Schwarz! Aber den kennen wir. Er war am Hofe meines Onkels. Ein braver Untertan.«

Er trippelte auf seinen Schühchen voraus, seine Absätze drückten kleine Löcher in den unbefestigten Weg.

»Hinreißend!«, rief er mit ausgebreiteten Armen, und als er später an der Querseite unserer Tafel saß, seiner Mutter gegenüber, die wohl nie etwas anderes ansah als die Ferne, auch nicht den Fisch, den Ide auf einer Platte hereintrug, strahlte er noch immer, der junge Herzog, Ernst Bogislaw von Croÿ.

»Es ist uns eine übergroße Ehre, Euer Hoheit auf dem bescheidenen Landsitz meines Bruders empfangen zu dürfen«, sagte Tante Anna aufgeregt, wollte vornehm klingen, als wäre sie bei Hofe. »Die rechtschaffenen Fischer des Ortes haben herrlichen Steinbutt in ihren Netzen gefangen.«

Ide hielt Ihrer Hoheit den Fisch unter die Nase, Ihre Hoheit sah nicht hin, rümpfte bloß die Nase und sagte angewidert: »Welch unwürdige Kreaturen!«

»Die Fischer von Frätow?«, fragte Tante Anna verwirrt.

»Die Fische!«, rief die Herzogenschwester barsch. »Abstoßend! Man bringe mir ausschließlich Fleisch vom stolzen Tier des Waldes!«

Tante Annas Hände flatterten wie die Flügel eines erschrockenen Huhns, dann fiel ihr etwas ein: »Oh, ja! Wir haben zwei hübsche Wachteln!«

»Waldtier, das Haar trägt natürlich«, rief Anna von Croÿ, »keine Federn!«

Tante Anna blickte Ide hilfesuchend an, Ide zuckte mit den Schultern. »Auf dem Dachboden lebt ein Marder«, sagte sie, der junge Herzog lachte albern, Tante Anna verdrehte die Augen, wandte sich dem hohen Besuch zu.

»Ich muss Euer Hoheit um Verzeihung bitten«, sagte sie tief beschämt, immerhin hatte man nur selten das Glück, eine Herzogin in seinem Haus bewirten zu dürfen. »Ich fürchte, wir können an diesem Abend mit keinem solchen Waldtier aufwarten.«

Anna von Croÿ erhob sich schwerfällig.

»Was hatte ich schon erwartet?«, grunzte sie missgelaunt. »Dann bringe man mir kandierte Früchte ans Bett«, sagte sie, stampfte mit steifen Hüften davon.

»Gib Äpfel in den Ofen, Ide«, rief Tante Anna, »übergieße sie mit Honig, bevor sie dunkel werden, und bringe sie rasch der Herzogin!«

Ide und Tante Anna liefen hinaus, ich blieb mit dem jungen Herzog allein. Heiter trank er, die üble Laune seiner Mutter ließ ihn völlig ungerührt.

»Der Wein jedenfalls ist ausgezeichnet!«, rief er mir zu. »Da gibt es nichts zu maulen.«

»Sollte Euer Hoheit den Steinbutt ebenfalls für eine unwürdige Kreatur halten«, sagte ich, »kann ich ihn entfernen, ich ess ihn dann nämlich selbst. Immerhin ist er nicht grundlos der König der Plattfische.«

»Der König der Plattfische?«, wiederholte er zweifelnd. »Sagt wer?«

»Neptun, der Gott des Meeres«, sagte ich, »der muss es wohl wissen, oder nicht?«

Da nahm sein schmales Gesicht einen schwärmerischen Zug an, und den Blick in weite Ferne gerichtet rief er: »Oh, Neptun, du herrlicher Gott!« Er sah mich an: »Bist du je in Florenz gewesen?«

»Ich war nicht mal in Stralsund«, sagte ich.

Er zeigte auf den Steinbutt.

»Dann sollst du diesem Fisch seine mörderischen Gräten nehmen, ich werde dir derweil von Florenz erzählen, denn Florenz ist der Himmel auf Erden, dagegen ist Pommern bloß eine matschige Birne.«

Hinter mir trat Tante Anna ein, ich begann, die Gräten aus dem Fleisch des Fisches zu lösen, der junge Herzog schwärmte von Florenz: »Stell dir vor, die Piazza della Signoria ist der schönste Platz, der je von Menschenhand geschaffen wurde! Vor dem Palast des großen Cosimo de' Medici stehen die Marmorstatuen dreier Männer von herrlichster Gestalt, alle drei im Übrigen völlig nackt, so lieben es die Florentiner!«

Tante Anna hüstelte, als wolle sie ihn in seiner Schwärmerei ein wenig zügeln, doch er beachtete sie nicht.

»Links auf seinem Wagen ragt Neptun auf, riesenhaft groß, größer als drei Männer, die übereinanderstehen! Wasser spritzt um ihn herum, denn er steht in einem strahlend weißen Brunnen, und zwischen Neptuns starken Schenkeln blasen nackte Knaben auf Muschelhörnern, und einer der Knaben schaut hinauf zu Neptun ...« Ernst Bogislaw von Croÿ schrie wie der Pfau im Wald: »Geradewegs in seinen Arsch!«

Er warf sich auf dem Stuhl zurück, lachte närrisch.

»Wirklich wahr!«, rief er mir zu. »Sie sind ganz wunderbar, diese Italiener!«

Tante Anna drängte sich neben mich, wollte mir das Besteck aus den Händen nehmen.

»Lass mich das machen, Billie!«, flüsterte sie, doch ich gab es ihr nicht, legte das weiße Fleisch auf den Teller, stellte dem jungen Herzog den Teller hin, ausgehungert stürzte er sich darauf, aß den Fisch mit den Fingern, während die Butter über sein Kinn rann und von dort auf seinen Schoß tropfte. Ide trat zu uns, schaute, als ob sie gleich losprusten müsse, doch Ernst Bogislaw von Croÿ war alles einerlei.

»Auf der rechten Seite«, rief er mit fettig glänzendem Kinn, »mit einer Keule in der Hand: Herkules! Jeder Muskel seines nackten Leibes hart wie Stein.«

»Marmor eben«, warf ich ein.

Er lachte auf: »Du sagst es! Glatter, leuchtender Marmor! Man will mit der Hand darüberstreichen, ach, mit dem Mund, der Zunge, sag ich dir! Cacus, der mörderische Räuber, den Herkules gleich mit seiner Keule erschlagen wird, kauert vor ihm am Boden, gleich unter Herkules' Schwänzchen, als wolle der Heros dem Dieb vorher noch auf die Locken pinkeln!«

Er lachte wiehernd.

»Oh, mein Gott!«, rief Tante Anna entsetzt.

»Ich liebe Herkules!«, rief Ernst Bogislaw von Croÿ tief bewegt.

»Noch Wein?«, fragte ich.

»Immer, immer!«, sagte er. »Denn jetzt kommt das Schönste!«

Er sprang auf, Tante Anna schrie. Eindringlich sah er mich an: »Zwischen Neptun und Herkules, diesen strahlenden Göttern, steht nicht etwa Gottvater Zeus, nein, dort steht ER!«

Der junge Herzog stellte ein Bein zur Seite, hob die linke Hand zur Schulter, neigte leicht den Oberkörper, blickte über seine Schulter sehnsuchtsvoll in die Ferne.

»David!«, rief er verliebt. »Michelangelos David. Ohne Wagen, ohne Waffen, nackt, nur er selbst, ein junger Schäfer und doch schöner als die ewigen Götter. Der Blick voller Sehnsucht, Ausschau haltend nach Jonatan, dem schönsten Sohn König Sauls, Jonatan, der ihn liebte wie sein eigenes Leben, den er geküsst, mit dem er geweint hatte!«

Dann ließ er sich erschöpft auf den Stuhl plumpsen, hingerissen von seiner Erzählung. Eine Weile stand ihm David noch vor Augen, dann sagte er sehr herzoglich: »Man bringe mir zwei gebackene Äpfelchen, in diese Honigmäntel gehüllt!«

»Hinaus, hinaus!«, sagte Tante Anna zu mir und Ide, trieb uns vor sich her aus dem Zimmer.

»Du bleibst!«, rief der Neffe des Pommernherzogs gebieterisch, zeigte auf mich. »Die anderen ...« Er wedelte mit beiden Händen.

Also gingen Tante Anna und Ide hinaus, ich blieb. Er stand auf, stellte sich wieder wie David hin und sagte: »Und? Wie findest du mich?«

Ich lachte, er wandte sich mir zu.

»Nur heraus damit!«, rief er. »Achte nicht auf meine hohe Herkunft, vergiss, dass ich der einzige Erbe des mächtigen Greifengeschlechtes bin, beurteile mich nur so, wie ich hier vor dir stehe, wie ein einfacher Schäfer. Na?«

»Die Vereinigung von Kühnheit und Grazie!«, sagte ich.

Er schaute überrascht, dann geschmeichelt, dann unsicher, ob ich nicht bloß einen Spaß mit ihm trieb, dann verscheuchte er die Zweifel, denn offenbar gefiel ihm mein Urteil: »Wie treffend, wie treffend! Die Vereinigung von Kühnheit und Grazie! Du gefällst mir, du barfüßiges Ding.«

Dann lächelte er versonnen, verscheuchte mich mit der Hand.

»Nun kannst du gehen«, rief er, den Blick in die Ferne gerichtet, »flieg, flieg!«

116

Möwen zogen über uns dahin, sahen spöttisch auf uns herab. Ich stand bis zu den Waden im Wasser, Ernst Bogislaw von Croÿ rollte die gelben Strümpfe von seinen kleinen Füßen, seine Beine waren weiß und unbehaart.

»Sollte mich jemand so sehen«, sagte er, »wird das Haus Greif unwiderruflich, doch nicht völlig zu Unrecht aus den Chroniken der Welt getilgt werden.«

Dann stand er ungelenk auf, stakste vorsichtig ins Wasser, schrie auf, taumelte, rettete sich gerade noch vor einem törichten Sturz. Ich lachte.

»Die Vereinigung von Kühnheit und Grazie!«, rief ich.

»Ein freches Mädchen bist du!«, rief er. »Aber warte nur!«

Schon spritzte er mit Wasser nach mir, ich schrie auf, bespritzte ihn ebenfalls, dann begannen wir lachend eine kindische Wasserschlacht, bis wir bis hinauf zu den Haaren nass waren.

»Reiten wir uns trocken«, schlug ich ihm vor.

Ich zog ihn hinter mir aufs Pferd, er stellte sich kaum geschickter an als seine Mutter, dann ritten wir langsam am Wasser entlang, bis ich rief: »Nun haltet Euch fest, Euer Hoheit, wir fliegen zum Himmel hinauf!«

Ich trieb Nämi in den Galopp, er schrie in mein Ohr, umklammerte mich, ich lachte spöttisch wie die Möwen.

Später lagen wir bäuchlings im Gras, beobachteten die Robben, die sich faul auf den Steinen sonnten.

»Sie sind wie ich!«, sagte der junge Herzog. »Haben nichts zu tun, lassen sich bloß vom großen Licht bescheinen und bestaunen.«

»Sie fangen ihre Fische allerdings noch selbst, Euer Hoheit.«

»Ich weiß schon, warum ich keine Robbe sein wollte«, sagte er.

»Ich wäre allerdings gern eine Herzogin«, sagte ich, »dann wäre ich eine Dichterin, und niemand würde es wagen, ein schlechtes Wort über mich zu verlieren. Außerdem hätte ich Geld genug, um meine Gedichte drucken zu lassen.«

Er drehte sich mir zu.

»Oh! Ich könnte dich heiraten, wie findest du das?«, sagte er heiter. »Auch ein Sodomit braucht eine Frau, dann lässt es sich ganz ungestört der wahren Liebe nachgehen.«

»Nur deswegen habe ich Euch auf unser Landgut gelockt!«, entgegnete ich.

»Ach ja?«, rief er erstaunt. »Ist allerdings nicht gerade standesgemäß, so eine Bürgermeisterstochter ohne Schuhe.« Er rümpfte die Nase, zog die Brauen hoch: »Was hättest du mir denn im Gegenzug für diese unverdiente Ehre zu bieten?«

»Ich kann einen Haushalt führen«, sagte ich.

»Gott bewahre!«, sagte er verächtlich. »Als Herzog bewohne ich doch keinen Haushalt, sondern einen stattlichen Hof! Da gibt es wohl genug Gesinde, das sich um solche Sachen kümmern kann.«

»Ich kann Euch Nachkommen schenken!«, schlug ich vor. »Ihr tragt die Verantwortung, dass das Haus Greif nicht ausstirbt und damit der alte Name erlischt.«

»Kinder kann doch jede Frau gebären, keine große Kunst!« Er schaute zu den trägen Robben. »Das ist ja ihre Bestimmung, sonst hätte Gott es bei Adam und seinen männlichen Nachkommen belassen können, was mir die Schöpfung durchaus nicht ärmer hätte erscheinen lassen, zumal ich Kreaturen zu schauen scheue, die der Schöpfer ganz ohne Degen geformt hat.«

»Der Frau Eures Onkels ist es allerdings nicht gelungen, dem Herzog vom Pommern einen Erben zu schenken«, wandte ich ein.

»Ich glaube, sie ist in Wahrheit ein Mann!«, rief er. »Hast du sie einmal gesehen? Sie hat Barthaare! Bäh! Aber nun weiter! Bisher konntest du mich als Gattin wenig überzeugen.«

»Ich kann reiten«, sagte ich.

Er schnaubte gelangweilt: »Puh!«

»Tanzen«, rief ich.

»Schon besser.«

»Ich bin eine Dichterin.«

»Das behauptest du bloß, um dich interessant zu machen«, sagte er. »Verfasse ein großes Gedicht über mich, dann will ich sehen, ob deine Kunst den Makel deines geringen Standes auszugleichen vermag.«

»Abgemacht!«, erwiderte ich.

»Doch es muss wahr und wahrhaftig sein, wie das Porträt eines großen Malers!«

»Aber ja!«

Ich streckte ihm die Hand hin, er blickte sie angewidert an: »Ich bin doch kein Ziegenhändler!«

Ich war gern mit ihm zusammen, er wäre kein übler Gatte, nicht nur wegen seines Titels, einmal abgesehen davon, dass er von hübschen Schäfern schwärmte und seine Mutter durch mich hindurchsah. Selbst als wir ausgelassen zurückkehrten und sie entsetzt die sandigen Beine ihres Sohnes bemerkte, beachtete sie mich nicht.

»Höchste Zeit, diesen abscheulichen Ort zu verlassen!«, rief sie, bloß war ihre Kutsche auch an diesem Tag nicht aufgetaucht.

117

Am nächsten Morgen saß der junge Herzog in einem Sessel im Garten, den Hut schief auf dem Kopf, neben sich ein Tischchen mit einer Schale voller Früchte. Auf der Wiese schlug der Pfau sein Rad, drehte sich stolz nach links und rechts.

Ich las ihm das Gedicht vor, das ich am Abend zuvor über ihn geschrieben hatte.

»Gnade, Junker! Darf ich fragen: Wo so stolz hin schreitet Ihr? Atlas kann den Himmel tragen ohne Euch, drum bleibt

ruhig hier! Euer Stolz, der will mich treiben, Euch dafür ein Lied zu schreiben.«

Ich schaute auf, Ernst Bogislaw von Croÿ starrte mich an, kalt wie eine Marmorstatue.

»Dädalus weiß sich zu schwingen kraft der Flügel hoch empor. Ikarus will höher dringen, will ihm kommen noch zuvor, will hinauf zum Himmel fliegen, muss zuletzt im Meere liegen. So kann man's auch heut noch sehen, wie ein stolzer Edelmann seinen Ahnen nach will gehen, wenn er auch bloß zeigen kann: Strümpfe, Federn, Hut und Degen, die da edel machen pflegen. Dabei lässt er's noch nicht bleiben, schaut nur, wie er hebet an, einen Titel sich zu schreiben, Von und Zu und ellenlang! Doch auch lange Titel sterben, können wenig Ruhm erwerben.«

Ernst Bogislaw von Croÿ nahm sich eine Birne, biss hinein, warf die Birne hinter sich.

»Ja, er weiß uns vorzutragen viel von seiner Tapferkeit! Wie er manchen Held erschlagen, na, es ist die Wahrheit weit. Katzen war'n es nur und Mäuse, wilde Flöhe, zahme Läuse.«

Da lachte er auf, ich hatte ihn am Haken.

»Doch er liebt es, sich zu schmücken, ziert mit schönen Sporen sich, lässt den Stoff mit Silber sticken, kraust das Haar so meisterlich. Aber, he, ihr stolzen Narren! Adel wächst nicht aus den Haaren.«

Er lachte, drehte stolz seine Locken. Räder knirschten im Kies, Hufschlag, ihre Kutsche fuhr vor, begleitet von einem berittenen Diener. Der Neffe des Pommernherzogs rief: »So mach doch weiter!«

»Hohe Schlösser, dicke Mauern, große Dörfer, Geld und Gut, schöne Pferde, reiche Bauern, das macht Euch den großen Mut. Wo der Krieg Euch das genommen, müsst Ihr zu den Bürgern kommen. Habt oft kaum das Brot zu essen,

hungert manchen langen Tag und seid dennoch so vermessen, dass man sich nur wundern mag. Selbst der Klügste muss Euch weichen, kann Euch nicht das Wasser reichen. Dennoch wird er hochgepriesen, weil von hohen Eltern her, wenn man ihm auch oft bewiesen, dass er aller Künste leer. Oh, ihr Narren! Oh, ihr Toren mit den großen Eselsohren!«

Er kreischte vor Vergnügen, klatschte in die Hände.

»Die jedoch als Dichter leben, müssen, dabei ist's nicht recht, Euch die Ehrerbietung geben, Ihr seid Herren, wir die Knecht'. Geht doch hin und lasst Euch lehren, wie man andere kann ehren. Wer den Weg der Demut kennet, der ist edel nur allein, wer sich selbst unedel nennet, der kann zweimal edel sein. Der ist edel von Gemüt und nicht schlecht bloß vom Geblüt.«

Er streckte mir huldvoll die Hände entgegen, ich verbeugte mich. Gestützt auf ihren Diener, trat Anna von Croÿ aus dem Haus.

»Hab ich nun zu viel geschrieben? Zürnet nicht, denkt doch allein, dass Ihr mich dazu getrieben, Wahrheit soll gesaget sein. Euch in Euren edlen Westen ist es nur gescheh'n zum Besten!«

Er stand auf, klatschte, rief: »Bravo!«, wie sie es im schönen Italien den Opernsängern zuriefen, so hatte er es mir erzählt. »Eine Dichterin von Kühnheit und Grazie! Wahrlich eines Herzogs würdig!«

»Ihr würdet mich also heiraten?«, fragte ich.

»Wenn Ihr mich des Nachts nicht belästigt!«

Seine Mutter kletterte in die Kutsche.

»Zu schade nur, dass es diesen alten Vertrag von Grimnitz gibt«, sagte ich.

Er sah mich überrascht an: »Du weißt davon?«

»Nun komm schon, Ernst!«, rief seine Mutter.

»Mein Vater hat mir davon erzählt«, sagte ich. »Wenn die Greifenlinie im Mannesstamm erlischt, wenn dein Onkel also selbst keinen Nachkommen zeugt, übernehmen die Brandenburger Markgrafen die Erbfolge in Pommern.«

»Ja, das ist wahr«, sagte er wehmütig, »ich werde nie Herzog sein! Ich denke, ich gehe stattdessen nach Rom, konvertiere zum katholischen Glauben und werde Priester. Du kannst dir nicht vorstellen, wie schön die Männer in den italienischen Orden sind, schön wie Michelangelos David, und wie Michelangelo selbst, so lieben auch sie! So zieht es mich fort! *Arrivederci*, barfüßiges Mädchen!«

Er warf mir einen Kuss zu.

»Auf Wiedersehen, Euer Hoheit!«, sagte ich, knickste.

Er kletterte in den Wagen, der Diener schloss die Tür.

»Ach, Billie!«, rief er, schaute aus dem Fenster. »Im September werde ich feierlich an der Universität von Greifswald aufgenommen. Wenn du dich traust, beauftrage ich dich mit dem Ehrengedicht für diesen herrlichen Tag. Da musst du es aber ordentlich krachen lassen und mich loben und preisen, dass dir die Ohren wackeln.«

Die Pferde zogen an, ich blieb stumm.

»Na, was ist, du große Dichterin?«, rief er. »Wagst du es nicht?«

»Doch«, rief ich ihm nach. »Ich will! Ich werde Euch loben und preisen, Euer Hoheit!«

Der Pfau schrie. Der junge Herzog, der nie Herzog sein würde, winkte, ich winkte zurück, dann trug ihn die Kutsche fort.

118

Als der Sommer zu Ende ging, holte uns Vater nach Greifswald zurück, weil Räuberbanden mordend durchs Land zogen.

Ich kletterte barfuß hinten auf den Wagen, blickte zurück auf das schöne Haus, das einsam zwischen den Birken stand, die Läden wie schlafende Augen geschlossen. Der Pfau auf der Wiese drehte sich nicht, schlug kein Rad, stand bloß da, ohne uns nachzusehen. Dann fuhr der Wagen an, das Haus verschwand zwischen den Birken, wir bogen auf die Straße, die uns nach Greifswald zurückführen sollte. Ich blickte zu Vater, der mit Georg voranritt, Pistolen am Sattel, doch Räubern begegneten wir nicht. Einmal kam uns ein Trupp verwundeter Soldaten entgegen, wie ein dunkles Totenschiff mit zerschlissenen Segeln zogen sie still an uns vorbei. Die Männer trugen alte Verbände über alten Wunden, waren selbst alt geworden, wo sie noch eben jung gewesen waren, ausgemergelte Gespenster hatte der Krieg aus ihnen gemacht, keine strahlenden Helden. Nun waren sie zu alt für den Krieg, nun würden sie alt und schwach nach Schweden zurückkehren, mit hängenden Köpfen.

Ich öffnete meinen Beutel, strich mit der Hand über die Papierbogen, die ich vor Vater versteckt hielt. Auch das Ehrengedicht für Ernst Bogislaw von Croÿ hatte ich geschrieben, den vermutlich letzten Spross des Greifengeschlechtes. Seine Aufnahme an die Universität stand kurz bevor, Vater war gerade noch rechtzeitig gekommen, ahnte bloß nicht, dass der Neffe unseres Herzogs mich mit einem Gedicht beauftragt hatte, das ich vor den gelehrten Männern der Stadt vortragen sollte.

Am Abend erreichten wir Greifswald.

Ein Mann öffnete die Tür, wie ein Untoter sah er aus, denn seine Augen bewegten sich nicht. Er verbeugte sich: »Herr Bürgermeister!«

»Wir sind hungrig«, erwiderte Vater grußlos.

Der Mann trat zur Seite, doch nur seine Beine bewegten sich, der Rest seines Körpers blieb starr, dabei schien er noch jung, so alt wie Christian mochte er sein.

»Wer ist das?«, fragte ich leise.

»Ich habe Bedienstete eingestellt«, sagte Vater, »oder glaubst du, das Haus kocht und putzt sich von allein? Er heißt Adam.«

Aus der Küche traten zwei Frauen, die ich noch nie gesehen hatte, die eine groß und breit wie ein Schmied, die andere klein, mit schmalen Hüften. Sie knicksten.

»Guten Abend, Herr Bürgermeister!«, sagte die Große. »Das Essen steht bereit.«

»Ausgezeichnet, Tete!«, sagte Vater zu der Frau, die wohl unsere neue Köchin war, zu der anderen sagte er: »Agnes, hol Emerentia! Wir wollen essen.«

Die Frau, die Vater Agnes nannte, knickste: »Sehr wohl, Herr Bürgermeister.«

»Nein!«, rief ich. »Das mache ich!«

Ich lief an ihr vorbei die Treppe hinauf. Mit den neuen Dienstboten war mir das Haus nicht mehr so vertraut wie früher, doch ich freute mich, Emi wiederzusehen. Emi lag im Bett, das Gesicht zur Wand gedreht, rührte sich nicht, als ich zu ihr trat.

»Emi«, sagte ich. »Schläfst du?«

Ich legte die Hand auf ihre Schulter, setzte mich neben sie.

»Ich bin es. Billie.«

Langsam drehte sie sich zu mir, doch es war nicht Emi.

Die Blütenblätter der Blume, die meine schöne Schwester gewesen war, waren verwelkt.

»Billie«, sagte sie, als wäre ich bloß ein paar Stunden fortgewesen.

»Was ist geschehen?«

»Hermann«, sagte sie leise. »Er hustet. Seine Mutter ist an der Schwindsucht gestorben, und jetzt hustet er. Vater will nicht, dass es mir so ergeht wie Regina mit Christoph Bünsow.«

»Das tut mir so leid, Emi«, sagte ich.

»Er wird nicht sterben«, sagte sie, »das fühle ich, und er will mich heiraten, doch er darf nicht. Vater hat es verboten.«

»Es wird vielleicht einen Weg geben, Emi«, sagte ich, denn vielleicht gab es einen Weg, aber Emi sagte: »Vater will nicht mehr darüber sprechen.«

Die Frau, die mein Vater Agnes nannte, stand in der Tür.

»Ihr Vater lässt Sie zum Essen rufen«, sagte sie ausdruckslos.

Wir gingen stumm hinunter, stumm saßen wir zwischen Vater und Georg, Georg sagte: »Denk dir, Vater, wir hatten in der Anatomie heute Henriette Levenston auf dem Tisch.«

Erschrocken schaute ich auf.

»Sie ist tot?«

»Sonst hätten wir sie wohl kaum aufgeschnitten, oder?«, sagte Georg, lachte albern.

Vater spitzte die Ohren, hatte etwas im Haus gehört: »Was ist da los?«

»Wo sind ihre Kinder?«, fragte ich Georg, doch er beachtete mich nicht, sagte zu Vater: »Ihre Gebärmutter war derart verwachsen, Vater, wie ich es noch nie gesehen habe. Professor Schöner erklärt die Umstände damit, dass ...«

Vater unterbrach ihn mit einer Handbewegung, lauschte auf die Geräusche im Haus, jemand war gekommen.

»Erzähl mir das, wenn wir allein sind«, sagte er zu Georg.

»Du hast recht«, sagte Georg, blickte zu Emi. »Die richtigen Worte wollen in die richtigen Ohren dringen, sonst verhallen sie im Nichts.«

Es klopfte an der Tür, Vater sah auf: »Was ist?«

Der Mann, den Vater Adam nannte, öffnete die Tür.

»Herr Bürgermeister!«, sagte er, seine Augen bewegten sich nicht. »Im Haus ist hoher Besuch. Der junge Herzog. Ernst Bogislaw von Croÿ!«

119

Es war der erste Samstag im September, ein Tag nach Ägidius, ein Jahr nachdem wir uns geküsst hatten, Judith und ich, gleich darauf war sie verschwunden. Als ich neben Vater durch die Straßen ging, hörte ich ihre Stimme, sie rief mich, dann sah ich sie, strahlend lief sie auf mich zu.

»Wie schön, dich zu sehen, Billie!«, rief sie, vielleicht war sie schon verheiratet.

Mit leuchtenden Augen blieb sie stehen, ihre Schwester und eine Frau, die ich nicht kannte, folgten ihr, ich wich nicht von Vaters Seite.

»Keine Zeit«, sagte ich, ging an ihr vorbei, hielt mich am Arm meines Vaters fest, ließ mich von ihm fortziehen bis zur Bibliothek der Universität. Ich konnte nicht mit Judith sprechen.

Im Festsaal der Bibliothek saß ich neben Vater in der ersten Reihe, umringt von den mächtigen Bärten der Professoren. Ich entdeckte Johannes Schöner, er nickte mir zu. Vorn auf dem Podest stand ein Knabe in schönsten Kleidern, mit langen Locken, am Kinn kein einziges Haar, kein bisschen beeindruckt von der versammelten Gelehrtheit, denn über ihm war bloß der Herzog, über dem Herzog bloß noch Gott, so nah war er also dem Himmel, dass er die stolzesten Männer der Stadt weit überragte.

Mit heiterer Stimme rief Ernst Bogislaw von Croÿ: »Ich danke Ihnen für die würdige Aufnahme als Student an diese ruhmreiche Accademia und für die Ehre, sie als ihr Rektor führen zu dürfen.«

Ich blickte Vater an, hatte nicht gewusst, dass ein Junge, der noch keine einzige Vorlesung gehört hatte, zum Rektor der Universität ernannt werden könnte, doch Vater schien es nicht zu wundern, immerhin war Ernst Bogislaw von Croÿ kein normaler Junge, sondern der junge Herzog.

»Der Herzog kann heute nicht bei uns sein«, fuhr er fort, »doch sendet er Ihnen, hochverehrte Professoren, seine fürstliche Anerkennung und den Dank der Musen, dass einmal nicht ein Mann, sondern eine junge Dichterin, die der Stolz Pommerns zu nennen nicht übertrieben wäre, diesen festlichen Anlass mit ihren Versen schmücken darf. Auch ich danke vor allem dem Vater der jungen Dichterin für seine Erlaubnis, dem hochverehrten Bürgermeister Christian Schwarz!«

Ich senkte den Kopf, fürchtete mich vor ihren Blicken, keine Frau hatte je diesen Ort betreten. Da spürte ich die Hand meines Vaters an meinem Arm, er klopfte leicht darauf, als wäre ich ein junger Hund.

Ernst Bogislaw von Croÿ streckte mir die Hand entgegen, ich erhob mich, voller Angst, ich könnte stolpern, stürzen, meine Stimme verlieren auf dem Weg nach vorn. Ich bestieg das Podest, faltete das Papier auseinander, atmete tief ein und wieder aus.

»Komm, fliege durch die Stadt, du Ruhmesgöttin, fliehe! Sag unsrem Volke an: Komm eilends, komm und siehe das

Wunder unsrer Zeit, den Prinzen strahlenvoll, den heute unsere Welt zu schauen kommen soll. Ein Fürst, der nur zu Recht den hohen Namen führet, dem größter Ruhm und Lob, dem Ehre stets gebühret. Er herrscht und will nicht sein beherrscht von andrem Schein, vom Höchsten nur allein will er beherrschet sein. Die Herrin unsrer Welt, die gute Macht, die Tugend, herrscht mit ihm über uns, die Zierde unsrer Jugend, der Prinz von Arischott, der strahlt und strahlen lässt, entzündet unsre Sinn', gibt Zuversicht uns fest, schenkt uns die große Freud', die Dichtkunst wohl zu preisen, da trotz der jungen Jahr, er wird die Richtung weisen, der unerschrock'ne Held, der tapf're Greifenspross mit stolzem Adlerhaupt und strahlend hoch zu Ross …«

Ernst lachte kreischend auf, die Männer blickten ihn verstört an, ich fuhr fort.

»*Wenn ihm nur ist vergönnt, den Künsten nachzugehen, mit seinem freien Sinn stets ihnen beizustehen. So sei willkommen nun, du unsres Landes Kron'! Nicht deiner Ahnen mehr, nun unsrer Musen Sohn!*«

»Bravo!«, rief der junge Herzog wie in der italienischen Oper, klatschte begeistert, Schöner klatschte, sogar mein Vater, wenn auch zurückhaltend.

Die anderen Männer saßen mit versteinerten Mienen da, doch Ernst Bogislaw von Croÿ trat ihnen klatschend entgegen, rief: »Bravo! Bravo!«

Da begannen sie zu klatschen.

»Der Stolz Pommerns!«, rief Ernst Bogislaw von Croÿ, der Rektor der Universität von Greifswald, und grinste frech.

120

Ich hatte Georg gebeten, mich zum Haus der Schöners zu begleiten.

»Bist ja jetzt eine Berühmtheit«, hatte er gesagt. »Der Stolz Pommerns!«

Er hatte gelacht, aber nicht so hochmütig wie früher.

Catharina Schöner war auf nackten Füßen in die Bibliothek getreten, wo ich in *The Countess of Montgomery's Urania* las, jenem Buch der englischen Lady Mary Wroth, das ein solcher Skandal gewesen war, dass man es nicht mehr kaufen konnte. Catharina trug bloß ein Nachthemd, unter dem sich ihr Bauch wölbte wie ein Kürbis.

»Ich habe von deinem Erfolg gehört, Billie«, sagte sie, und ihre Stimme war so warm wie die Septembersonne, »meinen Glückwunsch!«

»Ich weiß, ehrlich gesagt, nicht, ob es ein Erfolg war«, sagte ich.

»Immerhin war höchster Adel von deiner Kunst überaus begeistert, hört man. Was willst du mehr?«

»Die meisten hätten mich wohl lieber an den Ohren aus dem Saal gezogen.«

Catharina lächelte, strich mir übers Haar.

»Und dennoch spricht sich deine Kunst herum«, sagte sie. »Johann hat einen Freund, Alexander Christiani, vor drei Jahren ist seine Frau gestorben, doch er wird sich erneut vermählen und wünscht für seine junge Braut ein Hochzeitsgedicht, das nicht so gespreizt und altväterlich daherkommt. Daher lässt er fragen, ob nicht du dieses Gedicht schreiben möchtest.«

»Im Ernst?«, rief ich.

»Sogar gegen Bezahlung! Dann bist du eine Dichterin, die ihren Unterhalt selbst bestreiten kann, stell dir das mal vor!«

121

Schnell sprach sich herum, dass die jüngste Tochter des hochverehrten Bürgermeisters von Greifswald eine Dichterin war, die der Herzog Bogislaw sogar den Stolz Pommerns genannt hatte. Mit einem Mal beauftragten mich Menschen, Gedichte für sie zu schreiben, zu Hochzeiten, Namenstagen, Todesfällen. So saß ich in meiner Kammer, feilte an Versen wie: *Wohl dem und mehr als wohl, der also wird gebunden, Herr Bräutigam, wie Ihr, dem heilt der Bund die Wunden.*

Solche Sachen schrieb ich, den Leuten gefiel es. Meine Verse berührten die Herzen, hieß es, und es machte mir nichts aus, für Menschen zu schreiben, die ich kaum kannte, denn mein eigenes Herz lag vergraben. Ich wollte zu lieben aufhören, weil meine Liebe ein gefräßiges Feuer war, das mein Herz in ein Stück Kohle verwandelt hatte, da war es viel besser, für andere zu schreiben.

Es klopfte, Ide stand in der Tür, sie hielt einen Brief hoch: »Noch einer!«

Ich suchte Vater, er saß mit Georg im Arbeitszimmer, seine Stimme klang besorgt. Er sagte: »In Bayern haben die Schweden eine schreckliche Niederlage erlitten, so bitter, dass sie sich ganz aus dem Süden zurückziehen müssen.«

»Und nun haben sie keinen Löwen mehr zum König«, sagte Georg, er war nun ein richtiger Mann, mit dem Vater nicht mehr wie mit einem Jungen sprach.

»Nein!«, sagte Vater ernst. »Die schwedische Königin ist gerade mal sieben Jahre alt!«

Da bemerkte er mich.

»Billie, was gibt es?«

Mit mir sprach er noch immer wie mit einem Kind, Dichterin hin oder her, vom Stolz Pommerns wollte er erst recht nichts wissen.

»Entschuldigung«, sagte ich, hielt den Brief hoch. »Ernst Bogislaw von Croÿ wird zur Hochzeit des Ratsherrn Abraham Elver ein Gedicht vortragen. Er bittet mich, es zu verfassen. Natürlich nur, wenn du einverstanden bist, Vater.«

Vater sah mich an, dann nickte er: »Also gut.«

Ich bedankte mich, wandte mich zum Gehen, doch dann drehte ich mich noch einmal um.

»Ja?«, fragte Vater.

»Der Krieg«, sagte ich, »wird er zurück nach Pommern kommen?«

»Ich befürchte es.«

122

Blass und traurig öffnete mir die Magd die Tür, etwas Schlimmes musste geschehen sein, die Spiegel waren verhangen. Auf der Treppe stand Lucrezia.

»She has gone, Billie. She flew away with the angels.«

Ich lief hinauf, trat durch die offen stehende Tür ins Schlafzimmer, im Bett lag Catharina Schöner, die Augen geschlossen, das Kind nicht mehr in ihrem Bauch.

Johannes Schöner saß neben ihr auf einem Stuhl, den Kopf in die Hände gestützt. Leise trat ich neben ihn, legte eine Hand auf seine Schulter: »Ich werde mich um Ihre

Töchter kümmern, Herr Doktor Schöner«, versprach ich ihm.

Da legte er seine Hand auf meine, hielt sie fest.

Als man Catharinas Sarg in die Erde senkte, lag seine Hand auf meiner Schulter, meine Hände lagen auf Lucrezias Schulter und auf der bebenden Schulter ihrer kleinen Schwester Anna. Nie mehr würde sie zu ihren Töchtern zurückkehren, um funkelnden Sternenstaub über sie zu streuen und ihnen den Kakao von den Lippen zu wischen.

Täglich ging ich nun in ihr Haus. Eines Abends kam ich mit einem Gedicht, das ich für ihn geschrieben hatte. Ich fand ihn in der Bibliothek in einem Sessel, er stand auf, als er mich sah: »Billie!«

»Guten Abend, Herr Doktor Schöner«, sagte ich leise.

»Willst du nicht Johann zu mir sagen?«

»Was?«, sagte ich überrascht.

»Meine Töchter lieben dich so sehr, Billie«, rief er, »und das macht mich glücklich.«

Ich sagte: »Ich habe etwas für Sie geschrieben. Ich hoffe, meine Worte können Ihnen ein wenig Trost spenden.«

Ich hielt ihm das Gedicht hin, er nahm es, legte es beiseite.

»Catherine ist von mir gegangen«, sagte er tief bewegt, »sie war das Licht meines Lebens. Ich habe immer geglaubt, ich würde in kalter Dunkelheit versinken, wenn sie einmal nicht mehr bei mir ist, doch ich muss Kummer und Trauer abschütteln, sie bringen uns Catherine nicht zurück, und wenn schon sie nicht mehr über unserem Haus leuchtet, muss ich für meine Töchter der bleiben, der ich zuvor gewesen bin. Glaubst du, dass Catherine damit einverstanden wäre, Billie? Dass wir versuchen, glücklich zu sein?«

Mit gesenktem Blick sagte ich: »Da bin ich mir sicher.«

»Oh, Billie!«, rief er überschwänglich. »Ihr seid euch so ähnlich, du und sie, das ist wunderbar! Das spüren auch die Kinder.«

Etwas in seinem Überschwang ließ mich vorsichtig werden.

»Ich hoffe, ich kann für die Mädchen …«

»Aber ja! Natürlich!«, fiel er mir ins Wort. »Sie strahlen, wenn du in unserem Haus bist, und sie sind traurig, wenn du uns verlässt, denn du bist die Frau, die Catherine am nächsten kommt.«

»Ich glaube nicht …«

»Doch, ja!«, unterbrach er mich, legte seine Hände auf meine Schultern. »Oh, Billie, denk dir, wie glücklich wir sein könnten, wenn wir immer in diesem Haus zusammen wären. Du kannst hier in der Bibliothek dichten, umgeben von all den großen Werken, und ich werde deine Verse drucken lassen, stell dir vor, ich werde sie so prächtig binden lassen, wie man es bei uns noch nicht gesehen hat! Dann wirst du eine berühmte Dichterin sein, Billie, denn ich habe dich für mich erwählt! Was sagst du? So sag doch etwas!«

Er hob mein Kinn an, um mir in die Augen zu sehen, sein Hals war von dunklen Knoten übersät.

»Sieh mich an, Billie«, sagte er. »Du weißt, nur mit einem einflussreichen Mann an deiner Seite kannst du eine Dichterin werden. Und in dieser Stadt bin ich der einzige Mann, der dich sieht, der einzige, der deine Kunst begreift, der einzige, der dir geben kann, wovon du träumst. Lass uns zusammen ins Licht treten, Billie, denn das ist es, was Catherine sich gewünscht hätte, und so wünsche ich es mir auch!«

»Nein«, sagte ich höflich, schüttelte den Kopf.

»Aber Billie, nur so …«, flehte er.

»Nein.«
Er ließ mich los.
»Nein?«, fragte er ungläubig.
»Danke«, sagte ich in sein großes, erschüttertes Gesicht.

123

An einem kalten Tag Anfang November traten die Brautleute aus der Kirche, Doktor Johannes Schöner in seinem vierzigsten Lebensjahr, dick wie eine Robbe. An seiner Seite die sechzehnjährige Braut in einem weißen Kleid, noch nie hatte eine Braut in Greifswald ein weißes Kleid getragen mit prachtvollen Stickereien, feinster Spitze. Ein weißer Kranz im Haar, ein weißer Schleier darüber, funkelnde Ohrringe, eine kostbare Halskette. Johannes Schöner hatte an nichts gespart. Alle sollten seine junge Braut bestaunen. Und sie staunten, jubelten bei ihrem Erscheinen, warfen Rosenblätter in die Luft, die über dem Brautpaar wie Federn zu Boden schwebten und das Pflaster wie einen Teppich bedeckten. Auch Ernst Bogislaw von Croÿ, der seit seiner Ankunft in Greifswald auf allen großen Festen zu bewundern war und dort Gedichte vortrug, die ich für ihn schrieb, warf Rosenblätter über Elisabeth von Stetten, die Braut, ihre Haut so weiß wie Schnee.

»Sieht sie nicht entzückend aus?«, rief er mir zu. »Wie ein Kätzchen aus glänzendem chinesischem Porzellan. Er allerdings ist fett geworden wie ein Flusspferd, Grundgütiger! Aber gut, jetzt, wo ihr Vater bankrott ist …«

Elisabeth winkte, ließ sich bejubeln.

»Arendt von Stetten ist bankrott?«, fragte ich ungläubig.

»Ja, der Arme!«, sagte er. »Hat sich beim Handel mit Muskatnuss verspekuliert.«

Schöners Kutsche fuhr mit zwei weißen Pferden vor, Elisabeth schwebte hinein, dann mühte sich der Bräutigam hinauf.

»Was ist mit seiner Haut?«, fragte ich.

Schöners Hals und Wangen waren übersät von Ausschlag und dunklen Knoten.

»In Italien nennen sie es die Franzosenseuche«, sagte Ernst Bogislaw von Croÿ, »aber die Franzosen verfluchen sie natürlich als italienische Krankheit. Sie hat viele Namen, ›Krankheit der Venus‹ gefällt mir am besten. Hübsch, nicht wahr? Klingt nach Liebesschmerz, nicht nach Pusteln.«

»Wieso denn ›Krankheit der Venus‹?«

»Weil du sie vom Vögeln kriegst«, rief er, lachte närrisch.

Das Brautpaar winkte, und Rosenblätter tanzten durch die Luft, als sie davonfuhren.

»Dann bekommt Elisabeth sie auch?«

»Die Arme, nicht wahr?«, sagte er. »Vielleicht nicht so schlimm wie er, bei ihm sieht es allerdings übel aus! Gar nicht auszudenken, wie sein Gemächt tapeziert sein mag!«

Er schüttelte sich angewidert.

»Und was geschieht mit ihm?«, fragte ich.

»Karl der Achte von Frankreich hat die Seuche in Italien eingeschleppt. Sie macht mit den Männern, was sie mit Karl dem Achten gemacht hat: Er war dumm wie ein Stück Holz, dafür geil wie ein Bock, und am Ende starb er elendig, die Haut überwuchert von Geschwüren. Zu schade um den einzig kultivierten Mann in diesem hübschen Nest! Hätte seinen Hahn besser von den Hühnern ferngehalten!«

Ich blickte der Kutsche nach, da entdeckte ich Lucrezia, Anna und die kleine Barbara, seine traurigen Töchter. Lucrezia sah mich an, müde vom Weinen, eine Frau führte sie fort.

124

Ich suchte Lucrezia in dem Haus voller Hochzeitsgäste. Musik schwebte durch die Räume, ein Mann spielte auf dem Cembalo, auf dem früher Catharina gespielt hatte.

Ich entdeckte sie in der Bibliothek im Sessel ihrer Mutter, sie stand auf, kam auf mich zu, umarmte mich.

»*Why don't you come to see me anymore?*«, fragte sie traurig.

Ich strich ihr übers Haar, wusste keine Antwort, Tränen traten mir in die Augen.

Sie sah auf: »*Are you no longer my friend?*«

»*I will always be your friend, Lucy*«, sagte ich. »*And she will be a good mother to you and your sisters.*«

Da stand Elisabeth in der Tür. Ich wischte die Tränen aus meinen Augen.

»Geh hinaus, Lucrezia!«, sagte Elisabeth.

Lucrezia löste sich von mir, ging.

»Hattest du dir schon vorgestellt, wie du hier in seiner Bibliothek sitzt und deine dummen Verse schreibst?«, rief sie.

»Nein«, sagte ich ruhig.

»Wie du dich in seiner Kutsche durch die Stadt fahren lässt und sich alles vor dir verneigt? Oh, guten Tag, Frau Doktor Schöner!«

Ich schwieg. Es war ihr Tag.

»Ja, nun schweigst du«, rief sie wütend, »aber ich wette, so hast du es dir vorgestellt, so, wie du den Rock vor ihm gehoben hast, so, wie du dich ihm an den Hals geworfen hast, wie eine läufige Hündin. Und das auch noch vor den Augen seiner verstorbenen Frau! Ich wette, deine Mutter wäre vor Scham gestorben, wenn sie da nicht schon tot gewesen wäre.«

Ich senkte den Blick, doch sie hatte noch nicht genug.

»Du hältst dich für etwas Besonderes, nicht wahr? Aber das bist du nicht. Du bist bloß ein vorlautes Mädchen, mit dem unverdienten Glück, von einem mächtigen Vater beschützt zu werden.«

Sie starrte mich noch einen Moment lang an, genoss ihren Triumph, dann zischte sie verächtlich und ging.

Als ich zurück in den Saal kam, spielte fröhliche Musik, Schöner saß an der Hochzeitstafel, aß gierig, trank, legte den Arm um seine junge Braut, drückte sie an sich. Neben ihm saß Ernst Bogislaw von Croÿ, schaute vornehm in die Runde, entdeckte mich, bemerkte, dass ich geknickt war. Da erhob er sich, alle Gespräche verstummten, die Musiker hielten inne, auf der Stelle gehörte ihm alle Aufmerksamkeit.

»Liebe, liebreizende Braut Elisabeth«, rief er, »lieber Herr Bräutigam! Der Herzog übersendet Euch die wärmsten Wünsche, und ich widme der Braut ein eigens für sie verfasstes Gedicht!«

Anerkennende Blicke, bewundernde Rufe, Elisabeth nickte in die Runde.

Ernst faltete einen Bogen Papier auseinander, las: »Hochzeitsgedicht auf die Jungfrau Braut mit Namen Elisabeth von Stetten. Oder wenn man die Buchstaben ihres Namens durcheinanderwürfelt: Ohe, lasst uns ins Bette!«

Er blickte auf, lachte sein geckenhaftes Lachen, in Elisabeths Gesicht zuckte es beunruhigt. Dann las er wie ein Hofnarr.

»Was gilt es, Jungfrau Braut, was treibt Euch jetzt? Ich wette, dass Euer Herz nun spricht: ›Oh! Lasset uns ins Bette!‹ Gebt ruhig dem Herzen nach, dann ist die Wette mein, wenn auch der schmale Mund stattdessen spricht: ›Ach, nein.‹ Gebt

ruhig dem Herzen nach, was will der Mund schon machen? Die Augen sprechen selbst, sie könnten kaum noch wachen. Gebt ruhig dem Herzen nach! Seht, Hymen ist bereit! Der Gott der Hochzeitsnacht, der sagt, es sei nun Zeit. Geht, gebt dem Herzen nach, wir wünschen Euch daneben ein langes, glückliches, ein höchst fruchtbares Leben! Gebt hin Euch dieser Nacht, heilt dann die Wunden zu! Versagt Euch nicht danach der angenehmen Ruh. Gebt mir bloß willig nach, gewonnen ist die Wette: Ihr seid vor Hitze krank, drum geht nur schon zu Bette!«

Er lachte, die Gäste fielen ein, er hob sein Glas.

»Auf das schöne Brautpaar!«, rief er, alle erhoben die Gläser, ließen das Brautpaar hochleben, bloß Elisabeth hielt den Kopf gesenkt, das Gesicht rot vor Wut.

Dann tanzte man heitere Tänze, und ich stand mit Emi abseits, die Hände auf dem Rücken verborgen, bis Schöner neben mich trat.

»Ich weiß, dass du mit dem jungen Herzog unter einer Decke steckst«, sagte er. »Außerdem ist er zu dumm, um ein so böses Gedicht zu schreiben.«

Emi blickte ängstlich zu Schöner, überrascht vom Gift in seiner Stimme. Ich rührte mich nicht, starrte auf meine Schuhe.

»Du bist in diesem Hause immer willkommen gewesen«, sagte er. »Die Bibliothek mit all ihren Schätzen stand dir zu jeder Zeit offen. Wir haben dich hier gern gesehen, die Kinder, Catherine, ich.«

»Dafür bin ich sehr dankbar«, sagte ich.

»Diese Zeit ist nun zu Ende.«

Ich nickte.

Dann ging er, führte Elisabeth zum Tanz, die junge Braut, die so alt war wie ich. Und ihn würde die Krankheit bald in ein Monster verwandeln.

125

Als wir von der Hochzeit nach Hause zurückkehrten und ich die Treppe hinauflief, bemerkte ich, dass in der Bibliothek ein Feuer brannte. Zögernd ging ich hinein, und dort saß er in ein Buch vertieft, als ob er nie fortgegangen wäre.

Christian!

Er legte das Buch beiseite, erhob sich aus dem Sessel, und ich lief auf ihn zu wie ein Kind, umarmte ihn glücklich, drückte mich an meinen großen Bruder, der so lange fort gewesen war, und er hielt mich wie ein Kind in seinen Armen, ich weinte.

»Wirst du bleiben?«, fragte ich.

»Ich bleibe, ja, ich habe promoviert«, sagte er.

Eines Tages würde er Bürgermeister werden wie Vater, dachte ich später, als wir alle zusammensaßen und er uns erzählte, was er erlebt hatte. Er würde heiraten, seinem ersten Sohn würde er den Namen Christian geben, wie unser Vater ihn genannt hatte, wie unser Großvater unseren Vater genannt hatte, und so würde es sich fortsetzen, immerfort, doch sosehr sich auch alles zu wiederholen schien, in Wahrheit wiederholte sich nichts, niemand kam zurück, wie er gegangen war, auch mein Bruder nicht.

Er hatte viel gesehen von der Welt, war in Königsberg gewesen, in Amsterdam, Antwerpen, in Paris. Seitdem er so weit gereist war, erzählte er, liebe er es, allein auf dem Meer zu segeln, gleich nach seiner Rückkehr kaufte er sich ein kleines Boot. Eines Morgens nahm er mich mit hinaus.

An einem klaren Wintermorgen hatte er ganz früh geklopft, war mit einem Buch in der Hand in mein Zimmer getreten.

»Das ist für dich«, hatte er gesagt. »Es ist von dem niederländischen Dichter Jacob Cats. Du wirst die Sprache schnell lernen. Vielleicht kannst du seine Gedichte ins Deutsche übersetzen.«

Dann gingen wir zum Hafen, machten sein Boot klar. Er hatte es nach Anna benannt, dem Mädchen aus dem Dorf Dargelin, dessen Augen geschimmert hatten wie zwei Kiesel im Frühlingsbach, mit zwei Grübchen, die ihren Mund umrahmt hatten wie ein geteiltes Herz. Anna, die die Katholiken gleich am ersten Tag getötet hatten, als der Krieg zu uns gekommen war, sie und ihren Sohn Melchior, der auch sein Sohn gewesen war, und ihre kleine Tochter Frodi, die auch seine kleine Tochter gewesen war.

Unter einem klaren Februarhimmel ließen wir uns den Ryck hinuntertreiben. Christian saß am Ruder, erzählte mir, was er über den Krieg wusste.

»Stell dir vor«, sagte er, »als die Schweden ihre erste große Niederlage erlitten hatten, haben sich die deutschen Protestanten gleich mit den deutschen Katholiken gegen die Schweden verbündet.«

»Was?«, rief ich. »Aber darum ging es doch in diesem Krieg, um den wahren Glauben, auf welcher Seite Gott steht.«

»Also, Gott juckt dieser Krieg nicht«, sagte Christian bloß.

»Aber dann sind ja alle sinnlos gestorben«, sagte ich. »Sie hatten ihr Leben doch für Gott und ihren Glauben gegeben.«

»Jeder wechselt die Seite, wie es ihm günstig erscheint, und auch den Glauben, weil es am Ende bloß darum geht, nicht auf der Verliererseite zu stehen. Jetzt kämpfen also die katholischen Franzosen Seite an Seite mit den protestantischen Schweden und den calvinistischen Niederländern gegen die katholischen Spanier, die sich mit den protestantischen und den katholischen Deutschen verbündet haben, und morgen kann es wieder ganz anders sein. Verrückt, oder?«

»Aber dann geht der Krieg ja nie zu Ende!«

»Deshalb sollten wir unserem Herzen folgen und nicht den Herzögen«, sagte er. »Und nun vergiss den dummen Krieg, Billie, setz das Segel!«

Ich zog das Segel auf, der Wind blies hinein und schob uns hinaus. Christian lächelte sein stilles Lächeln, das er in sich trug, seitdem er das einsame Meer liebte.

Am Abend las ich im Schein einer Kerze die Verse von Cats, verstand das meiste und übersetzte sie auf Deutsch, veränderte sie, damit die Verse im Deutschen so gut klangen wie im Niederländischen: *Ich komm schon an das Licht und an den hellen Tag, wohin der bleiche Tod den Pfeil nicht schießen mag.*

Der Tag, an dem Christian mir das Buch geschenkt und mich zum ersten Mal mit aufs Meer hinausgenommen hatte, war der 24. Februar 1637.

Es war mein sechzehnter Geburtstag.

126

Von nun an segelten wir oft zusammen hinaus, Christian nahm mich gerne mit, und schon bald liebte ich das Meer wie er, der Wind blies mir alle düsteren Gedanken aus dem Kopf, und ich wünschte, dass auch ich eines Tages so still lächeln würde wie er, weil das weite Meer in meinem Herzen rauschte.

»Was ist das?«, rief ich Christian eines Morgens zu, zeigte zur Küste hinüber, wo ich dunkle Flecken am Strand entdeckt hatte.

Er wusste es gleich: »Schweinswale!«

Wir zogen das Boot auf den Strand. Sie waren tot.

»Das ist kein gutes Zeichen, stimmt's?«, sagte ich.

Christian sah auf: »Nein«, und als wir in den Hafen zurückfuhren, läuteten die Kirchenglocken der Stadt.

Ein Mann stand an der Pier.

»Der Herzog ist tot«, rief er uns zu. »Die Herrschaft des Greifengeschlechtes ist erloschen!«

»Was wird nun aus Pommern werden?«, fragte ich Christian.

»Sie werden sich wie die Bestien darum schlagen«, sagte er.

Als wir den Marktplatz überquerten, entdeckte ich die Kutsche, die mit rotem und goldenem Laub prächtig bemalt war. Sie fuhr durch die Lange Straße nach Westen, dann machte sie kehrt, kam auf uns zu: Ernst Bogislaw von Croÿ schaute aus dem Fenster.

»Wie froh ich bin, dich noch einmal zu sehen, Billie!«, rief er. »Kurz vor seinem Tod hat mein Onkel mich zum Bischof ernannt, entzückend, nicht wahr? Ich gehe nach Cammin und werde sehr gut aussehen als Bischof, denkst du nicht? Wie der Pfau aus Frätow werde ich aussehen, mit herrlichen Schwanzfedern!«

Er drehte den Kopf eitel nach links und rechts, und ich musste lachen, obwohl er mir schon jetzt fehlte.

»Das werdet Ihr, Euer Hoheit!«, rief ich.

»Vorbei ist's mit der Hoheit, Billie«, sagte er, »und für den Bischof bin ich noch zu jung. Drum sag einfach Ernst zu mir!«

»Auf Wiedersehen, Ernst!«, sagte ich. »Es war schön, dich kennengelernt zu haben.«

»Ja, das war's bestimmt für dich!«, rief er, doch dann schaute er ganz aufrichtig, ohne jedes Schauspiel, und sagte mit warmer Stimme: »Auf Wiedersehen, Billie! Es war schön, dich kennengelernt zu haben. Nimm dich vor den Neidern in Acht!«

»Das werde ich«, sagte ich, hob die Hand. Gern hätte ich ihn zum Bruder gehabt oder zum Freund, wenn schon nicht zum Gemahl, doch ich wusste, ich würde Ernst Bogislaw von Croÿ nie wiedersehen, denn er war ein Mensch, den man nur einmal im Leben trifft, weil er immer weiterfliegt und nie dorthin zurückkehrt, wo er schon gewesen ist.

127

Wir hörten die Schreie schon, als wir uns unserem Haus näherten. Es war Ide, die schrie. Drei Männer zerrten sie heraus, rissen sie an den Haaren, den Armen, sie wehrte sich. Sie rief meinen Namen, als sie mich erkannte, und ich rief: »Lasst sie los! Sie gehört zum Haus des Bürgermeisters von Greifswald!«

Ich versuchte, sie ihnen zu entreißen, einer stieß mich an der Schulter fort, ich taumelte.

»Das wissen wir nur zu gut!«, rief ein anderer.

Christian zog mich weg von ihnen.

»Nicht, Billie!«, rief er.

»Es ist Ide!«, rief ich.

Er schüttelte den Kopf: »Du kannst ihr nicht helfen!«

Sie schleiften sie über die Straße wie einen Sack, schleppten sie davon wie ein Lamm zum Schlachthaus.

Völschow stand vor dem Haus, blickte mich an.

»Geh hinein!«, rief Christian, schob mich zur Tür.

Ich lief in die Halle, Adam stand dort, als wäre nichts geschehen.

»Ist mein Vater im Rathaus?«, rief ich.

»Nein.«

»Wo ist er dann?«

»Ihr Vater ist oben«, sagte er ohne jede Regung.

Ich lief die Treppe hinauf, rief laut nach Vater, doch er antwortete nicht.

Ich riss die Tür zu seinem Arbeitszimmer auf, da saß er aufrecht an seinem Schreibtisch, auf dem nichts stand, nichts lag, saß einfach da, starrte ins Leere. Ich trat vor den Schreibtisch, sagte laut: »Vater! Völschow hat Ide holen lassen!«

Nur langsam kehrte er aus seinen Gedanken zurück, langsam erfasste sein Blick mein Gesicht.

»Ich möchte nicht gestört werden«, sagte er ruhig.

»Gestört bei was?«

»Unser Herzog ist tot«, sagte er. »Hast du es nicht gehört?«

»Natürlich habe ich es gehört«, sagte ich. »Hast du mich auch gehört? Du musst Völschow aufhalten, Vater! Du bist der Bürgermeister, nur du kannst ihn aufhalten.«

»Die Schweden werden die Ratsherren davonjagen und auch die Bürgermeister«, sagte er.

»Du wirst trotzdem weiterleben, auch wenn du kein Bürgermeister mehr sein wirst«, sagte ich, »aber Ide vielleicht nicht. Sie gehört zu unserer Familie.«

»Sie ist die Tochter einer verurteilten Hexe«, sagte er, als gehe ihn die Sache nichts an.

»Was willst du damit sagen? Dass auch sie brennen muss, weil Hexenblut in ihren Adern fließt? Das ist es, was du glaubst?«

Ich lachte herausfordernd, doch er ließ sich nicht herausfordern.

»Entscheidend wird sein, was unsere Gerichte glauben.«

»Völschow ist vollkommen wahnsinnig«, sagte ich, »und das weißt du, Vater!«

Er blickte aus dem Fenster. »Unsere Gerichte werden nicht von Willkür und Wahnsinn regiert, sondern von unseren gerechten Gesetzen, wie immer dir dein Onkel auch erscheinen mag.«

»Vielleicht stimmt ja etwas mit unseren Gesetzen nicht.«

»Gesetze sind niemals falsch«, sagte er, schien wieder in die Ferne zu reisen. »Sie halten unsere Welt zusammen, und sie beruhen auf der ewigen Wahrheit unserer Bibel.«

»Der ewigen Wahrheit unserer Bibel? Zauberinnen sollst du nicht leben lassen? So heißt es doch in unserer Bibel, so hat unser großer Doktor Martin Luther es ins Deutsche übersetzt, nicht wahr? Luther, der solche Angst vor Hexen hatte, dass er sie alle verbrennen wollte. Bloß spricht die lateinische Bibel gar nicht von Zauberinnen oder Hexen. In der lateinischen Bibel heißt es *Maleficos non patieris vivere: Übeltäter sollst du nicht leben lassen.* Übeltäter, Vater, nicht Hexen! Luther hat sich einfach seinen eigenen Reim drauf gemacht. So steht es mit der ewigen Wahrheit unserer Bibel.«

»Meine Tochter hält sich also für klüger als die gelehrtesten Männer unserer Welt?«

»Sicher nicht«, sagte ich, »aber glaubst du wirklich, dass Ide eine Hexe ist?«

Gleichgültig zuckte er mit den Schultern: »Wenn das Gericht so entscheidet, werde ich es glauben«, sagte er, wandte den Kopf wieder mir zu: »Und das solltest du besser auch!«

»Nein, Vater«, sagte ich ruhig, obwohl ich nicht ruhig war. »Das werde ich nicht.«

Wir sahen uns an wie zwei, die nicht auf derselben Seite stehen, als wäre er nicht mein Vater, ich nicht seine Tochter.

128

Von der Treppe aus rief ich ihm nach, doch Georg und Christian waren schon auf der Straße. Wenn Christian auch selbst noch nicht Ratsherr war, so schätzten die Ratsherren ihn, seitdem er mit einem Doktortitel nach Greifswald zurückgekehrt war. Vielleicht konnte er ihr helfen.

Kurz vor dem Rathaus holte ich die beiden ein.

»Christian!«, rief ich. »Warte!«

Er drehte sich zu mir um, blieb aber nicht stehen.

»Geh nach Hause, Billie!«, sagte er. »Der Krieg kehrt zurück.«

»Vater will Ide nicht helfen«, sagte ich.

Wir verbargen uns vor ein paar schwedischen Reitern in einem Hauseingang.

»Du kannst ihr nicht helfen, Billie«, sagte er, »glaub mir, sie werden dich auf der Stelle verdächtigen, ihre Komplizin zu sein.«

»Und du nimmst es einfach so hin, dass sie Ide aus unserem Haus holen?«, rief ich wütend. »Du setzt dich in dein Boot und starrst aufs Meer, als wärst du allein auf der Welt? Das ist es, was du in deinem Leben machen willst?«

Ärger stieg in ihm auf.

»Also gut«, sagte er, schnaufte wütend. »Ich werde herausfinden, wo sie ist und was sie mit ihr vorhaben. Mehr kann ich dir nicht versprechen.«

»Danke«, sagte ich. Er nickte, und als wir zurück auf die Straße traten, stürzte gerade die Fahne unseres Landes wie ein gefällter Baum vom Rathausturm, der Stoff umhüllte den roten Greif wie ein Leichentuch.

»Geht nach Hause«, sagte Christian zu Georg und mir, »denn unsere Straßen sind jetzt nicht mehr sicher!«

Er lief zum Rathaus, über dem nun die schwedische Fahne gehisst wurde, groß und stolz flatterte sie im Wind.

»Schau mal da!«, rief Georg, deutete auf den Marktplatz.

Breitbeinig trat Schöner aus seinem Haus, wie ein betrunkener Seemann auf einer wackeligen Planke wankte er zu seiner Kutsche, die seine Diener mit Kisten und Säcken beluden.

»Was ist nur mit ihm?«, fragte Georg, verwundert über seine seltsamen Bewegungen.

»Und wo sind seine Kinder?«, fragte ich.

Schöner ließ sich in den Sitz fallen, wie ein Schiff schwankte seine Kutsche. Schwerfällig war sein riesiger Körper, Gesicht und Hals übersät mit einem entsetzlichen Ausschlag. An der Franzosenseuche, fiel mir ein, sterbe man elendig, die Haut überwuchert von Geschwüren.

»Herr Professor!«, rief Georg bestürzt bei seinem Anblick. »Wohin fahren Sie denn?«

»Weg aus diesem Scheißnest, das man wie einen Furunkel auskratzen wird«, rief Schöner. »Hier laufen bloß Dummköpfe gegen die Bäume, Dummköpfe, so dumm, wie du es bist, Junge!«

»Aber erkennen Sie mich denn nicht, Herr Professor?«, rief Georg. »Ich bin es doch, Georg Schwarz!«

»Georg Schwarz!« Schöner lachte höhnisch. »Hast du wirklich geglaubt, du könntest Arzt werden, Junge? Eher wird aus meinem Arsch eine Prinzessin, bevor ein Idiot wie du Arzt wird, und jetzt nimm die Finger von meiner Kutsche, du Esel, damit du sie nicht mit deiner Blödheit beschmierst.« Und zum Kutscher rief er: »Und du drisch den Pferden den Arsch!«

Der Kutscher ließ die Peitsche durch die Luft knallen, die Pferde zogen an.

»Er ist völlig verrückt geworden!«, sagte Georg, starrte der Kutsche entsetzt nach.

»Er fährt ohne seine Kinder und ohne Elisabeth?«

»Er hat gesagt, ich werde nie Arzt werden. Wie kann er so etwas sagen?«

»Wir müssen nach ihnen sehen, Georg!«

Georg schüttelte den Kopf.

»Ich werde bestimmt nicht in das Haus eines Wahnsinnigen gehen!«, sagte er. »Denn ganz sicher sind sie alle wahnsinnig geworden.«

129

Es sah aus wie nach einer Plünderung.

»Ist jemand da? Elisabeth? Lucy?«

Keine Antwort. Vorsichtig ging ich durch den großen Saal.

»Ich bin es. Billie.«

Gemälde waren von den Wänden gerissen worden, leere Rahmen lagen am Boden, die Leinwände herausgeschnitten. Zerbrochenes Porzellan, herumliegende Stoffe, und die Stelle, an der Catharinas Cembalo gestanden hatte, war leer.

»Lucy!«, rief ich, da entdeckte ich Blutstropfen am Boden, die sich zu einer Spur verbanden. Ich folgte der Spur zu einer Tür. Mit angehaltenem Atem öffnete ich sie. In der Kammer lag eine Katze, ihr Bauch war geöffnet, ihr Inneres nach außen gequollen. Der Wahnsinn musste dieses Haus ergriffen haben, der Wahnsinn, der mit Schöners Krankheit eingezogen war. Die Krankheit, die Ernst Bogislaw von Croÿ die Krankheit der Venus genannt hatte, hatte Schöners

Geist zerrüttet, hatte seinen sonnigen Charakter ins Gegenteil verkehrt.

Ich stieg die Treppe hinauf.

»Elisabeth? Lucy?«, rief ich laut, um das Grauen zu vertreiben.

Ich schlich an den Türen vorbei, voller Angst, der Wahnsinn könne dahinter lauern. Vor Lucys Zimmer lauschte ich, klopfte, dann öffnete ich die Tür. Das Licht fiel in den verdunkelten Raum, breitete sich darin aus, legte sich über den Teppich, dann über das Bett, über kleine Füße, über Kinderhände, dann über ihre Gesichter. Er hatte seine Töchter zurückgelassen, dort hockten sie wie drei böse Kreaturen, die eben noch junge Mädchen gewesen waren, die der Wahnsinn in düstere Nachtgestalten verwandelt hatte.

»Don't be afraid!«, flüsterte ich, meine Stimme zitterte.

Sie hatten in der Dunkelheit gesessen, voller Angst, der Drache würde sie bei lebendigem Leibe verschlingen.

»Geh weg von uns!«, flüsterte Lucy.

»Ich bin es, Lucy. Erkennst du mich nicht?«

»Du willst uns täuschen. Aber Vater hat mich vor dir gewarnt!«

»Ich würde euch niemals täuschen, Lucy.«

»We have sharp teeth«, rief sie feindselig, *»and we will bite through your ankles like the ankles of a lamb, for our father has taught us how to bite through the ankles!«*

Ich wich vor ihnen zurück, wich Schritt für Schritt vor ihnen zurück, wagte nicht, ihnen den Rücken zuzudrehen, zog die Tür zu.

Im Flur schloss ich die Augen, doch der Schrecken, der mich bei ihrem Anblick ergriffen hatte, verflog nicht. Ich bebte.

Ich fand Elisabeth in der Dunkelheit des Schlafzimmers, in dem Bett, in dem Catharina gestorben war. Da lag sie mit geschlossenen Augen, so wie auch Catharina dort gelegen hatte.

»Elisabeth?«, flüsterte ich.

Sie öffnete die Augen, ihre Lider zuckten, als das Licht ihre Augen erreichte. Langsam drehte sie den Kopf.

»Ich bin es. Billie.«

Sie sah krank aus, ihre Haut war voller Flecken.

»Wie seltsam, dass du gekommen bist«, flüsterte sie. »Ich habe von dir geträumt.«

»Warum ist er ohne euch gegangen, Elisabeth?«

»Du hast ein schönes Kleid getragen«, flüsterte sie, »so schön wie die Sterne! Doch am Bauch war das Kleid zerfetzt, und was in deinem Bauch war, quoll hervor wie riesige Würmer. Doch du hast gesagt, es sei nicht schlimm, denn du könntest alles wieder hineinlegen. Aber das hast du nicht getan.«

»Elisabeth!«, sagte ich eindringlich, denn meine Worte waren nicht zu ihr durchgedrungen. »Hat er euch hier zurückgelassen?«

Mit großen Augen sah sie mich an.

»Er sagt, er ist zu groß für eine kleine Stadt. Zu bedeutend für ein unbedeutendes Land.«

»Er ist krank, Elisabeth.«

»Er ist Arzt«, entgegnete sie, wie ein blasses Gespenst schwebten ihre Worte durch den Raum. »Er kennt alle Krankheiten dieser Welt. Alle kann er sie heilen.«

»Auch seine Gedanken sind krank«, sagte ich, doch sie schüttelte den Kopf.

»Du irrst dich«, erwiderte sie. »Er kann alle Krankheiten heilen.«

»Vielleicht ja«, sagte ich. »Aber was wird aus dir, Elisabeth? Und was aus den Kindern?«

»Er wird uns nachholen. Er geht bloß vor und findet den Weg. Dann holt er uns. Er wird uns nach England bringen. Nur am Hofe des Königs von England ist sein rechter Platz, nur dort.«

»Die Schweden sind nicht mehr die Schweden, denen wir zugejubelt haben, Elisabeth. Wir haben sie uns zu Feinden gemacht, dafür werden sie sich an uns rächen. Willst du nicht mit den Kindern mit mir kommen? Ins Haus meines Vaters?«

»Er geht bloß vor, findet den Weg«, wiederholte sie, lächelte.

»Aber wenn nicht? Wenn etwas geschieht, das er nicht vorhergesehen hat?«

»Die Dinge geschehen, ganz gleich, was wir uns wünschen«, sagte sie.

»Soll ich die Mädchen mit mir nehmen?«, fragte ich.

Elisabeth schüttelte den Kopf.

»Ihr Vater hat ihre Gedanken vergiftet. Sie glauben, du bist eine Zauberin, die sie töten will.«

Ich nickte. Es hatte keinen Sinn.

»Das Gedicht zu deiner Hochzeit, Elisabeth, es stammt von mir«, sagte ich. »Es tut mir leid, es war dumm.«

»Ich weiß, dass er dich gewollt hat. Er hat etwas in dir gesehen. Von mir wollte er bloß meine Jugend, und schau: So schnell ist sie verblüht.«

Sie versuchte zu lächeln.

»Es tut mir leid, dass wir keine Freundinnen geworden sind, Elisabeth.«

Sie schloss die Augen.

Ich ging aus dem Zimmer, stieg die Treppe hinab. An der Tür zur Bibliothek blieb ich stehen, schaute hinein. Die Bücher lagen durcheinander auf dem Boden, wie Tote, die auf dem Schlachtfeld mit aufgeschlitzten Bäuchen zurückgeblieben waren. Dieses Haus, das so voller Leben gewesen war, hatte sich in ein Geisterhaus verwandelt. Das Cembalo würde nie mehr in diesen Wänden erklingen, der Übermut würde die Kinder nicht mehr durch die Zimmer jagen, Lucy würde die Fische nicht mehr singen hören, und die Stimmen, die ihr Vater hörte, sangen nicht, sie schrien in seinem Kopf.

Ich entdeckte die Mappe mit Sapphos Versen, verstreut lagen die Blätter mit ihren Gedichten herum, abgeschrieben in der schönen Handschrift eines Mannes, der einst die Schönheit geliebt hatte, die Musik und den Tanz, und der nun wahnsinnig geworden war.

Ich kniete nieder, nahm einen Bogen, las.

Hör mein Rufen, Gongyla, mein Mädchen! Rufe mich, wo immer du bist!

Ich drehte mich um, Lucy stand in der Tür.

»Er hat uns verboten, das Haus zu verlassen«, sagte sie. »Wir können nicht mit dir gehen.«

»Ja, ich weiß.«

»Was immer mit ihm geschehen ist, er ist unser Vater. Wir haben nur ihn.«

»Ja.«

»Doch wenn er gelogen hat, wenn er nicht zu uns zurückkehrt, Billie?«

»Wirst du aus der Asche emporsteigen, Lucy, schöner als je zuvor.«

130

Stufen knarrten, jemand eilte die Stiege zu meiner Kammer hinauf, es war Christian.

»Du musst kommen, Billie, sofort!«, rief er.

Auf der Stelle sprang ich vom Bett: »Was ist passiert?«

»Lass alles zurück«, rief er aufgewühlt. »Die Pferde stehen im Hof bereit. Schnell!«

Er sprang die Stiege hinunter, ich folgte ihm.

»Wohin gehen wir?«

»Ide ist tot«, rief Christian, »sie hat alles gestanden!«

»Aber was hat sie gestanden?«

Er blieb stehen, drehte sich zu mir um: »Was immer sie zu gestehen von ihr verlangt haben. Sie wollten wissen, wer ihre Komplizinnen sind. Der Rat der Stadt hat deiner Befragung zugestimmt. Du musst fort!«

Die Angst ließ mich erstarren, doch er zog mich weiter. Wir stürzten die Treppe hinunter, in der Halle warteten sie schon auf mich.

131

Es war der Mann, der die junge Frau erdrosselt hatte, an jenem Morgen, als sie Ides Mutter verbrannt hatten. Er schnitt meine Haare ab. Wie eine böse Schlange schnappte die Schere nach meinen Haaren, in Büscheln fielen sie zu Boden. Mit meinen Händen versuchte ich, meine Nacktheit zu verbergen. Er zog ein trockenes Rasiermesser über meinen Kopf.

Völschow trat zu mir.

»Lass uns doch ein wenig allein«, sagte er ganz ruhig zu dem Mann, der das Mädchen erdrosselt hatte.

Der Mann ging hinaus.

Mit weicher Stimme sagte Völschow zu mir: »Du bist meine Nichte. Ich kenne dich schon vom ersten Tag deines Lebens.«

Ich sah ihn nicht an.

»Deine Mutter hat oft gesagt: ›Schau nur, sie ist ein besonderes Mädchen.‹«

Nur kurz blickte ich zu ihm auf. Er lächelte versonnen.

»Ich selbst habe keine Kinder, wie du weißt. Umso mehr sollte ich mich um die Tochter meiner verstorbenen Schwester kümmern, nicht wahr? Sollte meine junge Nichte davor bewahren, ihre Würde zu verlieren. Sollte sie beschützen, damit sie keine Schmerzen ertragen muss, damit ihr kein Leid geschieht, nichts Schlimmes, das sie nicht ertragen könnte. Das sollte ein Mädchen wohl erwarten können von seinem Onkel, oder nicht?«

»Ja«, sagte ich leise.

»Glaubst du, dass ich kein guter Onkel bin?«

Ich schwieg, denn ich wusste nicht, was er war.

»Warum bittest du mich nicht um Beistand?«, fragte er.

Ich zögerte.

»Bitte helfen Sie mir, Onkel.«

Er betrachtete mich stumm. Dann streckte er langsam seine Hand nach mir aus, berührte die Kette an meinem Hals, griff nach dem Rosenblütenamulett, riss es ab.

»Jetzt ist dein Hochmut also verflogen«, flüsterte er.

In dieser Nacht versuchte ich zu beten, aber ich hatte keine Worte. Als Kind hatte ich geglaubt, Gott würde mich vor dem Bösen beschützen, wenn ich ihm nur vertraute, aber ich vertraute Gott nicht mehr. Der Krieg scherte Gott nicht. Ide hatte er nicht gerettet, auch ich war ihm egal. Was tat Gott bloß die ganze Zeit? Und um was sollte ich ihn bitten, wenn er einfach nichts tat?

132

»Für immer?«, hatte mich Judith am Ägidiustag gefragt. »Was immer mit uns geschieht?« Ob ich es nicht vergessen werde, hatte sie gefragt, doch als sie mit ihm fortging, vergaß ich es.

Im Morgengrauen führten sie mich durch dunkle Gänge, über düstere Treppen hinab, die Hände mit einem Strick vor dem Körper gebunden.

Was immer mit uns geschehen sollte, würde uns nicht trennen können, wie dunkel das Labyrinth auch sein mochte, in das ich hinabstieg. Es würde einen Weg zurück ans Licht geben.

Ich trug bloß einen Sack aus Hanf am Leib, drei Löcher hineingeschnitten, für Kopf und Arme.

In dem Raum, in den sie mich führten, sah ich meinen Vater, sein Mund öffnete sich bei meinem Anblick, kein Laut kam heraus, zwei tiefe Höhlen waren seine Augen.

Sie führten mich nach vorn. Völschow saß in der Robe eines Richters hinter einem riesigen Tisch, las in Papieren, ohne mich zu beachten. Zwei Richter, links und rechts von ihm, blickten mich ausdruckslos an, daneben ein Schreiber. Die beiden Männer, die mich hergeführt hatten, traten beiseite. Nach einer Weile sah Völschow auf.

»Dies ist eine gütliche Befragung«, sagte er freundlich. »Das Gericht prüft unvoreingenommen die Vorwürfe, die gegen dich erhoben werden. *Veritas vincit omnia calumnia mendacium.* Kannst du das übersetzen?«

Ich schwieg, ohne den Blick von ihm zu nehmen.

»Es bedeutet: Die Wahrheit überwindet alles, die Verleumdungen, die Lügen. So handelt dieses Gericht.« Er lächelte. »Wie steht es mit dir und der Wahrheit?«

»*Recte faciendo neminem timeas*«, antwortete ich, denn er wusste, dass ich Latein sprach.

»Wenn du das Richtige tust, fürchtest du niemanden?«, fragte er, machte ein erstauntes Gesicht. »Ist es denn richtig für ein Mädchen, Latein zu sprechen, die Sprache der Gelehrten?«

Noch immer sprach er freundlich zu mir wie mit einem Kind.

»Die Kinder Roms haben Latein gesprochen«, antwortete ich, »selbst wenn sie es weder lesen noch schreiben konnten.«

Völschow nickte, dann sagte er: »Und kannst du schreiben?«

»Ja.«

Er hielt ein Papier hoch.

»Hast du das geschrieben?«

»Ja.«

Völschow schaute darauf, las: »*Ich flieg jetzt außer mir, ich fliege von der Erden. Ich fliege Himmel an mit ungezähmten Pferden.*«

Er blickte auf. Die beisitzenden Richter starrten mich misstrauisch an.

Ich schaute zu Vater, er senkte den Blick.

»Es erzählt von einem Flug zu Gott«, sagte ich.

»Auf ungezähmten Pferden zu Gott?«, fragte Völschow, schüttelte den Kopf. »Niemand fliegt auf Pferden zu Gott. Über den Himmel reiten nur die Hexen.« Sein Finger beschrieb einen Bogen in der Luft. »Sie reiten zum Hexensabbat.«

»Habt Ihr das Gedicht ganz gelesen?«, fragte ich.

»Aber natürlich«, sagte er. »Es heißt ›Verachtung der Welt‹, und wer verachtet die Welt, wenn nicht der Teufel?«

»Es ist ein Gedicht, das von Verzweiflung erzählt.«

»Ich fliege Himmel an mit ungezähmten Pferden?« Völschow machte große Augen. »Was ich hier lese, ist nicht die Beschreibung von Verzweiflung, sondern die eines Hexenflugs, und wer könnte einen solchen Flug beschreiben, wenn er nicht selbst über den Himmel geflogen wäre?«

»Es ist Poesie«, sagte ich.

»Poesie?«, rief Völschow, machte ein erstauntes Gesicht, nahm ein anderes Blatt, las: *»Jetzt will ich in den Wald und mit Diana jagen!«* Er blickte auf: »Hast du das geschrieben?«

»Ja. Diana ist die Göttin der Jagd und die Beschützerin der Mädchen.«

Völschow nickte, nahm ein Buch, hielt es hoch: *»De synodalibus causis et disciplinis ecclesiasticis*. Weißt du, was das ist?«

»Nein.«

»Ein juristisches Werk des gelehrten Regino von Prüm.«

Völschow schlug es an einer Stelle auf, in der ein Lesezeichen steckte, las laut: *»Es darf nicht übergangen werden, dass es verbrecherische Frauen gibt, die Satan folgen und bekennen, mit der heidnischen Göttin Diana und unzähligen anderen verbrecherischen Frauen auf gewissen Tieren zu reiten, in der Stille der Nacht große Entfernungen zurückzulegen und die Weisungen der Göttin Diana als ihrer Herrin zu befolgen.«*

Er blickte auf: »Poesie?«

»Alles erscheint anders aus einer anderen Perspektive«, antwortete ich.

Völschow kniff die Augen zusammen: »Gott hat nur eine Sicht auf die Welt. Irrt Gott also in seiner Perspektive?«

Auch der Schreiber blickte auf, starrte mich erwartungsvoll an.

»Irrt Gott?«, brüllte Völschow so laut, dass ich zusammenfuhr.

»Nein«, sagte ich leise, den Blick gesenkt, getrocknetes Blut auf den nackten Füßen.

»Die Wahrheit überwindet alle Lügen!«, sagte Völschow. »Und dieses Gericht existiert, um der Wahrheit zu ihrem Recht zu verhelfen. Schau mich an!«

Ich sah auf.

»Jetzt ist es an dir, die Seite zu wählen, auf der du stehen willst, denn Gott richtet über dich. Die Seite der Wahrheit oder die Seite der Lüge?«

Er hob die Hände: »Entscheide dich frei! Auch der Bürgermeister wird wissen wollen, ob eine Tochter unserer Stadt sich zur Wahrheit oder zur Lüge bekennt.«

Er blickte meinen Vater an, genoss seinen Triumph über ihn. Vater konnte ihm nicht ins Gesicht sehen.

»Nun?« Er wandte sich wieder mir zu.

»Ich lüge nicht«, sagte ich.

»Ah!«, rief Völschow, nickte. »Gut. Sehr gut!«

Er hielt ein Papier hoch.

»Wir haben hier die bezeugte Aussage einer überführten Hexe. Sie hat dich in ihrem Geständnis explizit ihre Komplizin genannt.«

Herausfordernd schaute er mich an.

»Ich bin nie die Komplizin einer Hexe gewesen«, antwortete ich.

Völschow wiegte den Kopf hin und her, sagte: »Warum sollte sie dich dann der Komplizenschaft bezichtigen?«

»Ich denke, sie hat es unter der Folter ausgesagt.«

Völschow schaute überrascht.

»Und?«, rief er. »Sie hat es gesagt!«

Ich zögerte.

»Vielleicht wurde es ihr in den Mund gelegt.«

»Oh!«, machte Völschow, blickte verwundert zu den beisitzenden Richtern, dann schaute er wieder mich an, hob die

Augenbrauen. »Du möchtest also die Methoden dieses Gerichtes anzweifeln? Willst du dieses Gericht der Täuschung bezichtigen?«

Er zeigte auf den Schreiber: »Wir können deine Anschuldigungen zu Protokoll nehmen. Also?«

Völschow blickte mich an, wartete auf eine Antwort, ich antwortete nicht. Schließlich fuhr er fort: »Eine geständige Hexe hat in eurem Stall gehaust. Hast du davon gewusst?«

»Ich habe sie nicht für eine Hexe gehalten«, antwortete ich.

»Aber du glaubst es jetzt?«

Ich schwieg.

»Immerhin hat sie selbst gestanden, eine Hexe zu sein und den Teufel in ihrem Leib versteckt in euer Haus getragen zu haben. Warum sollte sie es gestehen, wenn es nicht der Wahrheit entspricht?«

»Das weiß ich nicht.«

»Du glaubst also nicht, dass die Frau, die in eurem Stall gelebt hat, eine Hexe war, obwohl sie es selbst gestanden hat?«

»Ich kenne mich nicht aus in diesen Dingen.«

»Ach nein?«, rief Völschow spöttisch, nahm meine Gedichte, las: *»Jetzt will ich in den Wald und mit Diana jagen! Ich fliege außer mir auf ungezähmten Pferden!«* Er blickte auf. »Mit Hexenwerk kennst du dich also nicht aus?«

»Nein«, sagte ich ruhig.

Völschow hielt ein Buch in den Händen, ich erkannte es auf der Stelle.

»Kennst du dieses Buch?«, rief er.

»Ja«, antwortete ich. »Es ist *Causae et Curae* von Hildegard von Bingen.«

»Hast du es gelesen?«

»Ja.«

»Von der ersten bis zur letzten Seite?«

»Ja.«

»Wir können also festhalten«, sagte er entschieden, »du hast dieses Hexenbuch von vorn bis hinten studiert und bist nun im Besitz des gesamten Wissens einer Hexe.«

»Eine gläubige Nonne hat das Buch geschrieben«, sagte ich, »keine Hexe.«

»Aber schon immer haben Hexen sich unter den Gewändern der Nonnen verborgen«, erklärte er, »denn der Teufel ist der Großmeister der Täuschung.«

»Ich habe sie nicht für eine Hexe gehalten«, sagte ich.

»Aber jetzt weißt du von diesem Gericht, dass sie eine Hexe war, oder nicht?«

Ich schwieg.

»Wenn ein Mann zu dir sagt, er sei ein gemeiner Dieb und ein gefährlicher Mörder, lässt du ihn dann in dein Haus?«

»Nein.«

»Einem Mörder glaubst du also, aber wenn eine Hexe vor Gericht zugibt, eine Hexe zu sein, so hältst du sie dennoch für unschuldig. Finden wir hier nicht die Verhöhnung der Wahrheit, wo du dich doch vor diesem Gericht zur Wahrheit bekannt hast?«

»Es gibt Diebstahl und Mord«, antwortete ich, »doch vielleicht gibt es gar keine Hexerei.«

»Ah!«, rief er, wandte sich dem Schreiber zu: »Nur für den Fall, dass meine Ohren mich getäuscht haben, würde ich diese letzte Aussage gerne noch einmal aus dem Protokoll hören.«

»Es gibt Diebstahl und Mord«, las der Schreiber ausdruckslos, *»doch vielleicht gibt es gar keine Hexerei.«*

Völschow nickte, zeigte auf die Bücher vor ihm: »Wir finden hier die juristischen Werke von großen Gelehrten, in denen die Verfehlungen der Hexen verhandelt werden.« Er beugte sich zu mir, flüsterte: »Wie sind diese Werke möglich, wenn es gar keine Hexerei gibt?«

Er lächelte.

Ich schwieg.

Völschow stand auf, reckte ein großes Buch in die Höhe.

»Dies ist die Heilige Schrift«, rief er ehrfurchtsvoll. »Kein größeres Buch existiert auf der Welt! Durch dieses Buch spricht Gott der Allmächtige zu uns in seiner unendlichen Weisheit. Durch dieses Buch finden wir alle Wahrheit, nicht wahr?«

Ich antwortete nicht.

»Nicht wahr?«, wiederholte er. »Oder willst du die Wahrheit dieses großen Buches anzweifeln?«

Er sah mich eindringlich an. Ich schüttelte den Kopf.

»Wir konnten dich leider nicht hören«, rief er. »Willst du die Wahrheit dieses großen Buches anzweifeln?«

»Nein«, sagte ich leise.

»Da bin ich aber froh!«, sagte er, schnaufte erleichtert, setzte sich wieder. »Aus dem großen Buch der Wahrheit erfahren wir von Hexen, Zauberinnen und ihren üblen Werken. Wie könnte es da Hexerei gar nicht geben?«

Ich senkte den Kopf. Ich konnte ihn nicht widerlegen.

Da sagte er sanft: »Der Weg zur Wahrheit mag anstrengend erscheinen, aber er ist es nicht, mein Kind. Der Weg zur Wahrheit ist leicht. Du musst bloß deine Sünden bekennen, dann wird die Wahrheit dich wie ein helles Licht umfangen.«

Ich schwieg, da rief er mit anklagender Stimme: »Gibst du zu, die Kunst der Täuschung aufs Trefflichste zu beherrschen und in den trügerischen Farben deiner Jugend einen der größten Gelehrten unseres Landes mit dem Teufelstanz verführt zu haben?«

»Ich habe Doktor Schöner nicht zum Tanz aufgefordert«, verteidigte ich mich.

»Du hast ihn verführt und dem Teufel ausgeliefert«, schrie er, »und der Teufel hat gierig Besitz ergriffen von Doktor Johannes Schöner, hat ihm den Geist geraubt und zu einer Kreatur des Wahnsinns gemacht mit deiner Hilfe!«

»Doktor Schöner ist sehr krank«, sagte ich. »Es ist eine Krankheit.«

»Ganz offensichtlich!«, bemerkte Völschow, dann brüllte er: »Und er selbst weiß, dass er dir diese Krankheit zu verdanken hat.«

»Das ist nicht wahr!«, rief ich.

»*Veritas omnia vincit!*«, schrie Völschow durch den Saal. »Du bist das willige Werkzeug des Teufels, und der Plan des Teufels in Rom, der sich Papst nennt, war es, Pommern und seinen wahren Glauben zu zerstören. Zu diesem Zweck hast du den kindlichen Neffen unseres Herzogs in euer Haus gelockt, hast die Mutter des jungen Herzogs auf deinem Pferd in euer Haus verschleppt, um Ernst Bogislaw von Croÿ zu verführen. Du hast ihm die Worte des Teufels in den Kopf gesetzt, hast mit seiner Zunge die Worte des Teufels gesprochen und hast dem Teufel so Zugang verschafft zur Familie des Herzogs, damit Satan unseren Herzog mit seinen Übeln schlagen kann! Satan hat ihn gelähmt, Satan hat unserem Herrscher die Sprache geraubt, hat ihm am Ende das Leben geraubt, uns am Ende unser Vaterland, das war der Plan des Teufels, und du warst seine willige Vollstreckerin! Das ist es, was wir hier verhandeln, nicht weniger!«

Siegesgewiss ließ Völschow seine Worte wirken. Die beiden Richter starrten mich feindselig an. Ich blickte zu meinem Vater, er fuhr sich mit der Hand über das Gesicht.

»Die Wahrheit überwindet alle Lügen«, sagte Völschow. »Nun kannst du deine Sünden gestehen, denn ohne ein Geständnis wird dieser Prozess nicht zu Ende gehen!«

»Aus der Wahrheit macht Ihr Lüge«, sagte ich, »und aus der Lüge Wahrheit. In der Schönheit könnt Ihr nur Hässliches sehen, und in der Liebe erkennt Ihr bloß Hass. Alles kehrt Ihr ins Gegenteil, weil Ihr die Schönheit nicht ertragen könnt und nicht die Liebe, denn kein Kind habt Ihr gezeugt, und nichts habt Ihr je erschaffen in der Welt, das bleiben wird. Selbst die Erinnerungen an Euch wird man mit Abscheu abzuschütteln suchen, denn Ihr seid bloß ein monströses Gespenst, das kein Leben in sich trägt und kein Leben zeugen kann, nur verschlingen könnt Ihr es. Bloß das.«

Völschow starrte mich an, sein Blick brannte auf mir.

»Gestehe deine Sünden!«, zischte er.

»Ich habe nicht gesündigt.«

Bebend vor Zorn sprang er auf.

»Nein?«, brüllte er. »Du Lügenweib warst sogar so unverfroren, deine Sünden aufzuschreiben, deine geilen Sünden noch in Versen zu besingen!«

Er nahm ein Papier, las voller Abscheu: *»Oh, du heißersehnte Stunde, als ich in der Liebsten Schoß konnt' ruhen!«*

Angst kroch wie eine Spinne meine Kehle herauf.

»In den Schoß welchen Weibes bist du gedrungen«, schrie er, »geil wie Satan selbst?« Er griff ein anderes Papier vom Tisch, las angewidert: *»Liebste, weil du mich willst lieben und dich mir ergeben hast.«*

Sein Gesicht fuhr auf: »Wen hast du dir zur Komplizin gemacht? Wer ist das Mädchen, das du zur schändlichsten Sünde verführt hast?«

Ich konnte seinem Blick nicht standhalten.

»Ach, du schweigst?«, rief er belustigt. »Schweigend glaubst du auf der Seite der Lügen verharren zu können? Du irrst dich! Die Tochter eines Geistlichen hast du Satan zum Opfer gebracht! Und ihren Namen hast du selbst aufgeschrieben.«

Er blickte auf das Papier in seiner Hand, las mit triumphierender Stimme: »An die Geliebte: Judith Tanck!«

133

Kein Laut drang in die Finsternis. Das dunkle Meer hatte mich verschlungen, zog mich hinab in die finstersten Tiefen. Dort fand ich ihren Geruch, den bitteren Geruch ihres Leibes, den bittersüßen Geruch meiner Mutter, und ich rief nach ihr, und sie antwortete, rief meinen Namen. Komm, rief sie, komm, Billie, mein Mädchen, und ich folgte ihrer Stimme durch die Finsternis. Da sah ich das Licht, denn ich hatte mit offenen Augen in die Finsternis gestarrt, und das Licht umfing mich, wurde heller, Schritte näherten sich, eine Gestalt blieb vor mir stehen, kniete sich neben mich, legte sanft eine Hand auf meinen Arm.

»Komm, Billie«, sagte mein Vater. »Wir gehen nach Hause.«

Er half mir auf, half mir hinaus aus dem Bauch des Wals. Es war Morgen, als wir über den Marktplatz gingen, der Bürgermeister von Greifswald und das Mädchen ohne Haare, auf nackten Füßen, in einem Sack aus Hanf. Ein Junge riss die Augen auf, als er das Mädchen sah, wich vor der Gestalt zurück. Ein junger Mann lief auf das Mädchen zu, im Laufen löste er den Mantel von seinen Schultern, legte dem Mädchen den Mantel um die Schultern, nahm das Mädchen in den Arm.

»Komm«, sagte mein kleiner Bruder Georg, der mich um einen Kopf überragte, führte mich zu unserem Haus. »Wenn die Menschen eines Tages auf uns zurückblicken, werden sie nicht begreifen können, an was wir geglaubt haben.«

134

Die Schweden hatten die Ratsversammlung aufgelöst, und mein Vater war mit einem Mann namens Alexander Erskein vor Gericht erschienen, einem Geheimen Kriegsrat der schwedischen Militärverwaltung. Erskein erklärte im Namen der Schweden alle Gerichtsprozesse für beendet. So war ich freigekommen.

Ich ritt auf Nämi neben Vater, hinter uns ritten Christian und Georg, und auf dem Wagen, der ihnen folgte, saß Emi neben Adam, der den Wagen über die staubige Landstraße lenkte.

»Alexander Erskein ist in Greifswald geboren, stimmt's?«, fragte ich Vater.

»Ja«, sagte er.

»Und Pommern und Schweden sind nun verfeindet.«

»Ja.«

»Warum schicken die Schweden dann einen Feind, um die Gerichte Pommerns aufzulösen?«

»Das haben sie nicht«, antwortete er. »Die Schweden haben Alexander Erskein im letzten Sommer aus ihren Diensten entlassen.«

Er blickte kurz zu mir, dann wieder nach vorn.

Er hatte mich also gerettet. Am Ende hatte mein Vater mich gerettet. Und so kehrte ich nach Frätow zurück.

Die Möwen schrien, als ich an die grüne Küste trat, ein kräftiger Wind blies um meinen kahlen Kopf.

135

Ich hörte die Glöckchen, schon bevor ich zur Waldlichtung kam. Dort grasten die Ziegen am Ufer des Sees. An jenem Baum, an dem er mit Ide gelehnt hatte, saß er, sprang auf, als er mich erkannte, hob die Hand zum Gruß.

»Wo ist sie?«, fragte er.

»Sie ist nicht da«, sagte ich.

»Aber wann kommt sie?«, fragte er.

»Sie ist tot«, sagte ich, »Ide ist tot.«

Er wandte den Blick ab, sah zu seinen Ziegen, damit ich nicht sehen konnte, wie erschüttert er war.

»Ich habe nie deinen Namen gehört«, sagte ich.

Er wischte sich über sein Gesicht, sah mich an.

»Lenz«, sagte er.

»Ide hat dich sehr gemocht«, sagte ich.

Er nickte, und ich ging, und er zog wohl fort, denn ich habe ihn und seine Ziegen nie wieder gesehen.

136

»Du weißt, ich bin nicht gern allein, Billie«, sagte Emi, trat ins Zimmer, lächelte ihr hübsches Lächeln. »Wollen wir zwei zusammen hier schlafen?«

»Ja«, sagte ich.

»Bist du sicher?«

»Ja.«

»Ach, wie schön!«, rief sie, strahlte, ließ sich mit ausgebreiteten Armen aufs Bett fallen. »Weißt du, was? Er schreibt mir.«

»Wer?«, fragte ich.

»Hermann Queren!«, rief sie. »Erinnerst du dich nicht mehr an ihn?«

»Aber natürlich«, sagte ich. »Was schreibt er?«

Sie setzte sich auf, sah mich an: »Dass er mich nicht vergessen kann. Und dass er mich auch gar nicht vergessen will. Vielleicht kann es ja doch einen Weg für uns geben, für Hermann und mich.«

»Ja, Emi«, sagte ich. »Es wird einen Weg geben.« Denn ich glaubte daran, dass es einen Weg gab, glaubte, dass die Liebe ihren Weg finden würde, wenn auch auf verschlungenen Pfaden. Doch es sollte nicht lange dauern, bis ich erfuhr, dass ich mich irrte.

Eines Abends saß ich in eine Decke gehüllt vor dem Haus, ein Tuch wie einen orientalischen Turban um den Kopf geschlungen, da trat Vater in den Garten, setzte sich in den Sessel neben mich.

»Das gehört dir«, sagte er nach einer Weile und hielt mir einen Beutel hin.

Ich nahm den Beutel, öffnete ihn, zog Papier hervor. Es waren meine Gedichte, die er mir genommen hatte.

»Warum hast du sie nicht verbrannt?«

»Man kann nicht alles verbrennen, was einem nicht gefällt«, sagte er.

»Hast du sie gelesen?«

»Bloß eins.«

Ich nickte.

»Danke für alles, was du für mich getan hast, Vater, auch wenn ich nicht das Mädchen geworden bin, das du dir gewünscht hast.«

»Schon gut«, sagte er, stand auf, blieb zögernd stehen. »Judith Tanck«, sagte er schließlich.

Erschrocken sah ich auf.

»Was ist mit ihr?«

»Ihr Vater ist gestorben. Judith ist jetzt mit David von Mevius verlobt. Sie werden heiraten, wenn Judith siebzehn ist.«

Er ging, und ich sah zum Wald hinüber, hinter dem die Sonne gerade versunken war.

137

Der Krieg, der die Erde mit Blut tränkte, fand uns nicht in Frätow. Wir fuhren zum Fischen aufs Meer, waren frei wie die Möwen. Ich trug Mütze und Hosen, und als Christian und ich das schwere Netz voll zappelnder Fische an Bord zogen, rief der alte Fischer, der uns mitgenommen hatte, mir zu: »Hast richtig Kraft, Junge!«

Es war Hinnerk Borst, der Christian damals auf seinem Boot von Frätow nach Rostock gebracht hatte.

Christian lachte: »Vielleicht wirst du lieber Fischer als Dichter, Billie.«

»Ich kann einen Burschen wie dich gut gebrauchen«, rief Hinnerk Borst, »denn meine Kraft schwindet Jahr für Jahr. Was meinst du? Wir fahren jeden Tag zusammen hinaus, und wenn mich der Klabautermann holt, lass ich dir das Boot.«

Ich sah ihn an: »Ja, vielleicht überleg ich's mir.«

Obwohl ich geahnt hatte, dass Judith David von Mevius heiraten würde, hatte mich die Nachricht mit der Wucht eines Segels getroffen, das im Wind umschlägt. Nun war ihre Heirat besiegelt, es würde kein Wunder geschehen. Warum sollte ich kein Fischer werden?

»Seezunge!«, rief Emi begeistert, als wir mit unserem Fang in die Küche traten. »Oh, ihr seid die besten Fischer von ganz Pommern! Ich werde sie bloß mit ein wenig Mehl bestäuben und dann in Butterschmalz goldgelb braten!«

Später saßen wir beieinander, aßen die Seezunge, und Christian berichtete von den Fischern, die sich erzählten, dass die Schweden alles niederbrannten, damit nichts mehr den Feinden bliebe. Sie verwüsteten sogar die Kirchen, öffneten die Gräber, raubten unsere Kirchenglocken, und die Menschen verstanden die Welt nicht mehr, denn jetzt waren die Protestanten die Teufel, und unsere Kirchtürme schwiegen.

»Wie sollten sie es auch verstehen«, sagte Vater, »wo es doch bloß Wahnsinn ist?«

»Könnt ihr nicht lieber über den Fisch sprechen als über den Krieg?«, sagte Emi.

»Der Fisch schmeckt unglaublich, Emi«, sagte ich.

»Ja, ich weiß!«, sagte Emi, strahlte stolz.

Ich wandte mich Vater zu: »Wie lange werden wir in Frätow bleiben, Vater?«

»Bis die Schweden nicht mehr in Greifswald wüten«, sagte er.

Ich nickte.

»Würdest du mir erlauben hierzubleiben, wenn ihr nach Greifswald zurückkehrt?«

Emi sah erschrocken auf, Vater schaute Christian an, Christian machte ein Gesicht, als sei es vielleicht eine gute Idee, dass ich hierbliebe. Vater blickte auf seinen Teller, aß.

»Wir werden sehen, was für dich das Beste ist«, sagte er nach einer Weile, ohne mich anzusehen.

Obwohl es keine Zusage war, gewöhnte ich mich schnell an den Gedanken, für immer hier an der Küste zu leben. Vielleicht war Frätow der Ort auf der Welt, der für mich bestimmt war, das Haus, das versteckt in einem verwunschenen Birkenwald lag, in dem die Baumnymphen sich vor den Blicken der Menschen verbargen, so wie ich mich verbarg vor den Blicken und dem Krieg, von dem wir nur hörten, den wir nicht sahen. Bis zum ersten Tag des neuen Jahres.

Ich ritt in der Abenddämmerung durch den verschneiten Wald, bemerkte einen ungewöhnlichen Schein auf der Lichtung, hielt darauf zu. Ich spürte Wärme auf meinen Wangen, als wir den Wald verließen, Nämi bäumte sich auf. Drei schwedische Soldaten ritten mit brennenden Fackeln davon.

138

Ich hatte mir gewünscht, hier zu leben, doch nicht nur die Zeit der Wunder war vergangen, auch die Zeit des Wünschens.

Vater, Christian und Georg ritten zur Straße. Der Wagen mit Emi folgte ihnen. Ich warf noch einen Blick zurück zu den Qualmsäulen, die sich aus der Ruine in den verhangenen Januarhimmel wanden, dann folgte ich ihnen auf Nämi, vorbei an dem Pfau, der ohne Kopf auf der Wiese lag.

Der Krieg verschlang alles, und wir irrten heimatlos durch das verschneite Land, auf der Flucht vor dem Tod. Einmal tauchten Reiter vor uns auf, Adam sprang vom Wagen, rannte davon, stürzte im tiefen Schnee und blieb zurück. Ich zog Emi aufs Pferd, wir flohen vor den Schweden, die einst unsere Retter gewesen waren.

Aus dem Schnee wurde kalter Regen.

Wir fanden einen Weg nach Upatel, wo Krakewitz ein Landgut besaß. Hier wollten wir abwarten, bis die Soldaten auf den verwüsteten Feldern Pommerns verhungerten, doch die Schweden nahmen sich das Landgut, bevor sie verhungert waren, und wir mussten weiterziehen.

So ritten wir also nach Greifswald, denn es war ganz gleich, wohin wir zogen, der Tod konnte überall auf uns lauern. Wir kehrten zurück in unsere ausgestorbene Stadt, die Schweden waren fort. Das Leben kehrte immer zurück, nicht so vielleicht, wie es gegangen war, doch irgendwann kehrte es zurück.

Ich lag auf der Bank in der Bibliothek, meinen Kopf auf Emis Schoß, Emi hielt Petrarcas Gedichte in der einen Hand, mit der anderen strich sie durch mein kurzes Haar. Wir waren älter geworden, Emi war zwanzig, ich siebzehn, und ich fragte mich, wo das Leben mich hinführen mochte, jetzt, da ich so alt war wie meine Mutter, als sie zum ersten Mal geheiratet hatte. Ich konnte nicht ewig in der Bibliothek meines Vaters liegen und bloß Gedichte lieben, wenn ich es mir auch wünschte.

»Hör dir das an, Billie«, sagte Emi, »das ist so hübsch: *Mir fallen stille Tränen von den Wangen, in mir woll'n dunkle Seufzerwinde wehen, wann immer meine Augen dich erspähen, bin ich für dich doch aus der Welt gegangen.*«

Es klopfte an der Tür.

»Entschuldigung«, sagte eine Männerstimme, »guten Abend!«

Ich richtete mich auf, es war Hermann Queren.

»Hermann!«, rief Emi, legte das Buch beiseite.

»Ich habe mit deinem Vater gesprochen«, sagte Hermann. »Er ist nun einverstanden.«

Emi sprang auf, fiel ihm um den Hals, drückte ihn an sich. Aus Hermann war Professor Doktor Hermann Queren geworden, ein angesehener Advokat und Gesandter, und er hatte mit dem Husten aufgehört. Aus Emi würde also Frau

Emerentia Queren werden, die angesehene Frau eines angesehenen Mannes.

Plötzlich fuhr mir ein Stich in den Unterleib, ich stöhnte leise auf, krümmte mich, versuchte den stechenden Schmerz vor Emi und Hermann zu verbergen, schlich hinaus.

»Billie?«, rief sie mir nach. »Ist alles in Ordnung?«

Ich drehte mich zu ihnen, lächelte: »Ich freu mich so für euch!«

Das Leben sei kurz, hatte Ides Mutter damals zu mir gesagt, nachdem sie im Stall die Linien meiner Hand gelesen hatte. Wenn ich mich verwandeln wolle, hatte sie gesagt, solle ich nicht zu lang warten.

Im Bett betrachtete ich meine Handfläche und fragte mich, wie lang meine Lebenslinie wohl sein mochte.

139

Wunderschön war sie in ihrem leuchtend gelben Kleid, gelb wie die hübschen Zuckervögel, die sie so liebte. Sie hatten ihre Hände ineinandergelegt, lächelten.

»Gottes Segen über Sie, liebreizende Braut Emerentia«, sagte Pastor Christoph Hagen. »Der Freund Ihres Herzens ist nun Ihr Gatte, Ihrer zärtlichsten Zuneigung würdig. Getrost dürfen Sie sich in seine ausgebreiteten Arme legen, vollkommene Freundschaft, eheliche Liebe und ewige Treue werden Sie darin empfangen.«

Die Tür des Hauptportals wurde geöffnet, jemand trat ein, doch die Schritte, die sich näherten, klangen seltsam. Die Menschen in den Bänken wandten sich um, auch Emi schaute unsicher, jemand war während der Trauung in die Kirche getreten. Vater stand auf. Ein Einbeiniger kam auf Krücken nach vorn. Vater ging ihm entgegen. Dann umarmte er den Einbeinigen, und der verlorene Sohn umarmte den Vater, drückte ihn fest an sich. Dann kamen sie zusammen nach vorn, mit feucht schimmernden Augen.

»Joachim!«, flüsterte Emi, sie strahlte, und Tränen rannen über ihre Wangen.

Joachim nickte Emi und Hermann zu, dann stellte er sich neben mich in die Bank.

»Schön, dich zu sehen, Billie!«, flüsterte er.

»Und dich erst, Bruder!«, sagte ich leise, nahm seine Hand und drückte sie.

»Gott, Du erhörst unsere Gebete«, rief Pastor Hagen, »und segnest die beiden, die Deine Hand zusammengeführt hat, segnest sie mit allen Freuden einer reinen, unzerstörbaren Liebe! Amen!«

»Amen!«, riefen wir alle.

140

Unser Haus war voller Gäste, Musiker spielten, Vater hatte alle Kerzen entzündet, die er in der Stadt hatte finden können. Nun strahlte er im Schein der Wachskerzen, die er so liebte, strahlte beinahe so sehr wie Emi. Sie lief auf mich zu, umarmte mich.

»Danke für das schöne Gedicht, Billie!«, rief sie, dann flüsterte sie: »Und danke, dass du uns damals Hildegard von Bingen vorgelesen hast. Für heute Nacht weiß ich jedenfalls Bescheid.«

Sie zwinkerte mir zu, blickte zu Hermann hinüber, der an der Tafel saß und mit dem Essen auf sie wartete.

»Das Mark in den Knochen des Menschen brennt in heftigster Glut«, hauchte Emi, *»und erweckt den heißen Sturm der süßesten Liebe.«*

Unschuldig winkte sie Hermann zu, wir lachten, dann machte sie ein bekümmertes Gesicht und sagte: »Ich lass dich nicht gern allein zurück, Billie.«

»Mach dir keine Sorgen um mich, Emi«, sagte ich, »ich komme schon zurecht.«

Ich lächelte, sie drückte mir einen Kuss auf die Wange: »Nun bist du die Nächste, Billie!«

»Und die Letzte«, sagte ich.

»Ja!«, rief sie. »Dann sind alle Mädchen fort, und Vater und die Jungs werden um uns weinen!«

»Sie werden vor Kummer heulen wie die einsamen Wölfe«, sagte ich.

»Geschieht ihnen nur recht, Billie!«, rief Emi, lachte und lief zu Hermann, der den Blick nicht von ihr gelassen hatte.

Obwohl es in der Stadt so gut wie nichts zu essen gab, war es Hermann gelungen, alles herbeizuschaffen, was man auf einer großen Hochzeit zu finden gewohnt war, und so versuchten wir an diesem Abend, den Krieg zu vergessen, in den mein Bruder Joachim voller Erwartungen gezogen war und der ihn am Ende ein Bein gekostet hatte und seinen Mut und seine Lebensfreude. Jetzt, als sie die Tische zur Seite schoben, damit die Musiker zum Tanz aufspielen konnten, verließ er auf seine Krücken gestützt das Haus, denn er konnte auf einem Bein nicht mehr mit einem Mädchen tanzen.

Mit einer jungen Frau kam Christian auf mich zu.

»Das ist meine Schwester Billie«, sagte er zu ihr. »Und Billie, das ist Margaretha von Braun.«

Sie lächelte, ernst und klug sah sie aus, ich mochte sie auf der Stelle.

»Christian hat mir viel von dir erzählt«, sagte sie, und Christian flüsterte: »Wir werden am ersten November heiraten.«

»Oh! Ich freue mich für dich!«, rief ich, umarmte ihn. »Aber warum flüsterst du?«

»Weil du die Erste bist, die es erfährt«, sagte er.

Die Musiker spielten einen heiteren Tanz, schon hatte Emi Hermann bei den Händen, und Christian sagte zu Margaretha: »Wollen wir auch tanzen?«

»Ja!«, sagte sie zu ihm, und zu mir: »Ich würde mich sehr freuen, wenn ich einige deiner Gedichte lesen dürfte.«

»Das würde mich auch freuen«, sagte ich, und wir lächelten uns an, dann waren sie fort, und ich ging zu den Tischen, um benutztes Geschirr abzuräumen.

»Wie schön es ist zu sehen, dass du dich nützlich machst, Schwesterchen«, sagte mein Bruder Georg.

»Man muss bloß seine wahre Bestimmung finden«, sagte ich. »Wie geht es mit deinem Studium voran?«

»Oh, von den Professoren hört man nur, ich sei äußerst begabt.«

»Exzellent!«, sagte ich. »Ich hatte allerdings nichts anderes erwartet.«

Er lachte, rief mir hinterher: »Ach, und Billie, deine Haare! Ich hörte, so tragen es die jungen Männer jetzt in Florenz.«

»Das tun sie!«, rief ich. »Nur Kleider tragen sie nicht, hörte ich von einem Kenner!«

Ich beugte mich zu Regina, die neben Georg saß, um ihren Teller abzuräumen.

»Und wie geht es mit dem Kinderkriegen voran?«, flüsterte ich dicht an ihrem Ohr. Krakewitz unterhielt sich mit unserem Vater.

»Ein wenig zäh, zugegeben«, flüsterte sie, »und wenn man bloß stillhält, schläft er meist ein. Aber verheiratet ist verheiratet!«

Wir lachten, dann ging ich in die Küche, wo Köchinnen und Mägde durcheinanderliefen, kochten, Platten anrichteten, Töpfe und Geschirr herumtrugen, und als ich die Teller auf einen Tisch stellte, der für das schmutzige Geschirr vorgesehen war, entdeckte ich Ide zwischen den Frauen. Sie hob den Kopf, lächelte mich an.

»Ahoi, Billie!«, rief sie.

»Ide?«, rief ich ungläubig.

Eine Köchin ging an ihr vorbei, verdeckte sie für einen Moment, dann war Ide verschwunden.

»Ich vermisse dich jeden Tag!«, sagte ich.

Als ich aus der Küche trat, stand David von Mevius vor mir, hielt einen benutzten Teller in der Hand, eine Gabel darauf.

»Wo kann ich den ...«, fragte er, wurde verlegen bei meinem Anblick.

»Gib ihn einfach mir«, sagte ich.

Ein wenig verschämt reichte er mir den Teller.

»Wie geht es Judith?«, fragte ich.

»Sie ist in Stralsund«, antwortete er. »Wir werden nächstes Jahr heiraten. Ich habe dort eine gute Stelle angeboten bekommen, also werden wir in Stralsund leben.«

Ich zog einen Brief aus meinem Kleid, denn ich hatte gewusst, dass er heute Abend in unser Haus kommen würde.

»Ich habe Judith einen Brief geschrieben«, sagte ich. »Würdest du ihn ihr geben?«

Er zögerte, betrachtete ihn: »Kann ich ihn vorher lesen?«

»Ja«, sagte ich.

Er nahm den Brief, steckte ihn in die Tasche.

»Ich werde ihn nicht lesen.«

Ich nickte, lächelte dankbar, denn ich hatte ihn für sie ganz allein geschrieben.

»Ich beneide dich, David«, sagte ich.

Er blickte sich um, und als er sah, dass uns niemand

zuhörte, sagte er: »Ein Teil ihres Herzens wird nie mir gehören, Billie.«

»Ich wünsche dir ein langes, langes Leben, David«, sagte ich. »Und euch beiden alles Glück dieser Erde.«

Noch einen Moment schaute David mich an, dann senkte er den Blick, drehte sich um, ging davon.

141

Als ich seinen Teller zu den anderen stellte, fuhr mir wieder ein heißer Stich in den Bauch. Ich stöhnte auf, krümmte mich vor Schmerzen, hielt mich am Tisch fest. Als ich mich wieder aufrichtete und zum Küchenfenster sah, stand Samuel im Hof. Vielleicht war auch er nur eine Erscheinung, doch als ich die Hoftür öffnete und hinaustrat, war Samuel noch immer da, schaute mich an. Er hatte sich einen Bart wachsen lassen, doch sein Gesicht war noch immer so schmal wie das Gesicht eines Mädchens, und seine hübschen Taubenaugen hatten im Krieg ihren Glanz nicht verloren.

»Bist du es wirklich?«

»Kein Geist jedenfalls«, sagte er.

»Ich freue mich, dass du lebst, Samuel.«

»Ich freue mich auch, dass du lebst, Billie!«

Er deutete auf den Trubel im Haus: »Komme ich ungelegen?«

»Ganz und gar nicht. Emi hat geheiratet. Komm herein, Samuel!«

»Ich bin nicht angezogen für eine Hochzeit.«

»Ganz gleich, Samuel«, rief ich, »komm!«

Ich hakte mich bei ihm unter, zog ihn durch die Küche in die Halle, und er strahlte beim Anblick der tanzenden Paare.

»Wie ich das vermisst habe«, sagte er.

»Wollen wir tanzen?«, fragte ich.

»Unbedingt!«

Er verbeugte sich vor mir: »Darf ich bitten?«

»Sie dürfen!«

Ich knickste, dann nahm er meine Hand, führte mich zum Tanz. Wir drehten uns, bis wir neben Christian und Margaretha tanzten und Christian ihn bemerkte.

»Samuel!«, rief er, glücklich, seinen Freund endlich wiederzusehen.

Sie umarmten einander und brachten den ganzen Tanz durcheinander.

»He da, die Herren!«, rief Margaretha. »Hier wird getanzt!«

Dann fanden wir uns wieder in Paaren zusammen, tanzten fröhlich weiter. Wieder trafen Stiche meinen Leib, ich zuckte zusammen, schloss für einen Moment die Augen.

»Was ist, Billie?«, fragte Samuel besorgt.

»Nichts«, sagte ich, lächelte, da lächelte auch Samuel wieder, und wir tanzten zwischen Christian und Margaretha, Regina und Krakewitz, Emi und Hermann, und wie schön es war, zwischen ihnen zu tanzen!

142

Die Musik folgte uns leise, als wir die Bibliothek betraten.

»Mir scheint es gar nicht lange her zu sein«, sagte Samuel.

Wehmütig schaute er sich um, streifte an den Büchern vorbei.

»Was hast du nun vor, Samuel?«

»Ich gehe nach Eutin, der Fürstbischof hat mich an seinen Hof gerufen«, sagte er. »Ehrlich gesagt, nicht er selbst, aber vielleicht finde ich in Eutin einen Platz, wo ich bleiben und ein wenig Geld verdienen kann.«

»Das freut mich für dich.«

»Und du?«, fragte er. »Schreibst du noch?«

»Ja«, sagte ich, »es ist mir geblieben.«

Er nickte.

»Vielleicht kann ich dir helfen, deine Gedichte zu veröffentlichen.«

»Das würde meinem Vater nicht gefallen«, sagte ich. »Es hat ein paar Missverständnisse gegeben wegen meiner Gedichte.«

Offenbar verstand er. Vielleicht hatte er auch gehört, was geschehen war, noch immer erzählten meine kurzen Haare davon, und er hatte nicht gefragt.

»Vielleicht können wir deine Gedichte unter einem anderen Namen drucken lassen«, sagte er, doch ich schüttelte den Kopf.

»Ein Buch zu drucken, kostet sehr viel Geld.«

»Oh, das werde ich schon verdienen, Billie«, sagte er. »Ich brauche nicht viel für mich, alles Übrige kann ich sparen. Stell dir vor, wie es sein wird, wenn deine Gedichte erst einmal in einem Buch gedruckt sind und jeder auf der Welt sie lesen kann! Dann werden sie nie in Vergessenheit geraten und du auch nicht. Wäre das nicht schön?«

»Ja. Das wäre es«, sagte ich leise.

Er kam einen Schritt auf mich zu.

»Willst du meine Frau werden, Billie?«, fragte er.

Ich schaute ihn an, seine bernsteinfarbenen Augen leuchteten so warm, dass ich es kaum ertragen konnte.

»Es tut mir leid, Samuel.«

Ich schüttelte den Kopf.

»Es tut mir leid.«

143

Noch in der Nacht kam ein Arzt, gab mir Medikamente, ging wieder, die Schmerzen blieben, wurden schlimmer. Nach dem Arzt kam der Beichtvater, es war Christoph Hagen, der meinen Bruder Georg früher aus Ovids Büchern der Verwandlung hatte vorlesen lassen. Christoph Hagen setzte sich neben meinem Bett auf einen Hocker.

»Gott, der einzig wahre«, sprach er, »der unser Herz erleuchtet, schenke dir die reine Erkenntnis deiner Sünden und Seiner Barmherzigkeit.«

Er war ein freundlicher Mann, bloß ein wenig unsicher war er immer gewesen. Nun, da er Pastor geworden war und gewohnt, in der Kirche zu predigen, hatte er seine Schüchternheit verloren.

»Wie können wir sicher sein, dass unser Gott der einzig wahre ist?«, fragte ich ihn.

»Die Bibel sagt es uns.«

»In vielen Teilen der Welt hat man nie von ihm gehört, und auch die Griechen und Römer, auf deren großen Kulturen unsere Welt gebaut ist, liebten ihren reichen Götterhimmel sehr und wussten nichts von unserem Gott.«

Christoph Hagen nickte nachsichtig.

»Unser Gott schenkt Vergebung für die Sünden, wenn du sie ihm frei bekennst. Das taten die griechischen Götter nicht. Willst du deine Sünden vor Gott bekennen?«

»Stolz und Hochmut haben mich immer getrieben«, sagte ich. »Und die Liebe.«

»Die Liebe ist vor Gott keine Sünde«, sagte er.

»Aber ich habe ein Mädchen geliebt«, sagte ich.

»In Gedanken?«, fragte er.

»Nicht nur.«

»Oh!«, sagte er verlegen. »Doch auch das wird Gott vergeben, denn er ist ein guter und gerechter Gott.«

»Wenn Gott die Sünden vergibt«, sagte ich, »dann haften sie dem Menschen nicht mehr an, nicht wahr?«

»Das ist der Sinn der Beichte«, sagte er.

»Ich will bloß nicht, dass Gott mir meine Liebe vergibt.«

»Dann behalte die Liebe in deinem Herzen«, sagte er leise.

»Den Hochmut mag er mir vergeben«, sagte ich.

Christoph Hagen sah mich an, sprach mit sanfter Stimme: »Gott, der barmherzige Vater, schenkt dir Verzeihung und Frieden. So spreche ich dich los von deinen Sünden, im Namen des Vaters und des Sohnes und des Heiligen Geistes.«

»Amen«, sagte ich.

Christoph Hagen stand auf.

»Billie?«, sagte er, ohne wie früher zu erschrecken, dass er mich so genannt hatte.

»Ja?«

»Ich bin immer gern in eurem Haus gewesen«, sagte er.

»Ja. Ich auch«, sagte ich. »Und wir haben beide Ovid geliebt, nicht wahr?«

Er nickte. Dann sagte er: »Leb wohl, Billie.«

Er ging leise, und ich schloss die Augen.

144

Regina hatte geheiratet, hatte das Haus verlassen, nun Emi. Wie schön sie bei ihrer Hochzeit ausgesehen hatte, meine schöne Schwester Emi. Die Mädchen gingen fort, wurden zu Frauen.

Ich hatte mir gewünscht, meinen Namen im großen Buch der Verwandlungen zu finden, doch meine Seite würde wohl unberührt bleiben, wie der Strand nach dem Winter, auf dem noch niemand gegangen war. Ich war keine Dichterin geworden, und die, die ich liebte, würde nicht mit mir durch die Weinberge ziehen, hinauf zu den Gipfeln des Parnass-Gebirges. Näher als hier oben in meiner Dachkammer würde ich dem Himmel nicht kommen.

Wie ich mich nach ihren Stimmen sehnte, nach Emis Lachen, weil sie nie nach vorn sah, nie zurück, nach Reginas Weinen sogar, weil kein Mann sie heiraten wollte, nach dem Rufen unserer Mutter, ich solle herunterkommen, in der Küche helfen, es kämen schwere Zeiten. Nach Ides Stimme sehnte ich mich und nach Judiths Stimme, natürlich nach Judith. Auch sie würde bald verheiratet sein, mit siebzehn Jahren die Frau eines berühmten Juristen, fort nach Stralsund, weit fort. Das Weinen ihres ersten Kindes würde bald durch ihr Haus klingen, vielleicht würde sie dann alles andere vergessen, wie alles mit der Zeit in Vergessenheit gerät.

Wie ich euch wünsche, glücklich zu werden!

In Frauen habt ihr euch verwandelt, wie sich alles verwandelt in Blumen, Steine und Sterne, in Tauben, Hirsche und Löwen, in Linden, Eichen und einsame Inseln.

Was aus ihnen wurde

Als die Sonne am Mittag des 10. August 1638 ihren höchsten Punkt erreichte, schlief Billie ein und wachte nicht mehr auf. Sie starb mit siebzehn Jahren an den Folgen einer Ruhr-Erkrankung.

Emi brachte einen Sohn zur Welt. Als der Junge gerade einmal vier Jahre alt war, starb Hermann Queren. Emi heiratete erneut, einen berühmten Professor der Rechte, schenkte ihm eine Tochter, die sie Regina nannte. Als auch ihr zweiter Ehemann starb, zog Emi die beiden Kinder allein groß und heiratete nicht mehr. Emi starb im Jahr 1690, zweiundfünfzig Jahre nach dem Tod ihrer kleinen Schwester Billie.

Regina blieb nach ihrer sechstägigen Ehe mit Christoph Bünsow zehn Jahre mit Barthold von Krakewitz verheiratet, bis zu seinem Tod. Anders jedoch als Krakewitz' erste Ehefrau, die zwölf Kinder geboren hatte, wurde Regina nie Mutter. Kinderlos starb sie mit zweiundsiebzig Jahren in Greifswald. Sie hat die Stadt nie verlassen.

Christian heiratete drei Monate nach Billies Tod Margaretha von Braun. Sie zogen nach Stralsund, wo Christian Bürgermeister wurde. Margaretha brachte vierzehn Kinder zur Welt, die ersten drei waren Jungen, sie nannten sie Christian, Joachim und Georg. Das neunte Kind tauften sie Regina, das zehnte Emerentia, das zwölfte Sibylla. Als Christian schon einundsechzig Jahre alt war, adelte der schwedische König Billies großen Bruder. Christian von Schwartzer, so hieß er fortan, starb sechs Jahre später im Kreise seiner großen Familie.

Joachim segelte nie über den Ozean nach Amerika, wie es sein Traum gewesen war. Er blieb als Kaufmann sein Leben lang in Greifswald, heiratete eine entfernte Cousine. Ihre vier Kinder nannten sie Christian, Regina, Joachim und Georg. Vier Jahre vor seinem Tod mit nur siebenundvierzig Jahren wurde Joachim Ratsherr in Greifswald.

Georg wurde nie der Leibarzt einer jungen Königin, er wurde überhaupt nie Arzt. Er fand weder Beruf noch Berufung, ging eines Tages einfach aus dem Haus und kehrte nie mehr zurück.

Samuel wurde Pfarrer, zunächst in Eutin, später in der Gegend von Danzig. Nach Billies Tod heiratete er, seine erste Frau starb bald, mit seiner zweiten Frau blieb Samuel über dreißig Jahre verheiratet, bis zu ihrem Tod. Trotzdem konnte Samuel Billie nie vergessen.

Im Jahr 1650, zwölf Jahre nach Billies Tod, nachdem auch ihr Vater verstorben und der große Krieg nach dreißig Jahren endlich zu Ende gegangen war, ließ Samuel in Danzig ihre Gedichte drucken und rettete sie so vor dem Vergessen.

Samuel starb mit vierundsiebzig Jahren als Abt von St. Georgen im Schwarzwald.

Judith heiratete am 29. Mai 1639 David von Mevius. Es war ihr siebzehnter Geburtstag.

Im Herbst 1650 schickte ihr Samuel aus Danzig eine Ausgabe von Billies Gedichten. Viele waren ihr gewidmet, überall tauchte ihr Name auf, auch da, wo sie nicht genannt war, ging es um sie und um Billie. Kurz darauf, im November 1650, starb Judith mit nur achtundzwanzig Jahren in Stralsund.

Emi war schon vierundsechzig Jahre alt, als sie sich ein Buch kaufte, das eben erst erschienen war. Es hieß *Unterricht von der Deutschen Sprache und Poesie*. Darin schrieb der Rostocker Universalgelehrte Daniel Georg Morhof: *Vor allem dürfen wir nicht länger ignorieren, dass wir in Deutschland Frauen gehabt haben, die die Männer in der Dichtkunst weit in den Schatten stellen. Vor dem Jahr 1638 lebte Sibylla Schwarz, Tochter des Bürgermeisters der Stadt Greifswald. Sie war ein wahres Wunder ihrer Zeit, denn bis zu ihrem frühen Tod mit nur siebzehn Jahren hat sie unvergleichliche Verse geschrieben! Zur selben Zeit hat man Männern großen Dichterruhm zukommen lassen, von denen keiner in seiner Kunst an sie heranreichte! Was für ein großer Geist steckte in diesem Mädchen, ein Geist, der schon in so jungen Jahren so hell geleuchtet hat!*

Billie wurde als Dichterin weit über die Landesgrenzen hinaus berühmt und als die Sappho Pommerns gefeiert.

Sappho!

Wie ihr das gefallen hätte.

SIBYLLA SCHWARZ: GESANG GEGEN DEN NEID

Bearbeitet von Stefan Cordes
im Februar 2024

Hat auch die Missgunst tausend Zungen
und tausend Zungen ausgestreckt,
kommt sie mit Macht auf mich gedrungen,
so werd' ich trotzdem nicht erschreckt!
Wer sich vertraut in allen Dingen,
wird Welt, wird Neid, wird Tod bezwingen.

Und höre ich um mich auch singen
die sehr vergiftete Siren',
wird sie mich trotzdem nicht bezwingen,
ihr süßes Gift nicht, ihr Getön'.
Ich will die Ohren mir verkleben
und frei an ihr vorüberschweben!

Wenn dir also mein schlichtes Schreiben
nicht passt, nicht, wie mein Dichten klingt,
dann lass einfach das Lesen bleiben,
bevor's dir noch mehr Unmut bringt!
Denn was auch immer ich geschrieben,
wird nie ein falscher Freund je lieben.

Glaubst du, du kannst mich dazu bringen
von meinem Dichten abzuseh'n?
Nein, ich werd' immer davon singen,
vom arbeitsamen Müßiggeh'n.

Lass also du dein Lästern bleiben,
du schaffst es nicht, mich aufzureiben!
  Denn sollt' ich deinetwegen hassen
den strahlend schönen Ruhmesberg?
Und mich zu dir herunterlassen
das wär' ein furchtbar schlechtes Werk.
Nein, ich bleib' auf des Gipfels Spitzen,
du magst im Totenreiche sitzen.
  Wo dich ein finst'res Biest einst zeugte,
und eine Frau der Hölle dich
an ihren harten Brüsten säugte.
»Der Spottgott« nennt dein Vater sich!
Dein Heimatland liegt in den Wüsten,
wo Schlangen zischen, Spinnen nisten.
  Was würd' der Dichtergott wohl sagen,
wenn ich die grüne Lorbeerkron'
mir selbst würde vom Haupte schlagen
und sie mit Staub und Dreck belohn'?
Würd' es die Poesie erfreuen,
sollt' ich nun ihre Nähe scheuen?
  Sollt ich sie fliehen, sogar hassen?
Nein, sie würde mir zürnen sehr,
würd' ich mein Dichten bleibenlassen
und liebte Neid und Lästern mehr.
Versuch d'rum nicht mit dein' Intrigen
ein junges Mädchen zu besiegen!
  Ich weiß zwar: Dir ist angeboren,
dem Schönen feindselig zu sein.
Doch hat die Dichtkunst nie verloren,
trotz deiner List, den hellen Schein.
Das Gute wird auch dann bestehen,
wenn du mit allem wirst vergehen!
  Und wenn du meinst, ich brauch' nicht hoffen,

dass auch dem weiblichen Geschlecht
der Ruhmestempel steht frei offen,
so bleibt es trotzdem unser Recht,
dass wir, die ohne Hochmut kommen,
dort oben werden aufgenommen.

Ich will sogar noch weitergehen
und bringe starke Zeugen an:
Du kannst es ja schon daran sehen,
dass selbst die Musen Mädchen war'n.
Wir alle, die das Dichten lieben,
werden dort nie von dir vertrieben!

Was Sappho für ein Weib gewesen,
von Frauen, die ich dir nicht nenn',
kannst du woanders weiterlesen,
von den' ich achtundfünfzig kenn,
die bei den hellen Sternen stehen
und niemals werden untergehen!

Bring alles her aus allen Enden,
was je von Menschen ist erdacht,
was mit so klugen Meisterhänden
ist jemals weit und breit gemacht,
und lass es tausend Jahre stehen,
so wird es ganz von selbst vergehen.

Wo sind die Weltwunder geblieben?
Die Tempel, Statuen sind davon.
Und lange schon sind aufgerieben
die Mauern der Stadt Babylon.
Was früher staunend angesehen,
muss heut' mit Asch' und Staub verwehen.

Doch was damals Ovid geschrieben,
was Aristoteles gesagt,
ist noch bis jetzt bei uns geblieben
und wird niemals ins Grab gejagt!

Sie leben stets, sind doch gestorben
und haben ew'gen Ruhm erworben.
Was uns die Schar der Klugen lehret,
wird heut' noch durch der Wörter Macht
in Ruhmesliedern angehöret
und uns zur Freude vorgebracht.
Ach, könnt ich halb so gut nur singen
und dichtend ew'gen Ruhm erringen!
Lass also nun dein Lästern bleiben,
ich weiß es selber mehr als wohl,
wenn ich aufhören muss zu schreiben
und dieses hinterlassen soll.
Ich werd' die Endlichkeit besiegen.
Und du wirst mich nicht unterkriegen!
Ich will nun ganz auf mich vertrauen
und meinen Weg mir selber suchen.
So kann's mir auch vor dir nicht grauen,
selbst wenn du wagst, mich zu verfluchen.
Wer sich vertraut in allen Dingen,
wird Welt, wird Neid, wird Tod bezwingen!

PROSAISCHE PASSIONEN

Die weibliche Moderne in 101 Short Storys

Herausgegeben und mit einem
Nachwort von Sandra Kegel
ISBN 978-3-7175-2546-2

»Ein prächtiges Buch zum Versinken in 101 Kurzgeschichten von Frauen, wild und energetisch, zart, stark mit tollem Händchen ausgesucht … Absolutes Lesevergnügen zum Eintauchen, Abtauchen, Überraschen-Lassen, Weiterlesen.«
Katrin Schumacher, MDR

»*Prosaische Passionen* entfachen tatsächlich Leidenschaften – und zwar für Schriftstellerinnen und ihre Art, die Welt in Sprache zu fassen und dem Leben auf die Schliche zu kommen.«
Maike Albath, Deutschlandfunk

»Ein wirklich wunderbares Buch mit Texten von Autorinnen aus aller Welt.«
Nicola Steiner, SRF

»Das ultimative Hausbuch schreibender Frauen für lesende Frauen (und Männer) … Eine Leselustreise um die ganze Welt und in die Fülle der Welt.«
Erhard Schütz, Das Magazin

»Eine prall gefüllt Schatzkammer … Diese Anthologie von Sandra Kegel zeigt uns, wie viele und wie viele großartige Autorinnen es im 20. Jahrhundert gab. Und zwar nicht nur in Europa und Amerika, sondern – das ist ein besonderer Verdienst dieses Buches, dass es das zeigt – auf der ganzen Welt.«
Thomas Böhm, rbb

»Das Buch ist eine Pracht. Und eine Fundgrube.«
EMMA

»Dieses wunderbare Kaleidoskop zeigt weibliche Erzählkunst in ihren schillernden Facetten.«
petra

»Eine grandiose Textsammlung prägender Schriftstellerinnen seit 1900 – damit sie endlich so berühmt werden wie ihre männlichen Kollegen.«
Für Sie

»Sandra Kegel sammelte den weiblichen Blick auf die Welt in ihrem *Prosaische Passionen*-Buch durchaus auch für Männer. Es könnte ja auch deren Blick erweitern.«
Viola Bolduan, Allgemeine Zeitung Mainz

»Pflichtlektüre für alle Geschlechter.«
Bernd Melichar, Kleine Zeitung

»Aktueller kann Literatur nicht sein.«
Rolf-Ruediger Hamacher, Kölnische Rundschau

»Jeder der 101 Texte entfaltet eine neue Perspektive, einen anderen Ton und Stil ... Manches ist bedrückend .... Manches ist lustig ... Und manches ist eine echte Entdeckung.«
Sabine Rohlf, Berliner Zeitung

»Ein gewaltiges Projekt und ein beeindruckendes Buch.«
hr2 Kultur

»Wer sich durch diesen Band hindurchliest, wird unzählige packende Entdeckungen machen.«
Dierk Wolters, Frankfurter Neue Presse

»Die literarische Moderne ist im Wesentlichen weiblich, daran kann dank Sandra Kegels monumentaler neuer Anthologie kaum ein Zweifel mehr bestehen.«
Magda Birkmann, Buchkultur

»Was für eine megastarke literarische Sammlung: Literatur von Frauenhand! Ich bin begeistert. So viele unterschiedliche Autorinnen versammelt in einen prachtvollen Band. Ein Hochgenuss, literarisch, und zugleich ein Augenschmaus fürs Bücherregal.«
Anna Jellers Buchtipp